KB126849

보쿠라노하타

우리들의 깃발 ②

보쿠라노 하타 2
'우리들의 깃발'

1판 1쇄 발행 2018년 1월 27일

지은이　　박기석
옮긴이　　정미영
펴낸곳　　도서출판 품
디자인　　콩보리, 북스피리언스
인쇄　　　미래상상

제 406-2017-000130호 (2017. 9. 19)
10884 경기도 파주시 안개초길 12-1 302호
031-946-4841 poombooks2017@gmail.com

책값은 뒤표지에 있습니다.
잘못 만들어진 책은 구입하신 서점에서 바꿔 드립니다.

일러두기 보쿠라노 하타僕らの旗는 저자가 1998년 탈고해 2008년 綜合企画舎 ウイル에서
전 3권(上중학시대, 中고교시대1, 下고교시대2) 일본어판으로 출간된 것을 저자와의 협의를 거쳐
보급판 2권으로 축약해 한국어판으로 출간되었음을 알려드립니다.

보쿠라노하타

우리들의 깃발 ②

보쿠라노 하타 1 목차 추천의 말 두 명의 담임 선생님 조선말을 쓰면 안 된다고? 대결

보쿠라노 하타 2

우리들의 깃발

사생아들

영순이한테 받은 교환노트는 시작부터 어려운 질문이었다.

자신이 조선사람이라는 걸 어떻게 생각해?
왜 조선사람이어야만 된다고 생각해?

조선인인 나 자신을 어떻게 생각하느냐는 질문은 그렇다 치자. 왜 조선인이어야만 되느냐는 질문에 나는 어떤 대답을 해야 할지 곤혹스러웠다. 그녀의 질문은 매우 자극적이고 도발적이었다.

질문으로 들어가기 전에 뜻밖의 고백으로부터 시작했다.

운동장에서 내 생일을 알고 놀란 것은 12월 8일이 부처님이 깨달음을 얻은 날이라는 것과 자신이 '수호천사'로 정한 큰오빠가 죽은 기일이기 때문이라 했다. 부처님이 깨달음을 얻은 것과 오빠의 기일, 그리고 내 생일이 겹친 12월 8일에 영순이는 거룩할 정도로 큰 의미를 부여했다. 신비한 인연으로 내가 남 같지 않다며 그녀의 문장은 꽤 흥분돼 있었다.

큰오빠와 영순이는 14살이 차이다.

영리한 수재로 칭찬이 자자했던 오빠는 모두의 예상을 뒤엎고 고교진학을 단념했다. 담임이 몇 번이나 아버지를 찾아와 진학을 권했지만, 결단을 내린 것은 오히려 오빠 본인이었다.

영순이가 소학교 때 영리하고 눈에 띄는 아이로 모두에게 인정받았던 것은 공부를 봐주던 이 오빠 덕분이었다. 자상한 오빠였다. 3살 때 생모를 잃은 여동생이 가엾어 언제나 자상하게 대해준 오빠가 어린 마음에도 가슴 저리도록 기억에 남은 것이다.

오빠는 몸이 허약했다. 당연히 토목업을 하시는 아버지의 일은 도울 수 없었고, 중학교를 마치자 고교진학을 단념하고 근처 양장점에서 허드레 바느질일을 자청한 것이다.

그런 오빠가 사고로 죽었다. 산길에서 트럭에 치어 벼랑으로 떨어졌는데, 겨우 스물

셋이었다.

영순이가 소학교 1학년 때 일어난 일이다. 너무 어려서였는지 오빠의 장례에 관한 기억은 모두 사라지고 말았다.

그런데 얼마쯤 지나 오빠의 죽음이 자살이었다는 애기를 들었다. 그것도 토목공사용 다이너마이트에 의한 폭발사였다고 한다. 한순간에 온몸의 살들이 터져 주변으로 흩어진 처참한 죽음이었다는 소문에 영순이는 말을 잃었다.

조심조심 오빠의 사인에 대해 언니에게 물었지만 언니는 부정도 긍정도 하지 않았다. 그 후 몇 년 동안 영순이는 자상했던 오빠를 생각하며 울었다. 아버지도 언니오빠도 큰오빠에 대해서는 아예 말하려 하지 않았다. 시간이 지나면서 오빠의 기억은 점점 희미해졌지만, 다시 오빠를 떠올린 것은 도쿄 조선중학교에 입학해서라고 그녀는 노트에 적었다.

이제 와서 오빠가 죽은 이유를 안다고 해도 어쩔 수 없는 일이지만, 고향에 가면 아직까지도 생전의 오빠를 그리워하는 오빠의 동창들을 만날 때가 있어. 가만히 생각해 보면 진학을 단념했던 오빠는 몸이 허약한 자신의 장래를 생각해 공부대신 일을 택했던 것 같아.

그러다 깨닫게 된 건데 내가 도쿄로 나온 계기가 된 그때 강가에서 느낀 기분을 오빠는 전혀 느끼지 않았을까? 소학생인 내가 느낀 강열한 욕구를, 성인이고 영리했던 오빠가 생각하지 못했을 리가 없어. 어느 틈에 친구들에게서 멀어져 버린 고독함과 초조함, 무겁게 짓누르는 정체불명의 욕망, 허물없이 속을 털어놓을 수 있는 친구들의 존재 등을 한없이 그리워한 적은 없었을까?

만약 자살이 사실이라면 오빠가 조금만 생각을 달리했더라면 어땠을까. 나 또한 막연하게 느꼈던 장래에 대한 불안을 도쿄로 나온 것으로 해결한 것처럼 오빠도 다른 방법을 찾을 수 있지 않았을까?

아직까지도 오빠의 죽음에 대한 진상은 알 수 없어. 무섭고 너무 슬퍼서 이 일을 누구에게도 물어볼 수 없어. 하지만 죽음을 서두른 오빠의 마음을 생각하면 지금 이 순간을 낭비하고 싶지 않다는 생각이 커. 그리고 오빠가 나의 수호천사가 되어 언제나 지켜보고 있다고 내 맘대로 정하고 스스로를 독려하고 있는 거야.

나중에서야 알게 된 것인데 오빠의 기일은 부처님이 깨달음을 얻은 날과 같았어. 너의 생일이 오빠 기일과 같은 것도 그저 우연이라고 생각되지는 않아….

영순이는 이 문장 서두에 왜 조선인이어야만 하는지 물었다.

조선인으로 일본에서 태어난 자신의 의미를 그녀 나름대로 스스로 묻고 답하면서 깊게 고민하고 있었다.

영순이는 나에게 어떤 대답을 듣고 싶은 것일까?

나도 모르게 괴로운 한숨이 흘러나왔다. 질문에 숨겨진 깊은 틈에서 두려움이 느껴졌다. 아무리 발버둥을 쳐도 빠져 나올 수 없는 개밋둑 같은 공포감이 들었다. 나는 영순이의 물음에 제대로 대답할 자신이 없었다. 이제 막 싹을 틔운 사랑의 마음이 갑자기 구름처럼 흩어져 처음부터 다시 생각해 봐야 할 것만 같았다.

무엇보다도 조선인인 자신을 어떻게 생각하는지, 또 왜 조선인이어야만 하는지 나는 생각해 본 적도 없었다. 일본에 사는 일본인이 왜 자신은 일본인이어야만 하는지 새삼 생각할 필요가 없듯이 내가 조선인인 것은 너무나 자연스러운 것으로 질문이 될 수 없는 어리석은 물음이다.

비슷한 것을 생각한 적은 있다. 일본은 어째서 아시아 국가에 행한 침략행위를 사죄하지 않고 아직도 식민지 시대처럼 조선인을 차별과 멸시의 대상으로 삼고 있는가. 일본정부는 어째서 지금까지도 재일조선인의 자주적인 민족교육을 인정하지 않고 탄압의 대상으로 삼는 것인가. 과연 일본에서 앞으로 우리의 장래는 어찌되는 것인가. 이런 것들은 중학생 시절부터 일상적인 관심사였다.

나와 영순이는 이러한 문제를 인식하는데 있어서 미묘한 시간차와 지역차도 있는 것 같았다. 자라온 가정환경도 영향이 있겠지만, 압도적인 동포수와 정보량을 가진 도시와 급격한 인구감소지역에 사는 이들과의 차이 또한 있을 것이다.

영순이도 그렇지만 일본학교에서 전학 온 학생들의 이야기와 사리판단을 하는 태도에 신선한 자극을 느낄 때가 있었다. 예를 들어 영순이는 이질적인 자신의 출생을 받아들이기 힘들어 괴로워했다. 소학교 때 겪은 경험 때문에 조선학교에서 활로를 찾으려 했다. 전학생들은 이전의 사고방식과는 다른, 민족적인 것에 당황스러움과 반발을 느끼면서도 차츰 변화해가는 사이에 쌓였던 울분을 풀고 자신을 되찾아 갔다. 그런 과정은 내가 몰랐던 것과 새로운 관점을 가르쳐주기도 해서 신선한 충격과 자극이 되었다. 이것은 교내 글쓰기대회와 전교 토론회 등에서 전학생들의 생각을 듣는 기회를 통해 알게 되었다.

왜 너는 조선인인가, 조선인인 네가 왜 일본에 있는가, 왜 조선인으로 계속 살려고 하는 것인가. 이런 질문은 조선과 일본의 불행한 역사관계를 빼놓고는 생각할 수 없는 것들이다. 일본에서 태어난 조선인인 우리의 필터를 통해 반드시 한 번은 소박한 의문을 던지게 된다. 필터에 여과되는 것과 여과되지 않은 채 침전하는 것의 차이가 당사자의 명암을 가르는 것처럼 여겨졌다. 때문에 조선인 이전에 우리의 '존재의 괴이함'(이라고 영순이는 교환노트에 제목을 붙였다)을 질문한 그녀의 자극적인 문제제기는 또 한 번 나를 긴장하게 만들었다.

교환노트에 내 나름의 생각을 적었다. 그녀가 가정사까지 밝히며 문제제기를 한 것처럼 나도 내가 나고 자란 과정에 초점을 두고 내 생각이 추상적으로 표현되지 않도록 신경을 써서 적었다. 특히 신경을 쓴 부분은 '존재의 괴이함'이라는 철학적 물음이다. 영순이에게 이 말을 듣고 비슷한 것을 막연하게 생각했던 때가 떠올랐다.

어릴 때부터 집에서나 학교에서나 '고향'이란 말을 귀에 딱지가 앉을 정도로 듣고 자랐다. 고향은 아버지와 어머니가 언제나 입버릇처럼 말하는 단어다. 그 단어를 말할 때 부모님은 어김없이 옛날을 그리워하거나 울적해지셨다. 학교에서도 선생님은 고향을 자주 화제로 삼았다. 이 단어 속에 '존재의 괴이함'과 '왜?'라는 수수께끼를 풀 열쇠가 숨겨져 있다고 생각했다.

나에게 고향이란 말은 본적本籍이나 조국祖國과 동의어나 마찬가지였다.

문득 학교에 자주 제출했던 서류가 생각났다. 이름 다음에는 반드시 본적지가 있고, 맨 밑에 현주소를 쓰는 곳이 있었다. 시청 서류에도 반드시 본적지 기입란이 있다.

왜 그럴까?

나는 별 생각 없이 아버지가 태어난 본국과 마을의 번지수까지 써 넣었다. 그냥 '조선'이라고만 써도 되지 않을까?

자유롭게 오갈 수도 없고, 살았던 적도 없는 '본적지'를 번지수까지 쓰는 게 무슨 의미가 있지?

본인의 의사와는 상관없이 이런 식으로 누군가가 자신의 출생을 묻고 있었다. 어쩔 수 없이 써 넣어야 하는 '본적지'가 당사자에게 아무런 감정도, 떠오르는 이미지도 없다면 '본적'이 무슨 소용이 있을까?

사전에서 '조국'과 '본적'을 찾아보았다. 상식이라고 생각해 오히려 무신경 했던 이 단어들을 정확히 어떻게 규정하고 있을까?

> **조국** 조상 때부터 살아온 나라. 자기가 태어난 나라.
> **본적** 호적이 있는 곳. 원적原籍

조선인 부모님에게 태어난 나는 의심할 것 없이 조선인이다. 조상 때부터 살아온 '조국'에서 부모님이 태어났고, 원적을 거기에 두고 있는 한 '조국'도 '본적'도 하물며 태어난 '고향'도 역시 동의어라고 생각했다.

그 다음엔 '고향'을 찾아봤다.

> **고향** 태어나서 자란 곳. 시골. 향리.

"… ?"

고향 = 조국이 아니었다! 내가 이해하고 있던 것과 달랐다. 나도 모르게 한숨이 나왔다.

이게 사실일까?

'조국'은 조상 때부터 살아온 나라, 자기가 태어난 나라라고 했지만, '고향'은 그저 태어난 땅, 장소에 지나지 않았다. 태어나서 자란 땅이 '고향'이라면 내 '고향'은 일본이 된다. 이건 충격이다. 당혹스러웠다. 아무리 생각해도 석연치가 않았다.

내 성姓인 김씨의 본관인 한국의 김해를 떠올려 보았다.

자신 있게 말하기엔 확실하지 않은 다섯 살 때 기억에 지나지 않지만, 아버지를 따라 해방 전에 딱 한 번 갔던 아버지의 고향인 그곳을 내 **고향**, **시골**이라고 줄곧 믿어왔다.

다시 찾아가보고 싶다는 생각은 가끔 들었다. 하지만 그건 직접 살아본 적 없는 그저 상상 속 세상에 지나지 않았다. 가슴이 미어지도록 떠오르는 그리움은 아니다. 오히려 전쟁 전에 1년간 피난생활을 했던 우쓰노미야宇都宮의 오오야무라大谷村가 내게는 당장이라도 가보고 싶은 강한 그리움을 느끼게 하는 곳이다.

나는 항상 그곳의 추억을 김해의 불확실한 기억에 얹혀서 그것들 모두가 김해에서 있었던 일이라고 억지로 스스로에게 말해온 것 같다. 설령 그것이 허구라고 해도 어쨌든 나에게 김해는 '고향'으로서 '실감'을 동반해 영원히 계속되는 것이었다.

사전에는 고향을 태어나 자란 곳이라고 정의했다. 그렇다면 내 고향은 도쿄가 된다. 결단코 그건 인정하기 어렵다. 사전의 해석이 어떠하든 그렇지 않기를 바랐다. 정신적 풍토를 '조국'과 함께하고 있었던 만큼 사전대로라면 소중한 '조국'과 '고향'에서까지 무자비하게 외면당하는 기분이었다.

고향 = 조국이라고 믿고, 그런 조국과 일체감을 느끼며 꿈을 키워 온 내 신념은 사전에 적힌 고작 몇 줄짜리 설명으로 무참히 무너져 버리고 말았다.

우리들의 '존재의 괴이함'은 나의 언어 이해력의 한계로 점점 더 증폭되었다. '고향'을 일본이라는 외국 땅에 둔, 아니 둘 수밖에 없었던 우리들의 '존재의 괴이함'이 내 신경을 곤두서게 했다. '고향'이라는 단어가 정말 이런 뜻이라면 이것은 흡사 역사가 낳은 사생아들의 이룰 수 없는 희망, 비명의 묘비 같지 않은가.

하지만, 생각을 다시 해 보기로 했다.

사전의 해석이 어떠한들 '존재의 괴이함'을 인정해야만 한다. 그 다음에 조국으로 회귀하는 것이야말로 우리가 살아갈 방법도 찾아지는 것이 아닐까? 역사가 낳은 사생아들, 우리들 자신의 깃발을 힘차게 휘날려야만 하지 않을까?

학교 문예지에 실린 내 작품에 '우리들의 깃발'로 제목을 붙인 것은 영순이가 쓴 '존재의 괴이함'에 대한 나의 견해였다.

12월이 되자 전교생에게 **학생기**学生旗가 배포되었다. 일 년에 한 번 12월에 발행되는 학생들의 국어문예지다. 작년까지는 등사인쇄였는데, 올해는 일러스트와 만화, 스냅 사진까지 골고루 넣어 A5크기 2백 페이지 정도의 어엿한 활자판 인쇄로 발행되었다.

"우와~ 진짜로 실려 있네. 야, 석철아, 니 작문이 실렸다."

장난기 많은 한 녀석이 야단을 떨며 소리쳤다.

"이야~ 진짜네. 특별상이잖아."

"우리들의 깃발이라, 멋진데!"

교실이 온통 난리였다. 나도 놀라서 얼른 목차를 펼쳐 보았다.

내 이름 옆에 **금년도 전교 글쓰기대회 특별상**이란 글자가 고딕체로 인쇄되어 있었다.

"우와아~ 진짜네."

나도 호들갑을 떨며 소리쳤다.

내 생각을 문장으로 쓴 것이, 게다가 지렁이가 기어간 것 같은 악필이 정돈된 활자가 되어 인쇄될 것이라고는 생각지도 못했다.

승옥이가 일부러 내 자리까지 와서 축하를 해줬다.

"석철아, 축하해. 우리들의 깃발, 진짜 좋은 작문이다."

탁 소리가 나게 등짝을 두드린다.

"아퍼~ 짜샤."

우리들의 깃발은 영순이와 교환하며 쓴 노트에서 만들어졌다. 물론 영순이의 가정사에 대해선 쓰지 않았다. '존재의 괴이함'을 극복하고 조국으로 회귀하는 것이 '우리 자신의 존엄'으로 이어진다는 주장의 글이다. 좀 과장된 내용이 아닌가 걱정했는데, 국어시간에 남시학 선생님께 칭찬을 받고 반 친구들 앞에서도 낭독했다. 그런데 어느새 글쓰기대회에도 추천되어 이렇게 상까지 받게 됐다.

그 주 토요일 전교생 조회에서 입상자 표창이 있었다.

가작부터 시작해 1등까지 수상자 전원이 전교생 앞에 섰고, 특별상인 내가 대표로 표창장을 받았다. 무릎이 후들후들 떨렸고 대기하고 있던 자리로 어떻게 돌아왔는지 하나도 기억나지 않는다.

승옥이, 주학이, 상옥이, 수일이 같은 애들은 늘 성적 우등상을 받는 녀석들이다. 겉으로는 기뻐해주는 척 했지만 속으로는 언제나 분한 마음이었다. 어차피 머릿속 나사가 어딘가 헐거워져 있는 내가 아무리 발버둥을 쳐도 그 녀석들 발밑도 따라갈 수 없으니 몸으로 승부하자 싶어 개근상을 노린 적도 있었다. 어느 정도까지는 잘 되었다.

그런데 꼭 함정이 나타났다. 집안 사정이 생기든가, 병이 나던가. 하루도 쉬지 않고 그저 등교만 하는 것이 개근상인데, 우등상 이상으로 받기 어려운 상이라고는 생각지도 못했다.

나는 상 받는 것과는 인연이 없다고 포기했다. 포기해 버리고 나니 신기하게 마음도 편했다. 소외감이 드는 걸 부인할 수는 없었지만 어느덧 위에서 아래를 내려다보는 여유조차 생겼다. 하지만 나보다 뭐하나 잘하는 게 없는 건일이조차도 중학교 때는 3년 연속 개근상을 받았다. 그 녀석도 할 수 있는데 왜 나는 안 되는 것일까. 그저 손가락을 깨물며 분을 삭일 수밖에 없는 내가 한심스러워 학기말에는 언제나 억울한 기분이었다.

그날 방과 후 태일이네 집에서 학년 조방위원 학습회가 있었다. 교재는 스탈린의 **레닌주의의 기초**다.

2주에 한 번 멤버들 집 가운데 한 곳에서 학습회를 가졌다. 방과 후에 빈 교실에서 할 때도 있지만, 반이 다른 애들이 같은 교실에 모이는 것이 의심받을 수 있다는 이유로 가끔은 학교 밖으로 장소를 옮기기도 했다. 당연히 도내에 사는 멤버의 집이다.

학교를 나올 때에도 전차를 탈 때도 서로 신호를 주고받아 모르는 사이처럼 정해진 장소로 삼삼오오 모였다. 비밀스러운 행동이 스릴까지 느껴져 약간은 우월감도 있었다.

교재 내용 중 사회제도 발전단계에 있어서 지배계급과 피지배계급이 이뤄낸 것을 분석하는 것이 특히 흥미로웠다. 드디어 러시아와 유럽의 계급 분석과 혁명이나 노동운동이론, 사회의 상부구조나 하부구조 등의 전문용어가 나오기 시작하자 뭐가 뭔지 도무지 알 수 없었다. 재미있다고 느낀 기간은 약간의 긴장감도 있었던 겨우 한 달 정도로 그 뒤론 좀처럼 학습회에 나가는 것이 영 내키지 않았다.

학습의 리더는 여기서도 수일이다.

신은 두 가지 능력을 주지 않지만 남보다 뛰어난 한 가지는 주는 것 같다. 대체 언제 어디서 공부를 하는지 수일이는 사회과학에 대단히 강했다.

교재는 대부분 세계 최초로 사회주의국가를 수립한 레닌의 혁명사상을 해설하고 있는 것으로 예증도 제정러시아의 것이 많았다. 리더인 수일이는 항상 철저히 예습해 와서 우리를 리드했다.

"1861년 농노해방 후 제정러시아에서 나로드니키narod niki 운동이 일어났다."

"무슨 말이야? 나로드니키 운동이라는 게?"

건일이가 수일이의 말을 자르고 묻는다. 질문하는 것이 학습에 열중하고 있는 증거라도 되는 듯 예습에는 전혀 관심도 없는 건일이가 질문은 맨 먼저 한다.

"인민주의, 즉 이들은 후진적이고 농민이 압도적 다수를 차지하는 러시아에서는 노동자를 주체로 하는 혁명운동이 아닌 예로부터 있던 농촌공동체를 발전시켜 농민사회주의를 실현하는 방법을 써야 한다고 주장했어. 그게 바로 나로드니키라고 ……."

러시아어 반인 우리는 아는 단어가 나오면 수일이 말을 어쩐지 다 이해할 것 같은 기분이 들어서 연신 고개를 끄덕였다.

모두 흥미롭게 귀를 기울이면 수일이도 힘이 나는지 우쭐대며 설명을 했다. 그런데 러시아 사상가들의 이름이 줄줄이 예로 나오자 모두가 멍청히 쳐다보기만 했다. 이름만 들어도 어쩐지 안개에 둘러싸인 느낌이었기 때문이다.

"수일아, 좀 알아듣게 설명해 봐. 헤르첸이나 체르니 아무개씨 얘기도 좋지만, 김씨 박씨 같은 조선의 사상가를 예로 들어 설명해주면 안 되겠냐. 그게 훨씬 알아듣기 쉽잖아."

수일이의 열정에 반은 감동하면서도 주학이와 상옥이는 벌써 질린 표정이다.

"나쁘진 않잖아. 수일이한테 좀 더 설명해 보라고 하자. 그래서 그 체르, 체르니, 체르니 무슨 스키가 뭐랬다고?"

저절로 혀가 꼬이는 러시아 이름 첫머리를 태일이가 몇 번이나 더듬으며 말했지만 결국 정확한 이름을 발음하지 못하자 애써 참던 녀석들이 더는 못 참겠다는 듯 하나가 웃기 시작하니 여기저기서 한꺼번에 웃음이 터졌다.

"체르니 셰프스키."

수일이는 태일이가 안쓰러웠는지 천천히 다시 말했다.

"차이콥스키라면 발음이 되는데, 도대체가 이 체르니 아무개씨는 왜 이리 혀가 꼬이냐?"

태일이가 머쓱해하며 수일이에게 따지듯 다시 물었다.

"그 체르니 아무개씨가 **무엇을 해야 할 것인가**라는 책에서 뭘 하라고 했는데? 너 그 책 읽긴 읽었냐?"

"어?"

태일이도 만만치 않은 논객이다. 트집을 잡으려는 듯 감정을 드러내며 수일이를 노려본다. 두 사람의 얼굴을 번갈아 쳐다보고는 '또 시작이구나' 하는 표정과 격렬한 논쟁을 기대하는 표정들이다.

태일이의 기세도 만만치 않았다. 상대가 누구든 지는 걸 싫어하는 태일이는 늘 일방적으로 설명하는 수일이를 못마땅해 했다.

태일이는 자기보다 강한 녀석이나 잘난 척하는 녀석에게 본능적으로 투쟁심을 불태우는 특이한 성격이다. 때문에 태일이에게 학습회는 논쟁을 펼쳐 수일이를 찍소리 못하게 만들기 위한 기회였고, 교재를 예습해 오는 것을 게을리 하지 않았다.

"아직 읽지는 않았는데…."

수일이가 말끝을 흐린다.

"그럼 하나 묻겠는데, 프레하노프와 레닌은 이 운동을 비판했는데, 어째서인지 너 알아?"

태일이가 틈을 주지 않고 연거푸 물고 늘어진다.

"그건 또 누구야, 프레하노프?"

건일이가 또 끼어든다.

태일이도 수일이도 건일이의 질문 따위 완전히 무시하고 잠시 서로 노려보았다.

이렇게 되면 학습은 모두 포기한 채 두 사람의 싸움을 구경할 수밖에 없다. 본론과는 상관없는 곁가지 싸움을 보는 것이 훨씬 더 재미는 있었다.

프레하노프와 레닌 비판의 요점을 명쾌하게 그 자리에서 대답하지 못하는 수일이를 태일이가 몰아세우더니 드디어 이겼다는 듯 엷은 미소를 지었다.

태일이 집이 학습회 장소로 자주 선택된 것은 사실 간단한 이유다. 우선 태일이 어머니와 형수님이 대환영해 준다는 것. 두 번째는 좀 치사하지만 파친코 경품인 먹거리를 선뜻 제공해 주기 때문이다. 고작 과자 같은 것들이지만, 평소에 먹을 수 없는 외국 과자까지 내오니 모두들 눈이 휘둥그레졌다.

우리 집이나 주학이네 집에서 할 때도 있었다. 어느 집이나 소박한 간식거리는 있었고, 애써 간식에는 관심 없는 척했지만 그건 겉모습일 뿐이고 진짜는 속이 빤히 들여다보일 정도로 특히 남학생들이 거기에 매달렸다. 간식 때문에 학습회에 오는 것이 꼴불견인 걸 알기에 누구도 간식에 대한 말을 하지 않을 뿐이다. 항상 배가 고팠기 때문에 누가 먹여 주기만 한다면 어디든지 달려 갈 준비가 돼 있었다. 오늘은 간식으로 무엇이 나올까, 남자 애들 얼굴에는 모두 그렇게 써 있었다.

어느 집이나 엇비슷했지만, 한 가지 더 태일이네 집이 좋은 건 맞아주시는 분이 다른 집보다 훨씬 젊었기 때문에 괜히 송구스러워 할 필요가 없다는 것도 있었다.

"어머나, 석철 군, 오랜만이네. 이 군도 키 큰 것 좀 봐. 다들 잘 지냈어?"

환한 표정에 엷은 립스틱을 바른 태일이 형수님이 상냥하게 인사를 해주면 섹시해 보이기까지 해 내 얼굴이 먼저 빨개졌다. 시동생인 태일이한테 잘하려는 마음인지도 모르지만, 어쨌든 바지런하게 이것저것 챙겨주는 형수님이 좋아서 우리는 진짜 누나처럼 친근하게 누님이라고 불렀다.

"누님, 저 배고파요."

"누님, 물 좀 주세요."

수일이, 승옥이는 다들 놀랄 정도로 아무렇지 않게 형수님에게 응석을 부렸다.

오늘만 해도 태일이 형수님은 2층에 3평 남짓한 방 가운데 상을 차리고 파친코 경품인 전병과 초콜릿, 단팥빵, 크림빵, 차 도구를 준비해 놓고 우리가 오기를 기다리고 있었다. 다른 집은 우리가 도착하고 난 뒤에 준비하지만, 태일이 형수님은 미리 방안을 따뜻하게 해놓고 기다렸다. 아무것도 아니지만 그 차이가 우리를 자연스럽게 태일이 집으로 향하게 하는 이유였다.

정각 3시에 모인 멤버는 정확히 열 명이다. '아버지' 이평성 외에 3명이 결석이다. 채 10분도 지나지 않아 상위에 있던 음식은 깨끗이 사라졌다.

"자, 시작할까?"

잇새에 낀 마른 오징어를 손가락으로 **빼**내며 수일이가 멋쩍은 듯 말했다. 먹거리가 하나도 남지 않았으니 학습회를 시작할 수밖에 없다.

"먼저 최근의 정세와 새로운 뉴스에 대해 공지하겠습니다."

언제나 맨 먼저 최근 정세와 뉴스부터 알리는 것으로 시작했다. 그만큼 우리를 둘러싼 상황들이 매일같이 급변했다.

"조선전쟁은 휴전됐지만 우리의 삼반三反투쟁은 계속합니다. 이 운동이야말로 재일조선인인 우리와 일본 국민의 요구가 일치하기 때문입니다."

삼반이란 미국에 반대, 요시다 내각에 반대, 군의 재정비에 반대한다는 의미다. 여하튼 조방위의 주장은 조선의 통일은 이를 방해하는 미국과 요시다 반동내각을 타도하고, 일본이 민주정부를 쟁취함으로써 비로소 실현된다는 것이다.

"지금까진 조국이 전쟁 중이었으니까 미국의 개입을 차단하기 위해서 싸워온 것 아니야? 휴전이 됐으니까 재일조선인의 운동방침이 바뀌어도 좋지 않을까……."

말순이가 손을 들고 모두의 표정을 살피며 말했다. 이 의견은 일부 활동가와 동포 사이에서도 조금씩 나오는 말이다.

조방위는 비밀조직이기 때문에 상부로부터 어떤 지령이 있을 때까지 그대로 있겠지만, 모두들 속으로는 연착륙을 바랐다. 간단치 않은 문제를 화제로 꺼낸 말순이의 용기에 역시 중학교 때부터 멤버가 된 만큼 남다른 부분이 느껴져 적잖이 놀랐다.

"아니, 그건 그렇지 않아."

태일이가 갑자기 단호하게 부정했다.

"어디까지나 휴전이 된 것뿐이지, 남조선과 일본은 여전히 미국의 식민지 그대로야. 일본의 반동세력에 반대하는 싸움은 조선의 진정한 통일과도 연결되기 때문에 앞으로도 지속해나갈 거야."

말순이 의견을 서슴없이 냉정하게 비판한 태일이는 말순이에게 눈길도 주지 않았다. 말순이와 같은 반이 되고 싶어서 러시아어 반에서 영어 반으로 생각을 바꿨으면서도 두 사람은 생각만큼 가까워지지 않은 것 같았다. 멤버들 앞에서 면박을 주듯 말순이를 비판하는 걸 보며 태일이가 초조해서 그런 건지 진짜로 그렇게 생각해서 한 말인지 알 수 없었다. 말순이를 냉정하게 대하는 태일이가 마음에 걸렸다.

"태일이가 말한 대로다. 우리의 삼반투쟁은 앞으로도 계속된다. 이 건은 다른 기회에 토론하기로 하고 오늘은 한 가지 더 새로운 뉴스가 있어. 며칠 전 8일에 있었던 일인데, 도립조선인학교 PTA연합회 대표가 교육위원회에 불려 갔는데 다음과 같은 여섯 개 항목을 문서로 회답해 달라고 했대."

8일이란 말을 듣고 나는 복도에서 후다닥 내게 건네준 영순이의 쪽지를 떠올렸다. 꽃을 그려 넣고 아래에 생일을 축하한다고 적혀 있었다. 생일축하 같은 걸 받아 본 적이 없는 내가 영순이에게 이런 축하를 받으니 표현할 수 없는 기쁨을 느꼈다.

이날 나는 만 열일곱 살이 되었다.

수일이가 노트를 꺼내서 읽기 시작했다.

"먼저, 첫 번째 이데올로기 교육을 하지 말 것. 두 번째로 민족교육과목은 방과 후 수업으로 할 것, 세 번째 정원제를 지킬 것, 네 번째 학생들의 집단 진정을 못하게 할 것, 다섯 번째로 미채용 교사를 교단에 세우지 말 것, 마지막으로 교직원 이외에는 교직원회의에 참석시키지 말 것. 이렇게 여섯 항목인데, 교육위원장이 말하길 이것은 희망사항으로 강요는 아니니 형식적인 것으로 생각하고 아무튼 문서로 답변을 주길 바란다고 했대."

"또 트집을 잡기 시작했구만. 뒤에 뭔가 있는 거 아냐?"

"이상하네, 무슨 꿍꿍이가 숨겨진 게 틀림없어."

"지금까지 요구했던 것과 다를 바 없잖아. 당연히 거절해야지."

하나같이 수상쩍다며 한 마디씩 한다.

결국, 자주적인 민족교육은 역시 인정하지 못한다는 것을 재차 분명히 하고, 자유로운 행동을 속박하려고 이참에 문서화하겠다는 것 아니겠는가. 이게 강요가 아니라 형식적인 것이라면 대체 무엇 때문에 이것을 해야 하는지 누구든 의심할 수밖에 없었다. 틀림없이 뒤에 무언가가 숨겨져 있다.

2

"있잖아, 화제를 좀 바꿔보지 않을래?"

갑자기 영희가 엉뚱한 제안을 했다.

오늘은 웬일인지 여학생들이 적극적으로 발언을 한다. 남학생들이 의아해하며 그녀의 표정을 살폈다.

"이 여섯 항목에 대해서는 조만간 무슨 움직임이 있을 테니까 오늘은 학습을 그만하고 석철이가 쓴 글에 대한 감상을 서로 얘기해 보는 건 어때? 모처럼 우리 친구가 특별상까지 받았으니까 축하도 할 겸…… . 주제가 꽤 흥미로웠거든. 괜찮지 않아?"

아무튼 오늘 학습은 중지되었다. 미간을 찌푸려가며 알아듣지도 못하는 설명을 듣고 있으니 차라리 내 작문을 얘깃거리 삼아 수다라도 떠는 게 훨씬 마음 편할지도 모른다.

어느새 다리까지 쭉 뻗고 잡담을 하느라 갑자기 자리가 어수선해졌다.

내 작문의 품평을 제안한 사람이 영희라서 좀 놀랐다. 언젠가 주학이 방에서 그녀의 편지를 발견한 이후로 영희에게 품었던 감정을 나는 깨끗이 지워 버렸다. 그런 영희가 처음으로 내게 관심을 보였다는 것이 꼭 기분 나쁘지만은 않았다.

"석철아, 사전에 고향이 태어나 자란 곳이라고 진짜 써 있냐? 일본에서 태어났지만 분명히 내 고향은 조선이라고 생각했기 때문에 그 부분이 나도 충격이었거든. 그럼 내 고향은 고도구江東区에 있는 에다가와枝川가 되는 건가."

이번에도 건일이가 먼저 말문을 열었다.

"진짜냐? 해방 전에 강제 이주 당했다는 쓰레기더미 부락인 그 에다가와 조선부락에서 니가 태어난 거야? 어휴, 더러워~"

수일이가 깜짝 놀랐다는 듯 눈을 동그랗게 뜨고 놀리자 건일이가 눈을 부라리며 수일이를 째려본다.

"그러는 너는 어디서 태어났냐? 말해 봐?"

"나? 난 말야, 도쿄 야마노테(山手 에도시대 성城을 중심으로 무사, 귀족이 거주하던 고지대를 일컬음) 오타구太田区의 덴엔쵸후(田園調布 고급주택가)가 고향이다 왜."

수일이가 상체를 크게 뒤로 젖히며 거만하게 대답했다. 그러자 모두들 깔깔깔 웃어댔다.

머리 회전이 빠른 수일이는 넉살좋게 허풍을 떠는 재주를 가졌다. 주눅도 들지 않고 허풍을 떠니까 진짜로 그걸 믿는 얼빠진 녀석도 있었다. 하지만 에다가와가 쓰레기장이었다는 것은 거짓이 아니다.

언젠가 건일이 집에서 학습회를 한 적이 있다. 도쿄만이 바로 옆에 있어서 짠 내음과 악취가 뒤섞여 코를 찌른다. 이시카와지마石川島 조선소와 쓰레기장 옆에 건일이가 사는 조선부락이 있다. 지붕이 하나로 길게 이어진 2층 건물이 스무 채 쯤 두 줄로 빽빽하게 늘어서 있는 곳이다.

오래전 도쿄시의 쓰레기장이었던 에다가와 부근의 시오자키쵸塩崎町에 조선인들이 판잣집을 짓고 살았다. 시오자키쵸를 올림픽대회장으로 결정한 시 당국은 쓰레기장인 에다가와에 지붕이 하나로 이어진 판잣집을 짓고 조선인을 이곳으로 이주시켰다. 1941년의 일이다.

덴엔쵸후가 고향이라고 허풍을 떤 수일이 집도 건일이와 오십보백보다. 언젠가 쓰루미가와鶴見川 부근에 있는 조선부락인 그 녀석 집에 간 적이 있다. 내가 본 수일이네 집은 벌어진 입이 다물어지지 않을 만큼 상상 이상으로 처참한 곳이었다. 부락의 가장 안쪽에 3평 남짓, 2평 남짓한 방 두 개가 있는 집이다. 건물 한쪽이 쓰루미가와까지 삐져나와 있어서 강물에 박아 넣은 두꺼운 통나무가 건물 양쪽 귀퉁이와 한가운데 있는 마루를 떠받치고 있었다. 이 판잣집에서 부모님과 삼남매 다섯 식구가 산다고 했다.

"강바람이 정면으로 불어오니까 자연 냉방기 같아. 하하."

나는 뭐라고 말을 건네야 좋을지 몰라 강으로 삐져나온 좁은 방 창가에 서서 최대한 기분 상하지 않게 말했다.

"그렇지 뭐. 시원한 건 좋은데 여름에는 모기가 극성이지. 게다가 강에선 코가 아플 정도로 악취가 나서 항상 문을 닫고 살아서 말야. 아버지가 해방 전에 징용으로 일본강관日本鋼管에서 근무할 때는 지금보다는 강기슭 쪽에 가깝게 살았는데, 어느새 강폭이 넓어져서 지금은 집 한쪽이 강 위에 떠 있는 셈이지. 난 여기서 태어나고 자랐어. 강에다 한쪽 기둥을 박아 넣은 집 같은 거 아마 일본엔 어디에도 없을 걸. 스위스에 있는 렌마호수의 별장 같은 거야. 풍류적이지 않냐?"

렌마 호수의 전망이 어떤 모습인지 모르겠지만, 마치 그 조감도와 비교해서 자랑이라도 하듯 어이없는 수일이의 넉살에 할 말을 잃었다. 허풍도 이렇게까지 자연스럽게 떨면 오히려 칭찬할 만하다.

"저기 말야……."

아까부터 전정숙이 쑥스럽게 손을 들고 있다.

조방위에서 처음 알게 된 중국어반 정숙이는 중학생 같은 아담한 체격이지만 이목구비가 야무지고 명석한 두뇌의 소유자로 평판이 난 여학생이다.

그런데 정숙이는 언제나 한 박자가 늦었다. 예를 들면 웃는 타이밍인데, 모두가 웃고 난 다음 5초쯤 지나 그때서야 정말 재밌다는 듯 웃기 시작하는 것이다. 처음 알았을 땐 나사가 빠진 것 같은 그녀의 느긋함에 눈알을 이리저리 굴리며 놀라워했다.

오늘만 해도 여기 오기 전까지 터무니없는 일이 있었다.

우리는 오우지역王子駅에서 도덴 전차를 타고 미노와바시三ノ輪橋까지 왔다. 좌석은 승객들로 거의 만석이고 서있는 사람은 우리뿐이었다. 남학생은 축구부의 원정시합 애기로, 여학생들은 모녀간의 갈등을 그린 영화 애기가 한창이었다.

어느 건널목에서 갑자기 전차가 급정차했다. 어린아이가 튀어 나온 것이다.

뒤쪽 차장실 근처에 서있던 우리는 재빨리 손잡이를 잡고 다리에 힘을 주고 버티었지만, 공교롭게도 정숙이만 손잡이를 잡지 못하고 데굴데굴 그것도 앞쪽 운전석까지 굴러가 버리고 말았다. 너무 순간적으로 일어난 일이었다. "위험해!"하고 우리가 소리를 지른 것보다 정숙이가 넘어져 구른 것이 빨랐다. 게다가 굴러가는 동안 치마 속 하얀 팬티가 몇 번이나 살짝살짝 보이기까지 했다. 웃기기도 하고 안쓰럽기도 해서 우리는 이를 꽉 깨물고 웃음을 참으며 허둥지둥 "괜찮아?"하고 모두가 한 마디씩 물었다.

그런데 어찌 된 일인가, 운전석까지 굴러간 정숙이는 아무 일도 없었다는 표정으로 천연덕스럽게 일어나더니 웃지도 않고 우리 쪽으로 돌아와 말했다.

"모녀지간 영화는 눈물만 질질 짜게 만들어서 하나도 재미없다니까."

이런 정숙이가 아까부터 몇 번씩이나 "저기, 있잖아…"를 연거푸 반복하며 머뭇거렸다. 특별히 무슨 논쟁이 시작된 것도 아니니 알아서 애기하면 될 것을 일부러 손까지 들고 말하니 분위기가 이상했다. 무슨 중요한 발언이라도 있는 것일까.

"저기… 수일이한테 한 마디 하고 싶은데. 나도 건일이와 같은 에다가와에서 태어나 거기에서 자랐어. 쓰레기장 부락이 내 고향이야."

쓰레기장 부락이란 말을 듣고 화가 나서 나도 에다가와 태생이라고 갖다 붙인 것인지, 정숙이의 속마음을 잘 알 수 없었다. 그러고는 5초 후에 또 다시 정숙이 특유의 웃음이 튀어 나왔다.

어디서 태어났든 우리들의 '고향'은 그만큼 자랑할 만한 일은 못되었다.

"난 조선에서 태어나서 솔직히 고향이 그립다고 말할 수 있지만, 조국과 고향이 같지 않은 너희들 기분도 석철이 작문을 읽고 난 후 이해가 됐다. 재일조선인의 불행한 역사가 '사생아들'이나 '존재의 괴이함'이란 표현이 된 것이겠지만, '존재의 괴이함'을 뛰어넘어 조국으로 회귀해야 한다는 석철이의 결론은 옳다고 생각해."

상옥이가 말했다.

"다들 졸업하면 뭘 할 거야? 대학에 가는 사람도 있겠지만, 대학을 가든 취직을 하든 결국은 조국으로 돌아가야 된다고 생각해. 그치만 돌아간다고 어떻게 될까? 몸도 마음도 완전히 조선인이 돼야 하는 거잖아. 조선인이 차별당하는 일본에서 앞으로 뭘하면 좋을까? 뭐가 될 수 있을까? 차별에 반대하고 조선인의 자존심을 지키고 살아야겠지만, 왜 우리만 언제까지나 이런 일에 매달려야 되는 건지 모르겠어. 그걸 도무지 모르겠어."

영순이가 나에게 물었던 왜 조선인이어야만 하는가의 대답은 나로서도 확실히 답을 찾지 못한 것 같다. 사실은 불과 얼마 전 알게 된 우리 형의 경우를 예로 들어 모두의 의견을 듣고 싶었지만 어쩐지 그 얘긴 해서는 안 될 것 같은 생각이 들어 목젖까지 올라온 말을 그냥 삼키고 말았다.

내년에 대학을 졸업하는 형이 지금 목하 열애 중이다.

어느 날 형은 생각지도 못한 제안을 했다. 긴자銀座로 구경을 가자는 거였다. 이런 일은 처음이라 무슨 꿍꿍이가 있을 거라 짐작했다. 뭔가 곤란한 일이 생겼을 때 언제나 형은 나를 꼭 끌어들였다.

긴자 한 복판, 라이온이라는 술집에서 나는 태어나 처음으로 생맥주라는 걸 마셨다. 고등학생이면 이제 어엿한 어른이라는 형의 말에 꼬여 내 기분은 들떠 있었다.

잠시 후 주위가 환해질 정도로 아름다운 여대생이 갑자기 내 앞에 나타났다.

"인사해라, 야마다 토모코 씨야."

형은 주뼛주뼛 그녀를 소개했다.

정확히 말하면 나와는 두 번째 대면이라고 그녀는 말했다. 첫 대면은 내가 신주쿠 경찰서를 나올 때 형과 함께 왔었다고 했다. 친구들이 잔뜩 와 있었기 때문에 일부러 멀리 있었다고 한다.

"둘이 어떤 사이야?"

돌아오는 전차 안에서 형에게 물었다.

"아무 사이도 아니야. 그냥 대학 친구."

형은 아무렇지도 않은 척 했지만 결론은 부모님보다 먼저 나를 아군으로 만들겠다는 작전인 셈이다.

"아까 그분, 일본인?"

"으응."

"형이 조선사람이란 것도 알고 있어?"

"당연하지. 그게 어째서."

말투가 거칠어지며 내게 따지듯 말했지만, 이건 아버지와 대결할 때를 대비한 예행연습 같은 것이다.

"남녀사이에 국경 따위 아무 상관없어!"

난 아무것도 묻지 않았는데 형은 이미 싸울 기세였다.

일본인에게 일방적으로 배척당하기만 했지만 차별과 배제를 도약으로 삼아 우리는 민족의식에 눈뜨고 스스로 주변을 다져왔다고 생각했다. 그런데 지금 내 피붙이에게서 조선인의 의미가 침식당하려는 것 같았다. 아무리 소리쳐 조국회귀를 부르짖어도 소쿠리로 물이 새듯 빠져 나갈 것 같은 예감이 들었다. 조국을 알지 못하는 조선인, '고향'을 가져보지 못한 이국 태생의 조선인에게 '왜 조선인이어야만 하나'라는 물음은 결국은 고통을 동반하는 문제로 우리에게 닥쳐오는 게 아닐까. 그것을 해명하고 싶었다. 거기서부터 다시 조국으로 회귀하는 의미를 생각해 보고 싶었다.

갑자기 분위기가 무거워졌다. 모두들 뭔가 골똘히 생각하는 것 같았다.

한참 후 영희가 조용히 침묵을 깼다.

"사실은 나, 조선 …. 나 있잖아, 이 자리에서 처음으로 고백하는데, 사실은 조선인이 아니야. 일본인이야….”

모두들 깜짝 놀라 영희를 쳐다보았다.

옆에 있던 주학이 얼굴이 파랗게 질렸다.

"해방 전 만주, 지금은 중국의 동북지방인 연변에서 일본인 부모님에게 태어나 자랐어. 만주 철도직원이었던 아버지는 내가 1살 때 병으로 돌아가셨고, 어머니가 재혼한 사람이 박씨 성을 가진 조선인이야. 지금도 그렇지만 당시 연변에는 조선인이 많이 있었어. 철이 들 무렵 우리는 새아버지의 고향인 북조선의 평강이라는 곳에서 살게 됐어. 새아버지는 진심으로 나를 아껴주셨어. 그래서 새아버지의 호적에 올려 우리 모녀는 조선인이 된 거야. 그런데 새아버지마저 내가 열한 살 때 병으로 돌아가시고 말았어. 일본이 전쟁에서 패하기 2년 전 일이야.”

영희는 갑자기 눈물을 글썽거렸다.

"전쟁이 끝나고 일본으로 돌아와 이 학교에 들어온 거야. 평강의 풍경과 친했던 친구들이 언제나 그리웠어. 일본으로 돌아와서 엄마한테 처음으로 이 사실을 듣게 되었는데, 난 내가 조선인이란 걸 의심하지 않았어. 조선인으로 살아갈 생각으로 이 학교에 들어온 거야. 고등학교부터 중국어 반이 생겼기 때문에 태어난 고향의 말을 아는 것도 뭔가 인연이라고 생각해 망설임 없이 선택했어. 이제야 솔직히 말하는데, 고등학교를 졸업하면 어떤 길을 가는 게 좋을지 너무 불안했어. 석철이가 쓴 ‘존재의 괴이함’과 조국으로 회귀한다는 말을 어떻게 해석해야 좋은지 나도 헤매는 중이야….”

아무도, 아무 말도 하지 못했다.

아래층에서 자그락자그락 돌아가는 파친코 구슬소리와 시끄러운 노랫소리만이 끊임없이 들려올 뿐이었다.

"우리에게 조국이란 무엇일까? 일본에서는 왜 어느 나라 사람인지가 중요한 문제가 되는 걸까. 난 내가 누구인지 알 수 없을 때가 있어.”

누구보다도 유창한 조선말을 하고 조선인다움을 풍기던 미소녀인 영희가 일본인이었다는 얘기는 청천벽력이었다.

똑똑한 척 던진 내 질문이나 의문 따위 이젠 어찌 되어도 상관없었다. 아무렇지 않게 영희의 손을 잡거나 어깨를 껴안는 말순이나 정숙이처럼 할 수만 있다면 나도 그렇게 영희를 위로해 주고 싶었다. 남학생들이 어색한 표정으로 영희에게 위로의 눈빛을 보냈다.

"조국과 국적이 다른 경우도 있구나…."

수일이가 중얼거렸다.

"민족과 국적이 다른 경우도 있어…."

이번엔 태일이가 혼잣말을 했다.

"결코 고향은 조국과 하나가 아니구나."

이어서 승옥이도 덧붙였다.

"우린 정말 이상한 존재인 거네."

자신을 납득시키기라도 하려는 듯 건일이가 몇 번씩 고개를 끄덕였다.

"우리는 어디로 흘러가는 걸까…."

앞이 보이지 않는 혼돈스러운 내일이 불안해 나는 더 이상 고민하는 것이 두려워졌다.

"일본은 잠깐 머물러 사는 곳이야. 언젠가 우리는 가야만 하는 곳으로 간다. 지금은 그저 파도에 떠돌고 있어서 그곳이 잘 보이지 않지만 말이야."

상옥이가 모두를 위로하듯 힘주어 말했다.

"잠깐 머무는 곳이라…."

주학이가 천정을 올려다보며 중얼거렸다.

슬픈 역사가 낳은 사생아들이 아무리 머리를 맞대고 얘기해 보았자 원하는 답은 나오지 않을 것 같았다.

"야, 태일아. 뭐 먹을 거 좀 없냐?"

갑자기 수일이가 밝은 목소리로 태일이에게 눈짓을 했다.

태일이는 말없이 일어나 아래층으로 내려갔다.

형의 연인

어머니가 유자를 힐끗 보며 내게 물었다.

"형이 니한테 암말 안 하드나?"

"아니요. 무슨 말이요?"

"친구를 델꼬 온다 카드라."

"언제?"

"쪼매 지나믄 온다 아이가."

"그게 뭐 어때서. 설날이니까 놀러 오는 거 아니에요?"

"그기 여자 대학생이라 카던데."

"진짜?"

나는 눈을 동그랗게 뜨며 놀랐다. 유자와 히로시 눈도 동그래졌다. 그 여대생이 야마다 토모코 씨라는 걸 눈치 챘다.

"니, 알고 있었드나? 갸가 누고?"

"내가 어떻게 알아요."

얼버무리긴 했지만 형이 기어이 일을 저지르는구나 싶어 놀랍기도 하고 불안하기도 해 저절로 한숨이 나왔다. 또 한 번 큰 소동이 날 것 같았다. 형의 연인이 일본인이란 걸 알게 되면 부모님은 놀라 자빠질 것이 틀림없다.

생각보다 형은 대담했다. 항상 정월 초하룻날 밤이 되면 누나와 매형, 숙부님 내외, 그리고 연장자인 아버지에게 새해 인사차 여러 사람들이 찾아온다. 형은 그 북새통을 틈타 적진으로 들어올 작전인 것이다. 불특정 다수의 사람들이 드나드는 신년 인사에 느닷없이 토모코 씨를 등장시켜 부모님께 인지시키려는 기습작전이다.

내년에 대학을 졸업하는 형은 1년 전부터 슬슬 혼담이 오가기 시작했다. 취직자리도 장래의 보장도 없고, 결혼 또한 아직 이른 게 아닌가 생각했는데, 우리 집의 장손으로서 하루라도 빨리 가정을 이뤄 어엿한 가장이 되길 부모님은 바라셨다. 어차피 조선인인 형에게 취직자리가 있을리 만무하지만, 결혼해서 가업을 이어준다면 어떻게든 살길이 열릴 거라고 부모님은 내심 바라셨다. 애초부터 부모님은 정해진 길을 걸었던 경우는 한 번도 없었다. 길이 아닌 길을 자신들이 걸어가면 그것이 길이 되었다.

그래도 며느릿감은 당연히 동포 처녀를 물색하고 있던 부모님이 형이 만나는 연인이 일본인이란 걸 알게 되면 날벼락이 떨어질 것이다. 나도 그건 곤란하다는 생각이 들었다. 그런 생각이 들면서도 그다지 걱정이 되지 않은 건 오전 중에 도착한 영순이의 연하장 때문일지도 모른다. 매년 십여 통 정도 도착하는 연하장 가운데 영순이한테서 받은 연하장이 특히 기뻤다. 그런 기분이 형에게 묘한 연대감을 느끼게 했다.

형은 친구를 데리고 오겠다는 것 이외에 다른 것은 아무것도 알리지 않았다. 그 친구가 여성이라는 것을 어찌어찌 해서 어머니가 물어 알아내고 난 뒤 부모님은 갑자기 침착함을 잃었다. 아버지는 막 자리에 앉았는가 싶더니 곧바로 작업장으로 다시 나가거나 줄담배를 계속 피우셨다. 나중에는 부엌에 들어가 섣달그믐 밤에 만든 제사용 음식을 집어 입에 넣고 막걸리를 단숨에 들이키셨다. 어머니도 연초라 그런지 감정을 애써 내색하지 않으면서도 대접할 음식을 준비하느라 온 신경을 쏟으셨다.

우리도 좀처럼 차분해지지 않는 건 마찬가지였다. 유자와 히로시도 뭔가 중대한 경사가 있다는 걸 눈치챘다. 설날과 추석이 한꺼번에 찾아온 것처럼, 시키지도 않았는데 히로시까지 음식을 나르는데 여념이 없었다.

유리문이 드르륵 열리는 소리가 들렸다.

"자, 어서 들어가요."

평소에는 들어보지 못한 말투의 형 목소리가 들렸다.

"왔다~"

목을 빼고 기다리던 배달음식이 도착한 것처럼 신이 난 히로시가 크게 소리를 질렀다. 득달같이 뛰쳐나간 히로시가 장지문을 힘껏 열자 잔뜩 상기된 표정으로 눈동자를 이리저리 굴리며 한껏 들떠있는 형의 얼굴이 나타났다.

방안에 있던 우리는 너무 긴장한 나머지 어정쩡한 자세로 모두 일어섰다.

토모코 씨는 현관에서 가지런히 코트를 접은 뒤 오른팔에 걸치고 마루귀틀에 섰다. 어깨까지 닿은 길고 검은 머리카락, 통통한 얼굴에 오똑한 콧날이 보기 좋게 조화를 이루었고, 커다란 눈동자는 약간 수줍은 듯했다. 차갈색 투피스 소매 밖으로 뱅어처럼 하얀 손이 드러나 있고 청결함이 넘쳤다. 언젠가 긴자의 라이온에서 만났을 때도 깜짝 놀랐지만, 키가 족히 160센티 이상은 되는 것 같았다. 팔등신 배우 이토 키누코가 울고 갈 만큼 주위를 환하게 만드는 사람이었다.

"아버지는요?"

형이 어머니에게 물어보기가 무섭게 작업장에 나가 있던 아버지는 '어흐으음' 하고 헛기침을 하며 벌써 현관 입구에 와 있다. 점잖은 표정을 짓고 있긴 해도 아버지의 얼굴은 어딘지 싱글벙글 웃고 있는 것처럼 보였다. 위엄 있게 보이려고 했지만 어쩐지 언밸런스하게 웃는 아버지와 반가움을 온몸으로 드러내고 있는 어머니가 먼저 자리에 앉자 우리도 상 주위로 둘러앉았다.

형이 조심스럽게 말문을 열었다.

"아버지, 어머니, 대학에서 함께 공부하고 있는 야마다 토모코 씨에요."

"토모코 라고 합니다. 갑자기 찾아뵙게 된 걸 양해해 주세요. 모토히로(基浩, 형의 통칭명) 씨가 꼭 같이 가자고 부탁해서 실례가 되는 줄 알면서도 이렇게 찾아뵙게 되었습니다."

양손을 가지런히 방바닥에 대고 토모코 씨는 머리를 깊이 숙였다. 덩달아 어머니와 우리까지도 허둥지둥 자세를 바로하고 형의 소개에 따라 한 사람씩 정중하게 머리를 숙였다.

'야마다 토모코입니다' 라고 이름을 말했을 때부터 부모님은 서로 얼굴을 쳐다보며 미심쩍은 표정을 지었다. 그러면서도 아버지는 아들의 여자 친구를 배려해 상냥하게 물었다.

"잘 왔어요. 아들 녀석이 신세를 지진 않았나요?"

그리고는 잠시 침묵이 흘렀는데 다시 한 번 확인하려는 듯 아버지가 물었다.

"토모코 씨라고 부릅니까? 야마다 씨입니까?"

조선인이 일본이름의 통칭명을 쓰는 경우는 흔했다. 아버지는 그것을 확인하고 있었다.

"네, 야마다 토모코라고 합니다."

"아버지는 어떤 일을 하시는지?"

"변호사입니다."

"변호사라면, 재판할 때의 …?"

어머니가 상기된 목소리로 바짝 다가와 묻는다.

"아, 네에."

"그렇다면 아가씬 일본인이우?"

"네."

역시나 하고 그때서야 알아차린 아버지는 노골적으로 벌레 씹은 표정을 짓더니 이내 얼굴이 어두워졌다.

갑자기 분위기가 어색해졌다. 잠시 후 아버지는 냉랭한 말투로 말했다.

"토모코 씨, 우리 집엔 기호라는 아들놈은 있지만, 모토히로라는 아들은 없어요."

아버지가 단호하게 잘라 말했다. 아버지의 의사표시는 이 말에 모두 담겨져 있었다. 그 순간 형의 얼굴이 굳어졌다. 아버지를 쳐다보며 뭔가 얘기하려 했지만 그보다 어머니의 말이 더 빨랐다.

"당신 지금 무신 얘길 하십니꺼. 머라고 부르든 괘안타 아입니꺼. 석철이도 집에서는 마사오라고 부르지 않능교. 기호도 모토히로도 우리 아들이 틀림없다 아입니꺼."

어머니가 당황해서 내 이름까지 둘러 붙이고는 한 번도 들어본 적 없는 호호호 하는 웃음소리를 내며 내게도 거들라는 눈치를 했다.

"맞아요. 저도 집에서는 통칭명인 마사오를 쓸 때도 있거든요."

나도 어머니도 하나가 되어 어색하게 웃었다. 토모코 씨에게는 이걸로 긴자에 만난 이후 두 번이나 내 소개를 한 셈이 된다.

그럼에도 불구하고 토모코 씨는 안쓰러울 정도로 당황하기 시작했다. 하지만 이번에는 단어를 또박또박 끊어서 당차게 아버지와 어머니를 번갈아 쳐다보며 말했다.

"죄송합니다. 기호 씨가 조선인이라는 것은 이미 알고 있습니다. 모든 걸 전부 알고 난 후에 서로 사귀기로 했습니다."

똑똑하고 빈틈없는 말투였다.

"아버지, 저는….."

"아이구, 그만하면 됐어요. 조선인이나 일본인이나 아무럼 어때. 다 똑같은 인간인데. 우리 큰 아들과 친하게 지내주는 사람이라면 나야 아무라도 대환영이라우. 호호호…하하하…."

가라앉은 분위기를 어떻게든 깨뜨리려는 듯 어머니는 호쾌하게 웃어 보였다. 그러면서 형은 아예 한 마디도 못하게 했다. 만약 형이 끼어들어 얘기하면 묘한 분위기가 되어버릴 것을 염려한 방어심리가 작동한 것 같았다.

새해 첫날 저녁식사도 아닌 토모코 씨라는 귀한 손님만을 위한 어중간한 잔치가 시작되었다.

제사 음식은 당연히 모두 조선식으로 일본의 정월 음식 같은 건 하나도 없다. 아버지 이외에 모두가 토모코 씨에게 신경을 썼다. 조리법을 설명하고 음식을 들라고 권하거나 별것 아닌 얘기에 호들갑을 떨었다.

마음이 쓰인 건 토모코 씨도 마찬가지다. 하나도 빠짐없이 모든 요리를 젓가락으로 집어 먹으며 '오이시이(맛있어요)'를 연발했다. 정말 맛이 있는지 없는지는 알 수 없는 일이다. 어쨌든 나물 종류만큼은 거부감 없이 일본인 입맛에도 맞을 것 같은데, 반찬들 중에는 일본인 입에는 익숙하지 않은 김치와 고춧가루, 마늘로 버무린 강한 맛도 있다.

아버지가 좋아하는 해삼을 히로시가 일부러 접시째 토모코 씨 앞으로 내밀었다.

"히로시, 너?!"

형이 히로시를 째려보며 접시를 물리려는데,

"이거 맛있어요."

형의 질책 따위 무시하고 히로시가 해삼 한 조각을 먼저 보란 듯이 입속에 쏙 넣어 보였다.

커다란 나방 애벌레 같이 쭈글쭈글하고 징그럽게 생긴 해삼이 볼품없이 접시에 아무렇게나 놓여있다. 보기만 해도 징그러워 나는 젓가락을 대 본 적도 없다. 하물며 히로시가 먹어보라고 아무리 재촉한들 젓가락이 갈 리가 없었다.

"어머, 정말?"

토모코 씨는 과감하게도 흐물흐물한 해삼을 비스듬히 젓가락으로 집고 고개를 아래로

숙이고 입에 넣더니 거의 씹지도 않은 채 한 번에 꿀꺽 삼켰다. 양쪽 눈에 주름살까지 만들며 눈을 질끈 감았다.

"어때요? 맛있죠?"

"으응, 맛있네."

토모코 씨가 아버지를 보며 어색한 대답을 했다.

"이 김치도 맛있어요. 엄마가 담근 젤 맛난 김치거든요."

유자마저도 재미있는지 잠시도 틈을 주지 않고 빨갛게 익은 김치를 토모코 씨 앞으로 내밀었다.

"저 김치 정말 좋아해요."

마치 오신꼬(일본의 절임반찬)를 먹듯이 이번엔 아무렇지도 않게 입에 넣었다.

"맛있어요."

"부침개하고 같이 먹으면 훨씬 맛나요."

"어머, 정말?"

곁들여 먹어보라는 말에 토모코 씨는 부침개와 김치를 번갈아 먹었다.

"진짜 맛있어요."

어머니를 보고 웃으며 토모코 씨는 더없이 행복한 표정을 지었다.

그러다 갑자기 토모코 씨가 한쪽 손을 입에 대고 씹는 걸 멈추더니 가녀린 신음소리를 냈다.

"아아."

우리는 왜 그런지 금방 알아차렸다. 배추김치 속에 숨겨진 잘게 썬 고춧가루를 토모코 씨가 제대로 깨문 것이다. 우리야 이런 톡 쏘는 맛을 이루 말할 수 없이 좋아하지만 자주 먹어보지 못하는 사람에게는 무척 매울 것이다.

"아아."

토모코 씨는 몇 번이나 '아아' 소리를 내더니 아후~ 아후~숨을 들이 쉬다 결국엔 눈물까지 글썽였다.

형이 허둥지둥 부엌으로 가 컵에 물을 따라 가져오자 단숨에 들이켰다.

"아아, 너무 매워."

당황한 토모코 씨는 핸드백에서 손수건을 꺼내 눈물을 닦고는 자기도 우스웠는지 이번엔 웃음 반 울음 반인 표정이다.

히로시는 뭐가 그리 재밌는지 박수까지 치고, 유자도 깔깔깔 큰소리로 웃어댔다. 어찌할 줄 몰라 허둥대는 토모코 씨의 행동이 재밌어서 방안 분위기는 어느새 온화해졌다.

그런데 토모코 씨는 매운맛에 혀가 얼얼하면서도 연신 '맛있어요'를 연발하며 차려놓은 모든 음식을 다 먹어보았다. 어떻게 해서든 가족들과 자연스럽게 어울리려는 강한 의지가 보였다.

"젊은 사람들끼리 2층에서 노는 게 어떻겠냐."

아버지가 말했다.

"그래. 그래 하는 게 좋겠다."

어머니도 맞장구를 쳤다. 형은 곧바로 토모코 씨를 데리고 2층으로 올라갔다. 당연하다는 듯이 유자와 히로시도 금붕어 똥처럼 졸래졸래 따라 올라갔다.

코타츠 안에 다리를 넣고 앉자 부모님이 안 계신다는 해방감으로 모두의 입도 갑자기 가벼워졌다. 토모코 씨는 물론이고 특히 형이 그랬다.

"정월이라, 저러시긴 해도 아버지 기분은 좋은 편이야."

입을 열자마자 변명이라도 하듯 형은 아버지를 두둔했다. 역시 아버지의 태도가 맘에 걸린 것이다.

"나도 알아요. 앞으로 차근차근 얘기해 나가기로 해요."

두 사람은 이미 나름대로 깊은 이야기가 되어있는 것 같았다.

"근데요, 토모코 씨는 어디에서 우리 오빠랑 알게 된 거에요?"

유자가 히죽 웃으며 토모코 씨에게 질문했다. 나도 그것이 궁금했다.

"대학에 있는 조선문화연구회라는 서클이 있는데, 거기서 오빠와 만났어."

토모코 씨는 당연한 듯 '오빠'라고 조선말로 했고 부끄러운 표정을 지었다.

조문연이라면 나도 알고 있다. 조선전쟁과 우리 학교문제로 일본의 대학에 호소하러 간 적이 있었다. 그때마다 조문연이 대화 창구의 중개를 맡았다. 형은 조선학교의 민족교육에 대해 언제나 트집을 잡기 일쑤였지만, 대학에 가서는 조문연에 들어가 형

나름의 활동을 하고 있었던 것 같다.

"아버지가 변호사라고 하셨는데 주로 어떤 사건을 맡으십니까?"

이번엔 내가 질문했다.

"아마도 노동문제가 많을 거에요."

"어느 쪽 변론을 하시나요? 자본가 쪽입니까?"

"아니요. 노동자 측이에요."

"그렇군요. 진보파이시군요."

나는 매우 안심이 되어 토모코 씨가 갑자기 가까운 사람처럼 느껴졌다.

"토모코 씨는 조선학교 문제도 이해가 깊어서 니가 체포되었을 때 정말 많이 걱정
했었어."

신주쿠 경찰서에서 석방될 때 마중을 나온 토모코 씨를 자랑스럽게 형이 말했다.

"요즘은 어때요? 학교는 별 일 없나요?"

"뭐, 그럭저럭요."

화제가 어느새 우리학교문제로 이어졌는데, 지루해진 히로시가 트럼프를 가져와 놀자
고 졸라댔다.

"그래요, 같이 해요."

토모코 씨가 망설임 없이 응했다.

거의 1시간 가까이 우리는 카드놀이로 시간을 보냈다. 그러는 동안에 어머니가 몇 번
씩 떡국과 음식을 2층으로 가지고 와 슬그머니 토모코 씨를 관찰했다.

저녁 5시 무렵 토모코 씨가 돌아갔다.

형은 배웅을 위해 함께 밖으로 나갔지만 결국 그날 밤은 돌아오지 않았다. 평소 같으
면 초사흘까지는 집에서 지냈는데 토모코 씨를 배웅한 그 길로 매형 집으로 곧장 가
버렸다.

"어머머? 엄마 그게 진짜야?"

밤이 되어 집에 온 누나가 낮에 있었던 얘길 듣고는 깜짝 놀라 소리쳤다. 형의 작전은
같이 살고 있는 매형 부부에게도 비밀에 부친 은밀한 기습행동이었다.

라이온에서 생맥주까지 사주면서 이젠 어엿한 사내라고 추켜세우며 나를 한패로 끌어들인 형에게는 미안하지만, 토모코 씨의 일은 아무리 생각해도 아닌 것 같았다.

언젠가 형이 발끈했던 것처럼 사랑에는 국경이나 귀천 따위가 있을 수는 없겠지만 조금 연약한 면이 있긴 해도 나설 자리가 되면 형 또한 남자로서 상당한 부류에 속할 거라고 생각했다. 토모코 씨도 어디 한군데 흠잡을 곳 없었다. 이런 미인이 형수님이 된다면 다른 사람에게도 자랑할 만했다. 누가 봐도 서로 잘 어울리는 한 쌍이라고 부러움을 살 것이다.

하지만 문제는 그렇게 단순하지가 않다. 조선인과 일본인 커플이 지금의 일본에서 환영받을 수 있을까?

아버지의 친구들 중에도 그렇고 심지어는 일부 학교의 사감과 조선인 교사 중에도 일본인에게 장가든 사람이 있었다. 하지만 식민지 시대였던 그땐 그럴 수밖에 없는 사정이나 애로사항이 있었을 것이다.

식민지를 벗어난 지 채 십 년도 되지 않았고, '해방민족'이 된 뒤로는 일본인과 결혼했다는 조선인은 전무에 가까웠다. 조국이 전쟁 중이기 때문에 일본에 머물게 된 것이고, 때가 되면 많은 동포가 조국으로 귀국할 것을 꿈꾸었다. 그 때문에 민족교육에 열을 올리며 지금까지 키워 온 것이다. 굴욕적인 식민지시대의 모든 잔재들을 불식시키는 것을 초미의 관심사로 삼은 재일조선인이, 하물며 결혼은 두말할 것 없이 동포끼리 해야 된다고 강하게 원한 것은 당연한 이치였다.

제 눈에 안경이라고, 사랑에는 국경이 없다는 이유로 백보 양보해 형의 사랑이 결실을 맺게 된다 해도 조선인 멸시와 차별의식이 만연해 있는 일본에서 그것이 과연 현명한 선택이라 할 수 있을까. 게다가 형은 지금 학생 신분이다. 번듯한 취직자리도 없는 조선인인 형과 토모코 씨의 결혼을 아무리 진보적인 변호사라 한들 부모님이 허락할까?

아니, 경솔한 생각은 그만두자. 토모코 씨는 형이 조선인이라는 것을 알고 난 후에 '친구로 사귀기로 했다'고 아버지에게 말했다. 반드시 사랑=결혼이라고 할 수도 없을 것이다. 양가 부모님의 반대가 있으면 그만둘 수도 있다. 애초에 아버지가 일본인을 장남의 며느리로 생각해본 적도 없다는 것을 형도 충분히 알고 있을 터였다. 부모님의 마음을 누구보다 잘 알고 있는 장남인 형이 어째서 토모코 씨를 선택했을까. 주위를 둘러싼 상황 때문에 이룰 수 없는 사랑이라고 생각한 형이 게릴라식 방법을 쓴 거라 생각했다. 조선과 일본의 불행한 역사 때문에 형과 토모코 씨의 사랑을 양쪽 부모 모두 쉽게 허락하지 않을 것이라는 건 불 보듯 뻔했다. 나는 아버지와 어머니, 무엇보다 형 자신을 생각해서라도 진심으로 형이 토모코 씨와 헤어지길 바랐다.

YES냐 NO냐

기습적인 한파가 찾아왔다.

냉동고에 갇힌 듯이 학교가 온통 꽁꽁 얼어붙었다. 잎을 떨군 교정의 큰 전나무가 차가운 겨울 하늘로 앙상한 가지만 뻗은 채 찬바람에 시달리고 있었다. 비가 오지 않으면 삭풍에 흙먼지가 흩날리고, 비가 내리면 내리는 대로 운동장은 진창이 되었다. 그런 다음날 아침이면 교정에 온통 서릿발을 만들었다.

좁은 뒷골목을 가득 메우며 학생들이 등교했다.

코트를 입은 학생은 아주 드물고 방한복이 없는 학생은 기껏해야 목도리나 두꺼운 옷으로 몸을 두툼하게 감쌌다. 착실한 중학생은 학생모를 깊게 눌러 쓰고 귀마개까지 했지만, 촌스럽다는 이유로 고교생은 이런 차림을 꺼렸다. 그래서인지 추위를 참지 못한 애들은 자연스레 종종걸음이 되거나 뛰었다.

하얀 입김을 내뿜으며 뛰어오는 학생들의 무리가 교문으로 쏟아져 들어오면 쩡쩡 언 서릿발을 밟는 리드미컬한 소리가 교정 가득 울려 퍼진다. 한파가 찾아올 때 대처방법은 난방보다 스스로 체내에서 열을 만드는 수밖에 없다. 그래서 아침조례 후 전교생이 함께하는 운동장 달리기는 천오백 명 전체가 웅장하게 외치는 고함소리로 차갑게 얼어붙은 대기를 한꺼번에 달구는 엄청난 소리였다.

"조국, 통일"

"조국, 건설"

선창을 하는 리더를 따라 종대별로 번갈아 슬로건을 합창하며 소용돌이처럼 운동장 전체를 뛰며 돌았다. 미군기지의 사격연습과 겹칠 때는 서로 겨루기라도 하듯 아예 사격소리가 안 들릴 정도로 고함을 지르며 세차게 용솟음치는 젊음을 발산시켰다.

"오늘 당번은 대체 뭐하는 거냐. 난로도 안 피워놨잖아."

이승기가 가방을 내던지고는 냉랭한 교실을 둘러보며 투덜거렸다.

"오늘 당번이 대체 누구야!"

난롯불을 쬐려고 허겁지겁 뛰어왔는데 교실은 부들부들 떨릴 정도로 차디찬 냉기가 가득했다. 승기는 그렇다 치고 먼저 등교한 녀석들이 난로도 피워놓지 않은 당번 조승옥에게 잔뜩 불평을 늘어놓던 참이었다.

"그게 말야, 당번이 석탄창고에 갔더니 석탄이 하나도 없더래."

여학생이 승기를 진정시키려는 듯 말했다.

"없다고? 또 없단 말야? 석탄이 없다니, 제발 연료비만큼은 다들 좀 빨리빨리 내라, 에잇 짜증나."

동절기에는 1인당 30엔씩 연료비를 부담해야 했다. PTA회비조차 번번이 늦어지는 애들이 다수였기에 연료비 따위가 제대로 걷힐 리 없었다. 미납자 투성이라 석탄창고가 금세 비워지는 것도 무리는 아니었다.

무슨 일이든 주둥이 먼저 내밀고 시작하는 승기의 거침없음은 교실에 항상 웃음을 만들어내는 보따리다. 말하자면 없어서는 안 되는 단팥빵 속에 든 앙꼬 같은 녀석인데, 이 녀석이 불만과 짜증 섞인 표정으로 안 해도 좋을 말까지 내뱉고 말았다.

"우리 반에서 연료비 안 낸 놈들은 난로도 쬐지 마라. 안 낸 놈이 대체 누구냐!"

그 순간 냉랭한 분위기는 점점 더 꽁꽁 얼어붙었다.

"나다, 왜. 돈 안 낸 놈은 어쩐다고? 이제부턴 난로도 쬐지 말라는 얘기냐?"

턱을 당기고 아래에서 위로 승기를 비스듬히 째려보던 승옥이가 한 걸음 앞으로 나왔다. 그렇지 않아도 지각하는 바람에 난로를 피울 시간이 없었던 것 아니냐고 어지간히 욕을 먹은 승옥이도 기분이 무척 언짢은 모양이었다.

승기가 앙꼬라면 승옥이는 빨갛게 익은 고추다. 키는 보통이지만 워낙 각이 진 얼굴에 약간 치켜 올라간 여우 눈이 날쌔고 사나움을 자아냈다.

"아니, 꼭 그런 뜻이 아니라…….'

갑자기 우물쭈물하며 조금 전까지 팔팔했던 활기가 데쳐놓은 시금치처럼 맥이 빠진 승기는 땅으로 꺼져버릴 것처럼 말끝을 흐렸다. 나오는 대로 내뱉은 말이 생각지도 못한 결과가 되어버려 자신도 어떻게 수습해야 좋을지 몰라 당황스러워 한다.

"그럼, 무슨 뜻인데?"

"아니… 그냥… 모두다 연료비를 내면 석탄이 떨어질 일도 없다고 말하려던 것뿐이야……."

"그거야 당연한 거고. 아까 뭐랬어, 돈 안 낸 놈은 난로도 쬐지 말라고? 니가 못 쬐게 할 거냐?"

"아, 아니……."

승기는 뱀 앞에 개구리마냥 잔뜩 주눅이 들었다.

"야, 니들 그만해. 싸운다고 석탄이 나오는 것도 아니잖아."

옆에 있던 여학생이 끼어들어 승옥이의 소매를 잡아당겼다. 그런데도 승옥이는 진정이 되질 않는 모양이었다.

나는 재빨리 승기의 뒤에 섰다. 기백으로 보나 현재 상황으로 보나 승옥이의 승리다. 서툰 농담을 하려던 것이 괜한 불쾌감을 준 꼴이 되었다. 힘으로 겨룬다면 단숨에 승패가 날 것이다. 그렇게 되면 앙꼬가 너무 불쌍해진다. 내가 앙꼬 뒤에 서 있으면 조금은 승옥이 화도 가라앉을 것 같았다.

"이 자식들아, 니들 뭐하자는 거냐. 싸운다고 교실이 따듯해지냐!"

당장이라도 주먹을 날리려고 달려드는 승옥이의 양손을 붙잡고 이수일이 둘을 나무랐다.

그렇지 않아도 요즘 들어 사소한 일로 학생들 간에 싸움이 끊이질 않았다. 도교육위에서 제시한 6개 항목이 학생들을 분노케 했고, 학교 분위기를 험악하게 만들었다. 느닷없이 찾아온 한파와 납빛 구름이 매일 하늘에 진을 치고 있는 음울한 날씨만을 탓할 수는 없었다.

2

12월에 도교육위가 통보한 6개 항목에 대해 PTA연합회는 1월 11일, '6개 항목은 헌법위반이므로 답할 필요성을 느끼지 못한다'고 거부회답을 보냈다. 그러나 도교육위는 집요했다. 어떻게든 문서로 만들어 제출하라는 것이다.

교직원회의가 빈번하게 열렸고 수업은 또다시 자습이 많아졌다.

6개 항목을 받아들이지 않을 경우 내년도 학교 예산집행을 중단한다는 것이 학교 측에게 공포감을 주었다. 예산을 중단한다는 것은 학교를 없애겠다는 암묵적 표현과 같았다. 학교는 다시 뒤숭숭해졌다. 자칫하면 폐교가 될 지도 몰랐다.

6개 항목에 관한 문제에 대해 도교육위 측과 학교 측의 의견은 정면으로 대립했다. PTA와 학교 측의 입장은 이렇다.

① 이데올로기 교육을 하지 마라.

교육기본법에는 양식 있는 공민에게 필요한 정치적 교양을 제공한다고 되어있다. 조선인 자녀에게 무엇을 어떻게 가르칠 것인가, 교육을 맡은 당국은 공립조선인학교에 지시해야만 한다. 그런데 과거 4년간 한 번도 그런 일은 없었다.

② 민족교육과목을 교과목에 넣지 마라.

만약 민족교과목이 정규교과목이 될 수 없다면 조선인학교로서 존재의의는 희박해진다. 조선인 자녀는 민족교과목이 정규과목이기 때문에 조선인학교에 다니는 것이다. 이것은 도교육위도 잘 알고 있고, 교육장도 묵인한다고 했다.

③ 정원제를 지켜라.

4년 전 도립학교로 바뀌었을 때 학급수를 정원의 기준으로 정하고 학생 수의 자연증가를 인정하려 하지 않았다. 학생의 자연 증가는 일반적이며, 조선인들의 경우 민족교육에 대한 자각이 높아지고 있기에 묵인한다고 했다. 거듭해서 정원 증가를 요청해 왔다는 이유로 이제 와서 다시 정원 기준을 지키라며 거론하는 것은 도리에 맞지 않다.

④ 학생들의 집단 진정행위를 막아라.

학교시설이 너무 빈약하기 때문에 진정을 하는 것인데 적어도 학교의 이름에 걸맞은 설비를 제공해 줌이 마땅하다.

⑤ 미채용 직원을 교단에 세우지 마라.

정원 이상의 학생을 입학시키고 있기 때문에 교사가 부족한 것은 당연하다. 이를 보완하기 위해 PTA가 경비를 지불해 교원을 채용하고 있다. 실정에 맞게 교원채용을 인정하면 미채용 교원도 없을 것이다.

⑥ 교직원이 아닌 자를 교직원회의에 참가시키지 마라.

교직원이 아닌 자는 미채용 직원과 PTA임원인데, 그들이 없으면 학교운영이 이루어질 수 없는 현실에서는 어쩔 수 없는 일이다.

예산문제와 학교운영 문제를 혼합시켜 6개 항목을 승인하지 않으면 예산집행을 중단한다는 것은 협박이나 마찬가지였다.

두 가지 사안을 별개의 문제로 학교운영에 관한 협의를 하고 싶다는 PTA연합회 측 요구에 도교육위도 승인하고 협의하기로 했다.

2월 19일에 첫 협의가 있었지만 도교육위 측은 6개 항목의 무조건 수락을 강요했다. PTA측은 처음엔 완강히 거절했지만, 23일에는 일부 항목은 받아들이겠다는 의견도 나왔다.

3월 2일, 도교육위의 가토위원장은 '도의회의 거대정당(자유당)이 예산편성에 강하게 반대하고 있다. 예산을 통과시키려는 우리를 돕는다 생각하고 문서에 의한 회답을 주기 바란다' 는 요청에 PTA는 하는 수 없이 받아들이기로 했다.

그런데 이틀 후인 4일, 도교육위 측의 태도가 갑자기 돌변했다. 6개 항목의 수락뿐만 아니라, 더더욱 옴짝달싹 못하도록 부대조항 23개 항목을 추가한 서약서 제출을 요구해 온 것이다. 서약서에 따르면 조선인교사는 정규과목을 가르쳐서는 안 되며, 교내에서의 모든 용어(수업은 물론이고 학생자치회, 운동회, 학예회에 이르기까지)는 일본어로 해야 한다는 것이었다. 분개한 PTA는 자리를 박차고 나왔지만 이미 때는 늦었고 결국 최악의 사태에 돌입하고 말았다.

3월 16일, 도교육위 측은 20일까지 수락하지 않으면 예산집행을 중단한다는 일방적인 통보를 해왔다.

3월 20일, PTA측은 제3항목인 학생정원 이외에 모든 항목을 승인할 용의가 있다고 밝혔지만 도교육위에 거부당했고, 24일에는 토론은 필요 없고 YES 아니면 NO의 회답만을 요구한다는 강경자세로 나와 결국 PTA측은 벼랑 끝에 서고 말았다.

6개 항목 철회를 요구하는 요청운동 때문에 느긋하게 공부나 하고 있을 때가 아니었다.

학생자치회는 학생들에게 여태까지와는 다른 비장한 각오를 요구한다고 호소했다. 이 문제가 어떻게 해결되느냐에 따라서 폐교가 될 수도 있다는 믿기지 않는 사태에 의문과 분노만이 앞섰다.

우리가 공부하는 학교가 없어진다. 더 이상은 이대로 있을 수 없다는 마음으로 학생들은 거리로 나섰다. 밤새워 선전물을 등사인쇄하고 전교생이 도내의 번화가로 나가 배포했다.

일본인교사도 움직였다. 그다지 협력적이지 않았던 일부 교사를 포함한 전원이 '폐교 조치만은 철회하라'고 도교육위에게 직접 요청했다.

사태는 3학기가 끝날 무렵부터 신학기가 시작되는 4월에 걸쳐 대단원을 맞았다.

3월 20일, PTA측은 도교육위 측에 제출한 **도립조선인학교운영에 관한 각서**를 승인하고 서명했다. 예산 중단은 학교가 없어진다는 것을 의미한다. 공갈협박에 의한 6개 항목의 수락은 학교를 지키기 위한 쓰디쓴 선택이었다.

그런데 6개 항목 수락과 서약서를 받는 것만으로 사태는 끝나지 않았다. **각서** 조항을 구체화 시킬 '세부항목'을 절대조건으로 요구해 왔다. PTA측이 이것을 거부하자 도교육위는 교섭중단을 선언, 신학기 개교(4월 5일)를 무기한 연기한다고 각 학교장에게 통보해 왔다. 그리고 '4월 9일 오후 5시까지 앞으로 교육위원회의 일체의 지시에 따를 것을 수락하라. 이것을 수락하지 않으면 즉시 폐교한다'는 어처구니없는 최후통첩을 해 왔다.

3

우리가 탄 전차 칸의 승객은 대부분이 벚꽃구경을 가는 사람들인 듯 했고, 우에노역에서 거의 내렸다. 등에 커다란 소쿠리를 짊어진 행상 아주머니 **몇몇**과 샐러리맨 같은 승객 몇 명 남았는데 그 외에는 조고생들뿐으로 마치 대절한 전차 같았다.

봄볕이 차안에까지 뻗쳐 들어와 기분까지 들떴다. 목적지가 없었다면 이대로 다 같이 우에노역에 내려 벚꽃구경이라도 하고 싶었다.

움직이기 시작한 전차 차창으로 역 앞 영화관의 간판이 보였다. 어떤 영화가 상영 중인지, 우에노역을 통과할 때면 언제나 영화관 간판을 보는 것이 버릇이 되었다.

도호(東宝 1932년에 설립된 일본 영화 · 연극 제작배급사)에서는 **7인의 사무라이**가, 서양영화는 **로**

마의 휴일이 상영 중이다.

"다음에 '7인의 사무라이' 같이 보자."

들뜬 목소리로 옆에 있던 승옥이의 옆구리를 찌르며 말을 걸었다.

"어, 그래."

승옥이는 곧바로 그러자고 대답했다.

"서양영화는 귀여운 여배우가 나오네. 이름이 뭐냐?"

"오드리 햅번. 굉장한 영화라더라."

"뭐가 굉장해?"

"몰라. 암튼 로맨틱하고 끝내준대."

"난 또 뭐라고. 여자들 영화잖아."

승옥이는 별로 관심 없다는 듯 말했지만 나는 이것도 봐야겠다고 혼자 맘먹었다. 그렇게 될 리 없겠지만 영순이와 함께 영화를 봤으면 하고 문득 생각했다. 이번 전차 아니면 그 다음 전차에 영순이도 분명 타고 있을 것이다. 기숙사생이 당당하게 낮에 외출할 수 있는 모처럼의 기회인데, 적어도 전차만이라도 함께 탔으면 하고 다른 사람이 눈치채지 못하게 주조역+条駅에서 그녀를 찾았지만 결국 발견하지 못했다.

유라쿠쵸역有楽町駅에서 내리자 들떴던 기분은 이내 바짝 긴장되었다. 소풍 나온 기분으로 차안에서 신나게 떠들던 조고생들도 표정이 굳은 채 그룹별로 모여 개찰구로 향했다.

"야, 석철아."

뒤를 돌아보니 태일이다.

"라면 먹고 가자."

태일이가 내 귀에 바짝 대고 귓속말로 말했다. 도시락을 먹고 학교를 나섰기에 배는 고프지 않았다.

"배가 고프면 싸움도 못 하잖아. 점심 못 먹었거든. 내가 살게."

사준다면야 얘기는 또 다르지. 갑자기 뱃속이 허전해지기 시작했다.

다른 애들은 이대로 도교육위원회로 간다. 6개 항목을 수락한 이상 '세부항목'도 YES인지 NO인지 결단을 내려야하는 순간이 오늘로 다가왔다. 학교 존폐가 걸린 운명의 갈림길을 맞아 조고생 대부분이 항의하기 위해 교육위원회를 찾아가는 참이었다. 이런 상황에 조심스럽지 못한 행동일지 모르지만, 눈앞에 먹을 것이 아른거리자 거절할 이유가 마땅치 않았다.

역 앞에 있는 아담한 가게로 들어갔다.

점심시간은 지났지만 가게 안은 거의 자리가 차있었다.

주문한 라면이 나올 때까지 매일 계속되던 가두선전과 대학, 노동조합, 시민단체 등을 둘러싼 활동에 관해 얘기했다. 태일이와 얘기하는 것도 오랜만이다.

벽에는 그레고리 펙과 함께 로마의 스페인 광장을 배경으로 아이스크림을 먹고 있는 가련한 요정 오드리 햅번의 **로마의 휴일** 포스터가 붙어있었다.

"석철아, 이거 보지 않을래?"

포스터에 시선을 고정한 내게 태일이가 물었다.

"너 갈 거야? 그래, 같이 보러 가자."

역시 태일이는 다르다. '혁명투사'도 때론 로맨틱함이 필요하다. 이게 바로 혁명적 로맨티시즘이란 거다. 무뚝뚝하고 멋대가리 없는 승옥이 같은 녀석은 부를 필요도 없다.

라면을 먹고 역 앞에서 청사로 향하는 도로로 나가니 여기저기에 경찰예비대가 삼엄한 경비를 서고 있었다.

불과 5분 정도 걸으니 곧 목조 건물의 도교육위원회 청사가 보였다. 청사 앞은 대형 장갑차가 몇 대나 늘어서 있다.

"저는 마루노우치 경찰서장입니다. 입구에 서 있는 사람들은 위험하니까 곧바로 해산하기 바랍니다. 즉시 해산을 명합니다."

마이크에서 시끄럽게 고함을 치는 소리가 들리자 점점 더 긴장감에 휩싸였다.

건장한 경관대들이 둘러싼 곳을 지나 청사 입구 쪽으로 향했다. 이런 상황은 몇 번이나 겪어서 이젠 겁도 나지 않았지만, 결코 기분이 좋지는 않았다. 불안해진 여학생들은 자연스레 친구들끼리 팔짱을 끼고 걸었다.

청사 현관 앞 도로는 학부형과 교사, 동포, 지원을 나온 노동조합원, 조고생들로 빈틈없이 들어차 있다.

앞으로 벌어질 상황에 따라 5시 이후로는 경관대에 의해 학교가 봉쇄되는 것이 아닌가 싶어 중학생과 학부형 일부는 학교에도 집결해 있었다.

이곳에는 주로 고교생과 학부형들이 왔다. 천 명 가까이는 왔을 것이다. 카지 선생님을 비롯한 일본인 교사들의 얼굴도 보였다. 박수, 환성, 슬로건, 노랫소리까지 없는 게 없었다.

PTA와 지원 단체의 임원들이 현관 앞 계단에 서서 연설을 하고 있었다. 특히 PTA 오학근회장의 연설은 벗겨진 머리에서 김이 모락모락 날 정도로 주먹을 위아래로 휘두르며 매우 격렬했다.

"조선인이 조선학교에서 조선인으로서 교육을 하는데 어째서 규제를 받아야만 하느냐! 우리가 두 번 다시 식민지 시대의 노예가 되지 않기 위해서라도 민족교육은 반드시 필요하다!"

"옳소! 민족교육을 인정하라!"

여기저기서 절규와 같은 구호가 터져 나왔다.

멀리서 박수가 일었다. 박수는 파도가 되어 점점 우리 쪽으로 가까워져 왔다.

사람들 울타리를 헤치고 열 명 정도의 한 무리가 들어왔다. 교섭에 입회하는 혁신계 국회의원과 민주단체의 대표들이었다.

대표들이 우리 앞을 막 지나려고 할 때 나와 태일이 승옥이는 재빨리 맨 뒤에 따라붙어 현관 앞까지 나갔다. 뒤쪽에 있었기 때문에 앞쪽으로 나가기에 딱 좋은 기회였다.

국회의원의 인사가 있은 후 이미 정해진 50명 정도의 대표단이 현관 앞에 모여 청사 안으로 들어갔다.

우리 앞을 도깨비 낯짝 이평성과 이수일이 지나갔다.

"얘들아, 갔다 올게."

힘이 잔뜩 들어간 목소리로 수일이가 말했다.

"어, 그래. 잘하고 와라!"

태일이도 힘차게 말을 건넸는데 특별이 불만이 있는 건 아니지만 평성이와 수일이가 학생대표의 일원이라는 건 몰랐었다.

"승옥아."

나는 승옥이의 팔을 잡아당겼다.

얼굴에 대표단이라는 표시가 되어 있는 것도 아니다. 대표 이외에 생쥐 한 마리도 들이지 않겠다고 제아무리 눈을 부릅뜨고 있는 경비라 할지라도 대표단이 입장하는데 섞여 들어간들 누가 누구인지 알 턱이 없다. 들키면 들키는 대로 그땐 못 들어가면 그만이었다.

승옥이가 고개를 끄덕이고는 태일이의 소매를 잡아당겼다. 태일이가 동의하자 세 사람은 당당하게 경비 앞을 지나갔다.

도교육위의 회의실로 몇 명의 대표가 들어갔는지 모른다. 어쨌든 우리는 2층 복도 바로 앞 계단에서 그 이상은 안으로 들어가지 못하고 멈춰 섰다. 이미 복도에도 계단에도 회의실에 들어가지 못한 대표들로 발 디딜 틈도 없었다.

회의실 유리창이 전부 열려 있어서 까치발을 하면 회의실이 조금은 보였다. 아래층을 내려다보니 위층으로 시선을 향하고 있는 카지 선생님의 눈과 마주쳤다. 대표도 아니면서 우리가 위층에 있는 게 죄송스러웠다.

교섭은 시작됐지만 어떤 얘기가 오가는지 계단까지는 소리가 들리지 않았다. 그래도 담판의 내용을 꼭 듣고 말겠다는 사람들이 아래쪽에서부터 점점 가득 차올라 왔다. 때때로 회의실 안 대표들의 비통하고 분노 섞인 목소리가 새어나왔다.

"어쨌든 5시까지 YES인가 NO인가만 대답해 주길 바란다!"

냉정한 가토 교육위원장의 목소리가 선명하게 들렸다.

마치 아귀가 맞지 않는 문답 같았다. 아니, 문답 자체가 무용지물인 교섭이었다. PTA 측이 일방적으로 거친 기세로 말할 뿐 가토 위원장의 발언은 더 이상 아무것도 없었다.

"그러고도 당신이 자식을 둔 부모란 말이냐!"

돌연 격노한 오학근 회장의 목소리가 들렸다.

"폐교인가 수락인가! YES인지 NO인지만 말하시오!"

가토 위원장의 싸늘한 목소리다.

말문이 막혀 버린 대표단.

"시간이 없다. 어느 쪽이냐. YES냐 NO냐!"

침묵이 이어지는 가운데 오열하는 목소리가 들렸다.

복도와 계단에 있던 대표들은 마른침을 삼키며 상황을 지켜보았다.

목이 잠긴 오회장의 목소리가 끊어질 듯 끊어질 듯 들렸다.

"교육위원회의 선의를 믿고, 수락…하겠습니다……."

"아아…"

비통한 탄식이 여기저기서 들린다.

"선의를 믿겠다는 건 뭐냐! 무조건 수락이 아니란 건가!"

가토 위원장의 위압적이고 승리에 우쭐한 목소리가 들린다.

"이 못 돼 처먹은 놈들! 그만큼 학대를 하고도 모자란단 말이냐!"

지원하러 온 국회의원의 성난 목소리가 떨리고 있었다. 엉엉 울음을 터뜨린 여성대표도 있다.

그 다음은 '4월 7일부로 귀 위원회의 통고를 전면적으로 승낙한다'는 문서에 사인하는 것만이 남았다. 플래시가 터지는 가운데 사인을 하는 대표를 촬영하는 둔탁한 셔터 소리가 들려왔다.

몹시 흥분한 대표단은 회의실에서 청사현관 쪽으로 나왔다.

힘없이 고개를 떨군 대표단을 보고 군중 속에서 맹렬한 기세로 동요가 일었다.

"우리 학교를 없애지 마요!"

군중 속에서 여학생의 절규하는 소리가 나자 여기저기에서 울부짖는 목소리가 메아리처럼 울려 퍼졌다.

아침에 학교로 나서면서 오늘은 학교에서 철야를 할지도 모른다고 말하니 어머니는 삶은 달걀을 싸 주시며 격려해 주셨다.

"그 문디 자슥들한테 핵꾜를 뺏기믄 안 된데이. 맘 단디 묵고 잘하고 온나."

오늘 얘기를 들으시면 어머니는 뭐라고 하실까.

"승낙해 뿔면 그걸로 끝이다. 흘러가는 대로 놔두는 수밖에는 엄따."

포기하는 것만이 인생이었던 아버지와 어머니의 한숨이 들리는 듯했다. 이렇게 되니 격렬했던 투지는 사라지고, 좌절과 허탈감으로 가득할 뿐이었다. 모여든 군중에게 격앙된 모습으로 보고하는 대표들의 목소리도 어쩐지 그런 느낌이 들었다.

신종 전학생

1

고 2학년이 되자마자 새로 반배치가 되었다. 나는 3반이다.

새롭게 같은 반이 된 친구들이 속속 지정된 교실로 모여들었다. 안 보이는 녀석도 있고, 다른 반이었던 친한 녀석과 다시 만나기도 했다. 불안과 기대, 탄성과 환성으로 교실전체가 술렁댔다.

우리 담임은 이번에도 남시학 선생님이다.

김주학과 권상옥 두 녀석 모두 다른 반이 된 걸 알고 좀 놀랐다. 솔직히 말해 약간은 마음이 놓인 것도 있었다. 무엇보다 이 두 녀석이 곱상한 얼굴에 공부도 잘하는 데다 괘씸하리만치 여학생들에게 인기가 있었기 때문이다. 덕분에 두 녀석과 친했던 나도 조금은 여학생들의 시선을 받긴 했지만, 곰곰이 생각해보면 평범하기 짝이 없는 내가 가까이에서 두 사람을 돋보이게 하는 역할을 한 것에 지나지 않았다.

계집애처럼 웃으며 교실에 들어온 녀석이 있다. 임태일이다. 나도 씽긋 웃었다. 조승옥을 포함해 우리 3총사는 모두 같은 반이 되었다.

김말순은 그대로 4반이다. 태일이는 아마도 실망했을 것이다. 사랑의 여신은 언제나 태일이에게 심술을 부렸다.

그건 그렇고, 주영순이 교실에 들어왔을 때는 심장이 멎을 정도로 기뻤다. 주뼛주뼛 그녀가 교실을 빼꼼히 들여다보았을 때 나도 모르게 "앗" 소리를 냈을 정도다. 영순이는 친한 여학생을 발견하고 펄쩍펄쩍 뛰며 좋아했다. 그녀를 빤히 바라보고 있던 나와 눈이 마주치자 수줍은 듯 슬그머니 미소를 짓고 고개를 살짝 숙이며 인사를 했다.

그동안 이런저런 일로 바빠져 교환노트는 중단됐었다. 둘이 만날 수 있는 계기를 만들고자 시작한 노트 교환이었지만, 앞으로는 하루 종일 만날 수 있으니까 이젠 그럴 필요도 없어졌다. 사랑의 여신은 어째서 나에게만 이리도 상냥한 것일까.

여하튼 새로 한 반배치는 큰 사건이었다.

대대적으로 반이 바뀌었으니 외국어 수업은 어떻게 되는 건가 생각했는데 의문은 곧바로 풀렸다. 반이 달라도 외국어 수업만은 이전처럼 다시 한 교실로 집합해서 한다고 한다.

색다른 일이 또 하나 있다. 일본학교 출신들만으로 편성되었던 반이 고2가 되면서부터 없어졌다. 전원이 각 반별로 분산된 것이다.

1년간 국어 집중수업으로 조선말 이해도가 어느 정도 높아졌으니, 이번 기회에 조선학교 출신자들과 같이 섞어놓는 쪽이 보다 더 학습효과가 있다는 게 학교 측의 생각인 것 같다.

그런 학생 열 명 정도가 우리 반으로 들어왔다. 대부분은 지방출신들로 기숙사생들이다. 그들은 모두 영어를 선택했다.

고2부터는 러시아어와 중국어 반으로 자리를 옮겨도 괜찮다고 했다. 외국어 반이 시작된 지 이미 1년이 지났기에 뒤떨어질 것을 각오하고 초보과정부터 해야만 하는 러시아어를 선택하는 정신 나간 녀석은 없겠지 생각했다. 하지만 있었다. 그것도 우리 반에 두 명이나 있다. 고찬홍과 이성식이다. 멍청한 녀석들이라 생각하면서도 이 두 녀석에게 흥미가 생겼다.

두 녀석 모두 조선말은 더듬더듬 하는 정도다. 단어를 찾는데 시간이 너무 걸려 듣는 사람이 애가 탈 지경이다. 무리도 아닌 것이, 조선말을 학습한지 아직 1년밖에 안됐기 때문이다. 아무리 '국어상용'을 슬로건으로 내세웠지만 우리도 표현이 막히면 그냥 일본어가 튀어나오고 마는데, 두 사람은 고집스럽게 일본어를 말하려 하지 않았다. 1년간 그렇게 훈련했기 때문이다.

아무튼 그들의 말과 행동은 매우 진지하고 신선했다.

솔직히 두 사람에게 호감이 생겼다. 다만 이 둘에게는 약간 남다른 부분이 있었다.

먼저 찬홍이.

말이나 행동이나 매사에 얽매이지 않고 늘 초연했다. 불쑥 나타났다가 어느새 사라지곤 하는 귀신 같은 녀석이다. 말투도 어딘지 나사가 하나 빠진 느낌이다. 하는 이야기마다 반드시 농담이 들어있었고 게다가 정곡을 찔렀다. 이상한 소리를 내며 웃으면서도 속으로는 자신의 농담이 먹히는지 신경을 쓰는 꼼꼼한 녀석이다. 찬홍이의 농담 중엔 뼈있는 농담도 있었다. 그것을 눈치채지 못하고 모두 잘 알지도 못한 채 그저 재미있는 이야기 같으니까 일단은 웃고 본다. 별 것 아닌 농담이라도 이 녀석이 하면 어쩐지 마음이 온화해지는 것이 신기했다. 바보라면 절대 이런 재주를 부릴 수 없다.

그 다음 성식이.

엄마 뱃속에서 나올 때 주둥이부터 먼저 나온 녀석이다. 어떤 자리든 개의치 않고 얼굴을 들이밀고 말참견을 했다. 게다가 말투는 정열적이고 힘이 넘쳤는데, 사사건건 따지기를 좋아한다. 무턱대고 따지고 들기만 해 대부분 설득력은 없었지만, 침까지 튀겨가며 정신없이 얘기하니까 진짜 그런가 보다 생각하게 만들었다. 러시아문학 애호가여서 안톤 파블로비치 체호프야말로 진정한 단편작가라며 그동안 쌓은 지식으로 기회 있을 때마다 아는 척을 해댔다.

내 주변에서 작가나 음악가를 두고 좋고 나쁨을 말하는 녀석은 한 사람도 없었다. 그것을 성식이가 했다. 으스대며 그 얘기들을 늘어놓는 걸 보고 있자니 계통 있는 러시아문학 따위 잘 알지도 못하면서 그저 러시아어 공부를 1년 먼저 한 선배라는 자부심에 내 기분은 몹시 언짢았다. 그런 것도 몰랐느냐며 무시당하고 싶지 않았기 때문에 화가 났다. 처음 듣는 것도 이미 알고 있는 척했다. 내 특유의 장기다.

성식이는 번번이 이야기 속에 작품 속 인물을 등장시켰다. 발을 디디고 사는 곳이 일본과 조선학교이면서 그 녀석이 얘기하면 백 년도 더 된 옛날 모스크바와 페테르부르크의 세계가 되었다.

나는 속이 상해서 그 녀석이 자주 예로 드는 체호프의 단편과 희곡을 닥치는 대로 읽었다. 문득 정신을 차리고 보니 어느새 성식이가 깔아놓은 씨름판에 내가 올라가 있던 것이다.

이런 두 녀석이 러시아어 반으로 들어온 것은 결코 이상한 일이 아니었다. 어쩐지 현실에서 동떨어진 것 같은 두 녀석이 나는 좋아졌다. 두 사람을 꺼려하는 녀석들도 있었지만, 신종 인간을 발견한 것 같아 두말할 것도 없이 내가 먼저 다가갔다.

2
4월 9일에 있은 마지막 담판에서 PTA측이 거부회답을 보냈다면 그 즉시 우리학교는 폐교 되었을 것이다.

'설마 6개 항목을 조선인 측이 수락하리라고는 생각지 못했다'

나중에 흘러나온 도교육위 간부의 말이 우리 귀에도 들어왔다.

도교육위는 높이 치켜든 봉을 내려칠 곳을 잃고 만 것이다.

남은 과제는 조선학교에서 언제 '도립'이란 간판을 떼어낼 것인가, 그 기회를 호시탐탐 노릴 뿐이었다. 조선인측은 언젠가 반드시 약점을 드러낼 것이라며 그때를 절호의 기회로 여겼다. 우리학교의 생사여탈권은 도교육위의 손안에 들어 있었다.

조선학교 측에서 6개 항목을 수락하자, 도교육위로부터 **도쿄도립조선인학교의 운영에 관하여** 라는 통달이 곧 날아들었다. 통달 내용은 6개 항목의 본질을 여지없이 드러낸 것이었다.

어느 날, 등교를 하자 등사인쇄물이 책상에 배포되어 있었다. 깔끔한 활자체에 만화까지 그려진 인쇄물이다.

어느 날 교실에서 라는 제목 아래에 **6개 항목의 본질**이라는 부제가 붙어있다. 본문은 어엿한 조선말로 쓰여 있다.

이성식 作(고찬홍(만화·등사인쇄)

학급회의 시간. 담임인 야마다 타로 선생님이 교단에 섰다.(일본인만 담임이 될 수 있음)

"학생의 본분은 공부다. 나라와 동포를 생각하는 것도 중요하지만, 지금은 공부만 열심히 하면 된다. 그리고 파마를 한다거나 쓸데없는 주간지 따위를 학교에 가지고 와선 안 된다. 학생답게 규칙대로 생활하는 것이야말로 중요한……야! 뒷자리에 앉은 너, 키 큰 녀석, 너 말이야. 선생님이 하는 말 듣고 있는 거냐?"

"선생님, 제 책상이 없어요. 이렇게 좁은데 백 명 가까이 들어차 있으니 선생님 목소리도 잘 들리지 않고요……저는 어디에 앉으면 됩니까?" (통달 2조. 고교는 461명 학생을 6개 학급으로 편성하라_현재 10개 학급)

"수업 중에는 선생님이란 조선말을 쓰지 말라고 그렇게 얘기했는데 넌 귀가 막혔냐? 그리고 옆에 있는 넌 왜 서 있어? 이름이 뭐지?" (정규 교과목 수업은 모두 일본어로 하라. 학생자치회, 학예회도 동일)

"김웅일입니다."

"킨 유우 이치 ……." (출석부를 여러 번 넘기며 찾는다)

"출석부에 니 이름이 없는데. 아, 너는 입학이 허락되지 않는 정원 외 학생이구만. 짜증나네. 중학교에선 6백 명이나 입학을 희망하고 있는데, 정원은 250명밖에 인정되지 않으니(이것은 혼잣말)…… . 뭐, 할 수 없다. 바닥에라도 앉아라."

야마다 선생님은 계속해서 훈시를 하려고 했지만, 떠드느라 전혀 집중하지 않는 수십 명이나 되는 학급의 담임인 것이 맥이 빠졌는지 대충 말을 끝내고 총총히 교실을 나가 버린다.

오늘 수업은 국어, 사회, 수학, 물리과목으로 이어진다.

6교시가 끝나고 학급 회의시간.

야마다 선생님이 다시 들어와 '지각을 없애자' 라는 주제로 토론을 한다. 꽉꽉 들어찬 교실은 여전히 시끄러웠고, 발언하는 학생의 목소리도 잘 들리지 않는다. 게다가 겨우 배운 조선말은 전혀 쓰지 못하게 했으니, 무엇 때문에 이런 거지같은 학교에 다녀야 하는지 학생들은 알 수 없다.

"선생님!" (조선말)

누군가 손을 든다. 야마다 선생님이 또 조선말이냐며 어이없다는 표정으로 그 학생을 째려본다.

뭐가 뭔지도 알 수 없는 사이에 학급회의 시간이 끝나 버린다.

그 다음 1시간 동안 교과목 이외의 수업인 조선어 과목이다. 내일은 조선사와 조선지리 수업이 2시간이나 있다. 바깥은 벌써 어둡다. 피곤한 데다 이렇게 해서는 예정된 축구부 연습은 중지될 게 뻔하다.

자리가 없는 웅일이가 울상이 되어 교직원실로 들어온다.

웅일이는 불이익을 당한 것이다. 애초에 히로시마에서 도쿄 조선학교로 입학해 왔고,(통달 3조 2항 입학생은 도내에 있는 외국인 등록을 한 사람에 한함) 입학 희망자가 정원수를 초과했기 때문에 추첨에서 떨어진 그룹에 포함됨.(3조 43항)

"저는 조선인이 되어 오라는 아버지의 말씀에 여기에 왔습니다. 입학시험에도 합격하지 않았습니까!"

분하고 억울함을 달랠 길 없는 웅일이가 항의한다.

"그래 맞다. 저 따위 말도 안 되는 조항은 인정 못하지! 웅일아, 걱정하지 마라, 같이 공부하자꾸나. 우리 모두 동포 아니냐."

박 선생님은 웅일이의 어깨에 손을 얹고 다독였지만, 시간강사인 박 선생님에게는 아무런 권한도 없다. 선생님 자신 또한 언제 해임될지 모르는 몸이다.(4조 2항)

옆을 지나던 PTA임원인 이 선생님이 그 얘기를 듣고 있다.

얼굴이 발갛게 상기된 채 벗겨진 머리에서는 뜨거운 김을 내뿜으며 울화통을 터트린다.

"조선인을 완전히 바보 취급한 거다! 우리는 어엿한 독립국의 국민이다. 조선의 아이들로 키우는 것이 왜 안 된다는 말이냐!"(5조 교육목표를 세운다거나 이데올로기 또는 정치사상에 치우치면 안 된다)

야마다 선생님을 포함한 일본인 교사도 완전히 의욕상실이다.

가정방문을 하려고 해도 부모님 대부분이 제대로 된 일본어를 말하지 못했다. 학생을 통역 삼아 얘기해도 답답하기만 하고 양쪽 모두 체면도 서지 않는다. 일본인 교사가 조선말을 배우면 좋겠지만, 어쩌다 분위기에 휩쓸려 수업 중에 "동무들" 하고 말했다가는 6개 항목 위반이다.(북조선말로 사람을 부르는 호칭이기에 이는 이데올로기에 해당함)

그런 점에서 영어담당인 교사는 좋겠다고 야마다 선생님은 영어교사를 부러워한다. 학급회의도 수업도 실력만 있으면 처음부터 끝까지 영어로 말하면 되기 때문이다.(영어를 사용하면 안 된다는 조항은 없다)

한 학급에 백 명씩 들어차 정신없는 교실에서 가르칠 기분이 나지 않는 게 당연하다.(중학교의 경우 한 학년에 6백 명을 6개 학급으로 편성하라고 함)

교과목 외의 과목을 담당하는 조선인 교사도 방과 후 학생들을 남도록 해 공부를 가르친다 해도 효과가 있을 것 같지 않았다. 게다가 열심히 일해도 시간강사이기 때문에 급료는 일본인 교사의 절반에도 못 미친다. 이렇게 교사도 학생도 완전히 지칠 대로 지쳐간다. 6개 항목을 지키면 위와 같은 상황이 되고, 한 가지라도 지키지 않으면 즉시 폐교다!

"글씨를 정말 잘 썼네. 인쇄도 잘 했어, 찬홍 동무."

"만화가 아주 재밌게 그려 있으니까 알기 쉬운데."

찬홍이와 성식이를 둘러싸고 커다란 원이 만들어졌다. 두 사람은 의기양양하게 학생들의 반응을 즐기고 있었다.

"난 머리가 나빠서 6개 항목이 무슨 말인가 잘 몰랐었거든. 이렇게 써 주니까 잘 알겠다. 너희 둘이서 이걸 만든 거냐?"

이승기가 놀랍다는 듯 물었다.

"그런 건 아니고, 우린 아직 풋내기인걸. 원고지도 인쇄용지도 학생자치회의실에 있는 걸 썼지, 공짜로. 혹시 수고료라도 줄 생각이냐?"

반응이 좋은 것에 기분이 좋아진 찬홍이가 한껏 들뜬 목소리로 손을 앞으로 내밀었다.

"이거 며칠이나 걸려서 만든 거야?"

여학생이 묻는다.

"사흘 걸렸어. 니콜라이 고골 스타일로 쓸 생각이었는데 귀찮아서 말야. 뭐 이렇게밖에 못 했다."

성식이가 코를 잡고 우쭐댔다.

"당국에선 벌써 몇 번이나 학교가 뭘 위반하고 있는지 조사하러 왔대. 6월 말에는 46명의 조선인 교사를 해고한다는 통지도 왔다고 해. 우리 선생님들은 시간강사이니까 3개월 계약으로 되어 있잖아. 7월부터 출강하지 않아도 좋다는 명령이 내려졌다고 들었어. 이런 일도 적었더라면 좋았을 것 같다."

영순이가 기숙사에서 들은 새로운 정보를 알려주면서 아쉬운 듯 말했다.

"정말? 벌써 그렇게까지 된 거야?"

성식이가 깜짝 놀라 눈을 동그랗게 뜬다.

"그러면 이어지는 이야기를 써야겠는데."

"좋아, 이거 우리만 읽을 것이 아니라 지금의 상황도 추가해서 전교생이 읽을 수 있게 하자. 내가 자치회에 건의해 볼게."

이수일이 결심한 듯 단호하게 말했다.

그때였다.

"그만둬, 그딴 거. 아무리 시끄럽게 떠들어 대도 이미 정해진 대로 될 수밖에 없으니까. 쓸데없는 일이야. 다 소용없어."

"야, 태일이 너 왜 그래. 너답지 않게."

수일이가 이상하다는 표정으로 태일이에게 되물었다.

"그 따위 통달을 지키든 안 지키든 전혀 의미 없다는 것을 너희들은 모르겠냐. 자치회의 임원이랍시고 뭐든지 반대한다고 우리를 부추기지 말란 말이야. 너 그렇게 머리가 안 돌아가냐. 어느 쪽을 선택해도 결과는 마찬가지라구."

"너, 무슨 소릴 하는 거야?"

분위기가 갑자기 이상해졌다.

항상 앞에서 선도하는 역할이던 태일이가 왜 저런 말을 할까. 게다가 같은 조방위 동지인 수일이한테까지 발끈했다.

태일이의 뜻밖의 반발에 주눅이 들었는지 만만치 않은 수일이도 순간 기가 꺾이고 말았다.

어쩜 태일이가 말한 게 맞을지도 모른다. 어느 쪽을 선택해도 통달을 지키면 민족교육은 빈껍데기만 남을 것이다. 아무도, 아무 말도 하지 않았지만, 곰곰이 생각해 보면 PTA측은 4월 9일에 폐교가 되는 것을 피하고 싶기 때문에 그 빈껍데기의 길을 선택했다. 극단적인 저항을 해도 이 조치는 어차피 올 것이었다. 그렇다고 우리 학교가 영원히 '도립학교'로 있길 결코 바랐던 것도 아니었다.

울지 마, 태일아

1

태일이의 언행이 어딘가 수상하다.

무엇이든 적극적인 태일이가 학급회의에서 발언도 거의 하지 않았다. 이빨을 뽑힌 맹수처럼 생기도 패기도 없다. 멍하니 허공에 시선을 둔 채 뭔가 깊은 근심에 잠기곤 했다. 그러다가 뭔가 결정되면 무턱대고 짜증을 내거나 고집스럽게 따지고 들었다. 오히려 그런 행동에 날카로움과 생기가 있었다. 나는 틀림없이 태일이 특유의 분방한 개성이 점점 더 연마되어 그 사이에 변형된 특성이 나타난 것이라고 은근히 재미있어 했다.

하지만 그 '개성'이 아무리 후하게 봐주어도 어딘가 일그러져 될 대로 되라는 식으로 보이기 시작했다. 특히 그것은 수일이가 발언할 때에 현저히 나타났다. 심하다 싶을 만큼 수일이 말을 무시하거나 되받아치기 일쑤였다. 찬홍이와 성식이가 합작해서 만든 팸플릿을 봤을 때 수일이에게 대했던 모습은 아무리 생각해도 이상하다.

두 사람의 주장에 일리는 있다. 나는 오히려 태일이의 주장에 납득이 갔다. 예리한 통찰에 역시 태일이구나 놀랐을 정도다. 단지 그것을 말하는 태일이의 말투에 가시가 돋아있는 것이 의외였다. 어째서 태일이가 수일이에게 무턱대고 덤벼드는지 그 녀석의 이상한 행동을 도무지 이해할 수 없었다. 내가 모르는 곳에서 두 사람에게 무슨 일이 있었던 것일까.

공부도 시큰둥해졌고, 지각하는 일도 잦아졌다. 게다가 태일이는 연락도 없이 학교를 결석하는 날도 있었다.

태일이가 학교에 안 나온 날, 걱정이 되어 밤에 집으로 찾아간 적이 있는데 방바닥에 누워 레코드를 듣고 있었다. 녀석의 방에서 몇 번이나 들었던 바흐의 첼로 무반주다.

"너, 무슨 일 있냐, 어디 아퍼?"

"아니……. 웬일이냐?"

"웬일이냐니, 쌀쌀맞기는."

대꾸할 말이 없었다. 괜히 나한테까지 퉁퉁거린다. 어디가 아픈 것 같지는 않았다. 아무렇게나 옆에 놓여있던 센베 과자를 묻지도 않고 집어 먹으며 이야깃거리를 찾았다.

"아무리 들어도 질리지가 않는 곡이야."

조심조심 녀석의 비위를 맞추는 말을 던지는 게 고작이었다.

"사라사테의 지고이네르바이젠 있었지. 그거 듣자."

바흐가 끝나자 나는 맘대로 하이페츠의 레코드를 꺼내 전축의 바늘을 올렸다. 그렇게라도 하지 않으면 숨이 막힐 것 같았다. 태일이는 시종일관 말없이 내 행동에는 아무관심도 보이지 않았다.

상냥한 형수님은 밤참을 만들어 주기까지 했다. 태일이가 학교에 가지 않았다는 건 전혀 모르는 것 같았다.

"태일아, 무슨 일 있던 거냐. 나한테 말해 봐."

"아무 일 없어. 내일은 학교 갈 거다."

"그래. 내가 데리러 올까?"

"내가 어린애냐!"

어찌나 퉁명스러운지 말을 붙일 수가 없다. 다른 반으로 떨어져 지내는 1년 동안 태일이는 눈에 띄게 달라졌다.

"석철아, 이번 일요일에 시간 있냐?"

집으로 돌아가려고 방을 나서는데 누워서 천정을 멍하니 쳐다보던 태일이가 말했다.

"왜?"

"하코네에 안 갈래?"

닫았던 마음을 겨우 연 듯해 곧바로 그러자 대답하고 싶었지만 이번 주 일요일에는 제사가 있다.

"미안. 가고 싶은데 이번 주는 안 된다."

"아, 그래. 그럼 혼자 가지 뭐."

"삐딱하게 굴지 말고 승옥이라도 불러서 같이 가 임마."

태일이가 또 토라진 것 같아서 조금 당황했다.

"됐어 임마. 삐딱한 거 아니야. 이번엔 그냥 혼자 갈래. 다음에 셋이서 어디든 가자."

"그래, 그러자."

승옥이도 태일이가 뭔가 고민이 있는 것 같은데 짐작되는 일이 없다고 했다. 넌지시 수일이에게도 확인해 봤다.

"건방진 자식. 특별히 나랑 무슨 일이 있었던 것도 아니야. 왜 나한테만 시비를 거는지 내가 그 자식한테 물어보고 싶다니까."

쌀쌀맞게 대꾸하긴 했지만, 수일이도 걱정이 되긴 마찬가지였다.

승옥이와 함께 태일이를 좀 더 신경 써 챙기기로 약속했다.

"나도 기회를 봐서 차분히 얘기해 볼게."

"싸움만 될 뿐이니까 넌 쓸데없는 짓 하지 마."

걱정스러운 표정으로 말하는 수일이를 내가 말렸다.

태일이에게 무슨 일이 있었는지 곰곰이 생각을 더듬어 보았다. 짐작 가는 일은 단 한 가지, 김말순밖에는 없다. 이 자식, 혹시 차였나?

그 생각을 하자 나도 모르게 웃음이 터져 나왔다. 짜식, 말순이한테 차였구만! 실연의 아픔, 게다가 심한 중증. 그렇다면 치료 약 같은 건 어디에도 없지. 그저 시간이 해결해 줄 수밖에.

곧바로 이 얘기를 수일이와 승옥이에게 알려주고 싶었지만, 그렇게는 할 수 없다. 짝사랑만 하고 있는 태일이의 속마음을 꿰뚫어 본 녀석이 있었다면 벌써 얘깃거리가 됐을 것이다. 다른 사람에게는 아무렇지 않게 심술궂은 말을 해대면서도 말순이 앞에서는 마치 꾸어다 놓은 보릿자루처럼 얌전한 태일이다. 중학교 때 일인데도 '아무한테도 말하지 말라'고 몇 번씩 내게 입막음을 한 태일이의 진지한 표정을 생각하면 그 누구에게도 털어놓을 수 없었다. 소문도 나지 않은 걸 보면 지금까지 태일이가 나에게만 고백했다는 증거임에 틀림없었다.

그렇지만 말순이에게 차였다는 것과 수일이에게 몽니를 부리는 것은 무슨 관계가 있을까. 설마 수일이도 말순이를 좋아하는 건가?!

나는 영순이가 생각나 가슴이 뻐근해졌다. 내가 영순이를 생각하는 마음과 태일이가 말순이를 생각하는 마음이 다르지 않을 것이다. 그런 생각을 하니 어쩐지 태일이가 안쓰러웠다.

요즘엔 조방위 회의도 열리지 않았다. 그런데 7월 초 토요일 방과 후에 오랜만에 회의가 있다는 연락이 왔다. 중대한 문제를 토의하므로 전원 참가할 것을 강조했다. 회의가 끝나면 태일이에겐 비밀로 하고 말순이와 차분히 얘기해 보려 마음먹었다.

2

뜨겁게 이글거리는 태양 때문에 운동장 가득 아른아른 아지랑이가 피어올랐다. 여기저기에서 땀에 흠뻑 젖어 축구에 여념이 없던 학생들도 서둘러 끝내고 모두 돌아가고 없었다. 일주일 후엔 기말시험이 시작된다.

운동장 끝에 있는 중학교 교실에서 3시부터 고2학년 조국방위위원회 회의가 있다. 비밀을 지키기 위해 언제나 학교 밖에 있는 멤버의 집에서 모였지만, 이번엔 어쩐 일인지 교내에서 모였다.

이상하다는 생각이 들었다. 정해진 형식이 있던 것은 아니지만, 오늘은 교단 쪽으로 간부석 같은 의자가 4개나 놓여있다. 들은 바대로 상부에 있는 사람도 참가하는 중요한 회의라는 걸 느낄 수 있었다.

의자에는 고2 책임자 이수일과, 고3 박원식, 선배인 신아무개, 그리고 또 한 사람 신아무개와 동년배로 보이는 광대뼈가 튀어나온 양복차림의 한 사내가 앉았다.

이 사람은 주위를 경계하는 것 같았다. 움직임이 어딘지 어색하고 부자연스러웠으나, 그것만 신경 쓰지 않으면 어느 기업의 중역 같은 분위기를 가진 사내다. 여름인데도 양복차림으로 온 걸 보니 상당한 관록이 풍겼다. 하지만 역시 학교 분위기와는 어울리지 않았다. 이 회의의 성격을 생각하면 아무리 사내가 위장을 했어도 '지하에 잠입한' 사람이라는 걸 쉽게 알아차릴 수 있었다. 거의 전원이 참석한 열 네댓 명의 회원들이 간부석을 주시했다.

"우리학교에서는 오늘이 마지막 회의라고 합니다. 중요한 회의이기 때문에 잠시 후 기탄없는 의견을 주시기 바랍니다. 그럼 먼저 손 동지의 발언이 있겠습니다."

시원시원한 말투로 수일이가 사내를 손 동지라고 소개했다.

여느 때와 마찬가지로 이름도 소속단체의 직위도 말하지 않았다. 나는 첫 대면인데, 수일이가 남자의 이름을 정확히 알고 있는지 의심스러웠다. 손이라는 성은 아마 가명일 것이다.

소개 받은 손은 점잖게 천천히 자리에서 일어나면서 입술을 닦아내듯 한 손을 입가에 댔는데, 손가락 끝이 담뱃진으로 누렇게 찌들어 있었다.

"동무들, 안녕하십니까. 우리 조방위는 조선전쟁 이후 4년간, 일본인민과 함께 미 제국주의자들과 일본의 반동정부에 반대하는 운동을 과감하게 전개해 왔습니다. 그 가운데 도쿄조선고등학생 여러분의 애국적이고 영웅적인 투쟁은 일본 전국의 모범이 되었습니다."

수식어와 추상적인 서두가 길게 이어졌다. 풍채 좋은 체구와는 달리 온화한 음성이다. 강의를 하듯 이런저런 논리를 늘어놓았지만, 정작 이 사내가 나타난 '이유'는 좀처럼 전달되지 않았다.

해방 이후 약 10여 년에 걸친 재일조선인운동도 개략적으로 말했다. 본론에 들어가기 전에 구구절절하게 무언가를 변명하는 것같이도 들렸다.

평소에는 눈을 부릅뜨고 있는 신아무개와 박원식이 웬일인지 얼굴을 천정으로 향한 채 무거운 표정으로 눈을 감고 있다.

긴 정세분석을 끝으로, 손은 조선전쟁 휴전(1953년 7월) 직전까지를 설명했다.

"그런데……."

손은 다음 발언을 머뭇거렸다.

잠시 눈을 감은 사이 목울대가 몇 번이나 위아래로 움직였다.

"그런데, 그 이후로 최근 몇 년 동안의 운동은 극히 일부의 지도자에 의해 잘못된 방향으로 이끌려 왔습니다."

순간, 내 귀를 의심했다.

지금 뭐라고 한 거지?

문득 옆에 있는 승옥이의 표정을 보았다. 대부분의 멤버가 동시에 서로의 얼굴을 쳐다보았다.

'극히 일부의 지도자'에 의해 잘못된 방향으로 이끌려 왔다?

대체 누가, 무엇 때문에!

그러면 그 '잘못된 지도'를 따른 우리의 행동은 어떻게 해석되는 것인가? 이 사람이 도대체 무슨 말을 하려는 것일까?

사건의 발생과 결과를 고찰하듯 어떻게 잘못되어 왔는지를 손이 순서대로 말하기 시작했다.

"재일조선인을 고통스럽게 하는 것은 일본의 반동세력이므로 조선인운동을 일본 지배계급에 대한 권력투쟁으로 몰아간 것은 잘못이었습니다. 민전(재일조선통일민주전선)의 일부 지도자가 동포 대중들을 잘못된 운동으로 유도해, 조방위처럼 애국적인 조직을 올바르게 이끌지 못하고, 일본의 권력을 타도하는 실행부대로 삼아 모험적인 투쟁을 일으키게 하고 말았습니다. 무턱대고 경찰과 파출소에 화염병과 똥 폭탄을 던지게 하고, 의미 없는 투쟁을 반복했습니다. 애국이라는 이름 하에 운동자금을 모금하고, 때로는 조선인 실업가를 협박해 금품을 뜯어내기도 했습니다. 결과가 어찌 되었습니까? 우리들은 측량할 수 없을 만큼 피해를 입었습니다. 조직이 적에게 발각되고, 많은 대중과 애국자들이 무모한 투쟁으로 쓰러졌고, 우리를 이해하는 동포들에게서도 유리되었고, 일본인들에게는 난폭한 조선인이라고 비난 받았습니다. 운동에서 가장 중요한 주체인 조선인 자신이 빠져 있었던 것입니다……."

"잠깐 멈춰 주십시오!"

갑자기 맨 앞줄에 있던 태일이가 손을 들고 손의 발언을 막았다.

신아무개와 박원식이 깜짝 놀라 눈을 떴다.

"해방민족인 우리를 툭하면 탄압하려는 일본 정부에 반대하는 것이 어째서 잘못된 운동이란 말입니까? 일본의 진보세력과 함께 투쟁하는 것이 왜 나쁘다는 말입니까!"

도저히 참지 못하겠다는 독을 품은 목소리다.

발언하던 손이 기세에 눌려 한 순간 머뭇거렸다.

"당연한 질문이다. 지금까지 조방위는 그것 때문에 선두에 서서 싸워왔으니까."

손은 태연하게 말했다.

"이제부터 그것에 대해 얘기하겠다. 어떻게 잘못되었는지 좀 더 얘기할 수 있도록 해주길 바란다."

손이 이렇게 말하고 전국에서 전개된 과격한 활동이 얼마나 동포들과 일본국민의 생각으로부터 유리되었는지를 이어서 얘기했다.

"그만두시죠! 평론가라도 되는 것처럼 하는 말, 이제 더는 못 들어주겠어!"

태일이가 고함을 질렀다.

박원식이 거칠게 일어나더니 태일이의 발언을 저지하려 들었다. 태일이는 무언가에 홀린 것처럼 눈을 치켜뜨고 입술을 와들와들 떨었다.

"이제 와서 어떤 논리를 갖다 붙이든 난 그런 거 관심 없습니다. 손 동지. 누가, 어째서 잘못된 지도를 한 것인지 말해 주시기 바랍니다. 누굽니까? 예? 누구냔 말입니까? 당신도 그중 한 사람이지 않았습니까?"

"임 동무! 멋대로 발언하지 마라. 의견이 있으면 나중에……."

박원식이 양손을 뻗어 휘저으며 위압하듯 굵은 목소리로 제지했다.

"입 닥쳐! 너도 그 지도부의 한 사람이었잖아! 학교에서 우리를 부추긴 것은 바로 너잖아!"

태일이는 몹시 격앙되고 증오스럽다는 듯 박원식을 지목했다.

태일이에게 너라고 불린 박원식은 선배로서 체면이 깎인 것에 화가 나 목소리를 높였다.

"방금 뭐라고 했어?!"

금방이라도 덤벼들 기세다.

지금 무슨 이야기를 하는 거지? '잘못된 지도'란 것도 이해되지 않는데, 왜 태일이는 별안간, 정말 별안간 저렇게 간부와 선배에게 무례한 말을 하는 것일까? 마치 정신이 나간 것 같은 태일이의 격앙된 행동은 이미 뭔가를 알고 있는 상황에서 흥분한 것처럼 들렸다.

"태일 동무, 흥분하지 마라. 나도 손 동지에게는 의견이 있다. 나중에 발언하기로 하자. 우선 손 동지의 얘기를 들어보자."

수일이가 태일이를 달랬다.

당돌한 손의 출현도, 방금 그 얘기도 모두 이 자리에서 처음 듣는 내용이었다. 고작 이 정도의 설명으로 우리의 모든 것이 부정되는 것처럼 손이 말한 '지도부'에 수일이도 곧바로 이의가 있다고 말했다. 태일이도 수일이도 어쩌면 저렇게 머리회전이 빠를까. 아니, 가만히 보니 그들은 손의 발언 내용을 사전에 알고 이미 준비하고 때를 기다렸다는 말투이기도 했다.

"괜찮지? 손 동지, 계속해서 얘기하시오."

뒤쪽에서 이평성의 목소리도 들렸다.

"남의 얘기처럼 들렸다면 용서해 주게. 나도 애끓는 심정으로 이 일을 말하고 있으니까. 여러분의 비판은 나중에 받겠다. 아무튼 끝까지 들어주길 바라네."

태일이의 반발에 기세가 꺾여 약간 체념한 듯 손의 목소리에 힘이 빠져있었다. 손의 솔직한 반응이 사태의 중대함을 모두에게 처음으로 의식하게 했다.

"일부 지도부는, 재일조선인은 일본이 민주주의 국가가 되지 않는 한 고통에서 해방될 수 없다고 주장해 왔다. 이것은 잘못된 것이다. 우리는 일본제국주의에서 해방되어 1948년 이후로 조선민주주의인민공화국이라는 조국을 가진 해외공민들이라 믿어 왔다. 하지만 그들은 우리의 눈을 일본의 민주화로 집중시켜 조국으로 눈을 돌릴 수 없게 만들었다."

"이제 와서 무슨 얘길 하는 겁니까? 우리한테 뭘 어떻게 하라는 말입니까?"

이번에는 말순이가 애가 타는 듯 비통하게 물었다.

"잠깐, 조국으로 눈을 돌리지 못하게 만들었다고 했는데, 우리는 언제나 조국만 바라보고 있었잖아? 우리에게도 나라가 있다, 전쟁으로 파괴된 조국을 건설하기 위해서라도 조국으로 돌아갔을 때 무시당하지 말자고 공부해 온 것이잖아? 안 그래, 모두? 그랬잖아?!"

강건일이 확인이라도 하듯 주위를 둘러보았다.

"아무리 애국사업이라 해도 그렇지, 성금을 모금하기 위해 사람을 협박해 갈취하다니, 그게 사실입니까? 그게 사실이라면 이건 야쿠자와 다를 게 없잖아. 믿을 수 없어요!"

한숨을 내쉬며 전정숙이 한탄한다.

"똥 폭탄을 던졌다는 게 무슨 말이야?"

박효순이 조그만 소리로 정숙이에게 물었다.

결국 손의 발언은 듣는 쪽도 말하는 쪽도 모두 소화불량인 채로 끝났다. 그리고는 멤버들이 제멋대로 말하기 시작했다. 회의는 통제 불능이었고 혼란스러웠다. 그러자 신아무개가 자리에서 일어났다.

"모두 동무들이 말한 대로다. 그러니까 현실을 인정한 다음에 이제부터 어떻게 하면 좋을지를 오늘 토론하려는 것이다."

"현실을 인정한 다음이라고 했는데, 우리가 한 운동이 그토록 고립된 것이란 말입니까?"

믿을 수 없다는 표정으로 승옥이가 끼어들었다.

신문과 라디오는 매일같이 각지에서 일어나고 있는 사회·노동운동을 보도했다. 6개 항목 건을 중심으로 조선학교문제도 이러한 흐름 속에서 대대적으로 보도되었다. 정세는 험난했지만, 손이 말한 정도로 고립되어 있었다고 그 누구도 믿기 어려웠다. 우리가 그런 '현실'조차 정확하게 파악하지 못하고 있었다는 말인가.

"손 동지를 대신해서 내가 보충설명을 하도록 해 주면 좋겠어."

신아무개는 승옥이의 질문에는 대답하지 않고 이렇게 말했다.

"운동방침이 잘못되면 여러 면에서 과오를 범하게 된다. 예를 들어 민족교육을 지키는 투쟁도 일본의 국민교육 민주화로 연결해 그 일부분으로 보아왔다. 조국인 조선의 교육건설로는 보지 않았던 것이다. 결국 일본의 교육민주화 속에 우리의 민족교육을 끼워 넣고 말았던 거다. 이렇게 되면 민족교육의 존재의미는 없어지고 만다. 때문에 일본정부가 말한 것처럼 조선아이들을 일본학교에 보내도 괜찮지 않느냐는 우매한 생각까지 하게 된 것이다. 실제로 오사카와 오카야마에서는 그런 우매한 생각을 한 일부 간부가 조선학교를 해산 시키고 말았다."

손과는 다르게 신아무개는 학교의 선배다. 항상 우리 회의에 참석했기 때문에 학교문제를 예로 든 까닭인지 발언에 그다지 위화감을 느끼지 않았다.

"우리 학교에도 비슷한 문제가 있었다. 도교육위는 끈질기게 일본교과서를 사용하도록 지시했으나, 그것을 거부하고 우리 스스로 편찬한 교과서만 써왔다. 우리의 교육을 일본 민주화운동의 일부로 삼았을 경우 민족교육은 그 뼈대를 잃고 만다. 이 부분의 주체를 분명히 하지 않는다면 이미 알고 있는 것까지 주저하고 망설이게 되고 마는 것이다…."

신아무개의 설명이 옳다면 '도립'이라는 틀 안에서 학교가 6개 항목을 수락한 것은 역시 부처님 손바닥 위 손오공과 다름없다는 확신이 점점 더 들었다. 부처님이 마음만 먹으면 언제든지 뭉개 없애버릴 수도 있기 때문이다.

'도립'을 선택할 수밖에 없었던 과거는 과거로 치고, 일본 교육제도의 틀 안에 완전히 집어넣으면 이런저런 '규제'를 받는 것이 당연하다는 것도 틀린 말이 아니다. 학교를 지키는 투쟁을 일본의 민주화를 위한 투쟁의 하나로 자리매김하면, 신아무개의 말처럼 이것은 민족교육의 자멸이라는 논리가 되고 만다. 손은 그것을 말하고 싶은 것이다.

"한 가지 더, 중요한 이론의 파탄이 있었다."

박원식이 발언했다.

"우리학교 문제를 일본 국민교육의 일부에 포함시키면, 조선인이 일본의 국내 정치에 말참견을 하는 꼴이 된다. 이것은 아주 가까이 있는 예라 할 수 있는데, 일본군을 다시 정비하는데 세금을 쓰니 차라리 시설도 불충분한 민족교육으로 돌리라고 요구한 적이 있었다. 일본사람이 자국의 군대 재정비에 반대하는 것은 일본인 자신의 문제이다. 조선인도 민족적 입장에서 그것을 비난하는 것은 가능하겠지만, 기본적으로는 세금을 어디에 쓰든 그것은 일본인 스스로가 결정할 일이다. 일본정부가 교육비를 지급하게 하려고, 요시다 반동내각 타도라며 국내정치에 간섭하는 것은 잘못된 것이다. 물론 일본정부가 교육비를 지출하는 것이 나쁜 일은 아니다. 아니, 오히려 우리의 부모 세대가 일본으로 올 수밖에 없었던 조선과 일본의 불행한 역사를 생각하면 그것은 당연한 요구라고도 할 수 있다. 다만, 그 정당성을 일본 국민들도 이해하는 것이 중요한 것이다. 재일조선인의 자녀를 위해 조국이 교육원조비를 송금하겠다고 하는 것을 일본정부가 방해하는 것 같은데, 그렇다면 적어도 그 환경이 정리될 때까지 만이라도 일본정부는 조선인의 민족교육에 재정적 협력을 해야 마땅하다. 독립 국가를 가진 국민으로서 이것을 엄밀히 구별하면서 방침을 결정하지 않았던 지금까지의 운동이, 일본의 국내 정치에 말참견을 하는 꼴이 되어 일본인에게 미움을 사고 말았다. 조선인이 일본에 혁명이나 일으키려고 온 것처럼 오해를 사고 만 것이다."

손은 물론, 신아무개와 박원식도 말이 많았다. 그것은 지금까지 해 왔던 운동을 몽땅 잘라내 버린 단정이고 확신 같았다.

하지만 태일이 말처럼 그동안의 과정이 너무 성급하고 엉터리였기 때문에 머리가 미처 논리를 따라가지 못하는 느닷없는 느낌을 주었다. 설명을 들으니 그럴만 하다고 여겨지는 것도 있었다. 복잡한 논리를 모두가 납득한 것은 아니지만, 중대한 전환에 직면하고 있다는 것도 그런대로 알 수 있었다.

"공화국이 교육비를 보내왔다는 거 너 알고 있었어?"

효순이가 귓속말처럼 소곤소곤 정숙이에게 묻는다.

"처음 듣는 소리야. 그렇게 된다면 얼마나 좋을까!"

그때였다. 태일이가 또다시 손을 들었다.

"박 선배, 당신 언제부터 그렇게 이해심이 좋아진 거죠? 신 동지, 그리고 손 동지. 당신들은 어째서 지금까지의 운동이 자신들과는 전혀 관계가 없는 것처럼 말하는 겁니까? 백보 양보해서 그 생각이 맞다고 치죠. 하지만 내가 아까부터 몇 번씩 말하는데, 누가 과오를 범했고, 그 책임을 누가 어떻게 질 것인지를 알고 싶습니다. 지금 이 자리가 아니어도 좋습니다. 우리들 눈에도 확실하게 보이도록 해주길 바랍니다. 일부의 지도자가 나쁜 것처럼 말하는데, 그러면 그 일부의 인간 때문에 재일조선인 전체가 조종당해 왔다고 말하고 싶은 겁니까? 손 동지, 신 동지. 당신들은 언제 그 과오를 알게 됐습니까? 그것도 몰랐을 정도로 우리는 멍청한 인간이었다는 말입니까? 그렇다면 잘못된 운동방침으로 많은 동포와 우리를 지도해 온 책임을 누가 어떻게 지는 겁니까? 신 동지와 박 선배한테 묻겠는데, 당신들은 어떻게 책임질 겁니까? 우리는 어찌하면 좋겠습니까? 당신들은 그것에 대해서는 한 마디도 안 하고 있지 않습니까. 이것이 정의, 조국애, 민족애라고 믿고…그 지도에 충실하게 따라온 우리는… 어찌해야 되는 겁니까? 지금까지 난 쓸데없고 바보 같은 행동을 해온 것이란 말입니까? 난… 나는 일본인에게도 동포에게도 죄를 범한 꼴이 되는 것이네요? 어제까지 잘못된 지도를 해온 당신들이, 오늘부터는 그 반대의 입장에 서서 우리한테 따르라고 하다니. 당신들은 비겁해. 평론가 같은 말만 하고 있잖아! 누가 그 따위 얘길 믿겠냐구! 나는… 이제부터 누구를… 무엇을… 믿으면… 좋은지… 누가… 누가 확실히 대답 좀 해보란 말야!"

태일이는 머리를 마구 쥐어뜯으며 소년처럼 울기 시작했다.

"울지 마, 태일 동무!"

말순이가 머뭇거리며 말했다.

"울지 마라, 태일아! 우리 같이 생각해 보기로 하자!"

승옥이가 말했다.

주학이도 태일이를 위로하듯 소리쳤다.

"맞아, 우린 자부심을 가지고 살아왔잖아."

"우리가 잘못해 왔다고는 절대 생각 안 해."

정숙이도 효순이도 한숨이 섞여있지만 확신하듯 말했다.

나도 너무 분한 마음에 눈시울이 뜨거워지는 것을 이를 악물고 참았다.

약 1년 동안 이 조직의 멤버였다. 비장한 각오로 투쟁의 선두에 설 것을 맹세했다. 그것이 시대의 요구라면 화염병이든 똥 폭탄이든 던져도 좋다고 생각했다. 조국의 전쟁에 반대하고 학교를 지키는 투쟁에 진심을 다했다. 소학교 때부터 오늘에 이르기까지, 공부보다 길거리에서 삐라를 뿌리거나 서명운동을 나가는 일이 더 많았을지도 모른다. 데모를 하고 경찰기동대에 쫓기는 일들이 평범한 학창시절이라고 할 수는 없다. 그렇다 해도 동포사회와 학교를 지키는 것이, 조선인으로서의 우리 자신의 존엄을 지키는 거라고 확신하고 있었다. 조방위 멤버가 아니어도 그러한 의식은 전교생이 같았다. 운동의 모든 것을 부정하는 것은 아니지만, 최근 몇 년 동안의 '과오'라는 게 과거 8년간의 운동과 밀접하게 연결된 것이 아니었는가.

우리 부모 세대는 길이 없는 곳에 길을 만들며 살아왔다. 그들이 걸어온 길이 큰길이 되었다. 이 큰길이야말로 진실이라고 믿었던 것이 어느 틈엔가 갈라진 미로였다고 한다면, 그런 미로로 이끈 선도자의 책임을 묻지 않으면 안 될 것이다.

어느 쪽을 선택해야 되는지 모르는 상황에서 '잘못된 선도자'와 '올바른 선도자'가 있었고, 우리는 그저 분별없이 미로를 돌진하도록 조종당한 존재밖에는 되지 않았던 걸까?

억울함이 끓어올랐다. 이 억울함을 누구에게 어떻게 호소해야 하는 걸까. 별안간 나락의 밑바닥으로 내던져진 허탈감에 우리는 설 자리를 잃고 말았다.

그때서야 최근에 태일이의 이상한 행동이 이해가 되었다. 이것을 사전에 알게 된 태일이가 혼자 고뇌와 허탈감 속에서 자신을 잃어버린 것이 아니었을까?

"투쟁의 주체가 누구인지 잘 생각해 보면, 손 동지의 뜻을 못 알아들을 리 없습니다. 나도 얼마 전 태일 동무가 말한 문제로 꽤 고민해 왔습니다. 쉽게 납득할 수 있는 문제가 아니기 때문에 이제부터 다 같이 몇 번이라도 좋으니 토론하고 싶습니다. 그러나 조직을 믿어 온 우리의 신념을, 된장과 똥을 똑같이 취급하는 생각에는 도저히 따를 수 없습니다. 그런 식으로는 태일이를 포함한 우리 모두의 상처를 회복할 수 없다고 생각합니다. 왜 과오를 범했는지, 나도 나 자신의 문제로서 규명하고 싶습니다. 토론 끝에는 그 책임에 대해서도 반드시 따져야 합니다!"

손과 신아무개에게 따지듯 말했지만 수일이는 자신에게 묻고 있는 것 같았다.

"질문이 있는데……."

이평성이 손을 들었다.

"신 선배가 좀 전에, 오늘은 다 같이 논의하자고 말했죠? 그건 어떤 의미입니까?"

"어떤 의미라니?"

질문의 취지를 이해하지 못한 신아무개가 되물었다.

"여기서 논의한 결과, 선배의 생각에 찬성하지 못한다는 결론이 나오면 어떻게 되는지를 묻는 것입니다."

"이건 대부분 결론이 난 상부의 견해입니다."

박원식이 신아무개를 대신해 대답했다.

"대부분이란 말은 반대 의견도 있다는 말?"

"……"

"전국의 민전과 조방위에서 의견조정을 하고 있다는 말입니까?"

"그렇습니다. 이 학교에도 몇 개의 그룹이 있지만, 뭐 어찌어찌해서 양해를 구했고, 지금 고2학년 그룹만이 남아 있는 상황으로……."

"조국으로 시선을 돌려야 한다는 생각은 당연합니다. 우리는 그렇게 믿고 분발해 왔다고 생각했는데, 현실은 잘못된 지도로 인해 일본의 권력 타도에 힘을 쏟고 말았다. 그럴 듯하군요. 그런데 만약 운동을 올바르게 전환한다고 해서 말입니다, 전환한 그것이 또 잘못되었다고 한다면 어떻게 됩니까?"

"그런 식으로 얘기하는 건 아무런 해결도 되지 않는다구. 아무 진전도 없는 패배주의일 뿐이야. 어떤 결정도 하지 못하고 눈치만 보는 꼴이라고."

박원식이 한심하다는 표정으로 말했다.

"이봐, 박원식! 그 따위 깔보는 말투로 지껄이지 마! 모두가 불신감을 가지고 있으니까 이런 질문까지도 나오는 거 아냐!"

이평성이 눈을 치켜뜨며 일갈했다.

"자자, 어쨌든……."

두 사람을 제지하며 손이 일어나 연설하듯 발언했다.

"이수일 동지가 말했던 것처럼 몇 번이라도 토의하자. 토의를 하는 가운데 먼저 깨닫는 인간이 선각자가 되는 거다. 시간이 걸려도 좋다. 후각자라 해도, 다시 한 번 모두가 새로운 기분으로 조국과 동포를 위해 분발하면 되는 거다!"

"그 따위 소리 집어치워!"

고막이 찢어질 정도로 큰 고함소리였다.

태일이가 사천왕처럼 우뚝 일어섰다.

"손 동지, 아츠기厚木에 있는 군사기지를 습격할 때 당신이 내게 뭐라고 말했지! 이런 실력행동은 일본 혁명에 충실한 조선인과 일본인의 영웅적인 투쟁이라고 지껄이지 않았냐구! 박 선배, 수일이, 너희들도 거기에 있었잖아! 정보가 새어 습격은 실패했지만, 그때 다섯 명이나 체포되었잖아! 그게 언제였는지 잊었다는 거야? 엉? 바로 얼마 전 크리스마스였잖아! 잘났군, 홍, 아주 잘났어. 일부 지도자가 잘못했다고? 선각자? 누가 선각자야? 손 동지, 신 동지, 박 선배, 당신들이 선각자야? 거기에 따르면 나는 축복받을 만한 후각자가 된다는 말이야? 난 멍청해서 이게 어떤 결론이 날지 모르겠지만, 결론이 난다 해도 당신들은 두 번 다시 우리와 동포들 앞에 나서서 지도자라고 떠들지 말란 말야!"

태일이의 성난 고함소리가 회의에 찬물을 끼얹었다. 위가 쓰라릴 정도로 침묵이 흘렀다.

그때까지 전혀 느끼지 못했던 요란한 매미 떼 울음소리가 들려왔다. 운동장에는 여중생 셋이서 축구공을 차며 무엇이 그리도 재미있는지 까르르 웃는 모습이 창문 너머로 보였다.

다섯 살 때 아버지를 따라 갔던 한국이 떠올랐다. 아버지 고향에 갔다는 게 믿어지지 않는 까마득하게 오래전 일이다. 고모 등에 업혀 석양이 지는 포플러 가로수 길을 걸었다. 내 엉덩이를 양손으로 토닥이며 고모는 알 수 없는 노래를 나즈막히 불렀다. 고모 등에 업혀서 본 포플러 나뭇잎 사이로 새어든 석양빛이 눈부셨다. 끔벅끔벅 눈을 깜박이며 고모의 노랫소리를 듣고 있으니 신기하게도 편안해져 깜빡 잠이 들고 말았다. 그때도 요란하게 떼를 지어 매미가 울었다….

"난 간다!"

험악한 얼굴로 간부석을 노려보며 태일이가 쿵쾅쿵쾅 교실을 나가 버렸다. 쾅하고 요란하게 닫히는 문소리가 모두의 가슴을 예리한 칼로 도려내는 것 같았다.

형의 가출

봄에 대학교 경영학과를 졸업한 형은 아버지의 일을 돕게 되었다. 어차피 조선인을 고용하는 기업이 있을 리 만무했으니 형은 처음부터 취업활동에는 아예 눈도 돌리지 않았다.

다카야마 이모부가 실어오는 폐강판과 잡철 속에는 두께가 다양한 철판조각이 대량으로 들어있었다. 아버지는 이것을 상등품으로 구분해 마을에 있는 공장에 비싼 값으로 내다 팔았다.

이 철판들을 좀 더 유용하게 재이용하는 방법은 없을까 고민하던 형이 번뜩이는 기지를 발휘했다.

오쿠尾久에 똬리쇠 도매상이 있는데 형의 대학 선배가 거기 책임자로 있었다.

각종 똬리쇠, 볼트, 금속제 부품류는 건축과 공장시설 확장 붐으로 늘 품귀현상이었다. 어느 도매상을 막론하고 안정된 공급원이 되어줄 똬리쇠 제조공장 확보에 혈안이었다.

똬리쇠의 재료가 되는 얇은 철판은 소수점 밀리미터 두께를 다투는 세계다. 다카야마 이모부가 실어 오는 잡철 속에 이런 철판조각들이 엄청나게 많았다. 똬리쇠의 재료로 쓰이는 철판은 비싼 가격이지만, 싸구려 철 조각에 들어있는 것이라도 충분히 똬리쇠를 만들 수 있는 재료가 되었다.

독립을 목표로 하고 있는 선배와 의기투합해 결국 형은 아버지에게 프레스공장을 설립하겠다고 선언했다. 선후배 합작의 제조원과 아버지의 판로처가 빈틈없이 상부상조의 관계가 된 것이다. 아버지는 망설임 없이 GO 사인을 했다.

작업장으로 쓰고 있는 나나쵸메의 잡철 창고가 공장 후보지가 되었고, 공장경영에 관한 노하우는 선배의 소개로 형이 시내에 있는 공장으로 나가 직접 기술을 익혔다.

몸을 쓰는 일만 하며 살아온 아버지는 눈치 빠르게 고철상을 마을의 공장으로 발전시키려는 형의 경영 감각을 보고 흐뭇해 하셨다. 아버지는 곧바로 나나쵸메에 있는 작업장에 30평 정도의 간이공장을 세우기로 했다.

그런데 이때부터 아버지와 형이 어긋나기 시작했다.

설계도면에는 공장을 겸해 주택용으로 방 세 개도 있었다. 형의 독립을 응원하고 더불어 신혼살림도 만들어 주려한 부모님의 생각인 것이다.

공장설립을 구상 중이던 대학 때 아버지의 강한 권유로 형은 동포 간호사와 선을 본 적이 있다. 물론 혼례는 졸업 후라는 조건이 붙었다.

이윽고 여자 쪽에서 승낙한다는 소식이 있었지만, 형은 아직 현실적으로 힘들다는 이유로 거절했다. 그 후 얼마 지나지 않아 형이 별안간 야마다 토모코 씨를 집으로 데려온 것이다.

"석철이 색시라 카믄 몰라도, 장남 며느리로 일본사람을 들인다는 건 꿈에도 생각해본 적 엄따."

아버지는 노골적으로 심한 거부반응을 보였다.

"진짜 결혼상대로 데려온 건 아니지? 그냥 여자 친구일 뿐이지?"

누나가 걱정스레 꼬치꼬치 형에게 물었지만 형은 말끝을 흐리고 웃기만 할 뿐이었다. 문득 이런 생각이 들었다. 형이 가족의 반대를 예측하고 교란작전을 쓴 것이다. 이런 날이 오리라 예상하고 형은 1년 전부터 생맥주 한 잔으로 먼저 나를 포섭해 두었던 것이다. 형은 뛰어난 지략가다.

해방 전후로 무척 고생하신 부모님과 지금의 분위기로 보면 우리 집에 일본인이 가족으로 들어올 여지가 한 치도 없음을 형은 이미 알고 있었다. 가족에게 긴장감을 주어 동요를 일으키고 교란작전을 써서 단번에 각개격파하겠다는 작전이다.

한편 토모코 씨 일을 덮어 둔 채 어머니는 며느릿감을 찾아달라고 황씨(하라다) 아저씨에게 의논했다. 형을 유인하는 양동작전이다. 토모코 씨 이상의 동포 여성을 소개하면 형의 마음도 달라질 것이라고 생각한 어머니의 회유책이다.

"대졸의 신랑에게는 단과대 출신의 인텔리가 딱입죠."

오카치마치御徒町에서 파친코 가게를 두 개나 경영하고 있는 집 장녀라고 했다.

"부모는 당연히 경상도 출신이라예."

형은 마지못해 하며 선을 보아 부모님을 방심하게 만들었다.

아니나 다를까 황씨 아저씨가 추천한 아가씨도 형의 마음을 사로잡지는 못했다. 결국

일이 이상하게 돌아가자 아버지는 한심스러운 표정으로 한숨만 내뱉을 뿐이었다. 어이없는 건 아버지의 화풀이가 당사자인 형이 아니라 어머니에게 향한 것이다. 어머니에게는 아무렇지도 않게 폭력을 휘둘렀던 아버지가 형에게는 못마땅한 표정인 채 도무지 전의를 보이지 않았다.

"니가 자식을 제대로 키우지 몬해서 저놈아가 조선인 혼을 잃어뿔고 혼이 빠진 놈이 됐다 아이가. 조선인을 멸시해 온 일본인을 맏며느리로 들인다꼬? 무슨 얼굴로 동포들한테 소개할 작정이가? 내나 니가 죽으면 우리 제사는 누가 챙기겠나. 일본인 며느리가 챙겨 줄 거라꼬 생각하드나? 그기 될 거 같나?"

"될지 안 될지는 가르쳐주지 않고서는 모르는 일 아닝교. 그렇게 싫으면 기둥에 큰 놈을 묶어 두면 될 거 아임니꺼. 아들놈을 교육하는 건 아부지 책임이지, 내는 모른다."

"이년이 어데서 생떼를 부리노, 니는 분하지도 않나!"

언제나 이런 식의 싸움이 반복될 뿐이었다.

일본인과의 결혼을 반대하는 건 어머니도 같았다. 나도 반대다. 맏며느리는 어머니와 같은 존재다. 관혼상제와 대외적인 모든 경조사를 부모를 대신해 장남 부부가 도맡아야 할 때도 있다.

어머니는 도리를 설명하며 형에게 눈물로 애원했다. 그런데 형은 시대가 변했다며 어머니를 설득하려 들었다.

"허이고, 내가 우야믄 좋노."

결국 아버지는 감정에 북받쳐 우셨다.

아버지의 눈물을 나는 처음 보았다. 형이 안 된다면 내가 있다고 말하고 싶었지만 아무래도 내게는 역부족인 것 같았다. 그걸 알고 나자 불효를 저지르는 형에게 나는 무턱대고 화가 났다.

결국 그때가 오고야 말았다.

집에 돌아오자 아버지와 형이 당장이라도 싸울 기세로 노려보고 있었다. 과묵한 아버지가 신기할 정도로 말이 많았다.

"결혼이라꼬 하는 건 말이다, 좋아한다꼬 간단히 부부가 되는 기 아닌기라. 고마 달아올라 있기만 해서는 한참 앞의 일이 암껏도 보이지 않는 기라. 지금 니한테는 생각하지도 몬한 일들이 산처럼 쌓여있단 말이다. 알아듣겠나?"

"각오는 돼 있어요."

"하모, 태어날 얼라는 조선인이가, 일본인이가?"

"옛?"

아직 결혼도 하지 않았는데 아버지는 손자 얘기까지 꺼내들었다.

"어느 쪽 얼라로 키울 끼고?"

"당연히 조선인으로 키울 겁니다."

"토모코도 그리 생각하고 있드나?"

"결혼도 하지 않았는데 어떻게 거기까지 얘기하겠습니까."

"얼라가 생기믄 조선학교에 보낼 생각이가?"

"그런 일들은 아직 한참 앞에 일이잖아요. 그때가서 생각하면 될 문제에요."

형은 웃었다. 하지만 아버지는 무척 진지했다. 학교에 보내겠다고 즉시 대답하지 않는 형에게 아버지는 조바심 난 얼굴이다.

"조선학교에 보내라꼬 하는 말이 아이다. 니 얼라가 우리 김씨 가문의 이름을 등에 지고 사는 기라. 니가 얼매나 각오하고 있는지를 내는 알고 싶은 기라."

형은 순간 답변을 하지 못하고 우물쭈물했다.

가방을 옆에 내려놓고 나는 벽에 바짝 다가서 두 사람의 대화를 엿들었다.

"차분히 의논해 보겠습니다."

"의논해 본다꼬? 머를? 니가 지금 확실히 대답 몬하나?"

"아버지, 일본인하고 결혼해도 제가 조선인이라는 건 아무것도 달라지지 않아요. 토모코 씨도 지금 조선에 대해 열심히 공부하고 있어요. 태어날 아이는 조선인으로서 키울 생각입니다. 하지만 이것만은 알아주셨으면 좋겠는데, 저는 조선에서 태어난 게 아닙니다, 조선으로 돌아갈 생각도 없습니다. 조선말도 제대로 하지 못하는 일본 태생입니다. 조선도 일본도 앞으로는 점점 변해 갈 겁니다. 생활 기반이 일본에 있는 이상 일본에서의 생활을 어떻게 꾸려 갈 것인지가 더 중요하지 않습니까."

"허이구야."

아버지는 이를 갈며 말을 잇지 못하고 탄식을 했다.

"큰애야, 그기 무슨 뜻이고?"

어머니가 불안한 듯 물었다.

"무슨 뜻이기는요……."

이렇다 할 확실한 앞길이 형에게 있는 것도 아니다. 상상해 보건데 아마도 형은 조선에서 태어난 아버지 어머니와 일본 태생인 자신과는 마음가짐과 사고방식이 다를 수밖에 없다는 의미일 것이다.

"제사는 우짤끼고?"

마음을 가다듬고 아버지가 다시 물었다.

"그거야 당연하지 않습니까. 꼭 모실 겁니다!"

"그래?"

형의 의사가 확고함을 알고 나자 아버지 마음에 동요가 일었다.

"저쪽 부모는 뭐라 카드나?"

걱정스런 얼굴로 어머니가 형의 표정을 살폈다.

"……"

"뭐라 카는데?"

"반대하십니다."

아버지의 눈이 날카롭게 빛났다.

"이유가 머꼬? 와 반대한다드나?"

형은 우물쭈물했다.

"제가 직업이 없고… 게다가… 조선인을 선택하면 가문에 상처를 입힌다는 친척도 있는 것 같습니다."

형의 말이 끝나기도 전에 잔뜩 화가 치민 아버지의 고함이 날아들었다.

"그기 봐라, 내 뭐라 카드나! 노동자 변호산지 뭔지 내 몰겠지만, 조선인 편을 드는 척할 뿐이고, 막상 현실이 되니까 조선인을 깔보는 기다. 일본인의 본심은 하나도 변한 게 엄따!"

"그런 게 아니라구요! 아직 직장이 확실하지 않다는 것뿐이고, 가문이 어쩌고저쩌고 하는 말은 저쪽 부모님이 아니라 친척의 얘기일 뿐이에요."

"그기 머가 다르나. 마찬가지 아이가. 저쪽 가문이 상처가 되믄 우리 족보도 더러버지는 기다!"

토모코 씨 가족의 움직임을 솔직히 털어놓은 걸 형이 당황하는 빛이 역력했다.

"이제 고마 눈을 똑바로 뜨라 말이다! 직업이 엄따고 하는 기는 핑계인 기라, 진짜는 조선인이라 반대하는 기다. 미국이나 프랑스 사람이라믄 가문 따위가 어쩌고 하는 말은 몬 했을 끼다. 거기다 변호사 집안에서 자란 아가씨하고 고철상을 하는 조선인의 아들놈하고는 입장도 다른 기다. 딸을 받아 달라캐도 내가 차 버릴 끼다!"

나는 더 이상 참고 있을 수 없어 그 사이에 끼어들었다.

"아버지, 그건 아니에요. 일본인 전부가 그렇지는 않아요. 학교에 있는 일본인 교사는 모두 우리를 이해하고 있다구요."

"니는 입 다물지 몬하나! 니가 뭘 안다꼬 끼어드노."

형을 두둔하려 한 말이 아니다. 아버지 마음도 알지만 무턱대고 일본인을 나쁘게 말하는 것은 찬성할 수 없었다. 형이 말한 것처럼 조선인에 대한 차별과 멸시의 사고방식이 아직도 농후하게 남아 있지만 시대가 변해가고 있는 것도 사실이었다.

일본인이 나쁘다고 하시는 아버지가 정작 일본인 여성을 좋아하게 된 이유를 설명할 수 없게 된다. 아버지와 그 여자와의 관계 따위 인정하고 싶지 않지만, 인간으로서 마음이 통한다는 것이 중요한 것 아닌가.

"저희를 이해해 주시도록 토모코 씨도 그쪽 부모님을 설득하고 있습니다. 아버지, 어머니, 이해해 주세요. 토모코 씨를 인정해 주세요. 꼭 효도하겠습니다."

형은 필사적이었다.

"친척 얘긴 탐탁지 않지믄도, 토모코는 좋은 아가씨 같고… 큰아가 좋다믄 내는 머…."

"그렇게는 몬한다. 내 눈에 흙이 들어가기 전에는 절대로 허락 몬 한다!"

아버지는 자리를 박차고 일어서더니 어디 간다는 말도 없이 거친 발소리를 내며 밖으로 나가 버렸다.

종이봉투를 손에 든 형이 현관 입구에서 소리쳤다.

"야, 석철아. 커피 마시러 가자."

시험공부 따위 될 대로 되라며 나는 계단을 뛰어 내려갔다.

어머니가 수상하다는 듯 종이봉투를 들여다보려 하자,

"백조에 먼저 가 있을게."

하며 형은 밖으로 나갔다.

"벌써 9시나 됐는데, 여태 장사하겠나?"

어머니가 벽시계를 쳐다보며 내게 물었다.

"밤 12시까지 해요. 정씨네 아주머니가 늦게까지 고생이시죠."

나는 게다 신발 끈에 발가락을 쑤셔 넣으며 형의 뒤를 쫓았다.

"늦지 말고 일찍 들온나."

등 뒤에서 어머니 목소리가 뒤따라 들려왔다.

커피를 마시러 가자는 바람에 가볍게 따라나섰지만, 언젠가 생맥주를 사줄 때처럼 형에게 또 무슨 꿍꿍이가 있을 것이다.

"저쪽이 좋겠다. 커피 주문하고 기다려."

구석자리를 가리키며 앉으라 한 뒤 형은 화장실로 들어갔다.

이내 돌아온 형이 털썩 의자에 앉으며 말했다.

"어휴, 진짜 맘에 안 들어. 아버진 왜 그리 깐깐하시냐."

아직 주문 받는 종업원도 오지 않았다.

"근데, 니 생각은 어떠냐?"

"뭐가?"

"토모코 씨 말이야."

마침 종업원이 와서 커피를 두 잔 주문 받는 사이에 어떻게 대답할지 생각했다.

"난 토모코 씨는 좋지만……"

"좋지만 뭐?"

반대할 생각 말라는 듯한 말투다.

"난 반대야!"

"왜! 일본인이라서 그래?"

"그런 의미가 아냐."

그런 의미다.

아버지의 생각과 염려는 당연하다고 생각했다. 형에게 어울리는 동포 여성은 찾아보면 얼마든지 있을 것이다. 앞으로 계속 어려운 문제들과 맞닥뜨릴지도 모를 일본인과의 결혼을 굳이 선택한 형의 생각이 내게는 도무지 이해가 되지 않았다.

"언제까지 조국이니 민족이니 그런 얘기만 하고 있으니 세상을 좁게 만드는 거라고. 난 여태까지 좋은 감정을 느꼈던 상대가 가끔 일본인이었다, 그게 뭐 잘못됐냐. 조선과 일본의 남녀가 결혼해서 양국의 가교 역할을 하면 좋은 것 아니냐구!"

"그건 그렇지만……."

"사소한 것에 얽매여 있으면 여자친구도 못 사귈걸."

이젠 아주 나를 협박한다. 갑자기 머릿속에 영순이가 떠올랐다.

"됐다 됐어. 아무 도움도 안 될 것 같다 넌."

"기분은 충분히 이해해."

"이해한다고? 좋아, 그럼 한 가지만 부탁하자."

"뭔데."

"나 오늘 밤 가출한다."

"뭣? 가출?"

"걱정 마. 일주일간만 가출한 척 하는 것뿐이니까."

"어디로 가는데?"

"오늘 밤은 선배 집에서 자고, 내일은 나가노長野에 있는 스와諏訪에 갈 거야."

"토모코 씨랑 같이?"

"설마."

"그럼, 뭐 하러?"

"오늘 일이 없었더라도 스와에 갈 예정이었어. 선배의 소개로 좀 더 큰 프레스 공장에서 연수받기로 되어 있었거든."

"뭐야, 그런 거였어. 토모코 씨는 알고 있어?"

"응, 알고 있어. 갈아입을 옷도 갖고 왔다."

증명이라도 하듯 아까 그 종이봉투를 들어 보였다.

"그래서 부탁인데, 마작을 하러 간다고 했다고 3일간만 어머니에게도 비밀로 해줘라. 그 이상은 걱정하실 테니까. 아버지에게는 끝까지 말하지 않는 조건으로 나한테 무사하다는 전화가 왔었다고 어머니한테만 말해두면 돼. 다만 스와에 간 것은 어머니에게도 비밀이다."

"무슨 말이야?"

"무사하다는 것만 전하면 돼. 가출한 것이어야 아버지와 어머니도 고민 좀 하실 테지. 충격요법이다."

"엄마, 아버지가 불쌍하지도 않아? 난 몰라."

"알아, 알고 있다니까. 인생은 전쟁인거야. 행복은 가만히 있다고 찾아오는 게 아니라 싸워서 쟁취하는 거다. 석철아, 너만 믿는다. 그럼, 부탁한다."

밖으로 나오자 형은 유유히 정류장을 향해 걷기 시작했다.

"난 몰라. 아버지가 어떻게 나와도 난 모른다―"

형 등짝에 대고 소리를 질렀다.

형은 뒤를 돌아보지도 않은 채 한 손을 들어 좌우로 크게 흔들었다.

공장건축에 관한 협의와 잡철 운반 등으로 아버지는 어느 때보다 더 아들의 힘을 필요로 했다. 그렇게 중요한 큰아들이 마작을 하러 나간 채 아무 연락도 없다.

억지로 무관심한 척했던 아버지가 형이 가출한 뒤 이틀째 되는 날 아침식사 때에 드디어 화가 폭발했다.

"못돼 처먹은 자식 같으니라구. 고생 고생 키워놔 봐야 자식 따위 아무 짝에도 쓸모음따."

말이 끝나기가 무섭게 우당탕 발소리를 내며 개수대 밑에서 술병을 꺼내 거칠게 막걸리를 사발에 따랐다.

어쩐지 불길한 예감에 나는 된장국에 밥을 말아 허겁지겁 입에 몰아넣었다. 유자도 계속 눈을 치켜뜬 채 아버지 눈치를 보더니 내가 일어서자 거의 동시에 까치걸음으로 나를 따라 일어섰다. 눈치 빠른 히로시도 따라 일어나며 말했다.

"누나, 기다려. 나도 같이 갈 거야."

그저께 저녁에 분명히 나는 형과는 백조에서 헤어졌다고 어머니에게 말해 두었다. 대학생 기분에 가끔씩 집을 비우는 일도 있었기에 혀를 차기는 했어도 어머니는 그리 신경 쓰지 않았다.

다음 날 저녁 집에 돌아오자,

"니 형이 안직도 안 들어왔다. 참말로 마작 하러간다 캣나? 니 아버지가 불같이 성을 낸다 아이가."

불안함을 노골적으로 드러낸 어머니는 미간까지 찌푸리며 말했다.

"별별 생각이 다 들어 참말로 죽겠다 고마. 이래 걱정을 시킬 거면 아예 자식을 안 낳는 기 속은 편할낀데."

어머니는 한숨을 내쉬었다.

나는 바늘방석에 앉은 기분이었다.

삼일 째 되는 날 저녁 무렵, 오른쪽 눈이 부어오른 어머니와 현관에서 마주쳤다.

"얼굴이 왜 그래요?"

"뭐 쫌 사러 갔다 온데이……."

묻는 말에 대답도 하지 않고 고개를 푹 숙이고는 어머니가 허둥지둥 밖으로 나갔다. 몹시도 기운이 빠진 모습이다.

히로시가 방에서 튀어 나오며 말했다.

"방금, 또 한바탕 했어."

이렇게 될 줄 알았으면 처음부터 가출했다고 말할 걸 그랬다. 가출이라 했으면 아버지도 나름 고민을 하셨을지도 모른다.

'3일 후에 무사하다'고 전하라던 형의 치밀한 계산을 바보처럼 의리 깊게 지킨 내가 한심스러웠다. 중요할 때는 모습을 감추고 진흙탕이 되는 것은 언제나 나였다.

잠시 후 어머니가 돌아왔다.

나는 허둥대는 척하며 현관 입구에서 소리쳤다.

"방금 형한테 전화가 왔어!"

"어데, 어데 있다 카드나?"

어머니와 히로시가 동시에 같은 질문을 했다.

"몰라. 몇 번 물었는데도 대답 안 하던데. 어딘가 먼 곳에 있는 거 같았어."

계속 함께 있었던 히로시가 이상하다는 표정으로 고개를 갸우뚱거렸다.

"너 아까 오줌 싸러 갔을 때 전화 왔어."

어머니보다 먼저 나는 히로시에게 변명했다.

"어데 있는지 와 안 물어 봤노?"

어머니는 답답한 듯 나를 닦달했다. 나도 진심으로 애가 탄다는 듯 대꾸했다.

"말하지 않는 걸 내가 어떡해!"

"그래, 벨일 없는 거 같드나?"

"응, 걱정 마시래요. 생각할 게 있으니까 좀 더 거기에 있겠다고 했어요."

"아이고— 이 눔의 자슥, 와이리 에미 애간장을 태우노."

그때다. 갑자기 따르릉따르릉 이번엔 진짜로 전화가 울렸다. 히로시가 나를 밀어 제 치고 수화기를 들었다.

두서너 마디 조선말로 대답하더니 수화기를 양손으로 막으며 말했다.

"석철이 형 친구래. 여자다."

헤죽헤죽 웃으며 수화기를 건넨다. 형의 무사함을 알고는 히로시까지 갑자기 기운이 돌아온 것 같았다. 낚아채듯 수화기를 집어 들었다. 엿들으려는 히로시를 오른손으로 밀쳐내며 전화를 받았다.

김말순이다.

"무슨 일이야?"

뜻밖의 전화에 놀라 나도 모르게 목소리가 커졌다. 말순이와 전화로 얘기하는 것은 처음인데다, 번호를 가르쳐 준 기억도 없다.

"미안해. 깜짝 놀랐지? 번호를 알아내느라 애 먹었어."

"대체 무슨 일이야?"

아직 놀람이 가시지 않은 나에게 말순이는 말하기 곤란한 듯 잠시 말이 없었다.

"태일이가 좀 이상해……."

"뭐? 태일이가? 무슨 일 있었어? 그 조방위 회의 때문에?"

"으응, 그게."

머뭇거리며 대답을 못한다.

"오늘 학교에서 여러 가지 얘길 했거든. 얘기 좀 하고 싶다고 해서……."

"무슨 일이 있었는지 모르겠지만, 나 오늘 그 녀석하고 같이 집에 왔어. 이상한 낌새 같은 거 없었는데."

오히려 평소보다 밝은 모습 같았다.

"그것 말고 다른 얘기도 했거든……."

"무슨 얘기?"

말순이는 다시 대답을 머뭇거렸다.

"나, 싫다고…했어….."

"그니까, 뭘?"

"태일이한테 특별한 마음은 없다고 말했어……."

"안 그래도 너랑 얘기 좀 하고 싶었어. 내일 학교에서 얘기하자."

"그게 아니구!"

말순이가 날카롭게 소리쳤다.

"태일이가 너무 낙심하고 있어서 나 너무 걱정 돼. 무서워 죽겠어, 무슨 일을 저지를 것만 같단 말이야. 얼마 전 회의 때 일도 그렇고….."

쉬지도 않고 말하는 말순이에게 막다른 궁지에 몰린 것 같은 다급함이 강하게 느껴졌다.

"응, 알았어. 내가 태일이와 얘기해 볼게."

태일이의 자살미수

1

오늘도 셋이서 함께 하교했다.

말순이한테 따로 얘기를 들을 것도 없이 얼마 전 조방위 회의가 끝난 후로 승옥이와 의논해 태일이를 혼자 두지 말고 당분간 함께 행동하기로 했다. 그 사이에 말순이가 굳이 나에게 전화를 걸어올 만큼 이상한 낌새라곤 전혀 느끼지 못했다.

태일이와 말순이가 학교에서 무슨 이야기를 나눈 것일까?

'잘못된 운동'에 관해 서로 의견을 교환한 것은 짐작이 간다. 그보다 오히려 말순이가 굳이 내게 전화를 걸어 얘기한 '특별한 마음은 없다'고 거절한 것이 태일이에게 큰 충격이 된 건 아닐까. 얼마 전 우에노역 앞 영화관에서 태일이와 '로마의 휴일'을 봤을 때 일이 떠올랐다.

"감당할 수 있는 사랑, 단념해야 하는 사랑이란 게 있구나."

영화를 보고난 후 태일이가 차분히 이렇게 말했다.

감당할 수 있는 사랑, 단념해야 하는 사랑을 태일이는 알아버린 것일지도 모른다. 학교에서는 학생들의 교제를 금지하고 있지만, 적어도 말순이가 태일이한테는 조금만 더 자상하고 부드럽게 대했으면 했다. 이성에 대한 애정이 아닌 자상한 우정은 정말 안 되는 것이었을까.

권위에 반발하고, 뜻밖의 행동을 해 사람을 곤란하게 만드는 때도 있지만, 태일이는 자신이 굳게 믿는 것, 사랑하는 것에는 일편단심으로 마음을 쏟는 섬세한 성격의 소유자이기도 했다. **운동**의 붕괴에 대해 대화하는 가운데 태일이는 아마도 자신의 흔들리는 마음을 말순이가 붙잡아주길 바랐을 것이다. 태일이는 가장 소중한 두 가지를 동시에 잃어버리고 말았다. 첫 번째가 '잘못된 운동'이었고, 연타를 가하듯 어렴풋한 사랑에게도 버림받았다.

점심시간에 뒷산에 올라갔다.

숨바꼭질을 하거나 그룹지어 합창을 하고 있는 여중생들이 있었다. 나무 그늘진 풀

무덤에 엎드려 우리 셋은 잡담을 했다.

"야, 태일아. 그때 말한 아츠기厚木기지를 습격한 얘기 말야."

주위를 신경 쓰며 승옥이가 작은 소리로 말했다. 회의 때 아츠기 기지를 습격한 일을 말하며 상부에 맹렬히 반발했던 태일이의 발언이 아무래도 신경이 쓰였다.

"화염병도 던졌냐?"

나도 조금은 흥미가 생겨 물었다.

다른 것은 평소와 같은데 아츠기 기지 얘기만 나오면 태일이는 그저 히죽거리기만 할 뿐 도무지 입을 열려고 하지 않았다. 조방위가 비밀조직이니 특수임무에 관한 활동도 비밀인 것이다.

"우리 조방위 안에도 그런 일을 하는 그룹도 있었구나."

"근데 왜 너하고 수일이가 거기에 선택된 거냐? 선택 기준이 뭐야?"

자신이 선택받지 못한 것이 불만이라는 듯 승옥이는 꼬치꼬치 캐물었다.

"아마 힘만 세고 머릿속이 텅 비어있어서 일거야."

태일이가 드디어 입을 열고 자조하는 듯 쓴웃음을 지었다.

"그럴 리가 있겠냐. 근데, 어땠어?"

"에잇, 모르겠다. 이젠 어찌돼도 상관없으니 말할까."

나와 승옥이는 벌떡 일어나 풀 무덤에 다리를 괴고 앉았다.

"작년 크리스마스 밤이다. 아니, 정확히는 25일 새벽 5시다."

"음."

우리는 마른 침을 꿀꺽 삼키며 고개를 끄덕였다. 소름 돋는 귀신 얘기라도 하듯 우리의 얼굴에 시선을 꽂은 채 태일이가 담담히 말하기 시작했다.

"총인원 약 30명이 24일 심야에 기지 주변에 미리 정해진 장소에 집합했어. 정확하지는 않지만 노동청년을 중심으로 한 조선인 10명과 일본인 20명 정도가 습격에 가담했지. 척후병과 다른 부서를 겸하는 녀석들도 있었으니까 그들을 합치면 정확히 몇이나 되는지 지금도 확실히 알지 못해.

크리스마스이브라 미국 놈들은 술에 취해 경계가 허술했지. 새벽 5시 습격은, 첫 번째 전차가 운행을 시작할 때가 가장 유리하다고 예상했기 때문이야.

손 아무개가 목소리를 죽이고 비장하게 한 마디 하더군. 이번 습격은 지하당의 지령에 의거한 애국적인 조·일 양국청년에 의한 혁명의 신호라고 말야. 나도 수일이도 박원식도 일전을 앞두고 흥분이 되어 몹시 떨었지.

전날 마지막 전차로 아츠기에 도착해 밥을 먹고, 용기를 북돋우기 위해 술도 한잔 하면서 시간을 보냈지. 그 후에는 어느 지붕 아래에서 꼼짝 않고 시간이 오기를 기다렸어. 무섭지 않았냐고? 무섭고 추워서 이가 딱딱딱 떨렸을 정도였다니까. 임무? 철조망을 절단하는 거였어. 가위처럼 생긴 절단기가 작은 것부터 엄청 큰 것까지 준비되어 있었어. 그 다음엔 별동대가 나서서 뭔가 행동하는 거였겠지.

드디어 새벽 5시가 됐어. 겨울이라 밖은 아직 어두컴컴했지. 손 아무개의 신호로 절단 임무를 맡은 우리 조선인 그룹이 선두에 섰어. 여기저기에서 별동대가 우르르 모여들었어. 기분은 말할 수 없이 최고조에 달해 있었어."

"철조망 앞에 왔을 때였어. 어찌된 일이지 기지 안에서 우리를 향해 일제히 서치라이트가 번쩍하고 켜졌어. 별안간 말이야. 마치 대낮처럼 밝아서 눈도 뜨지 못할 정도로 강렬한 라이트였어. 손을 눈가에 대고 빛을 가리니까 군인들이 우리에게 총을 겨누고 있는 게 보였어. 진짜 가슴이 철렁 내려앉았다. 바닥에 주저앉고 말았으니까. 습격대는 이미 이리저리 흩어져 버렸고 도망치려고 뒤를 돌아보니까 경관대와 사복경찰들이 여기저기서 별동대와 난투를 벌이고 있는 거야. 이제 와서 생각해보니 내부에 내통한 놈이 있었던 거 같아. 무아지경으로 도망을 쳤다. 얼마나 당황했는지 수일이하고 박원식은 도로 옆 배수로 하수구에 빠져서 죽을 뻔했거든."

"용케도 도망쳤네."

"도망치는 거야 나도 빠지지 않지만, 박원식은 말야, 축구를 해서 그런지 다리가 보이지 않을 만큼 빨라서 깜짝 놀랐다."

현장감 넘치게 하수구에 빠진 두 사람의 당황하는 모습을 손짓 발짓을 해가며 말하는 모습이 재미있어 우리는 깔깔깔 자지러지게 웃었다. 희생을 각오한 영웅적인 습격이 마치 만화처럼 들렸다.

한바탕 웃고 난 뒤 태일이는 갑자기 진지한 표정을 지었다.

"얼마나 진지했는지 니들은 모른다. 희생되더라도 그건 정의의 투쟁이라고 믿었으니까……."

우리는 서로 한동안 말이 없었다.

"박 선배와 수일이도 마음은 너와 같았을 거라고 생각해."

심하게 반발했던 회의 때를 떠올리며 내가 말했다. 지시가 있었다면 나와 승옥이도 그곳에 있었을지 모른다.

"알아. 그건 잘 알지. 운동의 '과오'를 알게 된 건 너희들보다 두 달이나 먼저 안 일이지만, 내가 용서할 수 없는 건 어째서 잘못되었는지, 누가 그것을 지시했는지, 책임지지 않고 애매한 채로 그냥 두었다는 거야. 게다가 여전히 똑같은 지도자가 운동을 전환해서 빨리 선각자가 되자고 지껄여 대잖아. 굳게 믿고 있던 우리는 뭐냔 말이야? 앞으로도 그저 입 다물고 따라야 해?"

"맞아. 니 말이 옳아."

승옥이가 맞장구를 쳤다.

"부정이 발각되면 제 아무리 내각이라 한들 무너지고 말아 일본에서는. 민전과 조방위 운동에 잘못이 있는데 지도부가 전원 교체되지 않으면 말이 안 되는 거지. 남조선의 상황도 이승만의 악정에 반대하는 여론에 결국은 타도될 거라 생각해. 그것이 정치라는 것 아니겠어? 우리의 운동도 같은 거야."

"승옥아, 너도 그렇게 생각하냐? 나 요즘 곰곰이 생각해 봤는데, 인류의 긴 역사를 보면 민족은 푸른 하늘처럼 영원한데, 정권이나 이념, 이상 같은 건 가을이면 지는 낙엽처럼 여겨졌어. 재일조선인의 운동이 미래 조선사에 어떻게 쓰일지 모르겠지만, 확실히 매듭지었으면 좋겠다. 지금이 가장 중요한 기로에 서 있는 게 아닐까, 우리들 말이야……."

격앙했던 태일이의 심정이 그저 감정에 치우쳤던 게 아니라는 걸 알고 나니 혼자서 깊었을 고뇌에 나도 온몸이 떨렸다.

"우리의 운동이 잘못되었다면 공화국은 어째서 지금까지 아무 말 하지 않고 있던 거지? 우리는 공화국의 깃발을 흔들며 투쟁해 왔고, 평양방송은 그것을 애국적인 투쟁이라며 격려까지 했잖아. 우리가 잘못 알고 있었던 건가."

문득 의문이 들어 내가 말했다.

"일본이 북을 눈엣가시로 여기니까 재일조선인은 조국과 전혀 교류할 수 없는 거야. 그러니까 잘 모르고 있는 것일지도……."

"그렇다면 양쪽 다 똑같다는 말야? 우리도 조국에 관한 것은 신문이나 방송으로 밖에 알 수 없잖아. 아무도 본 적도 갔다 온 사람도 없잖아……."

"조국은 남북으로 분단되어 전쟁까지 해 버렸어. 조국이다, 민족이다, 아무리 외쳐대도 자기 나라를 자유롭게 왕래하지도 못해. 그러니까 일본은 우리를 환영하지 않는 거고. 어쩐지 새장 속의 새처럼 갇힌 것 같다."

앞으로는 조국이나 민족에만 연연하는 건 세상을 좁게 만든다고 한 형의 말이 새삼 떠올랐다.

"이제부턴 누구를, 무엇을 믿고 살아야 하는 걸까……."

한숨 섞인 목소리로 태일이가 중얼거렸다.

"얘들아, 큰일 났다. 오후 수업이 벌써 시작했어."

나는 손목시계를 보면서 소리쳤다. 주위를 둘러보니 시끄럽게 떠들던 여중생들이 어느새 보이지 않았다.

허둥지둥 산을 내려와 교실을 향해 정신없이 운동장을 달렸다.

"태일아, 잠깐만."

앞서 달리는 태일이를 불러 세웠다.

"왜?"

숨이 가쁜 듯 헉헉대며 태일이가 멈춰 섰다.

"어젯밤에 말순이한테 전화가 왔었어. 걔가 니 걱정을 많이 하더라. 무슨 일 있었냐?"

"걔는 왜 너한테 전화를 한 거냐. 나한테 말하면 그걸로 그만인 것을……. 나, 말순이한테 차였다. 그걸 알고 나니까 이젠 속이 후련하다. 실연을 하면 그만큼 인간이 성장한다잖아, 이제부터 더 괜찮은 여자를 찾을 거다."

너무 쉽게 말하고 빙긋 웃더니 엄청난 속도로 다시 내달리기 시작했다. 애써 강한 척

했지만 뒷모습은 어딘지 쓸쓸해 보였다.

2

기말시험이 3일 후 월요일로 다가왔다.

형이 가출한 지 벌써 5일이나 지났다. 약속대로라면 형은 오늘 내일 사이에 귀환하는 몸이 될 터이다.

가출의 원인과 행선지를 사전에 알고 있으면서 그것을 부모님에게 절대로 말하지 않을 인내심 따위가 나한테 있을 리 없다. 형이 무사한 소식을 알고 난 뒤 부모님의 초조함도 다소 진정이 되었지만, 앉은 자리가 가시방석인 것은 달라지지 않았다. 괴로워진 나는 시험을 핑계로 하교 후에는 도서관에 들렀다 밤늦게 집으로 돌아왔다.

승옥이는 거의 매일 태일이네 집에서 학교에 등교했다. 태일이가 걱정 되서 시험공부도 할 겸 그 녀석 집에서 아예 숙식을 하는 것이다. 나와 승옥이가 의논해 결정한 일이다.

"매일 같이 있으니까 숨이 막힌다. 오늘은 니네 집에 가라. 오늘 밤엔 느긋하게 목욕도 하고 기분 전환도 하고 싶으니까."

전차가 다바타田端에 가까워질 무렵, 승옥이를 똑바로 쳐다보며 태일이가 혼자 있고 싶다고 말했다.

"그 말도 맞네. 오늘은 그냥 집으로 갈까."

승옥이는 순순히 받아들였다.

아무리 시험공부라고는 하나 매일 집으로 찾아오니 오히려 공부가 되지 않을 때도 있을 것이다.

승옥이와는 다음역인 닛뽀리日暮里에서 헤어졌다.

"잘 가."

한 손을 흔들며 케이세이선京成線 홈으로 향하는 승옥이를 태일이가 갑자기 불러 세웠다.

"고맙다, 승옥아. 내가 신경 쓰게 했지. 고마워."

"왜 내가 너한테 신경을 쓰냐. 밥을 공짜로 먹을 수 있으니까 같이 있었던 거뿐이야 임마."

"그랬냐. 가난뱅이라 괴롭겠구나. 암튼 고맙다."

가난뱅이라고 하자 승옥이가 태일이의 무릎을 가볍게 차는 시늉을 했다.

태일이는 기분이 나빠질 만큼 다정한 눈빛으로 언제까지나 승옥이를 바라보았다.

전차 안에서 평소와 다르게 태일이는 나에게도 다정했다. 아버지에 대해 물었고, 어머니의 맘고생을 동정하기도 했다. 마음이 차분해지자 심경에 변화가 있었을 것이다. 미나미센주역南千住駅에서 헤어지면서 악수까지 청해왔다.

"석철아, 잘 가라. 힘내고."

"야, 태일이 너 기분 나쁘게 왜 그래. 대체 무슨 일이냐?"

"아무 일도 없어. 너한테도 걱정을 끼친 것 같아 반성하고 있어. 그리고 넌 참 좋은 녀석이라고 항상 생각했어. 무엇보다 우린 소학교 때부터 동급생이잖아. 중학교 때 둘이서 사진도 찍었지. 그거 나한텐 아주 좋은 기념이 됐다."

중학교 3학년 때 의리를 다진답시고 충동적으로 둘이서 시내 사진관에서 사진을 찍었던 일이 생각났다.

"응, 진짜 좋은 기념이 될 거야. 어른이 되면 분명히 눈물이 날 정도로 그리워질 사진이다."

"이 참에 너한테 충고하는데, 좀 더 자신의 생각을 분명히 내세우도록 해 봐. 하얀지, 검은 지, 넌 늘 확실히 하지 않아. 조심스러운 것인지, 기회를 엿보기만 하는 것인지, 너라는 인간을 도무지 알 수 없을 때가 있다. 니 결점이야."

"야 임마, 무슨 소릴 하는 거야. 시험이 코앞인데 쓸데없는 일로 신경 쓰이잖아."

정곡을 찔리는 말을 들으니 속이 뜨끔하긴 했다. 죽을힘을 다해 버티는 박력도 없는 데다 칭찬받을 만큼 공부를 잘하지도 않는다. 웃어넘기긴 했지만 어쩐지 화가 나기도 했다.

"기분 나쁘게 듣지 마라, 그냥 내 충고야. 잘 가고, 힘내라."

"그래. 알았다 알았어. 힘내지 그럼. 너나 기운 내."

나는 부루퉁하게 대꾸했다.

"화내지는 말고. 니가 화내면 슬퍼진다니까."

태일이는 정말로 슬픈 표정을 지었다.

최근 태일이가 보이는 조울증에는 어떻게 대처해야 좋을지 정말 난감했다. 별안간 엉뚱한 행동을 아무렇지도 않게 해댔다. 오늘은 계집애처럼 아주 다정다감한 인간으로 바뀌어 있다.

다음날 아침 토요일.

등교하자 양쪽 눈자위 밑이 까맣게 내려앉은 승옥이가 상기된 표정으로 나를 복도로 불러냈다. 내가 학교에 오기를 목이 빠져라 기다린 것 같았다.

"석철아, 놀라지 마라. 태일이가 자살하려고 했어!"

"뭐라고?"

승옥이가 무슨 말을 하는지 너무 갑작스러워 믿기지 않았다. 머릿속이 새하얘졌다.

"안심해, 미수에 그쳤으니까."

"또 왜!"

"몰라. 어젯밤 집에서 공부하다가 노트를 그 녀석 집에 두고 온 게 생각나서 밤 10시쯤 가지러 갔거든. 목욕도 하고 느긋하게 있을 거라 했으니까 나도 그냥 거기서 자고 오려고 갔지. 때마침 구급차가 나올 때였다."

"병원에 실려 갔어?"

"아니, 빨리 발견해서 응급처치만으로 끝났어. 수면제를 먹었대."

"지금은 어때?"

"오늘 아침에는 거의 진정이 됐는데 아직도 몽롱한 상태다."

"태일이 어떡하냐, 승옥아……."

어찌해야 좋을까. 마음이 초조했다.

"어젯밤 너한테 알리려고 생각했는데, 수면제를 전부 토해낸 다음에도 몽롱한 상태가 계속돼서 그럴 정신이 없었다."

"그 사이에 이상한 낌새는 없었고? 무슨 얘기하지 않았어?"

"응, 어젯밤엔 계속 끙끙 앓으며 헛소리를 해댔다. 그중에 말순이 이름도 나왔고……."

"아아."

나는 순간 눈시울이 뜨거워졌다.

"태일이 형님과 형수님도 생명에는 별지장 없으니까 걱정하지 말고 학교에 가라고
해서……."
"애들한테는 비밀로 하자. 그래도 수일이하고 주학이한테는 얘기하는 게 좋겠지?"
"담임한테도 얘기하는 게 좋겠어."
말순이에게는 어찌해야 할지 망설여졌다. 태일이의 이상한 낌새를 먼저 내게 알려준
말순이에게는 역시 얘기해야 할 것 같았다. 이 기회에 태일이의 비밀을 승옥이에게도
알려야 할 것 같아 간략하게 그 일에 대해 털어놓았다.
"으음, 역시 그랬었구나."
고개를 끄덕이더니 승옥이가 갑자기 머리를 긁적이기 시작했다. 넌지시 눈치채고 있
었던 것 같기도 했다. 점심시간에 말순이를 밖으로 불러내 승옥이와 둘이서 태일이의
상황을 알렸다.
말순이는 양손으로 입을 막으며 얼굴이 창백해졌고, 말을 잇지 못했다.
"내가 그런 말을 하자마자……어쩌면 좋아……."
말순이가 소리 내 울기 시작했다.
"그건 아니야. 다른 이유도 있어."
나는 애써 강하게 부정했다. 어쩌면 계기가 되었을지도 모르지만, 이유가 분명하지
않는 이상 말순이에게는 절대 그렇지 않다고 해두어야 할 것 같았다.

3

하교 후에 승옥이, 수일이, 주학이, 상옥이, 건일이 등 남자들만 태일이 집으로 향했
다. 말순이도 같이 가고 싶어 했지만, 승옥이와 둘이 설득해 오지 못하게 했다.
침통한 마음에 다들 아무 말이 없었다. 정확한 이유는 알지 못했어도 태일이가 왜 그
랬는지 대부분 짐작은 했다. 조방위의 '잘못된 운동'은 모두의 마음에 깊은 상처를
남겼다.
방 한가운데에 이불이 깔려있고, 늙으신 어머니가 애처롭게 태일이를 바라보고 계셨
다. 맨 처음 방으로 들어간 나를 보시더니,
"아이고ㅡ, 석철아. 우리 태일이가……."
어쩔 줄 몰라 하실 뿐 다음 말을 잇지 못하셨다.

언제나 우리가 찾아오는 걸 환영해 주시는 다정한 어머니다. 며느리에게 이것저것 준비하게 하시고 자신은 곧바로 방에서 나가셨는데, 다소곳한 모습이 좋은 인상을 주는 분이다. 말 그대로 너무 초췌한 모습의 태일이 어머니는 말없이 앉은 채로 우리와 함께 언제까지나 태일이를 바라보기만 하셨다.

태일이가 희미하게 눈을 떴다.

무슨 말이든 건네려고 다들 몸을 바짝 다가갔지만, 곧바로 태일이가 이불을 머리까지 둘러쓰는 바람에 아무 말도 건네지 못했다. 그리고는 이내 조용히 잠든 숨소리가 들렸다.

"이따금 가늘게 눈을 뜨긴 하는데, 하루 종일 잠만 자고 있다……. 이 녀석이 뭐가 그렇게 괴로웠던 건지. 죽는 건 내가 먼저인데……."

어머니가 깊은 한숨을 내쉬며 나직하게 말씀하셨다.

"모두들 이쪽 방으로 와요."

문 앞에서 형수님이 우리를 불렀다.

옆방으로 옮겨갔다.

큰 상에 우리들 수만큼 차가 준비되어 있고 한가운데에 태일이 형님이 앉아 있었다. 마침 그때 박원식이 계단을 올라왔다. 수일이가 조직의 선배인 그에게도 연락했을 것이다.

수일이가 대표로 형님에게 인사를 건넸다. 박원식과 주학이도 뭔가 말했고 모두가 따라서 우물쭈물 인사를 했지만 목소리가 자꾸 잠겨서 제대로 된 인사말도 아니었다.

"태일이가 왜 약을 먹었는지 잘 모르겠다. 뭔가 짐작 가는 일이라도 있을까?"

형님은 모두를 찬찬히 둘러보더니 이윽고 나한테서 시선을 멈추었다.

다들 말이 없었고 잠시 침묵이 이어졌다.

"저어, 그게……."

수일이가 말끝을 흐린다.

"이런 게 쓰여 있었어."

형님은 상 아래에서 태일이의 일기장을 손에 들고 팔락팔락 페이지를 넘겼다.

"학교생활이 무척 즐겁다고 했고, 이런 일이 생길만한 것은 아무것도 없는데, 단지

한 가지, 맘에 걸리는 것이라면… 석철아, 내가 태일이를 싫어한다는 말을 너한테 들었다고 쓰여 있는데……. 그런 얘길 내가 너한테 한 적이 있었나? 딱히 너를 뭐라 하려는 건 아니고, 그저 사실을 알고 싶을 뿐이야."

나는 어깨를 움찔 떨었다. 그렇지 않아도 가장 가깝게 지냈는데, 자살을 생각하고 있던 태일이의 괴로움을 알아차리지 못한 것이 형님께 죄송스러웠다.

형님 얘길 들어봐도 도무지 내게는 기억나는 게 없었다. 하지만 일기에 쓰여 있다면 사실일 것이다. 뭔가 잘못이라도 저지른 것 같고 무슨 대답이든 빨리 해야 할 것 같아 그럴만한 일이 있었는지 이것저것 생각해 보았다.

문득 떠오른 게 있다. 올해 정월에 태일이와 같이 아사쿠사에서 영화를 보고 돌아오는 길에 녀석 집에 들렀다. 새해 인사를 하러 젊은 친척들이 와 있었고, 술자리가 한창이었다. 학교 선배와 교사, 대학생들이 많았고, 안면 있는 사람도 있었다. 화제가 공부 얘기로 바뀌자 국립대학을 나온 태일이의 형님이 당연히 중심이 되었다.

"태일이는 화학에 흥미가 있는 것 같긴 한데, 공부하는 방법이 도무지 맘에 들지 않아. 공부도 안 하면서 큰소리만 치는 그 녀석이 맘에 안 든다."

그날 들은 형님의 얘기를 며칠 후 나는 변소에서 볼일을 보다가 가볍게 태일이에게 말했다.

"태일아, 너 형님한테도 미움을 사고 있더라."

어쩌다 내가 그런 말을 했는지. 조방위 활동에 좌절하고, 말순이에게 차이고, 형도 자신을 마땅치 않게 생각한다고 여겨 태일이가 과민 반응을 보인 것일까.

"석철아, 승옥아, 이번 일에 개의치 말고 태일이를 잘 좀 부탁한다. 일기에 너희들 얘기가 자주 나오더라. 다들 태일이한테 힘이 되어주면 좋겠어."

형님은 머리까지 숙이며 부탁했다. 어머니도 형수님도 따라서 같이 머리를 숙였다. 잠시 후 모두 다시 태일이의 방으로 돌아와 한동안 있었다.

태일이가 희미하게 눈을 떴지만 이내 다시 눈을 감고 말았다.

"태일 동무, 기운 내라. 빨리 학교에 나오길 바란다."

박원식이 걱정스레 태일이 얼굴을 들여다보며 말했다.

"기다릴게. 알았지, 빨리 기운 차려."

건일이도 짧지만 다정히 말했다.

"우우움."

태일이는 고통스러운지 눈을 감은 채 끙끙 앓았다.

눈가에 가느다란 눈물이 흘러내렸다.

나의 사랑

1

뜬눈으로 밤을 지새운 채 날이 밝았다.

눈에는 눈곱이 끼어 있고, 공기를 불어 넣은 것처럼 퉁퉁 부어오른 태일이의 잠든 얼굴이 머릿속에 박혀 떨쳐지지 않았다.

나도 자살을 생각해 본 적이 있다. 쓸데없는 공상이 점점 커져 태일이와 이상적인 죽음에 대해 얘기한 적도 있다. 언젠가 아라카와강으로 뛰어들었던 일이 아마도 공상과 장난이 어느 때보다 더 현실로 다가온 순간일지도 모른다. 실망과 막연한 답답함, 삶의 의미를 상실했다고 느꼈을 때 망상이 현실이 된다. 그때 태일이와 승옥이가 없었다면 나는 지금 이 세상에 없을지도 모른다.

자살을 생각해 봤지만 실제로 죽을 용기 따위 내게는 없었다. 하룻밤 지나고 나면 언제 그랬냐는 듯 까맣게 잊고 다시 평소의 나로 돌아왔다. 무언가에 홀려 있던 어제의 나는 무엇이었나 자조하면서 말이다.

태일이는 망설임이 없었을까? 시내 술집에서 싸구려 술을 단숨에 들이키며 만족스러워하던 때처럼 한입에 수면제를 털어 넣었다. 의리 있게도 나와 승옥이한테 작별 인사까지 건네고 몸도 깨끗이 씻은 뒤에…….

흑백을 명확히 하지 않는 모호함이 있다며 태일이는 내게 충고까지 했다. 자유분방한 언행을 하긴 했어도 일단 결심하면 망설임 없이 행동에 옮기는 태일이는 평범하지 않은 고지식함으로 자신을 규제했다. 그러면 그럴수록 배신과 좌절, 복합적인 상실감 때문에 팽팽하게 날이 선 태일이의 신경이 싹둑 끊어지고 말았다.

"이런 말, 좀 그렇긴 하지만, 태일이 하고는 의미 없이 만나지 않는 게 좋겠어. 괜히 한통속이 돼 버릴지도 모르니까. 진정한 우정은 결정적인 순간에 만나면 되는 거야."

태일이네 집에서 돌아오는 길에 수일이가 나와 승옥이를 의식하고 넌지시 비꼬듯 말했다.

마음이 편치 않았던 나는 그 자리에서는 아무 말도 대꾸하지 않았지만 나중에 너무화가 났다. 수일이의 비판이 마뜩찮아 욕이 나왔다. 빌어먹을, 한통속인 게 뭐가 나쁜

가. 마음에 갑옷을 두르고 사귈 수 있는 친구가 어디 있겠는가.

우리는 서로 금붕어 배에 붙은 똥처럼 언제나 찰싹 붙어 다녔다. 누가 금붕어이고 누가 똥인지 구분할 수 없지만, 그날 태일이는 별안간 몸통에서 일방적으로 그 똥을 떼어내 버리고 고독하게 죽음을 생각했다. 태일이의 고뇌를 감지하지 못하고 도움도 주지 못한 우리의 우정이란 것이 겨우 이 정도밖에 안 되었나 생각하니 태일이에게도 화가 났고, 나라는 존재가 아무 의미 없었다는 생각에 분하기만 했다.

월요일인 내일부터 2학기 기말시험이 시작된다.

하룻밤 벼락치기로 시험을 준비한 걸 후회하던 나는 태일이의 자살미수 사건으로 더욱 신경이 곤두서 도무지 안정이 되질 않았다. 시험은 보기도 전에 이미 포기한 상태다. 아무튼 아침 10시가 되면 태일이가 어딘지 가 본 뒤 승옥이와 함께 도서관에서 공부하기로 했다.

태일이 집으로 가던 도중에 때마침 가출 중이신 형과 길에서 맞닥뜨렸다. 우리 집 장손이 귀환하신 것이다.

"야~ 석철아!"

형은 내게 다가오기 전부터 오른손을 높이 들고 흔들며 빙긋 웃었다. 웃어야 될지 화를 내야 될지 순간 망설여져 그 자리에 멈춰 섰다.

"어때, 다들 별일 없냐?"

느긋하기만 한 형의 말에 화가 치밀어 올랐다. 별일 없었냐고? 형이 가출한 일주일 동안 지구는 여섯 번이나 자전을 했고, 내 주변도 크게 달라졌다.

"그래, 그동안 아버지는 어땠냐?"

"난리가 났었어, 어머니가 아버지한테 또 두들겨 맞았다구."

"흐—음, 그래서?"

"그래서 할 때가 아니야. 집에 가보면 알 거 아냐."

"너 왜 성질을 부려. 제대로 보고하란 말야."

맡긴 임무를 정확하게 보고 하라는 말투다. 형과 나의 주파수가 어딘가 어긋나 있었다.

"몰라!"

아버지에게 두들겨 맞아 어머니의 눈가가 시퍼렇게 부어오른 건 사실이지만, 내가 그 자리에 있었던 것도 아니다. 하지만 그 자리에 있었던 것처럼 부모님이 심하게 다툰 최근 일주일 동안의 살벌한 분위기를 한껏 부풀려서 얘기했다.

"충격요법이 너무 셌나?"

형은 약간 불안한 표정을 지었다.

"근데, 너 어디 가던 길이냐?"

"시험이라 지금 도서관에 가려고."

태일이 일은 말하지 않았다.

"그래. 잠깐만 나랑 집까지 같이 가자."

"왜, 혼자 가면 되잖아!"

퉁명하게 쏘아붙였다.

"같이 집 앞까지 가기만 하면 돼. 마지막까지 챙겨 줘 임마."

"이젠 잠잠해졌다니까. 형한테 전화가 왔다고 한 뒤로 아버지도 조용해지셨으니까."

"그랬군, 약간은 약발이 먹혔나 보네?"

투덜거리며 형과 함께 집으로 갔다. 공범자로서 해주는 마지막 애프터서비스다.

대문 앞에까지 와서 형이 갑자기 크게 소리쳤다.

"석철아, 어디 가냐? 뭐? 시험공부 하러 도서관 간다고? 열심히 해라, 알았지~ 다녀왔습니다아—!"

작업장에 있던 아버지가 형을 한 번 흘끗 보시고는 고개를 돌리고 무관심한 척했다.

유자와 히로시가 동시에 뛰쳐나오며 형을 불렀다.

"오빠, 형!"

그 뒤로 어머니가 웃는 건지 화난 건지 모를 복잡한 표정으로 우뚝 서 있다.

한 시간이나 늦게 태일이 집에 도착했다.

형수님이 어쩔 줄 모르는 표정으로 서둘러 방으로 들어오라고 재촉했다. 방문을 열어

보고는 기가 막혔다. 평소와 다름없는 얼굴의 태일이가 승옥이와 아침밥을 먹고 있었다.

"어, 왔냐, 너도 같이 먹자."

단순한 병석에서 일어난 것처럼 태일이는 아무런 근심도 없어 보였다. 너무 기뻐서 어젯밤에 땅이 꺼지도록 한 걱정을 순간적으로 잊었을 정도다.

아침밥을 먹고 왔다고 했는데도 형수님은 밥과 된장국을 쟁반에 담아 방으로 가져왔다.

"미안해서 어쩌나, 석철이한테도 걱정을 하게 해서. 오늘 아침에 태일 도련님이 앞으로는 이상한 짓은 하지 않겠다고 어머님과 형님에게 맹세했거든. 그렇죠?"

태일이한테서 눈도 떼지 않은 채 형수님은 이렇게 말하고 다정하게 웃었다.

"걱정했지?"

고개를 끄덕이며 태일이가 아무렇지 않게 내게 말을 걸었다.

"맞아요. 아직 젊잖아, 앞으론 훨씬 더 좋은 일이 생길 거예요."

우리는 아직 깨닫지 못하지만 정말로 훨씬 좋은 일이 앞날에 감춰져 있기라도 하듯 형수님이 밝은 목소리로 말했다.

형수님이 방을 나가는 것을 확인한 후 태일이가 허풍을 떤다.

"다음에는 산에 가서 해야지. 전차비가 없어서 실패한 거야."

곧바로 겸연쩍은 표정으로 웃었다.

"멍청한 자식. 아무리 가난해도 나한테 말했으면 전차비쯤 얼마든지 줬을 건데."

승옥이가 진심인 표정으로 말하는 바람에 한바탕 웃었다. 그런데 태일이는 이내 얼굴빛이 어두워졌고, 시선을 바닥에 떨구더니 흐느끼기 시작했다. 눈시울이 뜨거워져 나도 모르게 시선을 천정으로 향했다.

"자자, 공부하자 공부. 빨리 밥 먹고 도서관에 가자."

침울해진 분위기를 애써 지우려는 듯 승옥이가 일부러 소리까지 내며 밥을 입안 가득히 몰아넣었다.

역시 태일이는 도서관에 가지 않겠다고 했고 기말시험도 치르지 않겠다고 했다. 할 수 없는 노릇이다. 시험이 끝나고 일주일 후면 여름방학이다.

"쉬어라, 그냥 쉬어 버려. 이 마당에 시험 같은 거 신경 꺼. 고작 기말시험으로 인생이 결정되는 것도 아니고, 지금까지 수십 번도 더 봤으니 질리기도 했잖아."

승옥이가 너무 태평스럽게 말하고는 또 웃었다.

"맞다 맞아. 시험으로 장래가 결정되는 것도 아니잖냐. 인생은 아직 길고도 길다."

진심으로 그렇게 생각했다. 기말시험에 '저는 쉽니다'라는 제도가 있다면 얼마나 좋을까 속으로 생각하며 웃었다. 억지로 웃었다.

말 그대로 하룻밤 벼락치기였지만 국어, 역사, 일본어는 그럭저럭 치렀다. 비참한 건 그나마 자신이 있던 러시아어가 엉망이었다. 선생님이 넌지시 시험에 나온다고 예고했던 격변화를 나는 우습게 생각했다.

러시아어는 모든 품사가 남성, 여성, 중성형으로 변하는 격변화를 한다. 동사에 이르면 복잡하게 불규칙 변화하는 것도 있다. 적당히 암기하는 바람에 러시아어 조사가 뒤죽박죽이었다. 융통성 없이 기초를 통째로 외워버린 고찬홍과 이성식보다 점수가 낮은 것을 알고 몹시 창피했다.

남은 과목은 물리와 수학이다. 이건 처음부터 절반은 포기했다. 커닝을 하려고도 생각했는데, 고2 때부터는 건일이와 나란히 앉게 되었다. 그 녀석 답을 보느니 어림짐작으로라도 내가 찍는 답이 훨씬 정답에 가까울 것 같았다.

고1 때는 주학이가 옆에 앉았기에 시험 때 더욱 빛을 발하는 '우정의 소중함'을 언제나 실감했었다. 고2가 된 다음부터는 주눅이 들어 커닝을 해 볼 배짱도 사라졌다. 왜 그런지 물리와 수학 열등생인 내 답안지를 훔쳐보려는 녀석들만이 내 주변에 앉았다.

그보다 물리와 수학시험이 끝나갈 무렵 태일이가 교실에 들어와 깜짝 놀랐다. 아파서 결석한다고만 알렸기에 그동안의 결석을 아무도 이상하게 생각하지 않았다.

"너 바보 아냐? 아프다고 했으니까 시험이 다 끝난 다음에 오면 될 것을, 차라리 내가 병으로 결석하고 싶을 정도다."

시험 도중에 뻔뻔스레 어슬렁어슬렁 나타난 태일이한테 질렸다는 표정으로 찬홍이가 놀려댔다.

"며칠씩 이불속에서 엎어져 있으니까 지루하고 따분해서."

혈색 좋은 '병석 탈출'이다.

"다행이다, 태일아."

나도 승옥이도 진심으로 반갑게 인사를 건넸다. 수일이와 건일이도 태일이를 보고 우리 쪽으로 가까이 왔다.

2

기말시험이 끝났다.

태일이는 일상으로 돌아온 것처럼 보였다.

형도 '가출'에서 돌아왔다.

모두가 정상으로 흘러가기 시작했다.

작열하는 태양이 불을 붙여 놓은 듯 내리쬐었다.

이제 곧 여름방학이다.

방과 후 영순이와 운동장 옆 나무그늘에서 더위를 피하고 있었다. 연일 긴장의 연속이었다. 시험이 끝나자 해방감이 반사적으로 솟아났다. 오로지 영순이와 단둘이 있고 싶다는 마음이 누가 보거나 놀림을 받을 거라는 두려움보다 훨씬 더 컸다.

영순이는 순순히 내 말에 따라 주었다. 그녀도 해방감에 흠뻑 빠지고 싶었을 것이다.

"있잖아 석철아, 여름방학에 어디 가?"

허스키하고 다정한 목소리다. 이것만으로도 내 마음은 푸근해졌다.

"집안일을 돕거나 태일이네 파친코에서 아르바이트를 하겠지."

"그런 게 아니라, 산이나 바다에 가는 거 말야."

"아마도 애들이랑 해수욕 하러 갈 걸. 8월 15일 해방 기념일에는 매년 에노시마江/島에서 청년평화우호제가 있거든."

"그게 뭔데?"

"해수욕장에서 함께 노는 거야, 일본 청년들하고."

"좋겠다, 도시에 사는 사람들은."

"넌 뭐할 건데?"

"산골짜기잖아, 같이 놀 사람도 없어. 두 달 동안 산속에서 땔감을 하거나, 아버지

일을 돕는 것 말고는. 나도 친구들이랑 바다에 가고 싶은데."

"가면 되잖아."

이렇게 대답은 했지만 해수욕을 하려고 도쿄까지 나오는 것은 무리일 것이다.

"우리가 너 사는 곳으로 놀러 갈까?"

"정말?"

믿을 수 없다는 표정으로 영순이가 눈을 동그랗게 떴다. 난 그저 농담 삼아 던져 본 말이었다.

"근데, 놀 데는 있어?"

"있어있어, 굉장히 많아. 잘 알려져 있지 않지만, 오쿠미카와奧三河는 숨은 관광지라 구. 등산, 물놀이, 캠프, 온천, 겨울에는 스키랑 스케이트도 탈 수 있거든."

영순이는 갑자기 흥분했다.

"오~ 멋진데. 도쿄에서 니네 집까지 얼마나 걸려?"

"도카이도선東海道線 급행을 타고 도요하시豊橋까지 약 5시간 걸리고, 이이다선飯田線으로 갈아탄 뒤 혼나가시노本長篠부터는 다구치선田口線이야. 이건 등산전차 같은 건데 약 2시간, 그 다음엔 버스를 타."

"뭐? 전차로 7시간이나 걸려? 너 그렇게 산골짜기에 살았어?"

"치, 너무해. 너무 멀어서 놀랐어?"

솔직히 놀랐다. 언젠가 편지를 읽고 산골짜기라는 건 알았지만, 도쿄에서 얼마만큼 떨어져 있는지는 짐작도 못했다.

나는 진심으로 오쿠미카와라는 곳에 가고 싶어졌다. 영순이와 좀 더 친해지기에는 가장 빠른 방법인데다, 우리가 놀러 가면 영순이의 쓸쓸한 여름방학에 좋은 추억을 만들어 줄 수 있을 것 같았다. 그리고 이 기회에 태일이도 같이 가면 자연 속에서 조금은 마음의 위로가 될 게 틀림없었다.

"정말 가도 돼?"

"진짜로 올 수 있어? 너 혼자만 오는 건 아니지?"

영순이가 머뭇거리며 묻는다.

"물론이지. 태일이랑 승옥이도 데리고 갈게."

두 사람에게 물어보지도 않고 내 맘대로 말해 버렸다. 태일이를 생각한다면 승옥이도 거절하지 않을 거라는 확신이 있었다. 사실은 여기에 말순이도 함께 하면 얼마나 좋은 여행이 될까도 생각했다.

"근데, 우리가 가면 어디에서 자?"

"민박이나 여관도 있고, 우리 집에서 자도 괜찮아."

"집에서 허락도 받지 않고 결정하면 곤란하지 않을까?"

"물어보지 않아도 알아, 대환영이야. 지금 아버지는 에비海老라는 곳에 계시고, 나는 오빠네 부부와 다구치田口에서 살아. 근처에 언니네 부부도 사는데 모두들 대환영일 거야."

영순이는 몇 번이나 대환영이라고 말했다.

"정말이지? 진짜 괜찮은 거지?"

"그럼 괜찮구 말구. 대환영이야!"

어쩌다보니 태일, 승옥, 찬홍, 성식, 나까지 다섯 명이서 오봉(백중날, 음력 7월 보름)을 피해 8월 20일부터 2박3일간 영순이네로 놀러가기로 정했다. 그 사이에 나와 영순이가 편지로 자세한 연락을 주고받기로 했다.

나는 집안일을 도우며 승옥이와 함께 태일이 형님네 파친코에서 아르바이트를 했다. 돈을 모아야겠다는 생각이 보통 때보다 훨씬 더 컸다. 승옥이는 여름방학 중에 오사카의 누나와 여동생을 만나고 오겠다며 비용을 마련하느라 무척 바빴다.

3

천천히 달리기 시작한 전차가 터널을 빠져나오자 산기슭에 자리한 온천지역의 시가지가 눈 아래로 펼쳐졌다.

아타미熱海다.

이윽고 창밖에 펼쳐지는 수려한 후지 산과 연이은 산, 마을에 감도는 정취와 느긋한 농촌 풍경을 질리는 줄도 모르고 한없이 바라보았다. 열차가 멈춘 역사와 플랫폼의 번잡함, 대수롭지 않은 것에서도 풍기는 반가움과 신기함에 차창에서 눈을 뗄 수 없었다.

"애들처럼 창밖만 쳐다보지 좀 마."

도쿄역에서부터 쭉 차창에서 눈을 떼지 못했으면서 미시마三島를 지나자 단조로운 풍경에 싫증이 났는지 태일이가 내게 눈치를 준다. 이제 슬슬 우리들만의 얘기를 시작할 때가 되었다. 냉방이 잘 된 전차 안은 쾌적했고, 적당히 자리를 채운 승객들도 여행 기분을 한층 즐겁게 해 주었다.

"너희들, 프로레슬링 봤나?"

성식이가 기다렸다는 듯 말문을 열었다.

"봤어봤어. 진짜 끝내주던데!"

우리들은 어느새 레슬링 얘기로 꽃을 피웠다.

3월 초, 영화관에서 프로레슬링이란 것을 처음으로 보았다. 2월에 있었던 일본 최초의 국제시합을 담은 기록영화. 일본팀은 스모선수 출신의 리키도잔(力道山역도산)과 유도의 혼이라 불린 기무라 마사히코木村正彦가 한 팀이다. 상대는 미국의 샤프 형제다. 털북숭이 샤프 형제는 비겁하게 계속 반칙을 하며 기무라를 철저히 가격했다. 더 이상 참지 못한 리키도잔이 드디어 비장의 무기인 가라데 촙(손바닥을 세로로 세워 손날을 수직으로 내려쳐 상대를 가격하는 기술)으로 번개처럼 샤프 형제를 난타했다. 거대한 몸집의 미국인이 비장의 무기를 쓰는 리키도잔에게 살려 달라고 손 모아 빌면 폭소가 터지면서 관객들은 가슴 속이 후련해졌다.

생각지도 못한 격투기였다. 이 세상에 이런 스포츠가 있었나 싶을 정도다. 가만히 보고 있으면 피가 솟아오르고 온몸이 근질근질 좀이 쑤시는 느낌이 밀려들었다. 아무리 흉악하고 난폭한 악당이 덮쳐도 그의 일격에 나가떨어지고 말 것 같은 자신감과 흥분을 느끼게 하는 영상이었다.

드디어 프로레슬링은 TV에서도 방송되었다. 아버지는 14인치 탁상형 제너럴 텔레비전을 8만6천5백 엔이나 주고 사왔다. 프로레슬링 방송이 있는 날은 일부러 작업장으로 텔레비전을 들고 나와 이웃들에게도 공개했다.

성식이는 리키도잔이 자주 쓰는 기술을 설명하는데 태일이와 내 손, 몸을 붙들고 침까지 튀겨가며 말했다. 한바탕 레슬링 기술의 설명이 끝나자 성식이가 으스대는 표정으로 말했다.

"리키도잔 대 기무라 마사히코의 대결이 있을지도 모른다는 거 니들 알아?"

"그게 무슨 말야! 둘은 한편이잖아?"

이해가 안 된다는 표정으로 태일이가 되물었다.

"샤프 형제와 경기에서는 기무라가 리키도잔을 돋보이게 하는 입장밖에 안 됐잖아. 유도의 혼인 기무라가 사나이의 자존심이 허락하겠냐고. 진검승부를 하면 자기가 더 세다고 도전장을 던질지 누가 알아."

"스모와 유도 중에 어느 쪽이 더 세냐 이거지!"

"그리고 하나 더, 이건 알려지지 않은 뉴스인데 말야."

성식이는 진짜 진지한 표정이다.

"뭔데."

놀라지들 말라며 성식이가 으스대며 말했다.

"리키도잔은 조선인이다!"

" ? "

"조선인이라니까, 리키도잔이."

"뻥 치지마!"

나는 바로 얼마 전 리키도잔이 소년 시절부터 프로레슬러가 될 때까지를 그린 만화를 읽었다. 분명히 도야마현富山県 어딘가 가난한 농촌 출신이라고 쓰여 있었다. 부모님의 이름도 메이지시대 특유의 그것이었다.

"머리 박는 거 봤지. 그게 증거야."

"박치기 말이지!"

나와 태일이는 너무 흥분해 동시에 소리쳤다.

리키도잔은 형세가 불리해지면 가라데 춉 이외도 박치기라는 특유의 기술을 반드시 썼다. 이 기술이 나오면 반격 개시의 신호였다. 와― 하고 장내가 떠들썩해졌고, 덤벼라, 박살내라는 관중들의 뜨거운 성원 속에 드디어 비장의 무기인 가라데 춉이 섬광처럼 상대의 목과 어깨에 내리꽂혔다.

학교에서도 가라데 춉은 물론 이 박치기가 특히 인기였다. 우리도 어릴 때부터 박치기를 싸움의 시작으로 삼았다. 알에서 깨어난 병아리가 곧바로 두 다리로 걷기 시작하듯 누가 가르쳐주지도 않았는데 싸움이 시작되면 가장 먼저 박치기를 상대의 이마에 날렸다. 박치기는 조선인의 타고난 싸움 기술인 것이다.

"아무리 박치기를 잘 한다고 해서 조선인이라고는 할 수 없지."

그랬으면 좋겠다는 기대를 하면서도 어쩐지 미심쩍다는 듯 태일이가 고개를 갸우뚱한다.

"아냐, 조선인 맞아. 친척 삼촌이 그랬거든. 리키도잔을 아는 사람한테서 들었대."

성식이는 자신 있다는 듯 우겨댔다.

고작 다른 사람에게서 들은 얘기란 말인가. 그 말이 더 믿음이 가지 않았다.

"너 말야, 언젠가 미소라 히바리도 조선인이라고 한 적 있지? 함부로 그런 얘길 하면 일본인들이 기분 나빠할 걸."

태일이가 놀리며 실실 웃는다.

어디까지 진짜인지 모르겠지만 유명한 야구선수나 유행가 가수인 누구누구도 동포라며 무턱대고 소문을 퍼뜨리는 녀석들이 학교에도 있다. 가슴 설레는 얘기긴 하지만 조선인들 특유의 허세라는 생각이 들어 나는 믿지 않았다. 사실이라면 일본 이름을 쓰지 말고 본명을 쓰면 될 게 아닌가. 일본사회에서 본명을 쓰지 못하는 그럴만한 사정이 있다고 해도 말이다.

어느새 전차는 하마나浜名 호수를 지나고 있었다.

성식이의 이야기에 고개를 끄덕이면서도 마음은 현실로 돌아오기 시작했다. 앞으로 1시간 정도면 영순이를 만날 수 있다 생각하니 방망이질 치는 가슴이 좀처럼 가라앉질 않았다.

아침 7시에 도쿄를 출발한 전차는 12시 5분이면 도요하시역에 도착한다. 승옥이, 찬홍이는 오사카에서 출발하는 전차로 우리보다 15분 먼저 도요하시에 도착해 있을 것이다.

도요하시에 도착해 역 구내와 역 앞 광장을 흩어져서 찾아보았지만 영순이와 다른 애들의 모습은 보이지 않았다.

"이상하네. 승옥이와 찬홍이가 벌써 도착해서 영순이랑 같이 마중 나와 있을텐데…."

4

"약속 장소가 개찰구 앞인 거 맞지?"

"응, 맞아."

"그럼 석철이 넌 여기 서 있어. 우리가 다시 한 바퀴 돌아보고 올게."

둘은 다시 광장 방향으로 향했다.

한눈에 들어올 정도로 아담한 역 구내이다. 역 앞 광장은 버스와 택시들로 조금 혼잡하지만, 사람을 찾지 못할 정도로 번잡하지도 않다. 이렇게나 찾았는데도 없다면 어디선가 점심을 먹고 있는 지도 모른다.

역 구내 중앙에 서서 주위를 두리번두리번거리고 있자니 태일이와 성식이가 돌아왔다. 그런데 두 녀석은 내게 다가오면서 갑자기 히죽거리며 웃는다.

"어떻게 됐어? 찾았어?"

묻는 말에는 대답하지 않고 점점 더 히죽거린다.

"뭐야, 어떻게 됐냐니까?"

다시 묻는 순간 사타구니에 감전된 듯한 심한 통증이 몰려왔다.

"으악!"

나도 모르게 비명을 지르고 너무 아파서 폴짝폴짝 뛰어오른 순간에야 나는 감쪽같이 속았다는 걸 알았다.

등 뒤에서 살금살금 다가온 찬홍이가 두 손바닥을 삼각으로 모아 내 엉덩이를 찌른 것이다. 눈물이 쏙 빠질 정도로 심한 통증이 오는 걸 보니 아주 정확히 찔린 것 같았다. 찬홍이와 승옥이가 아파서 날뛰는 나를 보며 얄미울 정도로 자지러지게 웃었다.

"이 자식이!"

찬홍이에게 달려드는 순간 녀석 뒤에서 웃음을 참고 있는 영순이를 발견하고 어색한 자세로 통증을 참을 수밖에 없었다.

무슨 일인가 하며 승객들이 우리 쪽을 보고 웃으며 지나갔다.

영순이 앞에서 계집아이처럼 괴상한 비명을 지른 것이 창피했다. 만나면 어떤 표정을 지을까 연습까지 했는데 괜한 놀림을 당한 것이 분했다.

찬홍이에게 당한 똥침은 최근 학교에서 유행하기 시작한 놀이다. 제대로 찔리면 사타구니에서 상체까지 단숨에 감전된 것 같은 심한 통증이 왔다. 장난인줄 알면서도 충격과 통증이 너무 커서 진짜로 화를 내는 녀석도 있다. 때문에 아무에게나 칠 수 있는 장난이 아니다.

언젠가 주조역 홈에서 태일이로 착각해 일본고등학교 학생의 엉덩이를 찌른 적이 있다. 순간 그 학생은 눈을 치켜뜨고 펄쩍 뛰며 자신에게 지금 무슨 일이 일어난 것인지 모르는 얼떨떨한 표정을 지었다. 내 얼굴도 새파랗게 질렸다. 무조건 납작 엎드려 사죄했는데, 소심한 녀석이어서 다행이었다. 상대가 패거리 중의 하나였다면 뭇매질을 당했을지도 모른다.

시끌벅적한 재회 의식이 끝나고 이제부터는 이이다선飯田線으로 갈아타야 한다.

"10분 후에 출발해."

역에 있는 시계를 쳐다보며 영순이가 모두에게 서두르라 했다. 그때서야 처음으로 영순이를 제대로 볼 여유가 생겼다. 물방울무늬 원피스가 청초하고 매우 시원해 보였다. 홈에는 이미 한 량짜리 전차가 갈아 탈 승객들을 기다리고 있었다. 시속 40Km 속도로 달리는 다구치행 전차가 영순이가 말한 등산전차인 것 같다.

도카이도선과 이이다선과는 달리 이 전차는 냉방이 되지 않아 사람들의 열기로 숨이 막혔다. 꽤 혼잡스러웠던 차내도 호라이지역鳳来寺駅에서 대부분의 승객이 내렸고, 하이킹을 가는 젊은이 무리와 이곳에 사는 승객들만이 남았다.

영순이가 내게 가까이 다가와 웃으며 조그만 소리로 말했다.

"진짜로 와 주었네. 정말 기뻐."

"안 믿어져?"

"응, 꿈만 같아."

"나도 믿기 어려워!"

전부 열어젖힌 차장으로 초목들의 향기를 머금은 산뜻한 바람이 불어와 영순이의 머리카락이 흩날렸다.

눈 아래로 굽이굽이 뱀이 지나간 듯 완만한 강이 보였다. 전차가 꽤 높은 지대를 달리는 것 같았다.

"이제 곧 보일 텐데, 저 강의 지류인 에비가와海老川가 있는 에비역 앞에 아버지 집이 있어."

"아버지 집? 영순이 너 거기에 사는 거 아니었어?"

성식이가 이상하다는 듯 물었다.

"아니야. 부모님은 가끔씩 에비로 돌아오시는데, 지금 일하고 계신 현장은 쓰크데(作拜라는 곳이야. 거기서 도로를 닦는 공사를 하고 있어서 부모님을 만나기는 어려울 것 같아."

새엄마에 관한 얘기는 하지 않았다. 설명이 부자연스럽다는 걸 느꼈는지 영순이는 슬그머니 다른 말을 이었다.

"나는 이 전차의 종점인 다구치라는 곳에서 오빠네 부부랑 함께 살아. 언니네 부부도 근처에 살거든. 오늘밤과 내일 밤은 작은 여관이긴 하지만 다구치에서 숙박할거야."

"부모님을 뵙지 못해서 섭섭하다. 여기까지 와서 인사도 못 드린다니……."

성식이가 어른스럽게 말했다.

"맘에도 없는 말 하지 마, 속으론 안심했으면서."

승옥이가 놀렸다. 솔직히 말하면 나도 안심했다. 말수 적은 아버지가 떠올라 영순이 부모님과 만나면 뭐라고 인사를 해야 좋을지 줄곧 신경이 쓰였다.

전차는 어느새 산간을 달리고 있었다.

"저기, 보여? 작은 강 너머로 2층집 보이지? 건조장이 있는 집."

에비역 조금 전에서 영순이가 손가락으로 창밖을 가리켰다. 아버지가 살고 계신 집이다. 낡은 목조 가옥들 가운데 건조장이 있는 집 한 채가 눈에 들어왔다. 모두들 흥미롭게 한참동안 그곳을 쳐다보았다.

에비역에서 내린 승객은 두 명이고, 노파 둘과 어린애를 등에 업은 중년 여자는 전차에 남았다.

에비를 지나자 곧바로 터널로 들어갔다. 지금까지 몇 개 터널을 지났지만 차내 등은 켜지지 않았다. 터널이 짧기 때문이다. 그런데 이번엔 긴 터널이다. 선선하고 기분 좋은 냉풍이 전차 안으로 들어왔다.

"와— 기분 좋다~"

터널을 지날 땐 몰랐었는데 아까부터 앞좌석에 있던 노파와 중년 여자가 우리를 관찰

하듯 쳐다보는 게 느껴졌다.

"어머나!"

"우메다梅田씨네 에이코 아녀!"

중년 여자와 영순이가 거의 동시에 소리쳤다.

영순이가 일어나 두 사람 자리로 갔다.

"엄니, 우메다 씨네 에이코네요. 알아 보겠슈?"

여자는 노파에게 이렇게 말하며 영순이를 말똥말똥 쳐다보았다.

"엄청 커부렀네, 오메, 샥시가 다 돼 부렀어."

"할머니도 잘 계셨죠?"

"이잉, 잘 지냈구먼."

노파는 주름진 얼굴로 환하게 웃으며 영순이의 손을 잡았다.

"다구치에 가시나 봐요?"

"이잉, 할매를 모셔다 줘야혀서. 근디, 도쿄에 저짝 핵교에 갔다고 들었는디, 아따, 니도 씸들겄다잉."

우리 쪽을 유심히 쳐다보며 아주머니가 말했다.

우리는 쑥스러워서 두 사람을 향해 살짝 고개를 숙였다. 그리고 도쿄의 '저쪽 학교'의 학생답게 진지한 표정을 지었다.

"에비에 있는 우리 집 옆에 사시는 사진관 집 할머니랑 며느리야."

자리로 돌아온 영순이가 조그만 소리로 우리에게 말했다.

"영순이 너희 집 통칭명이 우메다였어?"

조선이름 김씨 성은, 보통은 가네다金田와 가네모토金本로 일본 성을 붙이는데, 주씨 성을 우메다라고 부르는 것은 흔치 않았다. 승옥이는 그것을 묻는 것이다.

"아버지는 십대에 일본에 건너 오셨어. 어느 날 일을 찾아 오사카의 우메다에 갔다가 거기서 빈털터리가 됐는데, 우연히 길에서 5엔짜리 지폐를 주웠대. 운수가 좋은 곳이라 생각해서 아버지는 통칭명을 우메다로 정하셨대. 그래서 소학교 때 내 이름이 우메다 에이코였어."

창씨개명을 원하지 않아 왕王씨 성을 그대로 살려 세로로 줄을 두 개 그은 전田으로 했다는 얘기도 있다. 재일조선인의 통칭명은 그 나름의 창의적 아이디어가 있었다.

아는 사람을 만난 이상 넌지시 관찰될 거라 생각했는지 영순이의 말수가 갑자기 적어졌다. 시골 사람이 보면 도쿄에서 온 사람이 눈에 띄기 마련이다. 게다가 여고생 하나가 다섯 명의 남자친구를 데리고 다니는 모습은 흥미의 대상이 될 수밖에 없을 것이다. 영순이를 위해서라도 이곳에서는 조금 조심하는 편이 좋을 것 같다고 생각했다.

종점인 다구치역은 산간 저지대에 바짝 붙어 있었다. 스무 명 정도의 승객들이 역 앞 버스 정류장을 향해 빠져나갔다.

3시가 지나서도 태양은 대지를 사정없이 뜨겁게 달궜다. 사방의 산들은 울창한 수목이 우거져 있고, 정적 속에 매미 울음소리가 요란했다. 산 정상 한 귀퉁이에 소나기구름이 걸려있어 마치 화산이 분화하는 것처럼 보였다.

아이들의 환성소리가 먼 곳에서 들렸다.

"애들 소리가 들리는데 저게 무슨 소리지?"

태일이가 물었다.

"아이들이 강에서 헤엄치는 소리일 거야."

"영순아, 이제부터 일정이 어떻게 돼?"

"버스로 약간 높은 지대까지 올라 갈 거야. 거기가 시다라쵸設楽町야, 다구치에 다 왔어."

"그럼 그 다음엔 여관에 들어갈 일만 남았으니까 여기서 물놀이 하지 않을래? 니들 생각은 어때?"

태일이가 모두를 둘러보며 묻는다.

"좋아 좋아, 하고 가자!"

전원이 찬성이다.

"그래도 되겠다. 버스는 1시간에 한 대씩 있으니까 물놀이 하고 가자. 잠깐 기다려, 아주머니께 인사하고 올게."

불과 2, 3분 거리에 강이 있었다.

생각보다 강폭이 넓다. 크고 작은 돌이 많은 강기슭을 뛰어 건너며 헤엄치기 좋은 장소를 물색하다 강 한쪽이 활처럼 굽은 장소를 찾았다. 이곳만 물살이 완만한 것은 수심이 깊어서 일 것이다. 큰 나무 가지가 강물 위까지 뻗어 넓은 그늘도 있었다. 중학생으로 보이는 남녀 대여섯 명이 신나게 헤엄을 치고 있었다. 역시 동네 아이들이 헤엄치는 곳이 가장 좋은 물놀이 장소다. 강에서 놀게 될지도 모른다고 했기 때문에 다들 수영복을 준비해 왔다.

"영순이는 물에 안 들어 가?"

"난 사양할게."

"그래. 그럼 아가씨, 잠시 피해 주시겠습니까? 원하신다면 이대로 보고 계셔도 전혀 상관없습니다만."

찬홍이가 영순이에게 이렇게 말하고는 말처럼 히히잉 웃었다.

"어머머, 찬홍이 너 징그럽게 왜 그래."

영순이가 얼굴을 붉히며 조금 떨어진 바위그늘로 숨는다.

각자 적당한 바위그늘을 찾아 재빨리 수영복으로 갈아입었다.

"핫~ 차거워~"

맨 처음에 강에 발을 담근 찬홍이가 비명을 지른다. 뒤따르는 녀석들도 머리가 쭈뼛 설 정도로 차가운 강물로 괴성을 지르며 하나씩 뛰어들었다. 우리는 누가 더 깊이 들어가는지, 잠수를 오래하는지 장난을 치며 모두들 완전히 동심에 빠졌다.

굽어진 강기슭에서 잠깐 쉴 때는 셀 수 없을 정도로 많은 잠자리가 물 위에 닿을 듯 말듯 활공하는 게 보였다. 한 쌍의 고추잠자리가 꼬리 끝을 접고 물 위에서 몇 번씩 꼬리를 담갔다. 그 모습을 멍하니 바라보고 있다가 이쪽을 쳐다보고 있는 영순이가 눈에 들어왔다. 밀짚모자를 쓰고 있다. 모자까지 챙겨 왔나 보다. 밀짚모자에 물방울 무늬 원피스. 애가 탈만큼 사랑스런 모습이다.

영순이가 손을 흔든다.

내게 흔드는 걸까, 아니면 모두에게 흔드는 걸까? 무심코 둘러보니 뒤에서 태일이와 성식이가 손을 흔들어 답하고 있다.

강물 속에는 오랜 시간 들어가 있을 수 없었다. 얼마 지나지 않아 몸이 차가워졌기 때문이다.

나는 영순이가 있는 바위 그늘로 갔다.

"입술이 새파래졌어."

"응, 그래서 좀 쉬려고."

영순이는 들고 있던 가방에서 수건을 꺼냈다.

"꼼꼼하게도 준비해 왔네. 고마워."

영순이가 환하게 웃었다.

태일이와 승옥이가 물 밖으로 나왔다.

"안 춥냐?"

내가 수건을 내밀었다.

"아니, 기분 진짜 끝내준다."

입술이 새파래진 태일이는 진짜 기분이 좋아 보였다.

"태일아, 오길 잘했지? 영순이가 오라고 안했으면 아마 지금쯤 너희 가게 파친코 뒤에서 일하고 있을 걸."

"이런 산골짜기에도 조선인이 살고 있었구나."

태일이가 먼 곳을 바라다보며 감개무량한 듯 말했다.

"그리고 영순이는 도쿄까지 와서 우리와 친구가 되었고 말이야……."

승옥이가 뒷말을 이었다.

5

"영순이 말인데, 참 괜찮은 애다. 마음씨가 고와."

태일이가 나를 빤히 쳐다보며 말했다.

"뭐, 그건 그렇지."

"순수하기가 이를 데 없어. 아주 순박해."

승옥이까지 덩달아 조금 전 여관까지 우릴 데려다 주고 집으로 먼저 간 영순이 얘기를 거들었다.

"이런 산골짜기 깡촌에 사니까 소박한 거 아닐까."

"찬홍이 너도 시가현 농촌에 살잖아? 근데 왜 넌 순박함이 없냐?"

감상에 젖은 찬홍이에게 태일이가 찬물을 끼얹는다.

"조고에 들어와 너희들과 만나면서부터 인간이 웃기게 변한거야. 야, 태일이 너 책임져 임마."

다 같이 깔깔 웃었다.

"오늘 하루 종일 영순이를 봤는데 정말로 괜찮은 애더라. 아무도 찜한 사람 없으면 내가 찜할까."

찬홍이가 놀리는 눈빛을 어째서인지 내게 향했다. 여덟 개의 눈알이 흘끔흘끔 한 바퀴를 돌아 마지막으로 내게 집중했다.

"무슨 소리 하는 거야. 그런 거 아냐, 짜식들아."

나는 얼굴을 붉히며 고개를 저었다.

"그건 그렇고 피곤해 죽겠다. 전차도 탔지, 헤엄까지 쳤더니 배가 엄청 고프다."

"맞아, 배고프다."

그러고 보니 전차 안에서 도시락을 먹은 뒤로 아무것도 먹은 게 없었다. 여관에서 저녁식사가 나오는데도 영순이의 간곡한 부탁으로 일부러 거절했다. 오늘밤 저녁식사는 우리를 환영하는 뜻에서 영순이 오빠 집에서 다함께 하자고 했다. 영순이는 조금 전 식사준비가 어찌 되어 가는지 살피러 먼저 돌아갔다.

"배 많이 고팠지. 미안해, 오빠를 기다리느라 8시가 다 되어 버렸네."

저녁식사가 늦어진 것이 신경 쓰였는지 영순이가 미안해 했다.

영순이네 집은 마을과 조금 떨어진 곳에 있었다.

달빛이 비쳐 낡은 목조 단층집이 뚜렷하게 눈에 들어왔다. 가까이 다가가자 활짝 열어젖힌 미닫이문 사이로 전등 불빛이 바깥까지 꼬리를 길게 늘이며 새어나왔다.

"새언니, 도쿄에서 온 친구들이에요……."

문 앞에 서서 영순이는 부끄러운 몸짓으로 안쪽을 향해 말했다.

"어서들 와요."

환한 인사를 건네며 두 여자가 우리 쪽을 향해 뛰어 나왔다.

이십 대 후반으로 보이는 갸름한 얼굴이 새언니이고, 한 걸음 물러서 있는 사십 대로 보이는 분이 친언니라고 영순이가 소개했다. 마루귀틀에 서서 영순이의 오빠도 환하게 맞아주었다.

어서 안으로 들어오라며 세 사람은 우리를 재촉했고, 맛깔난 음식이 커다란 상 한가득 차려진 방으로 들어갔다.

다섯 명은 진지한 얼굴로 조심스레 자리에 앉았다.

영순이 오빠 옆에 내가 앉는 바람에 먼저 인사를 했고 이어서 한 사람씩 소개했다.

"편히들 앉아요. 응, 어려워들 하지 말고. 어— 이, 여기 맥주."

볕에 그을린 가무잡잡한 얼굴에 함박웃음을 띠며 오빠는 부엌에 있는 아내를 불렀다.

"예, 가요."

"음식이 정말 맛있어 보입니다!"

찬홍이가 상에 차려진 음식을 쳐다보며 어색함을 풀자 긴장된 분위기가 온화해졌다.

찬홍이가 말한 대로다. 우리가 늘 먹던 것과 그다지 다른 것은 없지만, 이렇게 많은 산채요리가 상에 올라오는 일은 매우 드문 일이다. 배추김치에 물김치, 숙주나물, 고사리, 시금치 무침, 그리고 튀겨낸 삼백초, 머위 순, 쑥, 범의 귀, 미나리, 표고버섯 등 정말 가짓수가 많았다.

우리의 식욕은 창피할 정도로 왕성했다. 음식이 줄어들면 곧바로 추가되었다. 음식재료 전부가 직접 만들었거나 산과 들에서 전날 채취한 것들이어서 무척 신선했다.

"다구치는 산골이라 고깃집이 없어요. 그래서 닭곰탕밖에 못 만들었네. 맛있게 들어요……."

큰 냄비에 쌀뜨물로 푹 고아 만든 닭곰탕을 내왔다.

"새언니가 저녁에 닭 한 마리를 잡았어."

영순이가 말했다.

"이러면 죄송스러운데."

영문도 모른 채 날뛰었을 닭에게는 미안한 일이지만, 우린 정말로 맛있게 먹었다. 제사나 경사스런 일이 있을 때 우리 집에서도 반드시 닭을 잡았다. 영순이네 가족에게는 우리가 찾아온 것이 그만큼 경사스런 일인 것 같았다.

"자, 이것도 좀 먹어 봐요."

이번에는 새언니가 고로케를 큰 접시에 담아 내왔다.

"여긴 감자가 맛있어요. 감자 고로케는 에이코 아가씨가 참 좋아해요."

"새언니, 고마워요."

영순이가 젤 좋아한다고 해서 나는 두 개나 먹었다. 바삭하게 씹히는 맛깔난 소리가 났다. 감자 속에 들어있는 옥수수 향이 묘하게 혀에 남아 이곳이 시골이라는 것을 실감하게 했다.

"하이고, 정말 좋네. 다들 사내답고, 먹는 모습도 보기 좋고."

정신없이 먹고 있는 우리를 바라보며 언니가 흐뭇하게 웃었다.

"언니이!"

영순이가 당황해 눈치를 준다.

"왜 그래, 보기 좋기만 한데. 이 총각들이 다 니 친구라 생각하니 나까지 기분좋다야."

"맞아요. 아가씨 보이프렌드들이 이런 산골짝까지 놀러 온다고 해서 어떤 친구들인가 나까지 가슴이 쿵덕쿵덕 했으니까."

"보시니까 어떠세요?"

찬홍이가 넉살좋게 물었다.

"두 말하면 숨차지, 다들 아주 그냥 듬직해서 좋네."

새언니는 뜻밖의 질문에도 양손을 탁탁 치며 호들갑스레 칭찬을 했다.

"새언니까지 그렇게 말하면 어떡해요……."

얼굴이 빨개진 영순이는 허둥대기만 했다.

"얘를 도쿄로 보내길 참 잘했지. 이렇게 훌륭한 친구들을 데리고 올 줄이야. 모두데리고 온 동네를 돌며 자랑하고 싶을 정도인 걸. 헛허허."

"그렇게 하시죠. 내일 함께 온 동네를 돌아다니시죠!"

찬홍이 말에 다시 웃음바다가 되었다.

사내답다는 말에 우리는 모두 칠칠치 못하게 웃어댔다.

"이 근처에는 동포가 얼마나 살고 있습니까?"

줄곧 우리에게만 관심이 쏠리는 게 거북해진 나는 영순이 오빠에게 이렇게 물었다.

"여섯 가구나 될까."

"대부분 막노동을 하지. 옛날에는 훨씬 많이 살았어. 에비에 계신 아버지 집이 조련
_(조선인연맹) 사무실이었던 때도 있었고. 꽤 많이 살았는데, 다들 조선으로 돌아갔지, 도
시로 나갔거나."

오빠를 대신해 언니가 대답했다.

"내가 시집 왔을 때만 해도 참 많았는데, 모두 도요하시 쪽으로 떠나 버렸어."

"우린 기술이 없어서 도시로 못 나갔지. 에이코가 어지간히 기가 세서 도쿄에 가겠
다고 했을 땐 야단이 났었어. 낳아준 어머니가 일찍 돌아가신 게 딱해서 소원대로 도
쿄에 보냈는데, 덕분에 동포 친구들도 많이 생기고, 동생에게 조선이랑 도시에 사는
동포들 소식도 듣게 되었지. 그러니 앞으로 우리 동생과 친하게 지내며 이것저것 많
이 가르쳐 줘요."

언니가 이렇게 말하고 머리를 숙이자 오빠도 새언니도 따라서 머리를 숙였다.

"가르쳐 주다니요, 당치 않습니다. 조금 전 여관에서 영순이가 참 순박한 친구라고
서로 얘기했던 참이었어요."

태일이가 간살부리듯 대답했지만 사실 우리 모두 같은 생각이었다.

"근데 이 중에 석철이라는 친구가 누구?"

언니가 갑자기 내 이름을 말해 흠칫 놀랐다.

"편지를 주고받으면서 동생이 별안간 생기가 돌더라고. 참 고맙구만. 앞으로도 잘
부탁해요."

나는 얼굴이 빨개졌다. 작년 여름 편지를 주고받던 둘만의 비밀이 생각지도 못한 영
순이 언니의 입으로 폭로되고 말았다.

다들 이상한 표정으로 나와 영순이를 번갈아 쳐다보며 벌써 눈치챘다는 듯 웃는다.
영순이는 볼이 새빨개진 채 고개도 들지 못했다.

우리 둘이 당황하는 모습을 보고, 승옥이가 농담을 건넨다.

"앞으로도 놀러 와도 되겠습니까? 이렇게 또 진수성찬을 차려 주시겠습니까?"

"이렇게 깡촌이라도 좋다면야 친구들을 더 많이 데리고 와도 언제든 환영이지."

언니는 가슴까지 탁탁 치며 장담했다.

"아버지도 동생을 잘 부탁한다 하셨어. 그나저나 에이코, 내일은 뭘 할 생각이야?"

"내일은 챠우스산茶臼山에 올라갈까 해."

영순이 집을 나왔을 때 더는 집어넣을 수 없을 만큼 배가 가득 찼다.

한여름 밤은 낮과는 달리 서늘하고 기분 좋았다. 방울벌레와 귀뚜라미가 시끄럽게 울어댔다.

영원한 메아리

1

여관 앞에 작은 트럭 한 대가 서있다.

"어머, 우리 트럭이야!"

영순이가 달려가자 운전석에서 오빠가 내렸다.

뛰어간 영순이가 오빠와 무언가를 얘기했다.

"오빠가 챠우스산까지 태워다 준대. 아침 일찍 인부들을 현장에 실어다 주고 다시 돌아왔나 봐."

"일하는 중이신데 그러면 안 되지."

"이럴 생각이었으면 어젯밤에 얘기해주면 좋았을 걸, 오빠도 참 말수가 없어서 늘 이렇다니까. 버스로도 정상 부근까지 갈 수는 있는데, 그럼 재미없거든. 모처럼 왔으니까 이 차로 여기저기 둘러보면서 가자."

오빠가 다가왔다.

"모처럼 여기까지 왔으니 경치 좋은 곳으로 돌아서 가마. 어서들 올라타."

"고맙습니다!"

영순이와 성식이가 조수석으로 타고 남은 네 사람은 짐칸에 올라탔다.

"일사병에 걸리면 큰일이니, 이거……."

오빠는 작업용 밀짚모자까지 챙겨 오셨다. 말수는 적어도 속이 깊고 따스한 분이다.

챠우스산 고원은 아이치현과 나가노현 경계다. 해발 1,405m로 현에서 가장 높은 챠우스산 봉우리에 오르면 남 알프스(혼슈 중앙부에 위치한 일본 최고의 산악 지대. 나가노·야마나시·시즈오카현에 걸쳐 있다)가 360도 웅장한 파노라마로 펼쳐진다고 한다.

경사가 급한 울퉁불퉁한 길을 덜컹덜컹 짐칸을 흔들며 트럭이 달렸다. 흙먼지를 뭉게뭉게 뿜어내며 오르막 내리막 굽이굽이 산길을 돌아 고원으로 향했다. 바람이 불어와 기분이 상쾌했다.

챠우스산으로 오르는 표지판 앞은 사람들 발길에 길들여져 한 사람이 지날 정도로 산책길이 되어 있었다. 이곳은 하이킹코스이기도 했다. 좁은 길을 일렬로 서서 우리는 걷기 시작했다.

얼마 가지 않아 이곳이 정말 수해樹海와 다름없다는 걸 알았다. 햇빛이 전혀 들지 않고 보이는 곳 전부가 어둑어둑할 뿐만 아니라 들어오는 입구는 평탄한데 안으로 들어 갈수록 점점 기복도 심해졌다. 흙이 무너져 내린 건지, 한쪽 면 흑토의 표면이 날카롭게 파여진 곳과 맞닥뜨리자 무심코 바짝 긴장해 멈춰 섰다.

땅 속으로 자연스레 말라버린 개울이 생겨 비가 오면 물이 흘렀을법한 개울 위로 태풍에 쓰러졌는지 몇 그루의 큰 나무가 어지럽게 뒤덮여 있다. 쓰러진 나무는 개울뿐만 아니라 주변에도 많이 보였고, 그곳만이 태양도 얼굴을 들이밀어 강한 햇빛이 몇 가닥 사선으로 내리쬐었다. 부식된 낙엽 융단을 밟으며 깊고 어슴푸레한 숲의 으스스함에 모두 부들부들 떨면서 수목의 정기에 한동안 홀려 멈춰있었다. 백일몽처럼 그것은 거칠고도 환상적인 풍경이었다.

"어~이"

태일이가 큰소리로 외쳤다.

"어~이. 거기 누구 없냐~"

"얏호~"

"나다~ 도쿄에서 왔단 말이다~"

우린 서로를 쳐다보며 큰소리로 웃었다. 엷은 안개 속으로 우리의 외침은 구석구석 스며들어 갔다. 몹시 고요한 넓은 숲과 맑은 공기가 마음속까지 맑게 해주는 것 같았다.

이윽고 길은 평탄해졌다.

멀리서 표지판을 바라보며 어느 쪽으로 갈까 얘기하고 있는 젊은 남녀 그룹이 보였다. 우리가 가까이 다가가자,

"여기서부터 갈림길이에요."

라고 말한 그들은 오른쪽을 선택해 걷기 시작했다.

표지판은 좌우 모두 챠우스산까지 약 40분이라 쓰여 있다.

"좋아, 우린 여기서 세 사람씩 나눠지자."

성식이가 말했다.

"재미겠다. 그렇게 하자."

내가 찬성했다.

"누구누구로 할래?"

서로의 얼굴을 쳐다보며 누구와 갈 건지 쉽게 정하지 못해 머뭇거렸다. 어딘지 모르게 다들 영순이와 함께 가고 싶은 표정들이다.

"가위바위보로 정할까?"

머쓱해진 찬홍이가 제안했다.

그렇게 하자며 모두 손을 든 순간 갑자기 태일이가 막아섰다.

"영순이랑 석철이 둘은 오른쪽, 우린 왼쪽으로 간다!"

"왜!"

찬홍이가 불만스럽게 따진다.

"이번 여행은 정말 즐거웠어. 이건 두 사람이 만들어준 덕분이라고 생각해. 그러니까 선물하는 셈치고 둘이서만 있게 해 주자구."

"왜들 그래. 특별히 우리 둘만 있지 않아도 된다구. 괜히 엉뚱한 생각하지 마."

"그래. 그냥 가위바위보로 정하자."

나도 영순이도 너무 부끄러워 얼굴이 붉어졌다.

"아냐, 니들은 오른쪽, 우린 왼쪽이다. 이걸로 땡! 자, 가자."

승옥이가 우격다짐으로 결론을 내리고 찬홍이 손을 잡아끌며 서둘러 걷기 시작했다.

"저 녀석들 무슨 생각을 하는 거야."

멀어져가는 녀석들을 보며 나는 뒷머리를 계속 긁적였다.

"……"

나와 영순이는 오른쪽 산책길을 한동안 아무 말 없이 어색하게 걸었다. 그러지 않으려 해도 자꾸만 내가 앞서 나갔고 어쩐지 영순이는 한 걸음 물러선 모양으로 따라왔다.

태일이도 승옥이도 영순이에 대한 내 마음을 눈치챘구나 싶었다. 어젯밤에 영순이의 언니가 작년여름 둘이서 편지를 주고받은 걸 얘기한 뒤로 성식이와 찬홍이도 알아차린 것 같다.

"너무 근사한 선물이네. 둘만 있게 돼서 난 좋은데."

"뭐?"

나는 깜짝 놀라 뒤를 돌아봤다.

"맞잖아, 계속 함께 있어서 따로 얘기할 기회가 없었잖아…."

맞는 말 아니냐는 듯 영순이 눈이 내게 묻고 있다.

갑자기 두근두근 심장이 방망이질 쳤다.

"그건 그렇지만……."

동그랗고 커다란 눈동자가 말똥말똥 나를 보며 미소 짓는다. 통통한 장밋빛 볼, 오똑한 콧날, 핑크빛 입술, 입안으로 살짝 들여다뵈는 새하얀 이, 짓궂게도 이런 때를 기다렸다고 말하는 것 같은 미소.

잠시 서로 바라보는 동안에 창피하기도 하고 우습기도 해 누가 먼저라고 할 것 없이 웃음을 뿜고 말았다. 그러고 나니 마음도 편해져 둘만 있게 된 일이 당연한 것처럼 느껴졌다.

"챠우스산은 나도 처음이야. 석철이랑 이렇게 같이 올라오다니 꿈만 같아."

영순이가 이렇게 말하고 내게 바짝 다가왔다. 나도 모르게 그녀의 손을 잡았다. 깜짝 놀라 한 번 뒤로 뺐지만, 내가 계속 잡으려고 하자 이번에는 영순이가 먼저 내 손을 잡았다. 땀으로 촉촉이 젖어있다.

"어~이"

갑자기 숲속에서 소리가 났다.

그때서야 나는 주위 풍경도 보지 않은 채 그저 멍하니 걷고만 있던 걸 깨달았다.

"얘들아~ 별일 없냐~"

태일이의 고함소리가 장난스럽게 다시 들렸다.

영순이가 큭큭 웃는다. 나도 소리쳐 대꾸했다.

"별일 없다~"

소리친 후 뭐가 별일인지 우스워 둘이서 또 큭큭 웃었다.

"앞으로 1년 반만 지나면 졸업이네……. 모두들 여기저기로 흩어지겠지. 있잖아, 석철인 어떻게 할 거야? 대학? 취직?"

"모르겠어. 일본대학에 가서 좀 더 공부하고 싶지만 내게 그런 실력도 없고."

"어머나, 뜻밖이네. 석철이가 그렇게 약한 소리를 하다니."

무심코 내뱉은 말이었지만 솔직히 말하면 졸업 후 일은 아직 아무것도 생각하지 않았다. 영순이가 물어보니 이젠 슬슬 진지하게 진로를 생각해 봐야지 않을까 싶었다.

"넌 어떻게 할 거야?"

"난 아마 다구치에는 있지 않을 거야. 도쿄에 가지 못하면 도요하시에라도 갈 거야. 도요하시에는 동포도 많이 있으니까 그들에게 도움이 되는 일을 찾을 거야."

막연한 장래와 반 친구들 얘기를 하며 우린 계속해서 걸었다.

"난 석철이를 믿어. 분명히 후회 없는 인생을 살 거라고……뭔가 해낼 거라고……."

"너야말로 그래. 태어난 이상 열심히 살아야지."

"우리, 언제까지나 서로를 기억할 수 있을까……. 우리에게 이런 시기가 있었다는 것도……."

"우리라는 게 전부를 말하는 거야? 아니면……너랑 나 둘?"

"너랑 나이기도 하고, 동급생 전부라 해도 좋고."

"기억하지 그럼. 잊을 리가 있겠어!"

동급생이라 한 건 엉겁결에 덧붙인 말처럼 들렸다.

어느새 나무가 없는 완만한 언덕까지 왔다.

막 올라가려는 참에 영순이가 내 손을 놓고 빙긋 웃으며 오른쪽 경사면을 가리켰다. 암반이 가파르지 않은 경사면은 온통 풀고사리로 뒤덮여 있고, 여기저기 가냘픈 나리꽃이 피어 있었다. 봉오리가 뻐끔 벌어진 새빨간 반점이 붙은 것도 있었고, 가장자리가 붉게 부풀어 금방이라도 터질 것 같은 봉오리도 있다.

"석철아, 꺾어 줄래?"

사랑스러운 표정으로 영순이가 조른다.

"응"

손바닥에 힘을 주고 경사면을 짚으며 기어올랐다. 풀고사리를 밟자 의외로 쉽게 미끄러져 지면의 돌들이 데굴데굴 굴러 떨어졌다.

"우와~ 이쪽에 훨씬 더 예쁜 나리꽃이 있어."

꽃에 정신이 팔려 영순이는 내가 있는 곳보다 좀 더 앞쪽 경사면을 혼자서 올라가기 시작했다.

"미끄러지니까 조심해."

나는 활짝 핀 것과 아직 봉오리인 나리꽃 두 송이를 꺾어 내려왔다.

"석철아, 이 꽃 좀 봐."

영순이가 신나서 경사면을 올라가 꺾은 나리꽃을 보여준 것까진 좋았다. 내려와야 될 때 영순이는 갑자기 어쩔 줄 모르는 표정을 지었다. 폴짝 뛰어 내리기에는 약간 높아 보였다.

"무서워서 못 내려가겠어."

"어떻게 올라갔는데?"

놀려주려고 내가 물었다.

"그냥 정신없어서 어떻게 올라왔는지……."

"자, 내 손을 잡고 뛰어 내려 봐."

나는 경사면에 한쪽 발을 디딘 후 손을 뻗었다.

영순이가 몸을 웅크려 약간의 반동으로 내 팔 안으로 뛰어들었다. 갑작스런 무게에 내 몸이 휘어질 듯 휘청거리며 그녀를 안았다. 내 볼에 그녀의 얼굴이 만져졌다. 꼭 껴안은 채 나는 한동안 그렇게 있었다. 영순이 가슴에서 울리는 고동소리가 내 가슴에도 울려왔다. 그 고동소리에 박자를 맞추고 싶어져 순간 숨을 참았다. 두근두근 서로의 심장이 맞춰 울린다. 얼굴이 빨개진 영순이가 거친 숨을 내쉬었다. 이마에 희미하게 배어난 땀에 흐트러진 머리카락이 달라붙어 있다. 나는 그녀를 안은 채 땀에 젖은 머리카락을 한 손으로 가만히 옆으로 넘겨줬다. 내가 하는 대로 몸을 맡긴 채 영순이는 나를 빤히 쳐다보기만 했다.

그녀에게 천천히 다가가자 힘없는 목소리로 "그러지 마"하고 말했다. 나는 더 꼭 끌어안으며 영순이의 입술에 살포시 다가가며 천천히 눈을 감고 그녀의 입술에 내 입술을 포개었다. 달콤새콤한 향기와 고로케 냄새가 혀끝에 남았다. 내 품안에서 영순이가 가늘게 몸을 떨었다. 내가 더욱 세게 껴안자 영순이는 눈을 뜨고 나를 빤히 쳐다보며 순간 눈물을 글썽거렸다.

"나 말야……."

내가 뭔가 말하려고 힘을 뺀 순간 영순이는 품에서 빠져나가 길에 주저앉고 말았다. 그리고 훌쩍훌쩍 울기 시작하는 거다.

나는 너무 놀라서 이유도 모르는 사과를 했다.

"미안, 미안해. 나, 나 정말로 영순이 니가 좋아. 그러니까 울지 마!"

나는 당황해서 울고 있는 영순이를 무턱대고 달랬다.

잠시 후 영순이가 벌떡 일어나더니 뒤도 돌아보지 않고 빠른 걸음으로 걷기 시작했다.

내가 허둥지둥 가까이 쫓아가자 도망치듯 빠르게 걸었다. 그렇게 몇 번을 반복했다.

나는 필사적으로 쫓아가며 크게 소리쳤다.

"니가 좋다구―. 영순이 널 좋아한다니까―."

영순이가 갑자기 멈춰 서서 뒤를 돌아본다.

나도 멈춰 섰다.

영순이는 빠른 걸음으로 내 쪽으로 돌아와 내 손을 세게 잡아끌었다.

나란히 달리듯 우리는 빠르게 걸었다.

"나도 니가 좋아, 정말 좋아. 그러니까 강한 남자가 돼야 해! 우리 오빠처럼 겁쟁이가 되면 안 돼!"

이렇게 말하고 느닷없이 내 옆구리를 끌어안고 다시 울기 시작했다.

"영순아!"

나는 그녀의 이름을 불렀다.

"어~이"

우리를 부르는 소리가 멀리서 또 들렸다.

우리는 손을 맞잡고 대답도 하지 않은 채 말없이 걸었다.

"어~이, 살아 있냐~"

잠시 뒤 다시 부르는 소리가 들린다.

손으로 눈물을 훔치며 영순이가 큭큭 웃었다. 내가 대답을 하려고 하자, 그녀는 내 손을 꼬옥 잡으며 말했다.

"하지 마! 그냥 이대로 있자……."

하지만 그것은 아주 잠깐이었다.

"애들보다 우리가 늦겠다."

"어~이"

계속해서 우리를 부르는 소리가 들렸다.

삼림을 빠져 나오자 바로 눈앞에 초록융단을 깔아놓은 것 같은 대초원이 산 정상까 ²
지 펼쳐졌다. 한여름 태양이 대지를 뜨겁게 달구고 있었지만, 상쾌하게 부는 고원의
바람 때문에 의외로 견디기 수월할 것 같았다. 철골 리프트가 2열, 정상을 향해 늘어
서 있다.

"여긴 스키장이네."

"맞아. 겨울엔 스키 관광객들로 엄청 북적거려."

정상으로 올라가는 관광객들의 줄이 완만한 초원에 점과 선이 되어 개미처럼 보였다.
커다란 산장 매점이 눈앞에 보였다.

태일이와 다른 녀석들은 나무로 된 산장 계단에 아무렇게나 발을 뻗고 앉아 무언가를
먹으며 우리가 도착하기를 기다렸다.

"나리꽃을 꺾느라 늦어 버렸다."

나는 세 송이 나리꽃을 보란 듯 머리 위로 치켜들고 변명했다. 히죽거리며 또 뭔가 참
견하려는 찬홍이를 막으며 물었다.

"니들 뭐 먹고 있나?"

"미카와의 명물 고헤이모찌五平餅야. 나도 먹고 싶네."

"너희들 것도 지금 굽고 있어. 하나에 25엔, 여섯 개니까 120엔. 석철아, 좋은 추억
을 만들었을 테니까 이건 전~부 니가 사는 거다. 알았지?"

태일이가 된장소스를 바른 납작한 떡을 덥석 베어 물며 말했다.

"그래, 알았다 임마."

괜히 꼬치꼬치 따져 묻기 전에 얼른 대답하고 허둥지둥 영순이와 산장으로 들어갔다.

나리꽃은 매점 아주머니에게 꽂아 달라며 건넸다.

밀짚모자를 쓴 우리 여섯은 계단에 발을 뻗고 앉아 고헤이모찌를 먹으며 잠시 쉬었다. 정말로 30분 정도면 정상까지 갈 수 있을 것 같았다.

한숨 돌린 후 정상을 향해 초원을 올라갔다. 산장 근처가 이미 정상의 일부분으로 20분쯤 올라가자 더는 올라갈 데 없는 꼭대기였다.

"히야~"

"끼야~하하~"

제각각 환성을 지르며 펄쩍펄쩍 뛰기도 하고 뒹굴뒹굴 구르기도 했다.

가깝게 보이는 산이나 먼 산도 챠우스산 보다는 높겠지만, 어렴풋이 희미하게 보이는 남알프스조차 여기서는 꽤 낮은 산처럼 보였다.

한여름 태양빛이 산산이 부서지며 이산 저산으로 쏟아졌다. 창공을 지나는 바람도 기분 좋게 볼에 닿았다.

"애들아, 모두 귀를 기울여 봐!"

성식이가 모두를 부르며 말했다. 여섯 명은 한곳에 모여 양쪽 귀에 손을 갖다 대고 귀를 기울였다.

"들리냐?"

"도로에서 나는 소음?"

"아냐."

"바람 소리?"

"그게 아니라니까. 들릴 텐데? 몇 만 년 저 너머 우주에서 온 메시지야. 그게 지금 지구에 도착한 거다!"

점점 거창하게 말하며 성식이가 우쭐한 표정이다.

"그런가? 이게 우주의 소리라고?"

무엇이 들렸는지 찬홍이가 진지한 표정으로 맞장구를 쳤다.

"들리지?"

성식이가 다시 뭔가 말하려 했을 때 '뿌웅—' 하고 길게 늘어지는 좀 더 현실적인 찬홍이 뱃속의 회충이 내지르는 비명이 들렸다.

"이 순간에 니 뱃속이 왜 울리냐? 너한테는 꿈이라는 것도 없냐?"

승옥이가 찬홍이를 찌르며 모두에게 다시 귀를 기울이도록 강요했다.

"자, 다시 한다!"

무뚝뚝한 승옥이가 말하니 정말로 무언가가 들리는 게 아닌가 싶어 우리는 다시 한 번 귀를 기울였다.

"준비 됐지, 잘 좀 들어 봐. 우주에서 도착한 메시지가 지구에 은혜를 베풀어 인간이 약동하는 소리까지 들릴 게 분명하니까."

승옥이는 '준비됐지, 준비됐지'를 몇 번씩 반복한 뒤 능숙하게도 주변에 울려 퍼질 만큼 큰 소리로 방귀를 뀌었다.

"야~이, 지저분한 자식."

"아아, 싫다 싫어. 시심을 모르는 녀석들뿐이라니."

다함께 승옥이를 때리거나 찌르며 깔깔깔 웃었다.

"자아, 밥 먹자 밥. 도시락 먹자!"

태일이가 말했다.

"아니, 잠깐만."

성식이가 또 끼어든다.

"왜?"

"밥 먹기 전에 지금 자기가 제일 하고 싶은 것, 생각하고 있는 걸 한 사람씩 외쳐보자."

"뭐? 난 그런 거 싫어—. 부끄럽단 말야."

영순이가 반대한다.

"괜찮아. 재밌을 거야."

남자들은 찬성이다.

"그럼 말을 꺼낸 너부터 해."

그러자 성식이는 왜 자기가 먼저냐는 불만스런 표정이다.

"그래, 니가 먼저 해 봐."

"가위바위보로 순서를 정하자."

성식이가 갑자기 약한 모습을 보였다.

"안 돼. 너부터 해야 돼."

"좋아, 그럼, 할게."

체념한 듯 성식이가 외칠 준비를 한다.

"나는—, 와세다대학 노문과에 들어갈 거다—. 들어간다—. 들어가게 해 줘—."

아랫배에서 뿜어 나오는 것 같은 목소리다. 모두 깜짝 놀라 성식이를 쳐다봤지만 아무도 웃지 않았다.

용기가 났는지 찬홍이가 앞으로 나선다.

"좋아, 이번엔 나다."

"나는— 만화가가 되고 싶어—."

모두 진지한 표정이다.

나는 초조했다. 사실 영순이 때문에 기분이 좋아서 폼 나는 말을 외쳐 보이고 싶었지만, 마땅히 외칠 희망사항도, 구체적인 내용도 떠오르지 않았다.

"좋아, 다음은 나다."

태일이가 앞으로 나섰다.

녀석은 무엇을 외칠까.

"멍청한 자식—. 바보 같은 놈아—."

라고 소리친 뒤 무슨 불만이라도 있느냐는 듯 우리를 째려본다. 그러고도 좀 부족했는지 또 한 번,

"이 멍청한 놈아—."

하고 소리쳤다. 화가 난 것 같은 표정이다.

가까이 있던 젊은 남녀 그룹이 웃으며 지나갔다.

"야, 그렇게 하는 게 어딨냐?"

승옥이가 웃었다.

"뭐 어때. 뭐든지 괜찮아. 말하는 건 공짜니까."

찬홍이는 넌덕스럽기만 하다.

"좋아, 그럼 나도 한다. 나는— 부자가 될 거다—. 될 거다—. 될 거다—."

"맞다. 그거 나도 말하게 해줘. 승옥아, 나랑 함께 한 번 더 외치자."

찬홍이도 덩달아서 함께 부자가 되고 싶다며 소리쳤다.

남은 건 나와 영순이다.

등줄기로 흥건하게 식은땀이 흘렀다. 조급해 하면 할수록 무엇을 말해야 할지 도무지 떠오르지 않았다. 먼 곳을 쳐다보니 이산 저산에 길게 사선을 만든 조개구름이 떠있다. 오쿠미카와에 가을이 벌써 눈앞에 와 있었다.

"야, 빨리 말해 봐."

승옥이가 재촉했다.

나는 불쑥 떠오르는 것이 있었다.

"구름을 타고 백두산에 가고 싶다ㅡ. 금강산을 보고 싶다ㅡ. 설악산, 지리산, 한라산에도 가고 싶다ㅡ."

나는 얼굴이 새빨개질 정도로 힘껏 소리쳤다. 어쩐지 가장 비현실적이고 말도 안 되는 소원같이 느껴졌다.

"멋진 소원이다. 구름이든 비행기든 좋으니까 그걸 타고 정말로 가보고 싶다."

성식이가 몹시 감동하더니 다 같이 외쳐 보자고 했다.

"그런 건 꿈이야. 조국이 통일되지 않으면 갈 수 없다구. 그래도 말하는 건 공짜니까 해 볼까?"

태일이가 이렇게 말하자 다함께 외쳤다.

남은 건 영순이 한 사람뿐이었다.

"알았어, 말할게. 창피하니까 모두 뒤돌아 있어."

우리는 영순이가 무슨 말을 할까 궁금해하며 뒤로 돌아섰다.

"빨리ㅡ어른이 돼서 일하고 싶다ㅡ."

의외로 큰 목소리다.

우리는 짝짝짝 갈채의 박수를 쳐줬다.

"영순이는 아직 어린애구나. 내가 잘 알지, 그 기분. 다만, 본심은 말하지 않네."

찬홍이가 의미심장한 표정으로 말했다.

"그게 뭔데."

"본심은, 빨리 어른이 돼서 시집가고 싶다 아니야?"

찬홍이 말에 한바탕 웃었다.

"심술꾸러기!"

찬홍이 가슴을 때리며 영순이는 창피한 듯 얼굴을 붉혔다.

"자, 밥 먹자!"

승옥이가 종이봉투에서 한 사람에 두 개씩 큼지막한 주먹밥을 꺼내 나눠줬다.

"와아, 고로케도 들어있네."

배추김치를 한가운데 두고 우리는 둥글게 앉았다.

나는 먼저 고로케부터 맛있게 먹기 시작했다. 그리고 옆에 있는 영순이를 보며 보일 듯 말듯 미소를 짓고 살짝 귓속말을 했다.

"아까 말야, 숲속에서……아, 아니다. 말 안 할래."

거기까지만 말했다. 사실은 입 맞췄을 때 고로케 냄새가 났다고 말하고 싶었다.

영순이가 고개를 갸우뚱하며 남은 고로케를 입에 넣으며 말했다.

"싱겁기는."

밤이 되어 다구치 여관에서 쉬고 있는데, 일단 집으로 돌아간 영순이가 다시 우리를 데리러 왔다. 일을 마치고 돌아 온 오빠가 차를 대접하겠다고 한다. 벌써 집을 나서 찻집에서 우리를 기다리고 있다고 했다. 처음부터 끝까지 영순이의 가족에겐 환대를 받기만 할 뿐이었다. 여관에 있는 게다를 신고 딸각딸각 소리 나게 끌며 뒷골목에 있다는 찻집으로 향했다.

어차피 시골 찻집이려니 기대도 하지 않았는데, 소쇄한 산장 풍의 건물이어서 깜짝 놀랐다. 냉방이 잘 된 가게 안으로 들어가자 거의 만석으로 손님이 가득 차 있어 또 한 번 놀랐다. 이 고장 손님들이 대부분인데 부모와 함께 나온 어린애와 젊은이들, 고교생으로 보이는 그룹이 많았다. 여름방학이라 여기가 이곳 젊은이들의 사교장소인 것 같았다.

안쪽에서 우리의 자리를 확보하고 앉아있는 오빠가 손을 흔들었다. 새언니와 언니, 그 옆에는 중학생으로 보이는 여자아이도 있다.

"고단하지?"

언니가 우리를 보며 다정하게 말을 건넸다.

"얘는 내 조카야."

영순이가 여자아이를 소개했다.

"치에코입니다."

여자아이가 꾸벅 머리를 숙였다.

"우리 큰딸인데, 에이코랑 두 살 차이나는 중3이야. 자매처럼 친하게 지내지. 도쿄에서 이모의 멋진 보이프렌드들이 왔다고 하니까 만나고 싶어 해서."

언니는 뭐가 즐거우신지 계속해서 도쿄라든가, 멋진 보이프렌드라는 말을 연발했다. 그것도 큰 목소리로. 그때마다 우리는 몹시 낯이 간지러웠다. 우리가 이 고장 사람이 아닌 것은 힐끗힐끗 우리를 향한 손님들의 시선이 이미 증명했다. 도쿄와 멋진 보이프렌드답게 보이려면 어떻게 해야 좋을까. 낯간지러운 기분을 웃음으로 얼버무리며 우리는 왠지 모르게 어깨에 힘이 들어갔다.

주문을 받으러 온 아주머니에게 언니는 또 그 말을 하셨다.

"내 동생 보이프렌드야. 도쿄에서 여기까지 와 줬어."

"중학교부터 저쪽 학교로 갔다더니 아이고, 몰라보겠네."

언니의 기분에 맞춰 아주머니가 놀란 표정을 짓더니 이때다 싶었는지 우리를 뚫어지게 관찰했다. 도쿄와 멋지다는 말 외에 저쪽 학교가 새롭게 추가되었다. 이제 더는 어깨에서 힘을 뺄 수 없을 것 같다.

"아참. 에이코. 저쪽에 쿄오코랑 친구가 와 있는데. 니네들 소학교 때 친구들이지?"

"정말요?"

가리키는 쪽을 보자 정말로 고교생으로 보이는 여학생 두 명이 이쪽을 향해 손을 흔들고 있다.

"꺄ㅡ, 쿄오코!"

반갑게 소리치며 영순이가 입구 쪽으로 뛰어갔다.

부끄러운 듯 아래만 쳐다보고 있던 치에코가 그 바람에 우리를 제대로 관찰했다. 그런 딸을 보며 영순이의 언니가 말했다.

"애도 고등학교부터 도쿄로 가고 싶다고 하도 졸라서."

"조선학교 말입니까?"

"어떻게 하면 좋을지, 괜찮을까?"

새언니도 관심을 보였다.

"본인이 어떻게 하느냐에 달려있죠. 영순이는 중학교부터 왔는데, 저는 시가현에서 와서 고등학교부터 다녔습니다."

찬홍이의 말에 언니 마음이 조금 움직이는 듯 했다.

"동생은 어릴 때 어머니를 잃어선지 기가 억센 애였는데, 우리 딸은……."

언니는 여전히 썩 내키지 않은 듯 얼른 결심이 서지 않는 것 같았다.

"치에코는 도쿄에 있는 조고에 가고 싶은 거야?"

태일이가 치에코의 얼굴을 살피며 물었다.

치에코가 살짝 웃으며 고개를 끄덕였다.

"그렇구나…. 그럼 이젠 부모님이 결심만 하시면 되겠네요."

힐끗 영순이 쪽을 보니 즐거운 듯 깔깔 웃으며 언제까지나 이야기가 끝날 것 같지 않았다. 할 수만 있다면 도쿄의 저쪽 학교 학생들과 다구치 고교생의 교류를 하는 편이 훨씬 즐거울 것 같은데…….

거의 1시간 쯤 지나 오빠는 자리에서 일어섰다. 이른 아침에 일을 시작하는 오빠와는 이것이 마지막이 될 것이다.

우리는 장황할 만큼 오빠네 가족들과 인사를 하고 헤어졌다.

여관으로 돌아오는 길에 태일이가 영순이에게 물었다.

"옛날 친구들을 만나서 꽤 즐거웠나 보다."

"응, 내가 너무 밝아져서 깜짝 놀랐대. 그리고……."

"그리고 뭐?"

영순이는 뭔가 생각난 듯 후훗 웃으며 다음 말을 머뭇거렸다.

"기분 나빠지네. 말해 봐, 뭐라고 했는데?"

"그리고 말이야, 예뻐졌다고……."

"어디, 어디 함 보자."

우리는 영순이의 얼굴을 빤히 들여다보며 놀렸다.

다음날 영순이는 우리를 도요하시까지 배웅하겠다고 했다.

뜨거운 겨울

1

학교 게시판 **백두산** 앞으로 학생들이 모여들었다. 까만 먹 글씨로 모조지에 쓴 큼지막한 제목이 눈길을 끌었다.

제3회 동일본 고교 축구선수권대회에서 우리 도쿄조선고교팀 4위 입상!

설마하면서도 가슴이 뜨거워졌다.

함께 여행을 가자는 권유를 거절했을 때 나는 권상옥에게 그다지 집착하지 않았다. 교류시합과 여름 강화합숙이 있다고 들었기 때문이다. 승패와 상관없이 경기에 참가하는데 의의를 둔다는 말에 그도 그렇겠다 싶어 무리하게 청하지 않은 건데, 상옥이는 선수권대회에 관해서는 아무것도 말해주지 않았다. 그런데 이토록 선전하리라고는 당사자인 선수들도 예상하지 못했을 것이다. 어쨌든 여름방학 동안 동일본대회 4위라는 쾌거를 이루었다. 팀 결성 1년 남짓에 이런 실력을 보여주리라고는 그 누구도 예상치 못했다.

기사의 상세한 내용은 이렇다.

7월 31일부터 8월 6일까지 7일간, 97개교가 참가한 동일본대회가 메이지진구 구장에서 열렸다. 준결승까지 진출한 조고팀은 도치기栃木의 현립우츠노미야공업고교県立宇都宮工業高校에 0:0으로 비기고 추첨에서 져 4위에 머물렀다.

게시판은 4위에 오르기까지 신문 관전평을 그대로 게재했다.

첫 출전인 조선인고등학교는 시합 태도도 좋고 호감을 주는 팀이었다. 전반적으로 선수들의 템포가 느려 일본 고교 팀들이 쩔쩔매 무난히 이긴 시합도 있었지만, 센터포드인 김, 라이트윙인 박 이외에는 개인기로, 스피드가 없고 단조로워 보완이 필요함. 체력은 누가 뭐래도 강한 면을 보였지만 준결승 때는 상당히 지쳐있었다. 만만찮은 팀으로 내년에는 다른 팀들이 경계해야할 팀으로 여겨짐.

센터포드인 김은 1학년이고, 라이트윙의 박은 3학년 박원식이다. 우리 2학년에서는 상옥이를 포함해 3명이 출전했다.

'빨갱이 학교'라고 헐뜯던 일본의 매스컴이 '다크호스 조고朝高, 얕보면 안 된다'며 무척 놀랐다는 듯 타이틀을 붙였다. 깜짝 놀란 건 우리도 마찬가지로, 추석과 설날이 한꺼번에 찾아온 것처럼 전교생이 기뻐했다. 평소 같으면 흘려 읽고 말았을 게시판을 모두들 몇 번씩 반복해 읽으며 머릿속에 새겨 넣었다. 헌데 지면을 그대로 읽지 않는 심사 뒤틀린 녀석도 있다.

"시합 태도가 좋고 호감을 가질 팀이었다고? 쳇, 조고를 뭘로 보는 거야?"

"템포가 느려서 쩔쩔맸다니, 졌다고 투덜대는 것도 어지간해야 봐주지."

"스피드가 없고 단조로워 그럭저럭, 하지만 체력은 누가 뭐래도 강하다고? 당연한 거 아냐, 우린 마늘과 김치를 먹는다구. 진다는 건 말이 안 되지."

너무 기쁜 나머지 적잖이 놀란 기자의 평을 야유하는 말에 우리는 크게 웃고 쌓여있던 분이 풀린 듯 후련해 했다.

그런데 태일이는 조금 다른 해석을 했다.

"이 기자 말야, 눈을 폼으로 달고 다니는 건 아니네. 박원식의 개인기와 스피드를 추켜세우고 있어. 하긴 그 녀석 도망치는 것도 쫓아가는 것도 엄청 빠르긴 하지."

언젠가 아츠기厚木 기지에서 실제로 체험한 태일이 나름의 후한 칭찬이기도 하고 응원이기도 했다. 그리고 모두의 결론은 '내년에는 경계해야 할 팀이 될 것이다'라는 곳에서 쾌재를 불렀다.

상옥이의 인기가 하늘을 찌를 듯 치솟은 건 당연했다. 눈에 띄는 여학생들의 애정 어린 환성이 그 녀석 주변에서 끊이질 않았다. 나머지 두 사람인 팀 멤버도 추켜세우기 바빴다.

우리 반에는 선수가 없었기에 인기 있는 세 명을 고깝게 생각하는 녀석은 없었다. 만약 있다고 해도 이번만큼은 눈감아 주겠다며 남학생들도 후한 모습을 보였을 것이다. 그런데 상옥이의 말을 듣고 보니 마냥 기뻐하고 있을 수만은 없는 것 같았다.

"체육부장인 정세현 선생님의 말에 의하면 관계자 사이에서 의견이 엇갈린 것 같아. 외국인 학교가 대회에 나와도 되냐고."

"첫 출전에서 사라져 버릴 별 볼일 없는 팀이라면 문제가 되지 않겠지만, 설마 4위까지 하리라고는 아무도 생각하지 못했겠지."

"그러니까 내년 전국대회에 나갈 수 있을지 없을지는 아직 몰라."

"샘나서 그러는 거야. 나가라 나가, 가서 뭉개 버려!"

모두들 흥분했지만 대회 출장 여부를 결정하는 것은 일본 측으로 조고 측에는 아무 권한도 없었다.

한편 학교 측은 환영은 하지만 쌍수를 들고 반기지는 않는 분위기였다. 전교생이 이토록 기뻐하는데 어쩐지 애써 내색하려 하지 않는 것 같았다.

생각해 보니 조선고교로서 인정받은 것 보다 '도립'이라는 것만 강조된 데에 조선학교로서 프라이드가 손상된 것 같은 분위기다. 실제로 여름방학 동안에 대회가 있다는 걸 아는 학생이 얼마나 있었을까. 머뭇거리며 어물쩍 그저 시합이 있다고만 상옥이가 말했기 때문에 나는 날짜를 알고 있었지만, 태일이와 승옥이는 모르고 있었다.

학교 측의 복잡한 심정은 여름방학 때부터 학교 존립에 관한 심각한 움직임에 깊이 관련되어 있는 것 같았다.

폐교가 될 것인지, 6개 항목의 단서 조항을 수락할 것인지에 쫓기던 4월의 최종 교섭 때 눈물을 삼키며 'YES'라고 회답한 이후로 어차피 '도립' 학교의 마지막이 결정된 것이나 마찬가지였다.

조선인의 민족교육을 끝까지 인정하지 않고, 일본의 학교교육법 안으로 조선학교를 포함시키려는 도교육위의 의도는, 후일 반드시 조선인 측이 드러낼 약점을 미리 잡아두겠다는 계산으로 시간문제였을 뿐이다.

실제로 대회 마지막 날인 8월 6일, **조선인학교는 폐교해야 마땅하고, 조선인의 집단교육은 인정할 수 없다**는 대회열기에 찬물을 끼얹은 문부대신담화가 발표되었다. 9월에 들어서자 각 신문지면에서도 도교육위의 폐교결정을 발 빠르게 보도했다.

그만큼 여름방학에 발표된 문부대신담화는 도립조선고교가 마침내 존망의 위기에 놓여있다는 것을 분명하게 했다.

5월말에 열린 일본교직원조합 제11회 정기대회에서 조선인교육을 지키기 위한 구체적인 대책을 세우기 위해 조선인교육대책부 설립을 결정했다. 이것은 학부형과 선생님들의 끈질긴 호소로 일본인 교사들의 이해를 얻은 결과이다. 그런데 2학기가 시작된 지 한 달 후인 10월 4일, 이러한 운동을 비웃기라도 하듯 도교육위가 결국 도립조선인학교는 내년 3월 31일을 끝으로 폐교하겠다고 통고해 왔다. 어이없게도 다음날인 5일은 학교 창립 8주년 기념일이다.

PTA임원과 선생님들의 움직임이 눈에 띄게 바빠졌다. 방과 후에는 대책회의와 당국에 진정, 요청을 하기 위해 대부분의 선생님들이 외부로 나가는 것 같았다.
그러던 어느 날, 등교 도중에 카지 마사오 선생님과 우연히 함께하게 되었다. 고등학교에서는 만날 기회가 많지 않았지만, 만나면 거리낌 없이 응석을 부리고 싶은 친밀함을 느꼈다.
"선생님, 무슨 일 있으신 거에요? 눈자위가 거뭇한 걸 보니 많이 피곤하신가 봐요?"
양쪽 눈자위가 거뭇거뭇하고 홀쭉하게 여위어 피곤에 찌든 모습이다.
"어어, 석철아. 건강히 잘 지내냐?"
내 물음에 그저 웃기만 하시더니,
"나는 항상 건강해."
하며 여보란 듯 가슴을 툭 쳐 보이며 덧붙였다.
"아, 요즘 좀 불면증이라…."
불면증이란 말이 얼른 와 닿지 않은 나는 김주학을 만났을 때 문득 그 얘기를 흘렸다.
"카지 선생님은 교직원조합 임원이잖아. 학교 문제로 여기저기 뛰어다니고 있거든. 연이은 철야로 최근엔 불면증까지 생긴 것 같아. 매일 2~3시간밖에 못 자니까 늘 머리가 멍하대. '원폭'도 걱정이 돼서 조합 임원에서 빼 주자고 다른 분들과 의논한 것 같아."
주학이가 삼촌인 신동준 선생님한테서 들은 정보다. 여러모로 민족교육에 비협력적이었던 일부 일본인 선생님들조차 지금은 조합 활동에 적극 참여해 폐교 반대 운동에 참여하고 있다는 얘기다.

학생자치회는 고3을 중심으로 각 대학 학생자치회를 방문했고, 요청이 있으면 합창부를 중심으로 문선대를 조직해 대학 축제 등에서 학교의 곤란한 상황을 호소했다.

우리도 시간이 허락하는 한 여러 가지 활동에 참가하긴 했지만, 이상하게 예전과 같은 열의는 생기지 않았다. 나부터 그랬다. 학교의 마지막이 어떻게 될지 걱정은 되었지만, '잘못된 운동'을 비판했던 조방위 회의가 있은 후로는 무언가에 열중하는 의욕이 사라졌다. 역시 태일이의 자살미수 사건이 분기점이 되었다.

태일이는 평상심을 되찾았다. 하지만 이젠 이런저런 운동에 관여하는 일은 없었다. 태일이 사건은 조방위에도 미묘한 영향을 끼쳤다. '납득할 때까지 몇 번이라도 토론하자'고 한 간부의 발언은 그 후 한 번도 회의가 열리지 않아 더욱 불신을 갖게 했다. 어딘가에서 누군가가 결정한 것을 이래라 저래라 명령만 내리더니, 어느 날 갑자기 그 결정과 명령은 틀렸으니까 이제부터는 고쳐서 하라며 반성과 책임지는 사람은 없이 새로이 내놓은 결론이 옳다고 주장하는 조직의 독선과 실정이 아무리 생각해도 신뢰할 수 없었다.

그렇지만 우리 자신의 장래에 관한 것이니만큼 무관심할 수 없다는 딜레마 또한 우리에게 있었다. 탄압과 중상의 대상이 되어도 동포사회와 친구들과 함께 학생시절을 보내는 지금이 어떤 이유에서도 쉽게 버릴 수 없는 소중한 것임에는 틀림없었다. 우리는 내년에 고3이 된다. 그리고 내후년에는……. 영순이가 말한 대로 내 자신의 진로를 고민하지 않으면 안 되는 때가 온다.

나와 태일이, 승옥이 사이에서 사소한 말싸움이 있었다. 시시한 농담을 주고받은 후 학교와 장래 문제에 대해 얘기할 때다.

"내년 3월에 폐교가 된다고 학교가 없어진다는 말이 아니야. 입 다물고 가만히 있어도 어차피 정해진 대로 될 거라구."

"뭐, 그거야 그렇겠지. 우리학교만 해도 벌써 2천 명 가까이 재학생이 있으니까 사립으로 바뀌어도 학부형과 동포들이 지원하지 않을까."

태일이 말에 나는 공감했다.

"그거야 그렇겠지만, 이렇게 된 이상 그저 도립 폐교로 끝나는 게 아니라 우리 학교의 존속을 인정하게 만드는 건 매우 중요한 거야."

"그것 때문에 4년간이나 정부와 싸워서 우리가 진 거잖아. 조선인이 아무리 떠들어대도 권력을 이길 수 없는 걸. 학교는 존속되겠지만, 쓸데없이 밉보이지 않는 게 좋아. 우리들 장래 또한 흘러가는 대로 둘 수밖에 없어. 적당히 타협하며 살면 되는 거야."

쓸데없이 힘 빼지 말라는 의미가 태일이 말에서 느껴졌다.

"야, 임태일. 똥인지 된장인지 구별 못하는 일본인같이 조선인의 운동을 취급하지 마. 입 다물고 있어도 조선인의 사정을 봐줄 정도로 일본 정부는 그리 좋은 사람들이 아니야. 지금까지 끊임없이 요구하고 싸워왔기 때문에 그나마 학교가 존속되어 온 거야."

승옥이가 크게 낙담하며 단호하게 말했다.

"그 말이 맞아. 지금까지 해온 고생을 뭐라고 생각하는 거냐. 학교는 동포 학부형이 세우고 지켜온 거야. 경박한 소리 하지 마라."

나도 마뜩치 않아서 태일이에게 쏘아붙였다.

"니들은 언제까지 조선에만 얽매어 있을 거냐. 그렇게 떠들어 대기만 하니까 일본인들이 싫어하는 거야. 난 조선인을 바보 취급하는 게 아니야. 어차피 갈 길은 정해져 있다구, 적당한 곳에서 타협하면 된다는 얘길 하는 것뿐이야."

입가에 희미한 웃음을 지으며 태일이는 시선을 돌렸다.

"야, 임태일! 니가 말하는 건 조선인인 것을 포기하지 않는 한 이 난관에서 영원히 벗어날 수 없다는 얘기 아냐!"

"승옥아. 그렇게 법석 떨 거 없어. 그건 조선인의 허세라구."

"멍청한 자식! 지금 우리한테 미래가 있냐? 장래가 있냐구? 너한테 있으면 한 번 말해봐. 너한테는 부모도 형도 있지만, 나를 뒷바라지 해주는 건 누나와 여동생밖에는 없어. 난 남자로서 성공해야만 해. 그런데도 어떻게든 버티고 있는 건 학교와 동포사회가 있기 때문이야. 이게 나를 지탱해주는 힘이라구. 너처럼 고이고이 자란 놈이 어떻게 알겠냐."

승옥이는 분이 풀리지 않는 듯 얼굴을 벌겋게 붉히며 느닷없이 교실로 가 버렸다.

2

일본축구협회, 전국고교체육연합회, 마이니치신문사가 공동주최한 제33회 전국고교
축구선수권대회 출전권을 놓고 도쿄도 예선이 시작되었다. 전국대회는 내년 1월 닷새
동안 전국 20개 지구의 예선을 통과한 팀들로 오사카 니시노미야 구장에서 열린다.
동일본대회에서 상위에 입상한 조고 팀은 도 예선에 출장하게 되었다.
많은 경기 경험으로 단련된 강호 팀들이 모인 도쿄지구에서 출전이 가능한 것은 우승
한 학교 단 하나뿐이다.
학생들은 점점 흥분하기 시작했다.
동일본대회 입상은 역시 우연이 아니었다. 조고 팀은 2학기부터 새로운 멤버(3학년 6명,
2학년 6명, 1학년 2명)를 편성해 파죽지세로 승리를 거두었다.
한편 학교 측은 축구에 관심을 둘 상황이 아닌 것 같았다.
도립학교가 폐교되는 내년 신학기 이후의 존속문제를 둘러싸고 연일 도교육위와 교
섭, 대책회의, 동포 학부형의 결속 등 비장한 각오로 눈코 뜰 새 없이 돌아갔다.

내가 속한 연극부도 화려한 무대가 준비되었다.
11월 말, 히비야공회당에서 학교 문화제가 열린다. 여기에 연극부의 출연이 별안간
결정된 것이다.
연극부장인 남시학 선생님은 부원들을 오랜만에 소집해 훈시를 내렸다.
"이번 대문화제는 학교로서도 크게 힘을 쏟고 있다. 내년 이후의 학교를 생각하면
이번 기회를 통해 민족교육의 정당함을 반드시 보여주었으면 한다. 음악과 무용만이
아니라, 이번에는 우리말로 된 연극을 올리게 되었다. 학생들과 학부형이 깜짝 놀랄
연극을 너희들 스스로 창작해서 무대에 올리기 바란다. 나도 협력할 테니까 너희들도
열심히 해야 한다."
선생님은 문화제에 '대' 자를 붙이며 힘주어 말했다. 최근 몇 년 간 어째서인지 운동
회에도 '대' 자를 붙였다. 많은 관중을 모으고 싶은 학교의 존망을 건 주최자 측의 의
사와 마음가짐이 숨어있었다.
눈을 반짝이며 좋아한 건 정창식과 박영희, 그리고 영희가 권유해 처음 연극부에 들
어온 4반의 손춘란 등 동급생 3명이다. 영희에게 마음이 있어 중학교 때 충동적으로

연극부에 들어온 나는 지금은 그저 이것저것 기웃거리는 멤버에 지나지 않는다.

아무리 대자가 붙은 문화제라고 한들, 연극부라고 해봐야 2학년 4명과 1학년 여학생 한 명인 고작 다섯 명이다. 한때는 열다섯 명 정도 부원들이 있었다. 자기야말로 주인공감이라며 꿈에 부풀어 들어온 부원들도 무대도 없고 그저 낭독 연습과 잡담으로 시간을 때우는 것에 실망해 어느새 슬그머니 탈퇴하고 말았다. 지금은 이름뿐인 유령부다.

"어떻게 할 셈이야. 난 모른다."

눈치만 보던 나는 매번 될 대로 되라는 식이었는데, 연극부장이 하필이면 담임인 남 선생님이라 내빼기는 다 틀렸구나 싶어 마지못해 말했다.

"한번 해 보자. 아직 3개월이나 남았잖아."

연극소녀인 영희는 의욕이 넘쳤다.

"아직 3개월 남은 게 아니라, 앞으로 3개월밖에 안 남은거야. 대본도 없잖아. 어떡할 건데?"

1년 전의 나였다면 영희와 마주 앉자마자 실어증과 이유를 알 수 없는 얼굴 붉힘증을 동반했을 테지만, 지금은 폼을 잡을 일도 없고, 입에서 나오는 대로 얘기할 수 있다는 게 신기했다.

"서둘러서 쓰면 되잖아."

새로 들어온 주제에 춘란이가 끼어들었다.

"누가?"

"다 같이 말야."

"다 같이 한다고 그게 되겠냐?"

"어째서 안 된다는 거야."

"너 말야, 아, 됐다 됐어. 그래서 뭘 쓸 건데?"

"지금부터 생각해 봐야지, 다 같이."

"너, 신입이라서 잘 모르는 것 같은데, 우리 중에 대본을 써 본 적도, 게다가 무대에서 본 녀석은 하나도 없단 말야. 말하자면 실적이 제로야. 알겠냐, 제로라는 말."

"그러니까 더 재미있는 거 아니겠어. 제로에서 무언가를 만들어낸다, 근사하잖아."

춘란이는 꿈꾸는 소녀 같은 표정을 지었다.

처음 현란한 그 애의 이름에서 상상한 것과는 거리가 먼 춘란이의 외모에 김이 샜다. 키도 작고 통통한데다 묘하게 소녀 같은 몸짓을 하면서도 의외로 강인한 말투가 언밸런스라 보는 사람을 놀라게 했다.

도대체 어디가 춘春이고, 란蘭이냐. 이 녀석 이름은 사람의 마음을 어지럽히는 사기 아냐? 조신하고 얼굴도 예쁜 영희와는 하늘과 땅 차이다.

"좋아, 내가 쓸게."

창식이가 선언했다.

"나도 도와줄게."

곧바로 영희가 호응했다.

"어, 그래. 그런데, 뭘 쓰지?"

"이제부터 생각해야겠지만, 현대적인 군집극으로 하고 싶어."

창식이한테 생각해 둔 테마가 있는 것 같다.

"고작 다섯 명으로 군집극이라고? 설마 싸우는 장면이나 손바닥을 치켜들고 막 흔드는 뭐 그런 건 아니지?"

"그런 게 아니야. 가정극이다. 여기 있는 다섯 명은 전원 출연한다. 군중신도 필요하니까 부족한 인원은 긴급 모집하자."

"대본도 없고, 실적도 없고, 거기다 부원 모집? 앞으로 3개월 안에?"

"물론 춘란이가 말한 대로 제로부터 출발한다."

"야, 진짜 난 모른다. 창피해서 어디 무대에 설 수 있겠어?"

"어머, 석철아, 시 낭독은 그렇게 잘했으면서 뭘 그래. 소문이 자자하던데. 그게 가능하다면 무대에 서는 것쯤 할 수 있다구."

영희가 활짝 웃으며 내게 말했다.

"그건 교실였으니까 할 수 있었지. 애들이 모두 호박이라고 생각하면 별 거 아냐."

"이번에도 호박이라고 생각하면 되잖아."

분위기가 이상하게 돌아간다.

"아, 있다 있어. 친한 녀석 중에 대본을 쓸 만한 녀석이 있어."

갑자기 성식이가 번쩍 떠올랐다. 언젠가 6개 항목의 본질을 따져 콩트를 만든 녀석이니 대본 만들기에 도움이 될 것 같았다.

"좋아, 그렇게 정하자. 그 녀석이라면 뭔가 해낼 거야."

"아직 더 있어, 그림을 그릴 수 있는 녀석, 찬홍이."

"응, 걔는 무대장치를 담당하면 되겠다."

"잘됐다. 이런 분위기로 쭈욱~!"

영희와 춘란이가 손을 마주치며 나를 부추겼다. 1학년 여학생은 시종일관 아무 말 없이 선배들을 보며 웃고 박수를 쳤다.

분위기에 휩쓸려 나는 태일이와 승옥이까지 끌어들이자고 말해 버렸다.

"개성파 남학생은 얼마든지 있잖아. 이 정도면 어떻게든 될 것 같다."

춘란이가 확신이 선 듯 자신 있게 말했다.

"맞아, 그 두 사람은 군중 역할이다."

정신을 차려보니 나는 이미 역을 배정하기까지 하는 프로듀서가 되어 있었다.

다음 날부터 나는 곧바로 연극부원 동원에 나섰다.

"재밌을 거 같아."

"괜찮겠지?"

성식이와 찬홍이는 어려움 없이 승낙했다.

"내가?"

승옥이는 걱정스런 표정을 지었고, 태일이는 아무 말 없이 실실 웃었다.

"연극부를 돕는다 생각하고. 임시니까, 이번 한 번이면 돼. 알았지? 할 수 있겠지?"

10분도 안 돼 해결됐다. 임시부원 4명을 그 자리에서 모집했다.

먼저 대본은 창식, 성식, 영희가 담당하고, 찬홍이는 무대장치, 나는 잡역 겸 연락 담당 일체를 맡았다.

"완성 됐다~"

러시아어 수업 시간, 옆에 앉은 창식이가 등사인쇄 대본을 내게 보이며 말했다.

"졸려 죽겠다~"

그리곤 말이 떨어지기가 무섭게 책상에 엎어졌다.

제목이 **선 보는 날**이다. 맘에 들었다.

이틀간 부원들이 의논한 내용을 나흘 동안 창식이와 성식이가 대본으로 만들고, 어젯밤에 찬홍이가 등사 인쇄를 해 왔으니까 일주일 만에 완성된 셈이다.

교과서 안쪽에 대본을 숨기고, 가끔 교단 쪽을 살피면서 나는 정신없이 대본을 읽었다.

"오호~"

꽤 그럴 듯 했다. 잘 만들긴 했으나, 너무 고지식하게 써서 딱딱한 대사가 많다.

부모의 봉건사상과 동포들의 지역주의 의식을 비판하고, 젊은이들이 새로운 감각으로 낡은 구조를 타파해간다는 것이 주제다.

갑자기 털썩하는 투박한 소리가 들렸다.

옆을 보니 교과서를 방패삼아 졸기 시작한 창식이가 책상에 머리를 부딪치는 소리였다.

나흘간 철야를 한 거나 다름없었으니 피곤하기도 하겠다 싶어 안쓰러웠다. 방패로 삼은 교과서가 금방이라도 쓰러질 것 같았고, 머리가 책상에 부딪히려 하면 조마조마해진 나는 선생님이 눈치채지 못하게 창식이에게 발을 뻗어 다리를 찔렀다. 그것 때문에 차분히 대본을 읽을 수도 없었다. 내가 다리를 찌를 때마다 창식이는 눈꺼풀을 무겁게 뜨고 나를 멍하니 실눈으로 쳐다보고는 이내 다시 눈을 감았다.

잠시 후 다시 옆을 보니 또 꾸벅꾸벅 졸고 있다. 이번에는 칠칠치 못하게 입가에 침까지 흘리며 아예 본격적으로 졸았다.

'지저분한 녀석'

투덜대면서도 다시 녀석을 찔러 깨우려 할 때였다.

길게 실처럼 늘어진 침이 책상에 닿을 듯 말듯 하다가 용케도 주루룩 입속으로 빨려 올라갔다. 기막히게 특출한 녀석의 재주를 입을 딱 벌린 채 보았다. 아아, 침이 또, 아슬아슬, 더는 안 되겠다고 생각한 순간 다시 또 주루룩 입안으로 빨려 들어갔다. 손으로 턱을 괴지도 않고, 가만히 앉아 눈만 감은 채 재주도 좋게 책상에 침을 떨어뜨리지 않는 절묘한 타이밍이란, 정말 훌륭하고 진정한 연기상 감이다.

주위에 있는 의자가 삐걱삐걱 소리 내며 흔들리기 시작했다.

창식이의 훌륭한 재주를 발견하고 옆에 있던 녀석이 의자에 매달려 웃음을 참고 있다.

우히히, 킥킥킥 몰래 웃는 기척에 남 선생님은 교단을 내려와 가만히 창식이에게 다가왔다. 모두의 눈이 선생님을 따라 한꺼번에 움직인다.

허둥지둥 발을 뻗었지만 때는 이미 늦어 창식이가 구름을 타고 내 발이 닿지 않는 꿈속 저 너머로 날아간 뒤였다.

옆에 있던 녀석이 주위를 아랑곳 하지 않고 소리 내어 웃으며 창식이의 어깨를 세게 두들겼다.

꿈이 깨 현실로 돌아온 창식이는 유유히 의자를 걷어차며 벌떡 일어서서 주위를 둘러보며 크게 소리쳤다.

"와 그라노. 여기 어데고. 우째 그러노!"

연극배역이 정해졌다.

아버지/창식, 어머니/춘란, 아들/나, 아들의 연인/영희, 연인의 여동생/후배 1학년생, 지역 동포 지도자/태일이와 승옥이, 그 외에 여러 사람/성식, 찬홍. 좀 더 군중이 필요하면 주변에 있는 녀석들을 끌어 오기로 했다.

부원인 다섯 명의 기득권을 인정해 주요인물은 선배 부원들이 맡았다. 아들 역할이 주어졌을 때는 좀 쑥스러웠다. 부원의 캐릭터를 봐도 배역은 알맞게 정해진 것 같았다.

만족스럽진 못했지만 큰 줄기로는 괜찮다고 생각했던 대본은 대사연습 단계부터 의견이 쏟아졌다. 원작자가 수긍하면 그 자리에서 창식이가 대사를 고쳐갔다.

확실히 부모의 대사는 추상적이고, 반항하는 아들과 애인의 대사는 공식적인 말투로 너무 딱딱했다. 지역동포 지도자의 대사는 조직용어가 너무 많아 도무지 자연스럽지 못했다.

"부모의 낡은 생각에 무게를 두면 너무 심각해져 버린단 말야."

"지역동포 지도자의 대사가 설교조라서 너무 재미없어."

"아들과 애인의 대사도 그저 그렇고."

봉건사상, 지역주의 타파라는 무거운 주제에 창식이와 성식이는 어깨에 너무 힘이 들어가고 만 것 같다.

대사를 총 점검하고 장면도 하나씩 손을 봐 가자 처음 대본과는 많이 다른 분위기가 되었다.

"원작자의 독창성이 없어져 버렸다—."

창식이는 한숨을 쉬었지만 특별히 불만인 것 같진 않았다.

"이건 희극으로 해야만 돼. 희극 콩트로 하면 좋겠어!"

공동제작자인 성식이가 무릎을 치며 밀어붙였다.

"그리고 부모에게 중점을 두지 말고 아들과 애인에게 둬야 돼. 젊은이의 지략과 갈팡질팡하는 부모의 낡은 생각을 꼬집는 희극으로 말야."

주제를 바탕으로 이야기가 만들어져 가는 과정이 재미있었다. 연일 대본연습과 무대연습을 하다 보니 함께 무언가를 창조한다는 기쁨이 솟았다.

고쳐진 대본은 그때마다 창식이가 남 선생님께 보여드렸다. 다음 날에는 표현이 자연스럽지 못한 조선말이 빨간 글씨로 수정되어 어제와 오늘의 대사가 달랐고, 애드리브까지 들어간 대사를 외우는 게 힘들었지만, 매일 스릴 넘치는 긴장과 흥분의 연속이었다.

"연극이란 거 막상 해 보니까 참 재밌다."

태일이도 나와 같은 생각을 했다.

"그렇지?"

영희도 빙긋 웃으며 만족스러워 했다.

"몸짓이 딱딱하지 않게 승옥이 너도 노력 좀 해 봐."

춘란이가 승옥이의 어깨를 툭 치며 말했다.

뾰로통해진 승옥이는 말이 없었다. 딱 한 줄뿐인 대사인데, 지역 동포들과 크게 웃는 장면을 승옥이는 몇 번을 연습해도 똑같았다. 웃는 것도 하하하 하고 소리만 클 뿐 얼굴은 굳어있다.

"나 안 되겠어—. 도저히 못하겠어—."

결국 승옥이는 울상을 지었지만 이제 와서 그만 둘 수도 없는 노릇이고, 아무도 그걸 허락하지 않았다. 문화제는 앞으로 2주 후다.

문화제가 닷새 앞으로 다가오니 연습은 긴장과 열기로 가득했다. 하지만 이날 연습은
모두 안절부절 못하고 흥분해 있었다.

이겨라, 이겨, 반드시 이겨달라는 뜨거운 바람이 일말의 불안에 휩싸이자 멤버들의
의지는 곧바로 꺾였다. 안절부절 못하고 응원을 나간 기숙사생이 돌아왔는지 승옥이
는 벌써 몇 번이나 확인하러 밖으로 나갔다.

도쿄도 예선 결승전 결과를 한시라도 빨리 알고 싶은 것이다.

조고팀은 지금까지 4전 연승이었다.

드디어 오늘 동일본대회에서 아깝게 패한 도쿄의 강호 아오야마학원고교와 우승을 걸
고 재대결하게 되었다. 여기서 이기면 깔끔하게 도쿄대표로서 전국대회에 출전할 수
있다.

부원 중에서 한 마디만 더 나왔다면 연습을 중지하고 전원이 응원하러 나갔을지도 모
른다. 하지만 우리의 사명은 문화제를 성공시키는 것이라 생각해 결국 결승전 응원에
가지 못했다.

여기까지 올라올 수 있었던 것은 기적이라 할 수 있다. 만일 오늘 진다해도 자신감과
기쁨은 결코 사라지지는 않을 것이다. 기적은 우연히 일어나는 것이 아니다. 조고생
으로서 긍지와 신념, 울적했던 감정을 천하에 떨친다는 심정으로 전교생이 축구팀을
응원했고 선수들도 필승의 각오로 땀을 흘려왔다.

승옥이가 교실 문을 조용히 열었다.

한꺼번에 모두의 시선이 문으로 쏠렸다. 아직이라고 승옥이가 고개를 좌우로 젓자 다
시 연습에 들어갔다. 이번이 세 번째다.

교실의 전등도 켜지고 벌써 꽤 시간이 지났다. 저녁 6시. 해가 저물어 달빛이 점점 밝
아졌다. 이제 그만 기숙사생이 돌아와도 좋을 시간이다.

잠시 후 다시 승옥이가 교실을 나갔다.

나간 지 5분도 채 안 되어 이번에는 다다다 복도를 달리는 요란한 소리가 가까워졌다.
모두의 눈이 한꺼번에 문 쪽으로 쏠렸다.

쾅 하고 거칠게 문이 열리더니 승옥이가 소리쳤다.

"이겼다! 이겼다! 이겼다구!"

우와아~ 하고 환성이 터졌다. 영희와 춘란이가 손을 맞잡고 펄쩍펄쩍 뛰었다.

"몇 대 몇이야? 몇 점 차로 이겼는데!"

태일이가 고함쳤다.

"2 대 0, 전반과 후반에 한 골씩 넣었대!"

"도쿄 대표다!"

"전국대회에 나간다!"

모두들 신이 나서 크게 소리쳤다.

23년 전 제10회 대회 때 현해탄을 건너와 식민종주국의 수도 도쿄에서 우승한 조선의 숭실중학교 11명의 영광을 생각해 보았다. 시대도 환경도 다르지만 그때 숭실의 일레븐은 과연 어떤 기분이었을까.

연극 총연습 날은 남 선생님도 오셔서 마지막 지도를 해주셨다.

"조선말 발음이 아직 부족한 점이 많지만, 이 정도면 괜찮겠다. 문제는 발성인데, 교실과 달리 공연장이 넓기 때문에 배에서부터 소리를 내도록 해라."

대본도 처음과는 많이 달라졌다. 극의 무게가 아들과 아들의 애인에게 옮겨지고 지역 동포도 중요한 역할을 맡았다. 낡은 풍조를 타파하는 중요한 계기로 아들의 아버지와 애인의 어머니가 젊었을 때 잠시 연정을 품었던 사이라는 설정을 새롭게 추가했다. 두 사람은 출신지가 다르다는 이유로 주위에서 반대해 눈물을 머금고 이별하는 이야기로 꾸몄다.

"알겠지, 이건 희극이야. 연기를 과장해서 해도 상관없어. 거침없이 대담하게 하란 말이다."

선생님은 지금까지의 연습을 무시하기라도 하듯 말했다.

찬홍이가 연기에서 빠져 무대장치에 전념하고, 동포역할은 다섯 명 정도 임시 부원을 새롭게 끌어 왔다.

그날은 아침부터 감청색이 눈부시게 드높은 가을 하늘이었다.

히비야공회당 앞은 골고루 잘 손질된 정원에 갖가지 색깔의 화초가 피어있어 화사했다. 공연 전부터 모여든 학부형들이 공연장 현관에 길게 줄을 만들었고, 바깥 벤치에는 아이를 데리고 온 치마저고리 차림의 여자들도 많았다.

1시에 공연이 시작돼 중학부 순서 다음으로 우리의 연극이다.

"다들, 각오를 다지기 위해 무대 끝에서 공연장 안을 보고 오자. 그러면 느낌을 알 수 있을 거니까."

무대화장을 끝냈을 쯤 창식이가 이렇게 말해 막간에 전원이 무대 끝에 서서 공연장 안을 주춤주춤 들여다보았다.

이것이 실수였다.

1층에서 3층까지 꽉 들어찬 관중에 깜짝 놀라 오히려 불안함과 두려운 공포가 덮쳐온 것이다.

"얼마나 들어와 있어?"

"객석이 2천 개라는 거 같아."

"2천 개!"

"……"

몸이 뻣뻣이 굳으며 새파랗게 질린 건 나와 승옥이, 그리고 나중에 영희가 빠다시피해 애인의 어머니 역을 맡은 전정숙이다.

승옥이의 대사는 두 줄뿐이다.

이웃에 사는 동포 역할로 아들의 집에 와 인사하는 대사와 부모를 타이르며 "요새 젊은 사람들은 부모들 생각은 이해 못해요. 안 되지, 안 돼, 아버지의 낡은 생각을 바꾸지 않고서야."라는 대사 딱 두 줄이다. 그리고 동포들과 함께 웃는 장면이다.

애인의 어머니 역을 맡은 정숙이는 딸의 애인이 어떤 남자인지 넌지시 떠보려 분장을 한 채 딸의 연인인 나와 한 두 마디 말을 주고받는 장면이 있다.

"자, 마음을 편하게 가지자."

불안을 떨치려는 듯 창식이가 모두를 격려했다.

"그래."

순순히 대답은 했지만, 아까부터 승옥이의 무릎이 가늘게 떨리고 있다. 정숙이는 마치 몽유병자 같다.

공연 시작을 알리는 벨소리가 이제부터 나락으로 떨어지는 예고편 같았다.

아들의 가족이 미리 무대에서 위치를 잡는다. 아버지 역의 창식이가 양 볼을 찰싹 때리며 기합을 넣었다. 나도 따라서 볼을 때리고 안면 근육을 몇 번씩 이리저리 움직이며 긴장을 풀었다.

무대 막이 천천히 올라갔다.

장내에서 작은 바람이 일더니 무대로 쏟아져 왔다. 술렁대는 소음도 잔물결처럼 밀려왔다.

어둠이 조금씩 걷히고 조명이 대낮처럼 밝아졌다.

"철남아! 이리 좀 와 봐라."

아들을 부르는 어머니 역할인 춘란이의 첫 목소리가 들렸고, 드디어 연극이 시작되었다.

"예."

하고 대답하고 나는 부모님 앞에 무릎을 꿇었다.

위 아랫니가 가늘게 부딪혀 따다닥 소리가 났다. 목소리와 온몸의 떨림이 멈추지 않는다.

결혼을 결심한 아들을 부모가 타이르기 시작한다. 한껏 물이 올라 있는 연기다. 창식이도 춘란이도 막힘없이 대사가 자연스레 나왔다.

어느새 부모자식 간의 대립 장면이다. 웃음이 나오는 장면도 아닌데 객석에서는 쉼 없이 웃음이 터졌다. 웃음은 부모가 설교하는 장면에서 나왔으니 관객들도 공감하는 것이 있는 것 같다.

조심조심 객석을 쳐다보니 무대 앞은 깜깜했다. 뜻밖이었다. 2천 명의 관객들이 보고 있다는 강박의식이 어느 틈엔가 사라지고 눈앞에 있는 것은 창식이와 춘란이뿐이었다. 역할은 부모와 자식이지만 최근 석 달 동안 이 녀석들과는 지겨울 정도로 보아온 얼굴들이다. 나도 모르게 평상심을 되찾았다.

부모의 의견에 화를 내며 아들이 거칠게 자리에서 일어나는 장면에서 나는 다리가 저려 휘청거렸고, 뭔가에 발이 걸려 넘어질 듯 넘어질 듯하다 그만 보기 좋게 뒹굴고 말았다.

와하하, 으핫핫 순간 누군가 크게 웃는 소리가 난 다음 갑자기 장내에서 와락 폭소가 일었다.

어라, 실수가 웃음으로 이어진 것에 갑자기 자신감이 생겼다. 캄캄한 객석에 희미하게 보이는 관객들의 머리가 정말로 호박처럼 보였다. 희극 **선 보는 날**은 이때부터 엔진이 걸리기 시작했다.

애인인 영희와의 장면에서는 대사를 말하기 전부터 놀리는 소리와 휘파람이 날아들었다.

"숙희, 나는……."

사랑을 맹세하는 결정적 장면에서 선생님의 충고가 떠올라 큰소리에 몸짓도 과장해서 애인의 이름을 불렀다.

"거기서 손을 잡아~!"

장내에서 남자의 목소리가 들렸다.

다음은 실제로 손을 잡는 장면이었기 때문에 일부러 과장된 몸짓으로 애인의 손을 잡자 타이밍이 절묘하게 맞아 떨어진 연기에 관객석이 술렁거렸다. 박수까지 치는 관객도 있었다. 치면 울리는 반응에 흥분된 나는 개그를 사이사이 집어넣는 여유까지 부렸다. 웃음소리가 나오면 마음도 편안해져서 더는 두려움도 생기지 않았다.

그런데 진짜 폭소는 그 다음에 두 번 더 나왔다. 정숙이와 승옥이의 장면에서 두 사람이야말로 진정한 희극 배우일지 모른다는 생각을 했다.

애인의 어머니 역할인 정숙이가 다른 사람처럼 꾸미고 딸의 애인을 넌지시 살피러 온 장면에서 "당신이 철남 씨죠?"라고 해야 되는 대사를 "당신이 석철 씨죠?"라고 진짜 내 이름을 말해 버려서 대사를 받아야 되는 내 입은 얼어붙었고, 다음 대사를 하지 못하고 기둥처럼 굳어 버렸다.

정숙이는 아직도 정신이 어딘가로 날아가 있어 지금 자신이 어디에 있는 건지, 무엇을 하고 있는 건지 잘 모르는 것 같았다. 내가 눈과 입으로 뻐끔뻐끔 신호를 보냈는데도, 정숙이는 아무 대꾸도 안 한 채 멍하기만 했다. 그리고 잠시 후에 별안간 정신이 들었는지 대본에도 없는 '홋홋홋' 호쾌한 웃음을 웃으며,

"아이구 내 정신 좀 봐. 새끼들이 여덟이나 있으니 누가 누군지 이름도 헷갈리네. 건 그렇고 당신이 철남 씨?"

하고 진짜 대사를 말했다.

"예, 내가 철남입니다만……."

얼른 대사를 받긴 했는데 실수한 걸 눈치챈 관객들이, 게다가 자식이 여덟이나 된다고 말한 정숙이의 재치에 감동해서 우레와 같은 박수를 친 것이다.

정숙이는 이때부터 완전히 자신감을 얻은 것 같았다. 남자의 아버지가 젊은 시절 애타게 그리워한 사람이란 걸 알고 둘이서 대사를 주고받는 장면에서는 애드리브의 연발이었다. 연습할 때는 부모의 생각이 낡았음을 깨닫는 중요하고 심각한 장면이었는데 말이다.

가장 걱정된 것은 승옥이다.

연습 때는 대사도 연기도 어지간히 자연스러워졌는데, 무대 끝에서 장내를 들여다본 순간부터 두려움을 느낀 나머지 긴장해서 덜덜 떨고만 있었다. 동포 지도자 역할인 태일이와 무대로 나왔을 때에는 마치 로봇처럼 뻣뻣한 막대기 걸음걸이다. 뜻밖에도 이것이 관중들에게는 재미난 구경거리가 돼 폭소에 폭소가 연발했다. 분명히 관객들은 승옥이의 긴장을 즐기고 있었다.

"요새 젊은이들은……다, 당신 같은 새, 생각은……아, 안 돼요."

무엇 때문에 석 달 동안이나 고생한 건지, 바보가 아닌가 싶을 정도로 승옥이는 완전히 연습 이전의 상태로 돌아가 버렸고, 대사는 떠듬떠듬 교과서를 읽는 것 같았다.

"힘내라!"

그 순간을 놓치지 않고 객석에서 응원 소리가 들렸다.

"안 되지, 안 돼. 아버지의 낡아빠진 생각을……바꾸지 않으면 안 되지……."

"옳소!"

여기저기에서 맞장구를 치는 소리가 날아들었고 큰 웃음과 박수가 터졌다.

이윽고 동포들이 힘을 합쳐 아들의 애인이 부모님에게 소개된 날이 '선 보는 날'이 되어 대단원을 맞았다.

객석에서 큰 박수가 나오고 막이 내렸다.

분장실로 돌아오자 무용, 합창, 시 낭독을 포함한 대앙상블에 출연하는 멤버들이 환하게 웃는 얼굴로 우리를 반겼다.

"너희들 진짜로 배우 같다, 배우ㅡ."

수일이와 주학이를 비롯해 다른 애들까지 감동한 것 같았다.

"진짜 어땠는데?"

영희와 여학생들은 말순이와 영순이를 붙잡고 불안한 듯 물었다.

"잘했어. 대성공이야!"

"GOOD이야. OK야."

"정말? 진짜야?"

여학생들은 손을 맞잡고 서로 기뻐하며 어쩔 줄 몰랐다.

모두 분장을 지우기 시작했는데, 아까부터 승옥이만 무표정한 얼굴로 분장실 중앙에 우뚝 선 채 꼼짝도 하지 않았다.

4

기호 형은 마침내 부모님을 설득시키고 말았다. 정확히 말하면 억지로 비틀어 설득시켰다고 해야 맞는 말일지도 모른다.

직접 본 건 아니지만, 매형이 형에게 "배신자!"라며 호되게 야단을 쳤다고 한다. 반려자로 선택한 상대가 일본인인 것에 몹시 화를 낸 것이다.

학교에서 배운 조선의 근현대사와 일본에 건너오기까지 1세대의 고충을 생각하면 어디론가 '넋이 날아간' 형 같은 행동을 나 같으면 절대로 못 한다.

형의 논리로는 양가 부모님과 매형의 생각은 앞으로 다가올 시대에는 어울리지 않는 것이라고 했다. 조선인의 체취와 과거의 고통스런 경험만을 애지중지 붙들고 늘어질 게 아니라, 공생할 수 있어야 인간적이지 않느냐는 것이다.

자신의 뿌리를 명확히 하는 것은 당연한 일이고 그것을 전제로 다른 뿌리를 가진 사람과의 교류와 존중을 통해서도 새로운 것이 만들어진다고 했다.

조선인과 일본인 사이에 존재하는 얽힌 응어리를 말끔히 정리하지 못한 채 현실에서 벗어난 듣기 좋은 해석 같아서 어쩐지 납득이 가지 않았다. 서로 사랑하는 두 사람에게는 이미 끝난 결론이라 해도 쌍방의 가족에게는 납득이 될 수 없는 일도 있지 않은가.

어찌 되었든 두 사람의 결의가 굳건하다는 걸 알고 엉뚱한 결과를 초래할 것을 우려한 양측 부모가 포기한 모양새로 마지못해 결혼식 단상에 올랐다. 살얼음을 밟는 심정으로 어, 어 하는 사이에 약혼날짜를 잡는 단계까지 발전되었다.

부모에게 괴로운 선택을 하게 만든 두 사람의 견고한 의사가 진실로 애정을 뒷받침한 것이라면 바위도 깨뜨릴 그 사랑에 깊은 두려움과 기특함까지 느껴졌다. 이것으로 형과 토모코 씨의 결혼에 관한 얘기는 일단 결론이 난 것이나 마찬가지였다.

연말, 마지막 일을 끝내고 형과 같이 목욕탕에서 돌아오는 길에 찻집에 들러 차를 마셨다.

형은 평소와 달리 기분이 아주 좋았다.

"전국대회가 얼마 안 남았네. 토모코가 무척 흥분해 있다."

"준결승부터는 라디오에서도 실황중계도 한다는 것 같아."

"정말야? 준결승이 언젠데?"

"1월 6일."

"일주일 후잖아. 토모코에게 전화해야겠다. 분명히 기뻐할 거다."

"꼭 준결승까지 간다는 보장도 없잖아. 첫 경기에서 질지도 모르고."

"넌 왜 그 모양이냐. 조고생이 그렇게 기가 약해서 어디다 쓰겠어. 반드시 이긴다. 민족교육의 성과를 천하에 알릴 좋은 기회라고 토모코가 굉장히 기대하고 있단 말야."

"오늘은 왜 그렇게 후하셔, 맨날 조고를 비판만 했으면서."

"시끄러 임마. 그거랑 이거는 의미가 다르지. 조선고교가 일본의 전국대회에 나가는 건데 자랑스러워해야 될 일 아니냐. 나도 마음 속 깊이 기쁘다고."

기쁜 건 토모코 씨도 마찬가지라며 형은 계속해서 토모코 씨의 이름을 연발했다. 그러면서 형의 존재감은 드러내지 않고, 이럴 때 토모코 씨를 강조함으로써 하루라도 빨리 우리 가족이 익숙해지게 하려는 형의 필사적인 영합작전이 숨어 있었다.

5

신문에서는 4강 진출을 놓고 여덟 개 팀이 격돌한 대회 최고의 고비를 대대적으로 보도했다.

4강 진출팀 결정
카리야고교 결승 진출
조선고교도 이쿠에이고교에 간신히 승리

"끼야—호!"
스포츠면 톱을 장식한 기사에 나는 고함을 치며 뛸 듯이 기뻐했다.
"이겼어? 오빠, 오빠 이긴 거지!"
유자와 히로시가 달려와서 신문에 머리를 들이민다.
"이겼다. 1대 0으로 이겼어! 잠깐 기다려, 내가 읽어줄 테니까!"
신문에 고개를 들이미는 히로시의 머리를 힘껏 밀쳐냈다.
준준결승의 상대는 도호쿠東北지역 히어로 이쿠에이고교.
전반은 0대 0으로 끝나고, 후반에 조선고교가 간신히 1점을 넣어 결국 4강에 진출했다.

우승후보로 손꼽히는 우라와고교가 우에노고교를 물리치자, 대회 인기팀인 조선인고교가 단결력을 발휘해 도호쿠의 영웅 이쿠에이고교를 무너뜨렸다……

일단 대회 3일째 상황에서 조고를 언급한 부분만 읽고 다른 학교의 대전은 모두 건너뛴 채 이쿠에이전의 관전평으로 들어갔다.
"준비 됐지, 읽는다."
나도 모르게 어깨에 힘이 들어갔다.

파란만장, 스릴 넘치는 열전이었다. 이쿠에이가 다소 우수한 체격을 바탕으로 롱패스를 하며 수직으로 공격해 오자 조선인고교는 훌륭한 수비와 상대를 뛰어넘는 투지로 한 치의 양보도 없이 수차례 이쿠에이의 완만한 움직임을 뚫고 골대를 공격, 조선인 고교가 근소한 차로 압박했다. 28분, 조선인고교의 오른쪽 공격수가 시원스레 볼을 중앙

으로 패스하자 이쿠에이도 30분에 골키퍼 실수를 틈타 레프트윙 우메하라가 노마크 슛을 날렸고 이것이 크로스바를 넘어가 득점으로 연결되지 못한 채 아까운 기회를 놓치고 말았다.

조선인고교는 여세를 몰아 후반전 3분, 라이트윙 권상옥이 센터포드에게 보낸 수직패스를 박원식이 중앙에서 드리블 슛을 날려 결국 팽팽한 균형을 깨뜨렸다.

"우와아아~"
갑자기 내가 미친 듯이 고함을 지르자 유자와 히로시가 어이없다는 표정을 지었다.
"나왔다~ 오빠 선배랑 친구 이름이다. 우리 집에 놀러 온 적도 있잖아!"
두 녀석이 유쾌하게 웃으며 존경의 눈길로 나를 올려다본다.

이 1점 때문에 오히려 마지막까지 분발한 이쿠에이로서는 아쉬운 패배였지만, 전날부터 이날까지 힘든 경기로 피로한 기색이 역력했고, 이것이 조선인고교에게 압도당한 주요 원인이었다

다른 학교 전적을 찬찬히 읽어보니 기뻐하고만 있을 수는 없었다.
우라와고교 대 우에노고교의 경기는 6대 1, 구마모토공고 대 미쿠니가오카는 4대 1, 카리야고교 대 마츠야마상고는 6대 1이다. 승리한 학교들은 모두 압도적인 점수 차로 이겼다.
1대 0으로 이쿠에이고교를 이겼지만, 이대로는 준결승에서 뜻밖의 고전을 하게 될지도 몰랐다.

아버지는 1월 7일까지가 설 휴일이다.
6일은 오전부터 아버지도 형도 외출했는데, 형은 아마도 토모코 씨와 어딘가에서 오늘의 시합 중계를 들을 것이다.
역도산의 프로레슬링 실황방송 이후로 텔레비전이 폭발적으로 보급되었다.

우리 집도 일찌감치 장만했는데, 아버지는 정시 뉴스와 프로레슬링 이외에는 텔레비전에 그다지 흥미를 보이지 않았다. 오로지 라디오 애청자로, 일할 때는 어김없이 작업장 가까이에 고이 모셔 놓고 아침부터 밤까지 줄곧 스위치를 켜 두었다.

쇳녹과 기름때에 절은 그 라디오를 나는 점심 전에 걸레로 깨끗이 닦아 2층 내 방에 갖다 두었다.

태일이와 승옥이가 점심 때쯤 집으로 찾아왔다.

아버지와 형이 없는 것을 알고 나자 두 녀석은 시끌벅적 애교를 떨며 어머니와 새해 인사를 나누었고, 내친김에 유자를 짓궂게 놀리고 히로시의 머리를 쓰다듬었다 쥐어박았다 장난을 쳤다.

우리들 점심으로 떡국과 아직 남아있는 설음식이 곧바로 2층으로 올라왔다. 음식을 나르는 일은 오로지 유자가 했는데, 시키지도 않은 데다 머리까지 쥐어 박힌 히로시까지 싱글싱글 웃으며 도왔다.

"많이 컸네. 유자야 이제 몇 학년이지?"

태일이가 유자의 얼굴을 훑어보며 관심 있게 물었다.

"에이, 뭐야 오빠. 학교에서 태일이 오빠랑 승옥이 오빠 자주 봤는데. 나 중2에요."

"뭐? 벌써 2학년이야?"

깜짝 놀란 승옥이까지 빤히 유자를 쳐다보았다.

"2천 명이나 있으니까 알아보지 못했지. 그건 그렇고 진짜 몰라보겠네."

두 녀석이 말똥말똥 쳐다보자 유자는 갑자기 얼굴이 빨개졌다. 깔끔하게 빗질한 단발머리에 새 설빔으로 입은 긴 소매 블라우스와 스커트 차림이, 듣고 보니 덜렁대기만 하던 지금까지와는 조금 다른 소녀 같은 분위기를 풍겼는지도 모른다.

"많이 이뻐졌네. 귀엽다 귀여워~"

칭찬을 한 건지 놀리는 건지 모르게 웃으며 태일이가 농담을 건네자,

"태일 오빠, 승옥 오빠 왜들 이래요."

수줍은 듯 갑자기 새침해져서 허둥지둥 계단을 내려갔다.

그러면서도 유자는 음식을 가져올 때마다 곧바로 내려가지 않고 아무렇지 않게 우리 얘기에 귀를 기울였다. 두 녀석은 방송이 시작되기 전 우리가 하는 축구 얘기를 듣고

싶었던 거다. 모두 들떠서 이제부터 전국으로 방송될 조고팀의 활약에 넘치는 기대를 걸었다.

"유자야, 막걸리 마시고 싶은데~"

들뜬 분위기를 틈 타 내가 눈짓을 하자,

"안 돼. 오빠들은 아직 학생이잖아."

퉁명스럽게 내뱉고는 쌀쌀맞게 아래층으로 내려갔다.

"꼴에 잔소리는."

내가 혀를 차며 한 마디 쏘아붙이자 태일이와 승옥이가 박수까지 치며 깔깔깔 재미있어 한다.

나도 동생도 막걸리쯤은 목이 마를 때 물 대신에 마셨다. 다만 부모님에게는 비밀이었다. 유자는 귀엽다는 말을 들은 순간부터 예전처럼 기가 세고 약간은 어른스러운 여자아이로 돌아와 있었다. 감정의 기복이 심해 어떻게 장단을 맞춰야 할 지 모를 지경이다.

준결승전 첫 시합은 조선고교 대 우라와고교다. 오후 1시 반 킥오프.

두 번째 시합은 카리야고교 대 구마모토공고가 경기를 펼친다. 두 시합에서 이긴 팀이 7일인 내일 우승을 걸고 싸우게 된다.

방송 시작 10분 전쯤 되니 결과야 어찌되든 일단 사기가 오르기 시작했다. 줄곧 흥분해서 떠들어댔기 때문에 시작하기 전부터 벌써 목소리가 쉬었다.

때마침 딱 잘라 안 된다며 내려간 유자가 사발에 넘실넘실 담은 막걸리와 구운 오징어를 쟁반에 담아왔다. 귀엽다는 말에 어느새 마음이 흔들린 것이다.

"어유 착하기도 하지. 유자야, 오빠 니가 너~무 좋아."

태일이가 익살을 떨며 말했다. 승옥이도 바보처럼 웃으며 좋아한다. 유자가 아래층을 슬쩍 보더니 얼른 쉿! 하고 입에 손가락을 갖다 댔다.

띠-띠-띠이! 라디오 시보가 드디어 1시를 알렸다.

우리 모두 순간 말을 멈추고 마른 침을 삼키며 귀를 기울였다.

여러분, 새해 복 많이 받으십시오. 제33회 전국고교축구대회는 이곳 오사카 니시노미야

구장에서 예선전을 통과한 강호 팀들의 경기가 열립니다. 쾌청한 날씨인 오늘, 축구팬들이 주목한 가운데 고교 일레븐 선수들은 어떤 플레이를 보여줄까요.

아나운서의 목소리가 산뜻하다.

네, 야마다 씨. 올해 대회는 매우 흥미로운 팀이 준결승에 올라왔군요.

해설자인 야마다라는 사람에게 아나운서가 물었다.
"그게 바로 도쿄 조고 팀이야!"
히로시가 라디오를 향해 고함을 친다.

도쿄조선인고교인데요, 이 학교는 이번에 처음 출전으로 굉장한 인기를 모으고 있습니다. 관람석을 보십시오. 3천 명쯤 될까요, 엄청난 수의 응원단이 시합 전부터 꽹과리와 북을 울리며 굉장한 열기를 보여주고 있네요. 분위기가 아주 뜨겁습니다. 커다란 인공기도 펄럭이고 있군요. 저건 제복입니까? 검은 민족의상을 입은 여학생들과 화려한 전통의상을 입은 부인들도 많이 보입니다.

"그것도 모르냐, 그건, 치마저고리라는 거다!"
히로시가 일일이 끼어들어 대꾸하는 바람에 귀에 거슬렸다.
"너 입 좀 다물고 있어."
승옥이가 짜증을 내며 히로시의 입을 손으로 막는다.

국제색이 다양하게 어우러져 또 다른 분위기의 대회가 될 것 같습니다. 자, 우승 후보인 우라와고교와 인기몰이 중인 조고의 이제까지의 시합 내용을 야마다 씨는 어떻게 분석하십니까?

중계는 곧바로 핵심으로 들어갔다.
준준결승전에서 우라와고교는 지난해 국민체육대회에서 결승에 진출한 우에노고교를 전반 4대 1, 후반 2대 0의 압도적인 점수 차로 이기고 준결승전에 올라왔다. 견고한 수비진과 능숙한 작전으로 공격형 축구를 하는 우라와고교의 저력은 모든 시합에서 빠짐없이 발휘되었다.

그에 비해 조고는 개인기가 뛰어난 선수도 있지만 공격이 단조롭고 수비에 있어서도 아직 연구와 경험을 쌓아야 될 점이 많았다. 하지만 끈질기게 볼을 물고 늘어지는 거침없는 팀플레이가 무척 인상적이라고 야마다는 해설을 덧붙였다.

자, 드디어 킥오프입니다. 볼은 먼저 우라와 진영에서 차는 것 같습니다.

꽹과리와 북소리가 한층 더 크게 울리고 관람석에서 와아―하고 환성이 들렸다.
"부탁한다, 박원식, 상옥아!"
태일이가 라디오를 향해 운동장까지 닿으라는 듯 크게 소리쳤다.
휘슬이 울렸다.

자, 우라와고의 공격입니다.

볼은 양쪽 진영을 쉴 새 없이 오갔다. 양 팀은 볼을 굴리며 상대의 태세를 살폈다. 하지만 우라와에게 밀리는 플레이가 전개되는 것 같았다.
"아직 아냐. 서둘지 마라."
"침착해, 침착하라구."
저마다 한 마디씩 하며 줄곧 치솟는 흥분을 진정시켰다.
경기 시작 4분 정도 흘렀을까.
별안간 아나운서가 찢어지는 고함을 질렀다.

왼쪽 수비수 고바야시가 볼을 잡았습니다. 고바야시 달립니다. 달린다, 빠져 나갈까요. 조고 팀의 김명식, 거칠게 태클, 태클 들어갑니다. 뚫렸습니다, 고바야시 수비를 뚫었습니다. 앗, 길~게 슈웃! 롱~숏을 날립니다~!

꽹과리와 북, 관중석의 환성과 비명으로 아나운서의 고함소리가 단숨에 묻혀 버렸다. 우리는 무슨 일이 일어난 것인지도 모르고 와~와~ 계속해서 소리를 질러댔다.

들어갔습니다. 골, 골! 우라와 강한데요, 셉니다, 고바야시의 눈이 휘둥그레지는 롱 슛이 아주 근사하게 들어가는군요.

"에~~이."
유자의 비통한 외침이 방안 가득 울렸다.
멍하니 넋을 잃고 아무도 움직이지 않았다.
경기시작 4분 만에 정신없이 소리 지르는 사이 점수를 뺏기고 말았다.
"괜찮아, 괜찮아."
잠시 후 승옥이가 침착하게 말했다.
"골을 먹을 때도 있는 거지 뭐. 이제부터가 문제다."
나도 맞장구를 쳤다.

자, 이번에는 조고의 반격입니다. 날카로운 공격입니다. 김일식이 볼을 잡았습니다. 우라와 따라 붙습니다. 태클! 김일식이 권상옥에게 볼을 패스합니다.

"상옥아, 달려! 뚫고 달려, 침착하게 패스해!"
태일이가 벌떡 일어나 소리쳤다.

굉장한 공격입니다. 권상옥이 중앙으로 찹니다. 누구죠, 누구, 아, 박원식입니다. 능숙한 발재주로 우라와의 수비를 뚫습니다. 박원식, 달린다, 달린다, 엄청난 스피드입니다.

"박원식, 거기서 차 버려, 넣어 버려!"

박원식, 찼습니다아!

"들어가, 들어가 버려!"
유자가 깜짝 놀랄 정도로 날카롭게 소리치는 바람에 순간 모두의 눈이 그녀에게 쏠렸다.

아쉽습니다, 골대에 맞고 튕겨 나갔습니다. 하지만 조고도 만만치 않네요, 야마다 씨. 이야아, 굉장한데요. 권상옥도 좋았지만, 박원식 선수입니까? 예리한 공격을 보여주고 있습니다. 어쨌든 볼을 능숙하게 빼앗아 특유의 발재주를 살려서 시합의 흐름을 쥐고 있는 느낌이 듭니다.

호의적인 해설에 기분 좋아진 우리는 낙관적인 얘기로 서로를 응원했다.

권상옥이 이동훈에게 아주 잘 패스했네요. 이동훈이 볼을 굴리고 있습니다. 앗, 뒤에서 우라와의 시가 선수가 달려듭니다! 이동훈 넘어집니다, 다시 일어납니다. 볼을 내주지 않는군요.

"동훈아, 패스, 패스해!"
고1때 같은 반이던 이동훈에게 태일이가 고래고래 소리쳤다.

이동훈이 김일식에게 볼을 패스했습니다. 현란한 드리블, 조고가 볼을 아주 능숙하게 다룹니다.
과감한 공격이네요.
박원식에게 패스했습니다. 박원식, 치고 들어갑니다. 아, 위험합니다, 우라와 위험합니다.
안 되겠네요. 우라와의 수비진은 뭐하고 있는 거죠.
박원식, 다시 또 치고 들어갑니다. 앗, 찼습니다아!

"들어가랏!"

모두 벌떡 일어났다.

골대 오른쪽 끝으로 날카롭게 빨려 들어가는 줄 알았던 볼을 우라와의 골키퍼가 보기 좋게 잡아냈습니다!

"아~으우우!"

승옥이가 괴성을 질렀다. 유자가 글썽거리는 눈물을 블라우스 소매로 훔쳤다.

롱 슛과 예리한 공격으로 조고는 몇 번이나 우라와고의 골문을 위협했다. 하지만 공격은 중반까지로 시간이 지남에 따라 점점 분위기가 불안해졌다. 볼은 하나같이 우라와고교에 뺏기고 밀어붙이는 듯하다 역습을 당했다. 주도권을 완전히 우라와고교가 잡고 있었다.

"뭐 하고 있는 거야, 멍청한 놈들. 밥은 먹고 뛰냐!"

승옥이가 낙담해서 고함을 질렀다.

"박원식 이 자식, 도망칠 때는 발이 엄청 빠르더니."

태일이가 비아냥댔다. 하지만 아무리 조바심을 내도 경기 흐름이 좀처럼 바뀌지 않았다.

반격할 때 보여준 우라와고 중앙 공격진의 스피드와 능숙한 패스는 조고의 후방 진영을 가볍게 넘나들었다. 우라와고교와 실력 차가 분명하게 났다.

"상옥이랑 동훈이는 뭐 하는 거야!"

승옥이가 라디오를 향해 진짜로 화를 냈다.

어이없게도 21분에 두 번째 골을 내주고, 28분, 34분, 추가 득점을 허용하고 말았다. 관중석 응원은 맹렬했지만 우리는 의기소침해져 욕을 할 기운조차 없었다.

전반전은 4대 0 큰 차이로 끝났다.

분해서 아무도 말하지 않았지만 대량 득점을 당한 것에 와르르 몰려오는 피로감과 패배감에 휩싸였다.

휴식시간에 우라와의 장점과 조고의 약점을 대비해 해설했다.

우라와의 공격은 상대 골 앞에서 좀처럼 밀리지 않는 집요함이 있는데 반해, 조고 공격은 처음엔 불같던 기세가 이내 시드는 것 같다고 할 수 있겠죠.

하지만 조고는 고교생답게 활기찬 면을 가지고 있고 실수가 없습니다. 반대로 우라와는 어이없는 실책은 했으나 고교생으로는 할 수 없는 플레이를 하고 있습니다. 상대의 허를 찌르는 드리블 슛은 대학축구 레벨이죠.

조고는 드리블 등에서는 뛰어난 면을 보여줬지만, 전술이 단순한데다 수비가 좋지 못하네요. 쓰리 백을 거의 쓰지 못하고 있습니다. 전반전에서는 후방 진영 모두 부지런히 몸을 움직이지 않아서, 그렇지 않아도 강력한 우라와의 공격에 약점을 드러내고 말았습니다. 아무튼 반복해 얘기하지만, 이번 대회에서 조고는 아주 좋은 면을 보여주긴 했죠.

이제 와서 칭찬 받는다 한들 전반 4점은 만회하기 어려운 점수 차였다.

"망했다. 조고가 진 거야."

히로시가 뾰루퉁 말하자마자 태일이가 머리를 쥐어박는다.

"아고~ 아파~"

머리에 손을 대고 원망스럽게 태일이를 쳐다보던 히로시가 곧바로 웃으며 태일이의 비위를 맞추려 했다.

"조선인은 끈질기니까 역전할지도 모르지 형?"

"맞아, 후반 45분이 있다."

승옥이가 이렇게 말했지만 지푸라기라도 잡고 싶은 희망에 지나지 않았다.

기대에 어긋나지 않게 후반에도 마지막까지 끈질기게 선전했으나, 15분, 19분, 28분에 3점이나 골을 뺏겨 더는 어찌해 볼 도리 없이 끝나 버렸다.

드디어 경기종료 휘슬이 울렸다.

"아~아~"

한숨 섞인 낙담이 쏟아졌다.

"끝나 버렸다아."

긴장이 한꺼번에 풀렸다.

나는 거칠게 창문을 열었다.

달아오른 얼굴로 기분 좋은 냉기가 쏟아져 들어왔다.

모든 것이 끝나고 나니 바로 직전까지 치솟았던 흥분이 거짓말처럼 사그라들었다. 역시 과도한 기대가 무리였는지도 모른다. 첫 출전으로 준결승까지 올라간 것을 오히려 기뻐해야 할 것 같았다. 시합 중에 욕을 퍼부었던 것도 까맣게 잊고 모두 홀가분한 표정이다.

"이걸로 전국 3위구나. 이 정도면 훌륭하지 않냐!"

"일본의 고교대회에 당당히 치고 들어가 3위를 한 거다. 매우 자랑스러운 성적이야. 앞으로도 대회에 나갈 수 있을지 모르지만, 언젠가 고교 정상에 설 때가 반드시 올 거야. 우리에겐 오사카 조고팀도 있으니까."

승옥이와 태일이가 이렇게 말하고 벌떡 일어섰다.

"그건 그렇고, 설날이잖아. 이제 영화라도 보는 게 어때?"

태일이의 표정이 맑게 개어있다.

"가자가자."

전국 3위가 기쁘긴 했지만, 결승에 오르지 못한 아쉬움을 빨리 잊고 싶다는 생각이 먼저 앞섰다.

뜨거운 겨울이 이제 막 끝났다.

도립학교 폐교, 마지막 수업

1

학교가 시작되자 온통 축구 얘기로 화제가 끊이지 않았다.

대부분의 학생들이 라디오 중계를 들었다. 세세한 부분까지 선수들의 활약상을 전한 이들은 응원을 갔던 간사이 지방 기숙사생들이다. 마치 야담가처럼 현장감 넘치게 경기장 상황을 설명하고 해설했다.

같은 부분을 몇 번씩 들어도 모두 질리는 줄도 모르고 '우와' '대단한 걸'을 연발하며 처음 듣는 얘기처럼 놀라거나 경기장에 못간 걸 억울해했다. 그리고 곧 이번 3학기에 학교명에서 '도립'이 없어질 것을 생각하며 복잡한 심정과 불안에 사로잡혔다. 3학기는 가장 짧은 학기다. 두 달 후면 5년 동안의 도쿄도립조선인고등학교의 간판이 내려진다.

도립이 폐교된 후 우리가 고3이 되면 학교는 어떻게 될까. 폐교된다는 건 구체적으로 무슨 뜻일까?

도립이라는 간판이 없어지면 당연히 도 교육위에서 파견된 일본인 교사는 다른 학교로 전근하게 된다.

결국 사립으로 이관되면 '초대받지 않는 손님'인 일본인 교사는 학교에서 더 이상 볼 수 없게 된다. 따라서 간섭과 규제를 받지 않고 자주적으로 운영되기 때문에 기뻐해도 좋을 일이다. 하지만 우리는 어쩐지 마음이 편치 않았다. 일본인 교사가 없어지는 것에 일말의 아쉬움까지 느꼈기 때문이다.

중학교부터 고등학교까지 5년간, 우리는 십여 명의 일본인 교사에게 배웠고, 중·고 대부분을 그들과 함께 보냈다. 졸업 후 사회로 나가 이 시절을 떠올렸을 때 우리는 일본인 교사를 어떻게 기억할까. 반대로 일본인 교사들에게는 우리가 어떤 기억으로 남게 될까.

교실에 이상한 소문이 돌았다.

"전근 가게 되는 일본인 교사 중 열 명 정도는 해고 당한대."

"왜?"

"조합에 들어가 조선인들 편에 섰으니까."

"선생님들은 우연히 이 학교에 파견된 것뿐이잖아? 오히려 폐교가 된 후엔 대우해 주겠다는 도 교육위의 말을 듣고 이곳에 온 거 아냐? 우리 편을 들었다고 해고하는 건 비겁하잖아."

"6개 항목을 지키면 신분을 보장 받지만 조선인 측에 협력하면 책임지지 않겠다고 위협했다나 봐. 전근을 희망하는 사람은 지난 5년간 대부분 떠났어. 남은 선생님들은 모두 민족교육에 협력했기 때문에 도 교육위는 그런 사람까지 봐줄 수 없다고 했대. 블랙리스트에 올라간 선생님이 열 명 정도인데, 이 사람들은 두말 할 것도 없이……."

"누군데 그 열 명이?"

"잘은 모르겠지만 영어 히로타 선생님, 생물 카지 선생님, 일본어 시모다 선생님, 세계사 야마시타 선생님의 이름이 돌고 있어. 모두 조합운동에 적극적이었으니까."

"말도 안 돼. 불쌍해."

"결론은, 폐교에 따른 일본인교사의 신분보장을 임명한 측이 책임질 의무가 없다는 것을 알고 패닉상태가 됐다는 거 같아."

"한 번 캐내 볼까! 일본인 교장을 닦달해 보면 알 거 아냐."

화가 치민다고 아무리 용을 써도 그저 소문에 지나지 않는다. 일본인 교사의 앞날도 걱정이지만, 다음 학기부터 학교의 미래가 더 막연하기만 했다.

현재 우리 반은 일본인 교사가 담당하고 있는 과목이 물리, 수학, 미술, 세계사 네 과목이다.

앞으로 두 달, 하품만 나오던 자신 없는 이과과목에도 신기하게 의욕이 생겼다. 이제와 깨달아 봐야 이미 늦었지만 꼼꼼히 예습과 복습을 반복하자 조금씩 이해가 되는 것을 보니 지금까지 덮어놓고 싫어한 게 후회됐다.

그래도 역시 무엇 하나 빼놓을 수 없이 재밌는 과목은 야마시타 사부로 선생님이 가르치는 세계사 수업이다. 선생님의 수업이야말로 개성적이라 할 만 하다.

먼저 풍채부터 뭔가 색다르다.

작은 키에 산발머리를 한 마른 체구. 바지 허리띠는 언제나 10센티쯤 허리 뒤로 꼬리처럼 늘어져있다. 어떤 날은 셔츠 밑단이 바지 밖으로 반쯤 빠져나와 있기도 했다. 옷매무새에 이토록 관심도 없었고 운동부족이어선지 얼굴은 늘 창백하다.

바람 불면 날아갈 것 같은 외모지만 일단 말을 시작하면 놀랄 만큼 설득력 있고 구체적이고 흥미로웠다. 마치 수백 년 전 유럽에 와 있는 것처럼 생동감 넘치는 현장에 있는 것 같았다.

교과서는 참고서에 지나지 않았다. 선생님의 수업은 오로지 자신이 프린트한 것을 중심으로 이뤄졌다.

수업방식도 선생님이 일방적으로 말하지 않고 끊임없이 우리의 의견과 질문을 요구했고, 학생들의 의견이 갈라지면 마음껏 토론시키는 방식이다. 르네상스도 프랑스혁명도 어김없이 감상을 말해보라 했기 때문에 자기 생각을 정리해 놓느라 게으름을 피울 수도 없다. 프린트와 교과서를 읽는 것만으로는 제대로 정리해 말할 수 없기에 학생들 중에는 다른 참고서를 찾아 수업준비에 만전을 기하는 녀석도 있었다.

당연히 수업 진도는 좀처럼 나가지 않았지만, 역사가 그저 과거의 기억이 아니라 현재에 활용될 수 있다는 것에 짜릿한 흥분을 주는 수업이었다.

먼저 받은 프린트가 다 끝나지도 않았는데, 2월 첫 수업에서 선생님은 새로 만든 10페이지 분량의 프린트를 학생들에게 나눠줬다.

"앞으로 두 달쯤 지나면 너희들과도 작별하게 된다. 그래서 말인데, 너희들과 헤어지기 전에 앞으로 일본과 조선을 생각해 보는데 적합한 수업을 하고 싶었다. 지금까지 5년간 조선학교에 몸담으면서 선생님 나름대로 연구해 온 조선통신사를 함께 공부해 보자. 아직 연구 중이지만 마지막 수업에 잘 어울리는 테마라고 생각한다. 따라서 지금까지 해 온 수업은 오늘로 마친다."

선생님은 진지한 표정으로 이렇게 말했다.

프린트 제목은 **조선통신사와 일본**이다.

팔락팔락 페이지를 넘겨보니 「통신사가 해낸 역할」 「문화의 차이와 오해」 「선린우호의 길」「종합적인 이해를 위해」까지 네 가지로 구분되어 있다.

"일본과 조선 사이 선린우호 역사는 고대에만 한정된 것이 아니다. 누가 조선통신사에 관해 아는 사람 있나? 들어본 적 있어?"

"한자로 通信使니까 막부에 조선왕국의 서신 같은 걸 전하러 온 사절단이 아닌가요?"

곧바로 누군가 대답했다.

"통신사 일행은 3백 명에서 많을 때는 5백 명에 달할 때도 있었다. 그저 조선왕국의 편지를 전하기 위해서 이렇게 많은 사람이 온 것이 아니다."

5백 명이나 된다는 말을 듣고 모두 깜짝 놀랐고 그중에는 감탄사를 연발하는 녀석도 있다.

"다들 모르는 모양이구나. 실은 일본 고교생도 알지 못한다. 대학에서도 가르치지 않는다. 그러니까 마지막 수업으로 우리학교 최초 공개, 이것만으로도 역사적이라 할 만 하다. 이 수업이 너희들에겐 꽤 의미가 있을 거다.

조선통신사는 에도시대를 통틀어 열두 번이나 일본에 파견된 조선의 외교사절을 말한다. 지금부터 약 4백 년 전인 1607년 첫 회부터 1624년 제3회까지는 도요토미 히데요시가 일으킨 조선침략 때의 포로 송환을 의논할 목적으로, 그 후에는 도쿠가와 쇼군의 습직襲職행사 등에 맞춰서 왔고, 1811년을 마지막으로 중단되었다. 수백 명의 사절단은 부산을 출발해 바닷길로 쓰시마対馬, 이키壱岐, 시모노세키下関를 거쳐 오사카大阪, 교토京都, 에도江戸까지 악대를 거느린 화려한 행렬로 올라왔다. 수행한 조선유학자로부터 일본의 학자가 배운 것도 많고, 조·일 문화교류의 특색도 가지고 있었다."

하지만 해방 전 역사서에는 조선통신사를 황국사관과 내선일체에 이용했던 조공사로 해설하고 있다고 했다.

"조선통신사는 결국 조선의 것이지만 이웃 국가와 신의를 나눔으로써 통상의 개념을 넘어 문화를 통한 선린정책을 펼치는 '통신通信'이란 의미이다. 일본을 방문한 것은 조공을 바치기 위해서가 아니다. 오히려 일본이 예를 다해 초대한 귀중한 특사였다. 일본의 옛 사학자들은 에도시대 자체를 쇄국의 틀에 가둬 통신사의 일본 방문이 상징하는 조·일 사이의 선린우호 역사 자체를 숨기려고 했다. 연구를 통해 내가 깨달은 건 과거에 일본이 저지른 많은 침략에 대해 먼저 반성과 속죄의식을 기본 바탕에 두지 않으면 안 된다는 것이다. 역사는 어디까지나 혹독한 실증을 본질로 삼고, 시류에 휘둘리지 않는 냉정한 과학주의가 필요하다. 따라서 일본과 조선반도의 관계사 연구에 불가결한 필수조건으로 무엇보다 먼저 전제되어야 함이 민족으로서 자기성찰이다. 일본인인 나는 일본의 사학서를 중심으로 연구했기 때문에 시점이 정확치 않을지도 모른다. 너희들 중에 역사에 흥미를 가진 사람이 조선의 역사서를 읽게 되면 당연히 또 다른 시선이 나올 것이다. 서로 겸허한 자세로 역사를 연구함으로써 앞으로 일본과 조선의 우호에 교훈이 되는 뭔가를 얻을 수 있다고 생각한다. 이 수업이 그것을 위한 계기가 된다면 3월에 이 학교를 떠나는 나로서는 더 바랄 게 없다."

선생님은 긴 이야기를 드디어 끝냈다.

세계사 마지막 수업 테마로 **조선통신사와 일본**을 생각한 선생님에게 조선학교를 이해하고자 하는 의지와 일본과 조선의 새로운 선린을 바라는 우리를 향한 따스한 마음이 느껴졌다.

주 1회인 선생님의 수업은 앞으로 네 번 남아있다. 남은 모든 시간을 이 수업에 할애한다고 했다.

2

"조카가 새 학기부터 우리학교로 전학하고 싶다며 열심히 노력하고 있대."

"조카라면 언니네 큰딸?"

작년 여름방학에 다구치에 놀러가 잠시 만난 영순이의 조카를 떠올리며 나는 양동이에 남은 마지막 석탄을 난로에 쏟아 넣었다.

매일 얼굴을 마주하는데도 좀처럼 영순이와 둘이 있을 수 있는 기회가 없었다. 둘이 있게 된들 특별한 계획도 없으면서 늘 가슴 설레며 기회가 오기만을 노렸다.

가장 자연스러운 건 오늘처럼 청소당번을 가장해 마지막에 둘만 남는 잔꾀를 내는 것이다. 제일 귀찮은 일인 난로에 남은 재를 우리 둘이 청소해 두겠다 하고 모두들 먼저 돌려보냈다. 기말시험이 다가오니 다른 당번은 얼씨구나 하며 집으로 돌아갔다.

"부모님은 뭐라고 하시는데?"

"그게 말야, 반대하셔."

"또 왜?"

"다 큰 딸을 도시로 내보내면 불량해진다나 뭐라나."

영순이는 쿡쿡 웃었다.

"그럼, 넌 이미 말할 수 없이 불량해진 거네."

"내 말이, 날 대체 뭘로 보는 건지 모르겠어."

딸이 전학 가는 걸 허락하신대도 신학기부터 학교가 어떻게 될 지 아직 확실치 않다.

"도립이 폐교되면 지금까지 지급되던 예산은 중단될 거래. 그럼 학교운영이 곤란하니까 적어도 조선과 국교를 맺을 때까지 만이라도 연기되길 바랐는데, 앞으론 도립이 아니어도 보조예산을 지급해 달라고 요구한대. 그런데 벌써 연말이라 도의회도 곧 폐회 될 텐데 아직 안건으로 상정도 못하고 있대. 그래서 PTA와 선생님들이 요청운동을 하느라 정신없으신가 봐."

기숙사생인 영순이는 사감과 선배들에게 정보를 얻은 듯 의외로 자세히 알고 있었다.

"그게 바로 밀어내기 방식이란 거야."

"그게 뭔데?"

"타협안으로 5년간은 지금 재학 중인 학생 수에 맞춰 예산을 짜는 거야. 매년 졸업하면 줄어드니까 5년 후에는 완전히 예산 지급을 중단하는 거지. 신입생에겐 지급 안 함. 고로 밀어내기 방식."

아무래도 화제는 학교에 관한 것이었다. 둘만의 대화를 하고 싶었지만 무엇을 화제로 삼아야 할지 몰랐다. 그래도 두근두근 기분은 좋았다.

"카지 선생님과 다른 선생님들도 떠나시겠네……."

영순이가 침울해져 말했다.

"얼마 전 영어시간에 다들 걱정돼서 히로타 선생님께 질문했었어. 어떻게 되는 거냐고. 왜냐면 선생님은 조합 위원장인데다 블랙리스트에 첫 번째로 올라있거든."

중학교 때 영어를 배운 이후로 러시아어 반이 된 나는 히로타 선생님과 만날 기회가 없다.

"그래서 뭐라고 하셨어?"

"너무 걱정하지 말라고, 전근에 대한 얘긴 안 하셨어. 그보다 교사의 사명은 아이들의 올바른 성장과 행복을 바라는 거라며 그걸 방해하는 것은 묵과할 수 없다고 말씀하셨어. 여기서 아이들은 일본인이든 조선인이든 다르지 않다고……."

"정말 애쓰시는구나. 카지 선생님 불면증이라던데, 정말이야?"

"학교문제로 동분서주하느라 매일 4시간 정도밖에 못 잔대. 자율신경실조증이란 병이래."

"카지 선생님, 조선어입문 책까지 쓰셨다던데."

"일본인 교사용으로 말야."

"굉장하다. 지금은 조선말로 수업을 하시는데, 아무리 어눌한 조선말이라도 누구나 가능한 게 아니지. 누가 뭐래도 카지 선생님은 중1때 담임이었고, 선생님에게도 우린 처음으로 가르친 조선 학생이었으니까. 조선말도 모르면서 조선인을 가르칠 수 있냐고 승옥이가 따지고 들었던 일이 선생님에게는 정말 큰 충격이었을지도."

나는 웃었다.

"그때 승옥이 질문은 너무 고약했어. 그렇게까지 말할 필요가 있나 싶었는데, 카지 선생님에게는 좋은 계기가 됐는지도 모르지."

"조선인 교사들도 일본인 교사가 아무도 해고되지 않고 모두 무사히 전근갈 수 있도록 도교육위에 요청서를 낸 것 같아."

"있잖아 석철아, 그냥 이대로 카지 선생님과 헤어지는 게 난 너무 슬퍼."

일본인 교사들 대부분이 지금은 중학교 담임이어서 평소에 만날 기회가 적었다. 고등학교에 와서도 물리, 수학, 세계사 야마시타 선생님과는 만날 수 있지만, 중학교 담임인 카지 선생님과는 어쩌다 교정에서 마주치는 것 외에 거의 얘기를 나눌 기회가 없었다. 듣고 보니 섭섭한 마음이 더 커졌다.

"이제 곧 고3이다 우리……."

"응"

"앞으로 1년밖에 안 남았네. 1년 뒤엔 뭘 할 거야?"

"넌?"

그때 교실 문이 거칠게 열렸다.

"이야아~ 두 분. 너무 다정하신 거 아냐. 소인이 중간에 끼어도 될깝쇼?"

찬홍이가 큰소리로 빈정거리며 들어왔다. 이 녀석이 끼어들면 죽도 밥도 안 된다. 나는 양동이에 든 물을 난로 아궁이에 끼얹어 남은 불을 껐다.

쓰시마해협에서 부산을 바라보면 맑은 날에는 부산의 섬 그늘이, 밤에는 등불도 보인다고 한다. 거리가 불과 50킬로미터도 안 된다.

쓰시마는 고대부터 조선반도와 북부 규슈를 잇는 항로의 거점으로 활발한 무역이 이뤄졌다. 무로마치시대 이후 섬주인 소오케宗家가 무역을 관리하고 있었는데, 에도시대에 들어서자 쓰시마 번주藩主인 막부가 조선과의 교역을 맡았다.

야마시타 선생님의 **조선통신사와 일본**은 에도시대의 조ㆍ일수교에 귀중한 업적을 남긴 쓰시마 번藩의 유학자 아메노모리 호슈(雨森芳州 1668~1755)를 중심으로 한 연구였다. 프린트는 네 개의 세부목록으로 나눴는데, 구분에 구속되지 말고 자유롭게 토론과 감상을 말해도 좋다며 선생님은 창가로 의자를 옮기고 앉아 오로지 듣는 것에 전념했다.

참고서는 없고 예습은 교재인 프린트뿐이다. 숙독한 다음 자기 나름의 역사적 이미지를 상상하는 것이다.

우리가 배운 조선사는 조선측에서 본 그것이었다. 세계사라고는 하나 일본 측에서 본 선생님의 일ㆍ조관계사에 대한 당황스러움과 다소의 위화감, 그리고 큰 흥미가 뒤섞였다.

지금까지 수업은 연대와 사건을 중심으로 일방적으로 배운 역사였다. 역사상 사실을 자신의 머리로 충분히 생각하고 의견을 말하는 수업은 한 번도 경험하지 않았다.

뭐든지 좋으니까 발언해 보라고 하니 모두들 우물쭈물 할 뿐이었다. 아무 말 하지 않으면 사고 회로가 멈춘 것처럼 보이는 것도 싫어서 지금까지 배운 역사에 관한 지식을 총동원해 모두들 이러쿵저러쿵 일단 생각나는 대로 떠들며 각자에게 주어진 의무를 다하느라 정신없었다.

야마시타 선생님의 수업이라 당연히 우리도 일본어로 말한다. 토론이라지만 엉뚱한 발언이 많고, 주제와 맞지 않는 질문과 대화도 나와 교실은 폭소와 실소의 연속이었다. 마치 프로레슬링 시합처럼 공이 울리면 우르르 쏟아져 나와 원하는 건 뭐든지 말해도 좋았고, 사회자가 없으니 내키는 대로 '거리낌 없는 난장 토론회' 모습을 띄었다.

잘못된 인식이 아니면 선생님은 나서지 않고 관객처럼 소리죽여 웃으며 우리의 훌륭한 학설을 그저 경청할 뿐이었다.

시간제한도 없다. 반칙이 나와도 심판의 제지가 전혀 없으니 모두들 잘도 떠들었다. 수백 년도 더 된 이야기를 어제 일어난 일처럼 쌍방의 국가 정세를 추리해 등장인물의 심리분석까지 덧붙여가며 자유롭고 활발하게 각자 나름대로 논리를 펼쳤다.

마지막 네 번째 수업이 되자 과연 학생들의 발언도 어느 정도 정리되고 내용도 실한 토론이 되어 있었다. 역사는 사실의 나열과 기억만이 아닌 현재에도 계속된다는 것을 깨달았을 때 '마지막 수업'을 계획한 선생님의 의도도 알 수 있었다.

"얼마 전에 밥그릇을 들고 밥을 먹는데 '너 거지냐' 하고 아버지한테 혼났다. 들고 먹는 게 아니라 상에 놓고 먹는 거래."

"상에 놓고 먹으면 일본인은 '개처럼 먹는다'고 해. 게다가 일본인은 밥에 반찬을 올리거나 된장국을 부어서 먹는 걸 천하다고 하는데 조선인은 아무렇지 않게 비벼서 먹는 걸 좋아하잖아."

"맞아 맞아. 밥그릇을 드는 법 하나만 가지고도 한쪽이 거지 같다 하면 다른 한쪽은 개처럼 먹는다고 해석해. 문화의 차이는 오해와 편견으로 이어질 수도 있어."

마지막 수업 때는 앞줄에 있는 애들이 모두 뒤돌아 앉아 오십 명이 얼굴을 맞대고 간담하는 모양새가 되었다.

"부모님이 자주 쓰는 말 중에 '한'이라는 명사와 '아이고~'라는 감탄사가 있잖아. 얼마 전 일본어로 번역된 책을 보니까 '恨'과 '哀号'라는 한자로 돼 있었어. 이런 한자를 쓰는 게 맞는 건가? '恨'은 恨み(원망하다)라고도 읽는데, 뭔가 틀린 것 같은 생각이 들어. 조선인 특유의 감정표현으로 무언가에 집착하는 마음을 나타내는 말이라고 해석했더라. 그리고 '아이고~'를 '哀号'로 쓰면 서글프게 우는 사내답지 못한 민족의 이미지가 되어 버려. 그런데 실제로는 기쁠 때와 깜짝 놀랄 때도 '아이고~'라고 하잖아? 이런 표기법은 엉뚱한 오해를 부른다니까."

과연 책을 많이 읽는 성식이의 관찰은 예리하다.

"일제시대 36년간 조선인의 한, 봉건적인 남편 때문에 고생한 어머니들의 한, 나한 테는 어떤 한이 있는지 모르지만 어쨌든 나의 한, 한에도 여러 가지가 있잖아."

여학생이 말했다.

"'한'이나 '아이고' 같은 말을 일상적으로 쓰고 싶은데, 일본 태생인 내겐 도무지 그런 감정이 생기지 않는 건 왜일까 궁금한데 말이야……."

찬홍이도 장난기 섞인 목소리로 거든다.

"반쪽바리이니까!"

또 다른 녀석이 끼어들어 한마디 하자 여학생들이 우~우~ 야유를 보냈다.

태일이가 양손을 치켜들고 제지하며 말했다.

"아까 음식 얘기가 나왔는데 같은 쌀밥을 먹는 조선, 일본, 중국의 젓가락이 미묘하게 다른 것은 어째서 일 것 같아? 여기에 뭔가가 숨겨져 있고 또 그럴만한 의미가 담겨있다고 생각하는데."

"숨어있긴 뭐가 숨어있어, 지나친 생각이야. 얘기가 어째서 먹는 쪽으로만 치우치는 거냐? 좀 더 고상한 문화 비교론을 말해 봐!"

또 남학생이 끼어들었다.

왁자그르르 웃었지만 모두들 곧 젓가락 사용법이 다른 점을 생각하기 시작했다.

"일본은 끝이 뾰족하고, 조선은 짧고 뭉툭하잖아."

영순이다. 별로 의식하지 못했는데 듣고 보니 제사에 쓰는 우리 집에 있는 조선 젓가락은 금속제로 짧고 뭉툭하다.

"일본은 섬나라니까 생선을 발라먹기 편하게 뾰족해. 조선은 나물을 많이 먹으니까 끝을 뾰족하게 할 필요가 없는 거야."

승옥이가 으스대며 대답했다.

"그럼, 중국 젓가락은 왜 길어?"

"가족이 모여서 하나의 접시에 담긴 반찬을 집어 먹으니까."

"진짜야?"

문득 그렇겠다 싶었지만 선생님도 아닌 승옥이 말이라 믿기 어려웠다.

"요컨대 일본 문명의 밑바탕에는 조몬시대라는 수렵채집 문명이 있어서라고 생각해."

이번엔 찬홍이가 진지한 표정으로 말했다.

"어머니한테 들었는데, 지금도 그렇지만 옛날부터 조선인은 산나물과 초목의 뿌리를 자주 먹어왔다고 해. 그리고 벼농사 문명이 생겨난 불교, 도교, 유교를 조선도 일본도 받아들여서 국가사상의 중심으로 삼았어. 수용방법의 차이는 있지만 조선과 일본은 공통점이 많네."

"일본인에게 자주 듣는 질문 중에 조선과 일본이 다를 게 뭐가 있냐, 얼굴도 문화도 많이 닮지 않았느냐는 것도 있어."

신주쿠 경찰서에 구류되었을 때 같은 방 대학생이 그런 말을 위로한답시고 했던 것이 떠올라 나도 한 마디 했다.

"다음에 그런 질문이 나오면 일본인과 프랑스인은 뭐가 다르냐고 반대로 물어볼 작정이다. 그 질문에는 식민지였던 조선에 대한 무의식의 우월감이 있는 것처럼 느껴졌어."

"맞아, 다름을 아는 남자야말로 남자 중에 남자지. 똥이랑 된장을 똑같이 취급하면 안 돼."

매번 절묘한 타이밍으로 토를 달아대는 녀석이 누군가 하고 뒤를 돌아보니 가와사키에서 온 정만우다. 토건업을 하는 집 아들인 이 녀석은 됨됨이는 좋지 못해도 약삭빠르지는 않았다.

"일본인은 말하지 않아도 알아주길 바라는 문화인데, 조선인은 싸움이 나더라도 당당하게 의견을 말하지. 이건 커뮤니케이션의 한 과정에 지나지 않아. 문화의 차이를 존중하지 않으면 큰 균열을 일으키고 말아. 같은 것과 대등한 것은 다르지. 서로의 다름을 인정하고 존중해 주어야 대등해질 수 있지 않을까?"

"석철아, 진짜 멋진 말이다."

만우는 박수까지 쳤다.

이런 식으로는 문화 비교론은 끝날 것 같지 않았다.

때를 기다렸다는 듯이 수일이가 발언을 요구했다.

"프린트에 있는 아메노모리 호슈 사상의 특징은 유럽의 계몽사상에 가깝다고 생각해. 얼마 전 수업에도 나왔지만 종교전쟁을 거쳐 유럽에서 생겨난 이 사상의 기본개념은 관용이라는 거야. 이건 이질적인 것을 서로 인정하고 양보한다는 것이지. 조선과 일본의 문화와 풍습의 차이를 다들 여러 가지 얘기했지만, 서로 다름을 존중하고 양보하는 것의 중요함을, 일본에서는 호슈가 3백 년 전부터 주장했던 거야. 이 주장은 히데요시가 일으킨 임진왜란이란 큰 전쟁을 체험한 후에 이에야스가 조선에 대해 평화외교를 추진하자고 한 데에서 생겨난 것이라는 것도 기억해 둘 필요가 있어. 무엇보다 호슈는 히데요시의 조선침략을 강하게 비난했어. 호슈가 교토의 '귀 무덤'에 대해 얘기했듯이 조선침략은 아무런 대의명분도 없는 싸움이고, 그 포악함은 일본의 무자비함을 드러낸 것에 지나지 않아. 또 호슈가 특히 출중한 인물이었던 것은 언어의 해석에도 있다고 생각해. 호슈는 조선말을 부산에서 배우고 나가사키에서 중국어를 공부했어. 당시 일본인으로서는 견줄 이가 없는 국제적인 사람이었지."

"잠깐, 그렇다면 말야."

태일이가 프린트에 손가락을 집고 있다.

"교린수지交隣須知라는 조·일 회화사전이던가? 그 사람이 조선어입문 안내서를 만들었잖아."

"카지 선생님도 조선어입문을 쓰셨어."

기다렸다는 듯 영순이가 소리쳤다.

영순이는 입문서를 저술한 카지 선생님의 노고를 자랑처럼 말했다. 호슈를 알게 된 지금 우리는 카지 선생님의 노작勞作의 무게를 복잡한 심정으로 다시 한 번 묵직하게 느낄 수 있었다.

우리와 우리학교를 이해하기 위해 일본학교에서 온 전학생들과 함께 특별강습을 받고 사명감으로 입문서를 쓴 카지 선생님의 마음은 호슈의 진정성과 통하는 것이 아니냐는 의미일 것이다.

"완전히 다른 구조를 가진 조선어와 중국어를 배운 뒤 호슈가 내린 결론은 아무리 다른 구조와 모양을 가진 언어라 할지라도 언어의 기능은 평등하다는 것이었어. 일본인이 보면 조선말의 발음이 이상할지 모르지만 그 반대로 생각해도 마찬가지야. 그렇기에 언어에 우열 따윈 없는 거야. 언어를 바탕으로 한 문화도 그 나라사람에게는 무엇과도 바꿀 수 없이 귀한 거야. 그것을 제대로 설명한 것이 바로 호슈였어. 무로마치 시대, 에도시대의 조선과 일본의 관계는 무척 평화로웠어. 동아시아에서 일본의 선조

들은, 적어도 지식인들은, 우리나라와 **훌륭한 문화공동체를** 공유하고 있던 거야. 그로 인해 국가와 국가, 민족과 민족끼리 평화가 있었지. 그것을 지탱하는 사상을 일궈낸 사상가로서 호슈는 평가받아야 마땅하다고 생각해. 근현대에 들어서 조선과 일본의 관계는 유쾌하지 못한 사건이 너무 많았지만, 솔직히 호슈와 같은 일본인이 있다는 것을 알고 정말 기뻤다."

수일이의 장황한 설명에 모두들 고개를 끄덕였다. 사회과학에 밝았던 것은 조방위 학습회에서 증명되었지만, 역사도 제대로 정리할 수 있는 수일이의 능력에 나는 혀를 내둘렀다.

선린우호를 존중하고 수개월에 걸쳐 육·해로를 따라 멀고 먼 에도까지 찾아온 조선통신사와 선진문화의 가교가 되었던 호슈와 같은 일본의 현자들과의 문화교류…….

수일이가 말한 대로 우리도 그런 인물이 있었음을 다행스럽게 생각하며 훗날 야마시타 선생님의 '마지막 수업'을 떠올릴 것이다.

"넌 맨날 똑똑한 척 결론을 내려서 짜증나. 정리는 잘 안 되지만 뭐, 나도 그렇다고 생각하니까 오늘은 눈감아 주련다."

만우는 짓궂게 가시 돋친 말을 하며 다시 박수를 쳤다. 만우를 따라 여기저기에서 박수가 우르르 터진다. 역사 수업에서 박수가 나오는 일 따윈 한 번도 없었다. 박수가 나오든 안 나오든 **조선통신사와 일본**은 우리 마음을 훈훈하게 만들어 준 것임에 틀림없었다.

"좋아, 토론은 거기까지."

야마시타 선생님이 의자에서 일어나 발언을 멈추게 하고 조용히 교단으로 올라갔다. 뒤를 향하고 있던 애들이 일제히 앞으로 돌아앉아 자세를 가다듬으며 선생님을 주시했다. 4회에 걸친 '마지막 수업'이 이제 끝나려 했다.

"모두 눈을 감아라."

머릿속에 새겨두려는 듯 천천히 한 사람 한 사람을 둘러본 다음 선생님은 차분하게 말했다. 선생님의 지시를 이상하게 여기며 모두 서로의 얼굴을 쳐다보았다. 재미있다는 듯 곧바로 명상에 잠긴 녀석도 있다.

"내가 됐다고 할 때까지 눈을 뜨지 마라. 그리고 호슈의 시대든 현재든 어떤 것이든 괜찮으니까 일본과 조선사이의 **훌륭한 것, 좋았던 것**만을 생각해 보도록 하자."

전원이 눈을 감고 명상에 잠긴다.

실눈을 뜨고 교단을 보니 선생님도 눈을 감고 생각에 잠겨있다.

나도 눈을 감았다.

맑은 날에는 쓰시마에서 부산의 섬 그늘이 보인다고 선생님이 말씀하셨다.

아아, 현해탄의 거친 파도를 넘어 십여 척의 범선이 출렁이는 파도 사이로 나타났다 사라지기를 반복한다. 조선음악을 연주하는 징과 북, 크고 작은 피리소리가 간간히 들려오더니 이윽고 점점 그 소리가 가까워진다. 한양을 떠난 오백여 명의 통신사절단이 쓰시마에서 규슈로 상륙한다.

화려한 차림에 위엄 있게 말과 가마를 타고 있는 위풍당당한 통신사일행은 일본의 학자 호슈와 여러 번藩에서 온 유학자와 관리들에게 안내되어 드디어 에도의 수많은 고을로 들어선다.

유일하게 국교를 맺은 조선국의 사절단을 직접 보기위해 마을 전체를 화려하게 장식하고 열광적으로 환영하는 에도의 많은 군중들….

그 광경을 떠올리며 나는 가슴이 벅차올랐다.

이윽고 대 행렬은 에도의 혼잡에서 벗어나 온통 풍성하게 이삭을 드리운 농촌으로 들어간다. 이들을 따라 조선음악 소리는 멀어지고 행렬도 환영하는 서민도 점점 희미해져 결국 시야에서 사라지고 말았다.

그 시야 너머로 산산이 부서지는 햇살 속에 포플러 가로수가 늘어선 농촌 길을 하얀 치마저고리를 입은 중년의 여인이 다섯 살쯤 되는 아이의 손을 잡고 천천히 걷고 있는 모습이 보였다. 아른아른한 안개 같은 아지랑이가 피어오르고 옛 노래를 흥얼거리는 여인의 목소리가 희미하게 들려온다. 그리고 두 사람은 마치 공중을 부유하듯 계속해서 걸어갔다…. 나의 유년시절의 추억…….

"좋다, 이제 눈을 떠라."

선생님의 차분한 목소리가 들린다.

"다들 무슨 생각을 했는지 듣고 싶지만 시간이 없구나. 이것으로 내 수업을 마친다."

선생님은 밝은 표정으로 빙그레 웃으셨다.

"에~"

여학생들이 아쉬운 탄성을 일제히 질렀다. 마지막으로 못다 한 얘기를 해주길 원하는 우리의 바람이 거기 담겨있었다.

선생님은 양손을 펼쳐 알았다고 끄덕이며 모두를 진정시켰다.

"정말 즐거운 수업이었다. 내 연구는 아직 미숙하지만 시간이 허락한다면 당연히 내가 먼저 얘기해야 될 것이 아주 많다. 히데요시와 이에야스 시대의 대조선관에 대해서도 얘기하고 싶었고, 선린교류가 어째서 메이지시대 이후에는 조선을 멸시하고 침략으로 이어졌는지, 일본이 생각했던 그 근원에 대해서도 다루고 싶었다. 하지만 그건 나보다 너희들이 더 잘 알 것이다. 사실은 양국을 대표하는 문인과 유학자들끼리의 문답, 너희들도 잘 아는 미토 코몬(水戸黄門 에도시대 전기 미토의 번주), 아라이 하쿠세키(新井白石 에도시대 중기 정치가, 학자), 오오오카 에치젠노카미(大岡越前の守 에도시대 중기 다이묘)와 통신사와의 관계에 대해서도 말하고 싶었다.

"네? 그 사람들과도 무슨 관계가 있나요?"

모두 깜짝 놀라 소란해졌다.

"응, 아주 많다. 환영과 경비를 맡은 이들로서의 관계였지만 말야. 통신사 가운데 조선청년과 에도처녀와의 이룰 수 없는 사랑도 있고, 그밖에도 재미있는 일화가 얼마든지 있다. 그만큼 당시 일본에 있어서 조선통신사는 중요한 손님들이었단다. 나는 너희들과 일본의 청년들에게 기대를 걸고 있다. 근현대 일본과 조선의 불행한 관계를 뛰어넘어 언젠가는 반드시 현대의 조선통신사, 일본통신사가 양쪽 국가를 왕래하는 날이 오리라고 말이다. 야아, 하루라도 빨리 그런 날이 오면 좋겠다. 괴롭고 고통스럽기도 하겠지만, 일본에서 태어나 자란 너희들은 그것을 위해서도 양국의 가교 역할을 해내리라 생각한다. 그렇지?"

말없이 누구도 미동조차 하지 않았다. 뜨거운 애정을 담아 모두의 눈이 선생님의 얼굴에서 떨어지지 않는다.

"자, 곧 기말시험이다. 이번 학기가 마지막이니까 특별서비스라도 해 줄까."

선생님의 엉뚱한 말에 분위기가 갑자기 술렁인다.

"내 세계사 시험은 없다."

"꺄호~" "이야~" "야호~ 선생님 너~무 좋아요!"

갑자기 괴성과 비명을 지르며 모두들 될 듯이 기뻐한다.

"잠깐. 오해하지 마라, 좋아하기엔 아직 이르다. 시험 대신에 모두 리포트를 쓴다."

"에이~ 어쩐지 너무 술술 풀린다 생각했어."

여기저기서 실망의 소리가 들린다. 그러나 선생님은 그것을 무시하고 계속 말했다.

"주제는 '역사로 본 조선과 일본의 친선교류'로 하는데, 주제에 구애받지 않아도 된다. 다만 '교류와 친선'이라는 제목으로 자신의 생각을 써도 좋다. 리포트는 시험 전에 써 두도록 해라. 그게 마음 편하겠지. 어때, 괜찮은 서비스지. 알았지, 쓸 수 있겠지?"

프린트를 중심으로 네 번이나 대 토론을 했기 때문에 뭔가 쓸 수 있을 것 같았다. 모두의 표정에 쓰고 싶다는 의욕도 넘쳤다.

선생님은 잠시 침묵했다.

많은 생각들이 오가는 것 같았다.

우리는 선생님의 작은 표정 변화도 놓치지 않겠다는 듯 눈을 접시처럼 크게 뜨고 응시했다.

"나는 이 학교의 교사였던 것을 영광으로 생각한다."

가슴에 저며 드는 분명한 목소리다.

"너희들을 만나서 정말 행복했다. 너희들이 내 학생이었다는 것도 나의 자랑이다. 수업은 이것으로 진짜 마친다."

얼굴을 붉히며 선생님은 교단을 내려왔다.

일제히 박수가 일었다. 그리고는 크고 우렁찬 박수가 계속됐다.

졸업식 날은 맑았다.

4

아침에는 포근했던 날씨가 식이 시작되기 30분 전쯤 한 차례 회오리바람이 지나고 나자 이내 검은 구름이 모여들더니 몸이 날아갈 정도의 돌풍이 끊임없이 세차게 불어댔다.

중학교와 합동으로 열린 졸업식은 여기저기 흙먼지가 피어오르는 교정 한가운데에서 거행되었다.

멋지게 더블슈트를 차려입은 안도 교장의 도립학교 마지막 훈시도 끊임없이 윙윙 불어대는 회오리바람과 흙먼지에 묻혀 제대로 들리지 않았다. 임광철 우리교장과 오학근 PTA회장의 인사 때도 마찬가지였다. 오히려 이때 강풍이 세게 불어 마이크 소리는 좌우로 흩어져 그저 소음으로 들릴 뿐이었다. 먼지를 뒤집어 써 머리칼은 헝클어지고, 바람에 날리는 치마를 어쩌지 못하는 여학생들의 비명소리로 식은 엉망이 되어 버렸다.

도립학교 마지막 졸업식.

저마다 사무치는 심정으로 교장의 인사말을 들으려 했다. 일본인 교사들의 얼굴도 기억 속 깊이 담아두고 싶었다.

졸업증서도 각종 표창 수여도 못한 채 서둘러 해산했다. 나머지는 반별로 교실에서 진행하기로 하고 2천 명의 학생들은 쏜살같이 교실로 흩어졌다. 재학생인 우리는 아무래도 괜찮았지만 졸업생들은 틀림없이 아쉬웠을 것이다.

그런데 졸업생들의 생각은 단순히 식이 중단된 것에 그치지 않고 좀 더 복잡한 문제에 집중돼 있었다. 중학교는 모르겠으나, 고교 졸업생은 일본인 교장 이름이 들어간 졸업장은 받을 수 없다며 의기투합한 이들이 있다고 한다.

"어째서?"

"일본인 교장 이름 아니라 우리교장 이름이 들어간 졸업장을 받고 싶다고 이제부터 담판을 짓는다던데."

"그런 움직임이 전부터 있었어?"

"기숙사 졸업생들이 이삼 일 전부터 그걸 요구하려고 의논했어. 각 반 회의에서도 어제 긴급하게 결의했다나 봐."

도립으로 있는 한 발행되는 증서는 모두 안도 교장의 이름이 들어간다. 그것을 반려하겠다고 졸업생들은 선언했다.

"전원이 거부하는 거야?"

"자유의사이긴 한데, 150명 졸업생 가운데 대부분이 참여할 것 같아."

우리는 중1 때부터, 선배들은 중2 때부터 고교졸업까지 5년간을 자주적인 민족교육을 인정하지 않은 '도립'이라는 틀 속에서 대부분 학생시대를 보냈다. 3월도 끝나가니 밀어내기 방식에 따라 도교육위에서 5년 동안 보조금 지급을 결정하고, 도립폐교 이후에는 각종학교로 분류돼 존속하는 것도 인정했다고 한다. 하지만 이번 학기 졸업생들은 강권으로 간섭받은 혼란의 5년을 끝내는데 있어서 적어도 졸업장만이라도 우리교장이 주는 졸업장을 받고 싶다며 최후의 저항에 나선 것이다.

우리가 졸업했다면 어떻게 했을까? 역시 반려했을까?

카지 선생님과 야마시타 선생님 같은 교사가 있긴 하지만 역시 우리도 마음 깊은 곳에 납득할 수 없는, 도무지 원만해지지 않는 무언가가 남았다. 누가 뭐래도 빼앗긴 민족의 혼을 우리 스스로 다시 되찾고 싶었다. 이것을 방해하는 것에는 최후까지 저항한다는 재일조선인의 '한'이 있었던 것이다.

담임인 남시학 선생님이 통신부를 나눠주고 자잘한 주의사항과 신학기 예정에 대해 말하고 곧바로 해산했다. 선생님은 말하지 않았지만 졸업증서를 반려한 졸업생이 나온 이상 그걸 수습하느라 조선인 교사들도 당황스러워 했다.

모든 것이 끝난 점심 무렵, 사납던 봄바람이 거짓말처럼 사라지고 화창한 날씨로 바뀌었다.

아무도 바로 돌아가려고 하지 않았다. 종업식이 끝난 해방감에 멋대로 교실과 교정에서 담소를 하거나 캐치볼과 배구로 시간을 보내는 녀석들도 있었다.

아무도 말은 안 하지만 그냥 가려해도 갈 수 없는 아쉬움이 있었다. 졸업생들의 최후의 저항도 걱정이었지만, 일본인 교사들과 다정한 말 한마디 나누지 못한 채 가는 게 어쩐지 마음에 걸렸다.

'이대로 헤어지는 건 너무 슬퍼'

언젠가 무척 아쉬운 듯 말했던 영순이와 모두 같은 심정이었다. 자주가 아닌 타자의 강권에 의한 관리가 인간의 자연스러운 교류와 감정을 일그러지게 만들었다. 그렇지만 스승으로 존경하고픈 마음을 나눈 이들이 있는데, 한편에서는 거부반응을 일으키고, 또 한편에서는 친근한 사랑의 정으로 가슴을 태우는 우리의 심정은 모순으로 뒤엉켜 있었다. 그 모순이 우리가 원하던 선생님들과의 마지막 대화조차 주저하게 만들었다.

차마 돌아가지 못한 녀석들이 교실과 교정에서, 더러는 교직원실 근처에 모여 얘길 나누고 장난도 치며 놀았다. 그러다 기다리던 선생님들이 나타나면 자연스럽게 다가갔다.

교정에 모여 있던 건 우리만이 아니었다. 졸업생들도 여기저기에 무리지어 증서를 고쳐주겠다는 회답을 기다리고 있었다. 그사이 졸업생들끼리 작별인사를 나누거나 그들을 발견하고 달려 온 하급생들과 이런저런 얘기를 나누었다. 그중에는 감정이 격해져 서로 끌어안고 아쉬워하는 선후배 여학생들도 보였다.

그러는 사이 교직원실 앞에 모여 있던 졸업생대표 다섯 명 정도가 우리 쪽으로 다가왔다.

"박 선배, 잘 될 것 같아요?"

졸업생 대표 가운데 박원식을 발견하고 승옥이가 말을 걸었다.

"어, 승옥아. 어떻게 될지 모르지만 해보는 데까지 해 봐야지."

박원식과 대표들의 표정이 굳어있다.

"힘내세요!"

나와 태일이가 응원의 말을 건네자 대표들은 짧게 대답했다.

"응"

갑자기 박원식이 가던 발길을 돌려 태일이에게 다가왔다.

"너한테는 정말 미안하게 됐다. 한번 차분히 얘기하고 싶었는데 이대로 벌써 졸업이네. 미안했다, 사과할게."

박원식은 어색한 표정으로 웃었다.

"선배, 무슨 말씀을요. 괜찮습니다, 괜찮아요. 그것보다 아무튼 힘내세요."

태일이도 웃는 얼굴로 악수까지 청하며 응원했다.

"그럼, 갔다 올게!"

박원식이 개운한 표정으로 교직원실을 향해 달려갔다.

"박 선배가 너한테 뭘 사과했냐?"

승옥이가 의아해하며 태일이의 얼굴을 보았지만 굳이 듣지 않아도 알고 있었다. 조방위 토의는 그 후로 한 번도 열리지 않은 채 흐지부지 되고 말았다. 이것저것 모두 통틀어서 박 선배가 태일이에게 사과한 것이다.

"그러고 보니 올해 졸업생들은 마지막까지도 싸움의 연속이구나."

승옥이가 감개무량한 듯 중얼거렸다.

"흠, 어차피 저 선배가 또 선동했겠지. 맘먹었으면 하자고. 사전에 의논했으면 우리도 협력했을 텐데 말야."

악수까지 청했으면서 여전히 헐뜯었다가 동정하기도 하는 태일이의 마음은 아직도 앙금이 남은 것 같았다.

"졸업 후에 박 선배는 진학을 할까, 취직을 할까, 어느 쪽일까?"

박원식의 진로가 궁금해져 나는 혼잣말로 중얼거렸다.

그때였다.

중학교 건물 쪽에서 하교하는 학생들 틈에 섞여 몇 명의 일본인 교사가 교직원실을 향해 오는 것이 보였다. 히로타, 야마시타, 그리고 카지 선생님도 있다.

우리는 선생님들을 발견하자마자 뛰기 시작했다. 뛰어가면서 누구부터 만날까 망설였는데, 앞서 가던 승옥이가 외친다.

"카지 선생님부터 만나자!"

네다섯의 남녀학생이 카지 선생님을 둘러싸고 신이 나서 떠들고 있다. 선생님은 웃기도 하고 남학생의 머리를 쥐어박기도 하며 기분이 좋아 보였다.

얘기가 멈추지 않는 중학생들을 아랑곳하지 않고 우리 셋은 번갈아 선생님을 불렀다. 우리를 알아차린 선생님이 반갑게 인사했다.

"석철이랑 태일이! 그리고 넌 승옥이 아니냐."

"선생님, 제 이름을 기억하고 계시네요."

승옥이가 눈을 반짝인다.

"잊을 수가 있겠냐. 이 학교에 와서 맨 처음 외운 것이 너의 이름이다. 무엇보다도 조선학교에서 조선말도 모르면서 무엇을 가르치겠냐고 했던 니 심술이 가장 가슴 아팠으니까."

"선생님, 그 얘긴 이젠 없던 걸로 해 주세요. 5년이나 지난 얘기잖아요."

민망해진 승옥이가 연신 머리를 긁적였다.

"선생님, 불면증은 나으셨어요?"

뒤에서 끼어들어 말을 거는 여학생이 있다.

"영순이랑 정숙이구나. 오오, 영희도 있네."

우리와 거의 동시에 영순이와 다른 애들도 선생님을 발견하고 달려온 것이다.

"정말 어떠신 거에요? 잠은 제대로 주무세요?"

선생님이 대답하지 않으니까 영순이는 마치 순회를 도는 간호사처럼 꼬치꼬치 응석을 부리듯 물었다.

"요령을 알았으니까 이젠 괜찮다."

선생님은 큰소리를 치며 당당했지만, 여전히 눈 밑에 까만 그늘이 꽤 피곤해 보였다.

"그러면 누가 시집을 오겠어요."

버릇없이 엉뚱한 소리를 하는 녀석이 등 뒤에서 또 나타났다.

"수일이 아니냐!"

어쩜 저리도 능청스럽게 말하는지, 눈치 없는 수일이 때문에 움찔했는데 의외로 주위에 있던 애들은 아무렇지 않은 듯 했다.

카지 선생님이 머리를 긁적였다.

"저어…선생님, 올해 몇 살이에요?"

수일이의 무례한 질문을 따라하듯 정숙이가 수줍게 물었다.

"그건 알아서 어쩌려고. 나한테 시집올래?"

"아니, 그게…."

정숙이가 당황해 얼굴이 빨개졌는데 영순이까지 한 술 더 떴다.

"선생님, 가르쳐 줘요~"

"알았다, 스물일곱이다."

"장가 가셔야죠~ 헤헤. 그럼 우리가 중1 때는 스물두 살이었겠네요?"

수일이의 무례함은 끝을 모르겠다. 정숙이까지 덩달아 거든다.

"저기…. 그럼, 벌써 후보가 있는 거에요?"

"너 진심이야? 진짜 그럴 생각인 거야?"

태일이가 눈을 치켜뜨고 놀라는 표정을 짓자,

"그런 게 아니야. 그저 난……."

머뭇머뭇 말을 잇지 못하기에 무슨 중대한 고백이라도 하는지 모두 정숙이 얼굴을 주시했다.

"꺄하하하."

정숙이가 별안간 호쾌하게 웃었다.

"바보야. 잔뜩 바람만 집어넣고는. 식은땀까지 났잖아."

카지 선생님이 손수건을 꺼내 얼굴을 닦는 모습을 보고 또 한바탕 웃었다.

"선생님, 애인이 생기면 저한테 소개시켜 주세요, 어떤 사람인지 봐 드릴 테니까."

태일이까지 가세했다.

"아냐, 그때는 승옥이다. 승옥이 눈이 더 정확할 걸."

승옥이가 또 머리를 긁적였다.

"신학기부터 어디로 전근하실지 모르겠지만, 앞으론 조선이다 민족교육이다 복잡한 일 생각 안 해도 되니까 마음이 홀가분하시죠?"

"수일아, 무슨 그런 말을 해!"

영희가 당황하며 수일이에게 핀잔을 준다.

카지 선생님은 순간 입을 다물고 말았다.

"모두들 잘 들어라."

선생님이 진지한 표정을 지었다.

"나는 청년시절 5년간을 너희들과 보낸 것이 정말로 좋았다. 지금 되돌아보니 청춘이라는 것은 인생의 어느 시기를 말하는 게 아니라, 마음의 상태를 말하는 것이라고 믿게 되었다.

미국의 어느 교육사상가는 이런 말을 했다. 청춘이란 강한 의지, 풍부한 상상력, 타오르는 열정이다. 펑펑 솟아나는 신선한 감각, 연약함을 떨쳐낼 수 있는 용기, 안이함을 뛰어넘는 모험심이다.

나이를 먹어서 늙는 것이 아니라, 이상을 잃었을 때 비로소 늙는 거라고. 이 학교가 처음엔 나에게 고뇌만 안겨주었지만 생각해보면 고뇌가 없는 인생만큼 시시한 것도 없다. 진정한 인간으로 성장하기 위해서는 진솔한 고뇌도 필요하다. 지금은 깨닫기 힘들지도 모르지만, 너희들이 사회에 나갔을 때 너희들에게는 이 학교에서 배운 것이 분명 큰 거름이 될 거라 생각한다. 나는 이 학교에서 많은 것을 배웠다. 너희들과는 열 살 차이밖에 나지 않지만 어딜 가더라도 제자였던 너희들을 잊지 않을 것이다. 의미 있는 청춘을 너희들과 함께 보낸 것을 추억하며 내 스스로를 채찍할 거라 믿는다."

"선생님, 악수해요!"

수일이가 상기된 표정으로 악수를 청했다.

"안녕히 가세요. 선생님!"

영순이가 3·7사건 때처럼 선생님에게 다가가자 카지 선생님은 다정하게 영순이를 안아주며 등을 토닥이셨다.

"선생님 건강하세요!"

한 사람 한 사람씩 악수를 나누는 동안 작별 인사를 하기 위해 순서를 기다리던 학생들이 점점 늘어나 언제까지 선생님을 독차지할 수도 없었다.

"이대로는 못 있겠어!"

수일이가 갑자기 흥분하기 시작했다.

"왜 그래?"

"졸업생들 응원하러 가야겠어. 다 같이 교장실로 안 갈래?"

"응, 알았어. 먼저 가 있어. 야마시타 선생님한테도 인사하고 갈 테니까."

우리는 학생들과 작별을 아쉬워하는 야마시타 선생님 쪽으로 줄지어 갔다.

사촌형제의 밀항

1

밀양 박씨인 어머니는 4남매 중 장녀로 바로 밑 남동생 외에는 모두 딸이다. 그 외삼촌도 자식을 넷 두었는데, 장남 이외에 모두 딸이다. 2대째 모계가족인 셈이다.

부모님과 남동생이 귀국 후 얼마 되지 않아 사망했으니 어머니는 친정의 대가 끊어지는 게 아닌가 하고 남동생의 하나뿐인 아들인 큰조카의 앞날을 몹시 걱정하셨다.

바로 그 조카, 나와 이종사촌인 영동이 형과 여동생 영자가 초여름 한밤중에 갑자기 우리 집으로 불쑥 찾아왔다. 한국에서 밀항해 온 것이다.

날카로운 눈매에 양복차림의 중년남자가 데려온 두 사람은 새 학생복과 세일러복을 입고 있었는데, 비쩍 마른 몸에는 너무 커서 아무리 봐도 도시로 나오기 위해 처음으로 옷을 사 입은 느낌이었다. 당국의 눈속임용이겠으나 누가 봐도 촌티가 물씬 풍겨 오히려 눈에 띌 정도였다.

두 사람 다 약간 튀어 나온 눈을 반짝거리며 불안한 듯 좌우로 두리번거렸다. 남자의 등 뒤에 숨어 몸을 움츠린 모습이 애처롭기까지 하다.

"하이고 마, 니 영동이 아이가? 니는 영자 맞제!"

현관 마룻귀틀에서 어머니가 둘을 보고 소리치자 눈만 반짝이던 두 사람은 눈물을 흘리며 어머니에게 달려들어 안겼다.

"고모!"

둘은 고모, 고모 하고 몇 번씩 어머니를 부르며 흐느껴 울었다.

"아이고~ 세상에 이게 무슨 날벼락이꼬. 아직 얼라들이고마 이런 꼴을 당하게 해 우야노……."

어머니는 두 사람을 양 팔로 꽉 껴안았다. 그리고 영자의 얼굴을 들여다보며 안타까운 듯 여러 번 머리를 쓰다듬었다.

"어서 안으로 들어가라."

이웃이 눈치채면 곤란하다며 남자가 서둘러 남매의 등을 떠밀지 않았다면 세 사람은 언제까지라도 현관에서 얼싸안은 채였을 것이다.

며칠 후 어머니가 말했다.

1년쯤 전에 간신히 한국 부산에 있는 외삼촌의 유가족과 연락이 닿았다. 분회장인 황씨 아저씨의 대필 편지가 여러 차례 오가는 동안 사회불안과 생활고로 아이들 장래에 희망을 갖기 힘드니 하다못해 장남장녀만이라도 돌봐줄 수 없겠느냐고 외숙모가 간청해 왔다. 일이 잘 풀려 한국에서 일본으로 밀항을 맡아줄 중개인을 찾았고, 선금을 건넨 후 한 달도 지나지 않아 이렇게 두 사람을 데리고 온 것이다.

이런 낌새는 전날부터 있었는데 그때서야 어머니는 4촌 형제가 밀항해 오는 것을 처음으로 털어놓았다.

영동이 형은 나보다 두 살 위고, 영자는 내 동생 유자와 같은 나이다. 해방될 때 소학교 1학년이었던 나는 어슴푸레 두 사람을 기억하고 있다.

그런데 내 앞에 나타난 둘은 키는 나와 유자와 비슷했지만 특히 영동이 형은 중학생으로 보일 정도로 빈약한 체구였다. 언뜻 보기에도 깡마르고 볼품없는 체구가 그간의 고생을 짐작케 했다.

아버지가 방 한쪽으로 남자를 불러 잔금을 치르자 완벽하게 일을 끝낸 안도감에서인지 남자가 차분하게 말했다.

"배 바닥에서 3일이나 갇혀 있어서 체력이 많이 소진됐을 겁니다. 맛있는 것 좀 먹이고 이삼 일 푹 쉬게 하세요. 그리고 영동아, 영자야 너희들은 빨리 일본어를 배워라. 의심 받으니까 사람들 눈에 띄지 않게 주의하고 한동안은 밖에 나가지 않는 게 좋다. 잡히면 오오무라 수용소로 보내져서 곧바로 한국으로 강제 송환되고 말 테니까. 알았지?"

의외로 자상하게 주의를 주더니 남자는 총총히 집 밖으로 나갔다.

"니 어무이랑 동생은 별일 없제?"

두 사람을 앉히더니 아버지가 다정하게 물었다.

"예, 별일 없심더. 그란데 우리가 집을 떠나서……."

"어무이는 우야고 있노? 여동생들은 핵꾜에 댕기나?"

어머니가 쉴 새 없이 물었다.

"어무이는 식모 일을 하심니더. 여동생들은 소학생이라예……."

영동이 형은 경상도 사투리를 썼다.

2층에서 자고 있던 유자와 히로시도 아래로 내려와 두 진귀한 손님 얘기에 귀를 기울였다.

이윽고 화제가 조부모와 죽은 동생에 이르자 어머니는 참지 못하고 아이고~ 아이고~ 비통하게 소리치며 하염없이 울기 시작했다.

"고모!"

더는 참지 못한 영자가 어머니에게 안겨 흐느껴 울었다.

"얼라들 고단하다 아이가. 오늘밤은 이쯤 해두고 고마 자라."

흥분한 어머니가 계속 울음을 그치지 못하자 아버지는 이렇게 말하고 자리에서 일어났다.

나는 영동이 형을 유자는 영자를 데리고 2층 방으로 올라갔다.

"영동이 형, 잘 왔어. 나 기억해?"

나는 악수를 청하며 조선말로 물었다.

"하모, 기억하제. 마사오 아이가?"

영동이 형은 그때서야 처음으로 웃었다.

형의 기억에 남아있는 나는 석철이가 아닌 마사오였다.

"밀항선에는 몇 명이나 타고 있었어?"

"잘 모른다. 고깃배를 탔는데, 배 밑에 한 대여섯 명 있었나. 바깥 공기 좀 쐬고 오라 캐서 몇 번인가 갑판으로 나갔는데, 고마 바다가 억수로 사나버서 산처럼 높은 파도가 쎄리 치는기라, 눈알이 쏙 빠지게 토악질을 했다 아이가. 배 밑은 억수로 좁아터져가 옴짝달싹도 몬한다, 한국이랑 일본 순시선에 발각될 뻔했다 아이가."

"3일 동안이나 배 밑에 있었다고? 진짜 힘들었겠다."

아주 맑은 날은 쓰시마에서 부산의 섬 그늘이 보인다고 야마시타 선생님이 말했다. 50킬로도 안 되는 해협을 5백 년 전 조선통신사 일행은 며칠이나 걸려 건넜을까. 해방되기 전 부모님은 관부연락선을 타고 반나절 만에 해협을 건넜다고 했다.

"근데, 남조선은 어때? 난리통이라고 하던데."

"응, 사회가 혼란시러버 먹을 꺼도 암껏도 음따."

"보릿고개 때는 나무껍질을 벗겨 먹거나 산나물을 따서 연명한다고 하던데. 정말이야?"

"맞다, 참말이다."

대답은 하면서도 영동이 형은 순간 의아하다는 듯 고개를 갸웃거렸다.

"니는 우째 그런 거까지 알고 있나. 그카고 니, 한국말도 잘 하네?"

일본에 있는데 어떻게 우리말을 하는지, 어떻게 한국의 보릿고개를 아는지 신기한 듯 물었다.

"응, 나 조선학교에 다녀. 그래서 조금은 할 줄 알아."

생각해 보면 별 것 아니지만 보릿고개라는 익숙하지 않은 용어가 바로 통하는 것에 나는 신기한 감동을 느꼈다. 평소에 배우고 있던 한쪽 조국인 한국의 사회상황이 결코 거짓이 아니었다는 것을 직접 확인한 것에 만족감까지 느꼈다.

지금 내 앞에 불과 4일 전까지 한쪽 조국 땅을 밟고 있던 같은 또래인 영동이라는 피붙이가 있다. 해방 후 채 10년도 안 된 시간이었지만, 일본에서 태어난 영동이 형과 영자는 조국에서 무엇을 보았을까. 무슨 생각을 하고 어째서 어머니와 여동생들을 남겨두고 일본으로 밀항해 왔을까. 두 사람에게 가혹한 선택을 강요한 조국이란 도대체 무엇일까.

중학교 때 일본으로 밀항해 온 친구들과 영희나 주학이처럼 유년시절 한때를 조국에서 보낸 애들과는 달리 어제 오늘의 한국을 속속들이 몸에 담은 채 바다를 건너 온 영동이 형과 영자에게 이제부터 한쪽의 조국을 가까이에서 들을 수 있다! 막연하긴 했지만 조국의 생생한 정보를 들을 수 있다고 생각하니 겨우 목숨만 부지해 바다를 건너온 두 사람에게는 미안하지만 나는 두근두근 설레었다.

2 그렇지 않아도 학교에서는 조국이 한층 더 우리에게 가까이 와 있었다. 1학기도 꽤 지났을 무렵, 지금까지 배워 온 국어 교과서를 대신해 **조선 문학**이라는 새로운 교과서로 배우기 시작했다.

교과서는 고대에서 현대까지 망라한 조선문학통사다. 일본의 고지키와 겐지모노가타리 등은 알고 있지만, 조선의 것은 단편적으로 듣는 것 외에 전혀 모르는 거나 마찬가지였다. 그런 내용을 적은 계몽서나 참고서는 우리 주변에 눈을 씻고 찾아봐도 없었다.

우리는 연애소설을 읽는 기분으로 가슴 설레며 교과서를 읽었다.

기쁨을 감추지 못하고 신이 난 건 성식이다. 러시아문학에 대한 지식을 뽐내는 일은 잠잠해졌고, 오로지 국어교과서에 아예 코를 박고 조선 문학의 체계를 머릿속에 집어넣는데 정신이 없었다.

'국어'가 아니라 '문학의 시간'이라는 새로운 명칭도 신선했다. 근대 조선 문단에 등장한 여러 문화사조와 시인, 소설가의 작품 요약을 읽을 수 있는 것은 물론이고, 게다가 부독본과 한글 시집, 소설본이 가득 들어 있었다. 우리는 그것들을 닥치는 대로 읽었다.

교실 벽을 장식한 것에서도 확 달라진 분위기가 느껴졌다.

교실 정면에 걸린 김일성 수상의 사진은 그대로지만, 나머지 세 면을 조선 역사에 등장하는 무인, 학자, 문인의 초상화가 비좁을 정도로 붙여졌다. 예를 들면 수나라와 거란의 침략을 물리친 을지문덕 장군과 강감찬 장군, 그리고 도요토미의 일본 수군에 대승리를 거둔 이순신 장군 등이다. 학자와 문인으로는 다산 정약용, 연암 박지원, 고산자 김정호 등 처음으로 우리의 시각을 자극한 기라성 같은 인물들의 초상화로 꾸며졌다. 그것들은 보고 있자니 내 뿌리도 결코 버려진 것이 아니라는 자랑스러운 생각마저 들게 했다.

도립 간판이 내려진 이후로 학교는 사립학교(각종학교)로서 확실하게 그 면모를 바꿔 갔다. 새로운 교과서와 초상화 등은 한쪽 조국인 조선민주주의인민공화국에서 대량으로 보내온 것이었다. 그것은 다년간 폐쇄됐던 감정을 한꺼번에 풀어주는 압도적인 빛으로 우리에게 쏟아져 내렸다. 마치 학교가 통째로 조국 안에 들어와 있다고 느껴질 정도였다.

민족교육의 새로운 출발은 '잘못된 운동'을 한 민전(재일조선 통일민주전선)을 해산하고 노선을 전환한 대중 단체인 재일조선인총연합회(총련)의 결성(1955년 5월)과 밀접하게 관련되어 있었다.

지금까지 재일조선인 운동은 일본의 민주화가 이뤄지지 않으면 재일조선인의 해방도 없다는 현실인식에서 일본의 혁명운동 일부로 자리 매겨 동포를 권력투쟁으로 몰아세운 것이었다. 이것을 과오로 여기고 노선을 전환한 것이다.

재일조선인의 민족적 권리(민족교육 등)를 지키는 운동은 일본의 주권을 중시하며(내정 불간섭) 나아가야 한다는 것이 노선을 전환한 총련의 중요한 주장이었다. 예를 들면 교육문제도 그저 민족교육에 그치지 않고, 조국에 충실한 자녀를 키운다는 목적을 분명히 했다.

'잘못된 운동'을 올바른 운동으로 믿은 우리의 신념이 하룻밤 만에 뒤집혀 태일이가 자살미수까지 일으킨 것 따윈 전혀 상관이 없었다. 적어도 우리 사이에서는 책임소재도 명료하게 밝히지 않은 채 감정을 품을 여지도 없이 재일조선인 운동은 크게 방향을 전환한 것이다. 새로이 그럴싸한 논리를 세우거나 과거를 파괴할 때, '운동'은 인간적인 감정을 무자비하게 내팽개치고 사납고 냉혹한 일면만을 드러냈다.

연일 주야로 나는 영동이 형에게 한국에 관한 얘기를 하나도 빠짐없이 들었다. 일본으로 밀항해 올 정도였으니 형이 말하는 한국은 아무래도 어두운 것들이 많았다. 귀국 당초에는 고향인 진주에 살았으나 일을 구하지 못하고 그 후 이주한 부산에서 조부모를 잃고, 부둣가에서 하역 일을 구한 아버지는 결국 결핵으로 쓰러지고 6.25 직전에 돌아가셨다. 영동이 형이 중학교 2학년 때라고 한다.

한국의 최남단이라 전쟁의 난리는 피했으나 중학교도 제대로 나오지 못한 채 어머니와 둘이서 한 집안을 돌보았다. 집안에 남자는 자신뿐이라는 책임감에서 뭐든 손대보지 않은 일이 없었던 것 같다. 아무리 일을 해도 앞날이 보이지 않아 해방 직후 곧바로 식구들을 이끌고 귀국한 아버지의 선택을 원망했다. 이대로는 앞날을 기약할 수 없다는 것을 안 외숙모는 시누이인 우리 어머니를 의지해 남매의 일본 밀항을 준비했다. 영동이 형과 영자는 떨어지지 않는 발걸음을 뒤로하고 한국을 탈출했다.

얘길 듣기만 할 뿐 나는 아무 말도 건네지 못했다. 무슨 말을 해야 좋을지 몰랐다. 나흘째 되던 날 밤 영동이 형은 눈을 부릅뜨고 불안한 표정으로 내게 물었다.

"석철아, 니 빨갱이가? 그기 아임 핵교가 빨갱이 핵교가?"

"왜?"

나는 순간 기가 죽어 머뭇거렸다.

"니 없을 때 교과서를 봤다 아이가. 김일성이랑 북쪽은 칭찬만 하고 남쪽은 욕만 억수로 써 있대. 깜짝 놀라서 유자랑 히로서 교과서도 봤는데, 죄다 똑같더라. 조선학교는 빨갱이 학교가?"

"그래, 맞아. 학교가 빨갱이 학교야. 부모도 이웃에 있는 동포들도 모두 빨갱이 아님 분홍이야. 그걸 미리 알아 두는 게 좋을 걸. 근데, 그래서 어쩔 건데?"

빤히 쳐다보고 웃으며 장난스럽게 대답했다.

어쩔 거냐고 반색하고 되물으니 영동이 형은 순간 당혹한 기색을 감추지 못하고 머뭇거렸다.

빨갱이라는 말에 나는 진절머리가 났다. 혐오감까지 느꼈다. 해방 후 재일조선인은 '빨갱이'들의 주장에 공감했다. 왜냐하면 그들이 가장 먼저 재일조선인을 이해하고 동정해 주었기 때문이다.

북쪽의 지원을 받았다고 해서 무턱대고 빨갱이를 싫어할 이유 따윈 없다고 생각했다. 한국에서도 최근 10년간 미국과 이승만정부의 악정에 반대하는 국민들의 투쟁을 빨갱이들의 소행이라고 몰아세우며 단죄하고 탄압했다. 한 번 빨갱이라는 딱지가 붙으면 한국에서는 자신과 일족의 목숨까지 위태로워졌다. 반공교육은 동족 · 동포라는 의식조차 가질 수 없게 만들었다.

우리 학교를 매우 수상히 여기는 일본인들도 빨갱이라는 말로 단순하게 판단했다. 빨갱이를 공포와 배제의 대명사로 삼고 있는 것이다.

"니, 빨갱이였나……."

"그래서 어쩔 거냐구?"

나는 다그치듯 영동이 형을 몰아붙였다.

"빨갱이는 살인자다 아이가!"

말문이 막힌 영동이 형은 화가 난 듯 거칠게 소리쳤다.

"살인자? 그걸 봤어?"

영동이 형은 말을 잇지 못했다.

"사람들도 그리 말하는 데다 본 사람도 많다. 전쟁 때 남쪽까지 밀고 들어온 인민군이 날마다 인민재판을 열어서 사람을 억수로 많이 죽였다 카더라!"

"거짓말 마! 보지도 않고 본 것처럼 말하지 말라구!"

진절머리가 나서 나도 악다구니를 쳤다. 죽였다, 거짓말이다, 서로 핏대를 올리며 분위기가 험악해졌다.

전쟁 중에 인민군이 들어온 해방지역에서는 인민재판이 열려 악덕지주와 관리들이 처형되었다는 얘기는 들었다. 그 반대 경우도 얼마든지 있다. 전쟁은 인간을 미치게 만든다.

하지만 대화가 이렇게 되면 곤란하다는 생각도 들었다. 했다, 안 했다 아무리 영동이 형과 논쟁을 한들 아무 것도 달라지지 않았다.

언제나 서로에게 쓴 뒷맛만 남기는 말싸움으로 끝나고 말았다. 어느 쪽이든 한 발짝 물러서지 않는 한 쓸모없는 말다툼은 계속 이어질 것 같았다.

"영동이 형, 전쟁 중에도 그렇지만 6.25가 일어나기 전에 한국군 반란도 있었고, 산으로 숨어 들어가 빨치산 활동을 한 사람들도 많다는 거 알고 있지?"

"응, 내도 안다."

"경상도는 지리산의 빨치산이 유명하잖아."

"니 우째 그리 잘 알고 있노?"

"일본에도 뉴스가 들어오니까. 그런데 왜 빨치산이 산속으로 숨어 든 거야?"

"미국이랑 이승만을 반대해서 그런 거 아이가."

"왜 반대 하는데?"

"빨갱이가 선동했으니까 그런 거 아이가."

"그게 아니라, 남북분단으로 이어진 남쪽만의 독단적인 선거에 반대한 거야."

"……"

"남쪽 정부는 반대세력을 빨갱이로 몰아세워 철저하게 탄압했어. 결국 그 일은 6.25 전쟁으로 이어져 동족끼리 서로 죽고 죽이는 상황까지 되고 말았다고."

"내는 중학교도 지대로 못 댕겨가 니처럼 북쪽 일은 암껏도 모른다. 억울하긴 하지만도 교과서에 있는 대로 지금 한국은 가난하고 사회는 혼란시러버서 난리 북새통이다. 그케도 똑같이 전쟁을 치르느라 고생한 지금의 북쪽이 교과서에 있는 거 맹키로 인민의 낙원이라꼬 내는 생각 안 한다."

"남쪽과는 사회제도가 달라. 계급도 없고 노동하는 사람의 나라야. 그러니까 미래가 있어."

"니, 그걸 보고 왔나? 누가 꿈같은 북을 보고 온 사람이 일본에 있드나?"

"보지 않았어도……알아. 그게 사회발전의 법칙이야."

나는 머뭇거렸다. 사람을 죽이는 걸 보았냐고 영동이 형에게 다그쳤던 것처럼 북을 보고 왔느냐는 물음에 순간 말문이 막혔다. 사회발전의 법칙이라는 논리를 내세운들 백문이불여일견, 한 번도 내 눈으로 본 사실이 없다는 게 안타까웠다.

분명히 남도 북도 지금까지와는 다르게 내 주변에 가까이 와 있는 것 같았다. 영동이 형 이야기를 듣지 않았더라도 한국보다 북의 공화국에 끌리는 우리의 기대와 꿈은 한 없이 커져가기만 했다. 그걸 실제로 네 눈으로 보았냐는 물음에 순간 답변이 궁해져 당혹스러웠다. 사회발전의 법칙이라는 분석을 억지로 주장할 수밖에 없었다.

3

등교 도중에 무심코 본 울타리에 쓰인 낙서에 나도 모르게 웃음이 나왔다.

여름이 오니까 좋구나, 여자들 옷이 점점 얇아진다.

아침부터 강한 태양빛이 내리쬐었다.

점심시간과 방과 후에는 드보르작의 신세계나 경쾌한 조선 음악이 볼륨을 한껏 높인 채 교정에 울려 퍼졌다. 교내 구석구석까지 흘러드는 리듬이 얼마나 우리를 경쾌한 기분으로 만들어 주는지 모른다.

1월에 있었던 전국고교축구대회에 도쿄 대표로 준결승까지 진출한 축구부는 4월, 도쿄도 고교체육연맹 축구부로부터 '일본국적을 가지지 않은 팀이 대표로 출전하는 것은 말이 안 된다'는 이유로 결국 탈퇴를 권고 당했다. 그러자 '스포츠에 국경은 없다'며 강하게 반발한 것은 도쿄 대표를 걸고 조고와 싸워 아쉽게 패한 아오야마학원 고등학교였다.

"대회출전이 안 된다면 우리와 시합하지 않겠습니까?"

실의에 빠진 조고 일레븐을 위로했고 얼마 지나지 않아 제1회 친선시합이 6월에 우리 학교에서 열렸다. 이후 매년 봄에는 조고에서, 가을에는 아오야마학원에서 정기전이 열리게 되었다.

전국대회에 출전하지 못한 것은 정말 아쉬운 일이었다. 스포츠에도 '국경'은 있었다. 그런데 어찌된 일인지 도쿄조선고교 축구부의 명성이 전국에 널리 알려졌다. 아오야마학원 외에도 관동지역 인근 현의 강호 팀에서도 시합 요청이 쇄도했다고 한다.

이 무렵에 교정이 좁다는 느낌이 든 것은 새로운 교사가 건축 중이었기 때문이다. 교문에 들어서면 우측 안쪽으로 194평의 목조 2층 건물로 8개 교실이 만들어져 학교 창립 9주년기념일인 10월 5일까지 준공된다.

총련이 결성된 이후 어느 사이엔가 주변 분위기가 좋아진 것 같은 느낌이 들었다. 사립학교로 이관된 후 학교 운영상의 어려움이 많았다. 그렇다고 생명선인 민족교육을 중단할 수는 없었다. 교육의 목표가 통일조국건설과 적극적으로 재일조선인의 요구에 부응하는 방향으로 돌아서기 시작하자 동포들에게도 지지를 받았고, 그토록 바라던 신축 교사 건설도 가능하게 된 것이다.

조례시간에 준공식 축하를 겸해 추계 대운동회가 열린다고 PTA 오학근회장이 연신 땀을 닦으면서 흥분을 감추지 못했다. 저렇게 흥분한 걸 보니 사립학교가 된 이후 처음으로 열리는 운동회가 성대하게 치러질 모양이었다.

올해 운동회에서는 어떤 것이 중심이 될까?

매년 다양한 구성을 생각해냈다. 가장행렬이라든가 남학생들의 기마전과 봉 쓰러뜨리기, 여학생들의 무용체조 등이다.

올해에는 재학생 2천 명의 대행진이 중심이라고 했다.

우리는 그런가 보다 했지만 정말로 행진이 메인이 될 거라고는 전혀 생각하지 못했다. 질서정연하고 늠름하게 행진하면 그것은 그것대로 장관을 연출할지도 모른다. 올해부터는 행진 동작을 공화국(북조선)방식으로 한다는 걸 듣고 다시 또 그런가 보다 생각했다.

정세현 선생님의 모범 동작을 보고 멋지다고 생각했으나 보는 것과 직접 하는 것은 큰 차이가 났다. 그게 생각처럼 쉽지가 않았다.

행진할 때 가슴을 쫙 펴고 정면으로 시선을 향하는 것은 지금까지 해온 것과 같았지만, 팔은 서로 교차시켜 직각으로 올린 후 가슴 위쯤에서 정확하게 멈춰야 하고, 무릎 관절은 굽히지 않고 쭉 뻗어 앞으로 나가야 한다. 전교생이 해보았으나 익숙하지 않은 동작이 도무지 어색하기만 하고 마치 로봇처럼 딱딱하고 거북했다. 웃음이 터졌고 모두들 투덜거렸다. 체육시간에는 개별적으로 또는 두세 명이 그룹을 만들어 오로지 행진동작만 반복해서 연습했다.

좀 익숙해졌다 싶어 나름 그럴싸한 모양새가 됐을 때 전원이 대열을 갖춰 행진을 해보기로 했다.

행진은 놀라울 정도로 폼 나고 늠름했다. 횡렬, 종렬로, 팔과 다리를 위아래로 흔들었는데, 아직은 잘 맞지 않은 부분도 있었지만 웅장하고 힘찬 행진이 되었다. 바람을 가르듯 전교생이 씩씩하게 앞으로 앞으로 힘차게 나아갔다.

운동회 연습을 시작했을 무렵 생각지도 못한 일이 벌어졌다.

공화국의 중·고교생들에게서 대량의 편지가 온 것이다. 선생님 말씀으로는 일본에 있는 각 조선학교에 보내졌다고 한다.

학급 전원에게 한 통씩 편지가 나눠졌다.

연애편지라도 읽는 심정으로 우리는 가슴 설레며 봉투를 열었다.

내가 받은 편지는 평양에 있는 여고 1학년생이 보낸 편지다.

제 편지를 읽는 사람이 남학생이라면 오빠, 여학생이라면 언니라고 부르겠습니다.

시작부터 빨려 들어갈 것 같은 문장이다.

편지지 첫머리에 꽃그림이 칼라로 예쁘게 그려져 있고, 그 밑으로 콩알 같은 글자가 세 장이나 되는 편지지를 가득 메우고 있다.

이국에서 태어날 수밖에 없었음을 안타까워하며 잃어버린 시간을 하루라도 빨리 되찾기 위해서라도 공부에 전념하기를 바란다고 했다. 자신은 다섯 가족이고 장녀이며, 아버지와 오빠를 전쟁에서 잃었다고 했다. 국토는 전쟁으로 폐허가 되고 생활도 어렵지만 미래를 믿고 낙관적으로 생활하고 있다. 조국이 있어야만 미래가 있고, 미국의 침략을 물리칠 자신이 있어야 부흥에 헌신하는 기쁨도 있다고 했다. 바다를 사이에 두고 멀리 있지만, 조선인으로서의 긍지를 결코 잊지 말고 청춘의 뜨거운 피를 불태우며 살아가자. 김일성 수상과 함께 사회주의 조선을 건설하고 조국의 통일을 위해 함께 노력하자. 그 속에서 조국의 미래와 청춘의 꿈을 이루자고 썼다.

꿈이라고 웃으실지 모르겠지만 편지를 읽는 분과 언젠가 평양에서 만날 수 있다면 얼마나 근사할까요. 이런 바람이 그저 꿈일까요?

한숙희라고 한 이 여학생과 하루라도 빨리 만나고 싶어지는 감동적인 편지였다.
조선 문학을 시작으로 각종 교과서와 문학서적류, 위인, 명인의 초상화, 공화국 고교생에게서 온 편지, 신 교사의 건축, 운동회 연습 등 줄줄이 이어지는 모든 일들은 싫든 좋든 조국과의 일체감을 보다 더 깊이 의식하게 했다. 공부하자, 조국을 배우자는 학습의욕으로 전교생에게 뜨거운 분위기가 감돌기 시작했다.

눈코 뜰 새 없이 바쁜 건 학교뿐만 아니라 집에서도 마찬가지였다.
영동이 형과 영자가 하루라도 빨리 일본에 익숙해지려면 일본어를 배워야 했다. 그것을 돕는 역할은 당연히 나와 유자다.
집에 돌아오면 내가 영동이 형을, 유자는 영자에게 달라붙어 특별훈련이 시작됐다.
'빨갱이' 때문에 실랑이를 벌인 이후 정치문제는 꺼내지 않으리라 마음먹었다. 처음부터 자란 환경이 다른 데다 상반되는 언쟁을 해 봐야 감정만 상하게 될 뿐이었다. 오히려 일본의 것과 학교에서 있었던 보잘 것 없는 일상을 있는 그대로 얘기하고, 형에게도 있는 그대로 한국에서의 생활과 추억을 듣는 편이 자연스럽게 서로를 쉽게 이해하게 했다. 이런 것들을 일본어로 말하고 잘 모르는 부분만 조선말로 했다. 영동이 형은 10살 때까지 일본에 살았기 때문에 쉽게 전체적인 뜻을 파악해 의사소통에서는 그다지 어려움이 없었다.
우리 둘만으로는 싫증도 날 테니까 태일이와 승옥이에게 사정을 말하고 둘에게 놀러

오라고 했다. 나 하나만 상대하기보다 조금 다른 또래 녀석이 있는 편이 나을 게 틀림 없었다.

어느 정도 안정이 되자 도쿄를 구경할 요량으로 네 명이서 우에노 동물원에 놀러갔고, 오후에는 아사쿠사에 있는 롯쿠에 들러 영화도 보았다. 그 다음 주에는 닛뽀리日暮里에 있는 조선초급학교를 견학하고 그길로 주조+条에 있는 우리학교에도 데리고 갔다.

넓은 부지와 학교 교사를 어리둥절한 표정으로 둘러보는 두 사람에게 이곳에 2천 명의 '빨갱이' 알이 있다고 하니 깜짝 놀란다. 내가 일일이 말로 하는 것보다 우리를 이해하기에는 이 방법이 가장 빠를지도 몰랐다.

2주쯤 지나 영동이 형과 영자는 따로따로 살게 되었다.

영동이 형은 우리 형이 운영하는 나나쵸메의 프레스공장으로, 영자는 제화업을 하는 매형 집으로 가게 되었다.

드디어 우리 형이 대학 때부터 계획했던 프레스공장을 5월에 가동시킨 것이다.

자릿쇠 도매상인 선배가 힘을 보태 프레스 숙련공을 세 명이나 데려와 형의 공장은 풀가동되었다. 도매상 납품과 얼마 후면 독립할 선배의 도매상을 위해 각종 자릿쇠 제품을 만들어 두지 않으면 안 되었다. 눈코 뜰 새 없이 바쁜 때에 영동이 형의 출현은 큰 도움이 되었다.

영동이 형에게도 사촌 형님은 친형과 다름없을 것이다. 그 형님의 공장으로 거처를 옮기고 곧바로 그 달부터 급료도 받을 수 있게 되었다. 이대로라면 한국에 있는 고향집에 돈도 보낼 수 있겠다며 영동이 형은 뛸 듯이 기뻐했다.

여동생 영자는 누나가 집으로 데려갔다. 집안일을 돕게 하고 시집갈 준비도 시키겠다고 하니 만사가 잘 풀릴 것이다.

집안 경사는 착착 진척돼 다가왔다.

여름이 한창일 무렵 드디어 형과 토모코 씨가 맺어지게 되었다.

양측 부모가 두 사람의 교제를 어쩔 수 없이 인정하고 내년 가을에 혼례를 치르기로 결정한 것이 작년 일이다.

제일 기뻐한 건 형이다.

종손의 혼례이니 아버지는 잔뜩 허세를 부리느라 다카야마 이모부와 작업장에서 돼지 한 마리와 닭 열 마리를 잡았다.

가족과 친척이 총출동해 300인분 도시락을 만드는데 꼬박 하루가 걸렸다.

결혼식 당일, 300명의 축하객 가운데 40명 정도가 일본인이었다. 역시 신부 측 친지는 적었고, 대부분은 형과 토모코 씨가 속한 대학시절 조선문화연구회 친구들이었다. 신부의 어머니는 계속해서 손수건으로 눈물을 닦기만 했다.

토모코 씨가 순백의 치마에 빨간 저고리 차림으로 나타났을 때는 청초한 아름다움에 모두들 숨을 죽였다.

카메라맨인 내가 양가 부모님에게 카메라를 향하자 아버지는 긴장된 표정으로 두 사람을 바라보고, 어머니는 만족스럽게 웃었다. 토모코 씨의 아버지는 천정으로 얼굴을 향한 채로, 어머니는 손수건을 눈에 댄 채 바닥만 쳐다보았다. 카메라 렌즈 너머로 양가 부모님의 심정과 오늘에 이르기까지 토모코 씨의 심정을 생각하니 어쩐지 나도 뭉클해졌다.

그동안 학교에서는 현기증이 날 정도로 많은 사건들이 있었고, 내게도 생각지 못한 사건이 찾아왔다.

빅뉴스

신축교사 준공식 행사를 겸한 10월 5일 운동회는 도쿄도내는 물론이고 관동지역 인근 현에서 모여든 8천 명의 동포들로 발 디딜 틈 없는 북새통이었다. 고작 학교 운동회에 이렇게 많은 학부형이 모여들 거라고는 생각지도 못했다.

성대한 자리에서 개회를 선언한 것은 역시나 송지학 신임 교장으로 임광철 교장이 아니었다.

"역시 그랬구나……."

나는 임광철 교장선생님이 학교에 없는 것을 그때서야 실감했다.

조선민보를 읽고 교장선생님이 이미 일본에 없다는 것을 알게 된 건 여름방학이 끝나고 첫 등교하는 날이었다.

형의 결혼으로 정신없이 보낸 8월 28일, 임 교장은 **8·15 조국해방 10주년 경축 재일 동포대표단** 단장으로 비행기에 올라 하네다공항에서 홍콩으로 떠났다. 홍콩에서 중국의 광주, 북경을 거쳐 조국 평양에 들어간다고 했다. 직행하면 2시간이면 갈 수 있는 곳을 국교를 맺지 않았기에 며칠씩 걸려 멀리 우회한 것이다. 해방 후 첫 방문단으로 트랩에서 손을 흔드는 대표단과 열광적으로 환송하는 동포들의 사진을 신문은 1면에 실었다.

운동회 연습으로 그 일은 화제에 오르지 못하고 흐지부지되었지만, 가까이 있던 교장선생님이 지금은 평양에 있다는 사실이 우리에게는 굉장한 충격이었다. 그만큼 조국은 우리 가까이 와 있었다.

운동회의 흥분이 차츰 가라앉아 일상으로 돌아왔을 무렵 다시 또 빅뉴스가 날아들었다. 대표단을 접견한 김일성 수상의 담화가 **조선민보**에 실린 것이다.

신문에 따르면 김일성 수상은 대표단에게 재일동포의 민족교육에 필요한 비용과 장학금을 보내고, 조국에서 공부하길 희망하는 학생에게는 그 기회를 주고 생활을 보장하겠다고 했다.

전후 복구가 한창인 나라 형편상 정말 그 일이 가능한 것일까?

원조금과 장학금도 꿈같은 얘기지만, 졸업을 눈앞에 둔 우리에게는 대학진학 희망자를 받아들인다는 것에 아무래도 마음이 쏠렸다. 설레는 얘기임은 분명하나 한편으론 미심쩍은 생각도 들었다.

교실에서 나눈 대화는 이런 것들이다.

"진학생을 받아준다던데 무료로 공부 시켜준다는 얘길까?"

"그렇다니까, 사회주의 국가잖아, 우리나라는."

"진짜라면 굉장한데. 근데, 조국에는 어떻게 가?"

"직행으로는 못 가지. 일본은 중국과도 국교를 맺지 않았으니까 역시 임 교장처럼 홍콩으로 돌아가야 되지 않을까."

"이야~ 멋진데. 마치 유학 가는 거 같다. 공화국으로 유학이다!"

"진학 희망자가 몇 백, 몇 천 명이나 나오면 어떡해. 아무리 나라가 그렇게 해 준대도 그게 모두 가능할 리가 없잖아."

"처음부터 일본정부가 허락할 리가 없지. 북은 눈엣가시 같은 나라잖아. 남조선도 신경이 쓰일 테고, 그 사람들도 입 다물고 가만있겠어? 분명히 방해할 걸."

"근데, 교장선생님이 방문단으로 간 거야, 대표단으로 간 거야, 어느 쪽이야?"

"어느 쪽이든 마찬가지 아닌가?"

"아냐, 달라. 방문단이면 일본으로 돌아온다는 전제가 있지만 대표단이면 갈 수만 있어."

"갈 수만 있다고?"

"정말이야?"

"그렇다면 조국으로 진학한다는 건 아예 일본으로 못 돌아온다는 말야?"

"……"

"그건, 위험한데……."

다들 복잡한 심정으로 의견을 나눴다. 진학생을 받아들인다는 것이 막연했기 때문에 누구 하나 이렇다 할 확신도 없는 채 기대 반 걱정 반이었다. 무슨 얘기든 하고 싶고, 뭐든 확실한 것을 붙잡고 싶은 감정만이 앞섰다.

사정이야 어떻든 우리에게 관심을 보내는 사람들이 있고, 그것을 위해 구체적으로 손을 내민 조국이 있다는 데에 감격한 건 분명하다. 태어나서 처음 느끼는 감정이었다. 설령 그것이 지금은 막연한 것이라 할지라도.

겨울이 가까워진 어느 날 일이다.

담임인 남시학 선생님이 중요한 일로 국어시간을 빌려 얘기하고 싶은 것이 있다고 했다. 기분 좋은 표정인걸 보니 나쁜 얘기는 아닌 것 같다.

"졸업까지 이제 반년 남았다. 졸업 후 진로에 대해 너희들도 생각하고 있겠지만, 학교 조사에 따르면 250명 가운데 대부분이 취직을 희망하고 있다. 그것도 좋지만 오늘은 진학을 희망하는 학생들에게 새로운 뉴스를 알려주겠다."

선생님은 잠시 사이를 두더니 이윽고 힘주어 말했다.

"올해 졸업생부터 조국으로 진학을 희망하는 학생들을 모아 특별반을 편성한다!"

"우와아~!"

한 여학생이 비명을 질렀다. 교실은 크게 소란스러워졌다.

역시 김일성 수상의 담화는 사실이었다. 게다가 이렇게 빨리 실현될 줄이야!

"조국은, 같은 민족의 당연한 의무로서 재일동포 자녀에게도 면학의 기회를 주고자 문호를 개방했다. 망국의 국민으로 해외로 이주해야만 했던 재일동포 자녀를 위해, 전후 복구건설로 힘든 때지만 그래도 교육원조금을 보내고 싶다고 한다. 그리고 희망하는 이에게는 김일성종합대학을 비롯해 가진 재능을 모두 발휘할 수 있도록 만전의 체제를 갖추고 맞아들이겠다고 했다."

기쁨을 감추지 못하겠다는 듯 선생님은 단숨에 말했다.

"서, 선생님, 구체적으로 말씀해 주세요. 희망하기만 하면 아무나 입학이 허락됩니까?"

수일이가 성급히 질문했다.

"시험이 있습니까?"

"학비도 생활비도 무료라는 게 정말입니까?"

"거기 가서 공부해도 졸업하면 일본에 돌아올 수 있나요?"

"일본 정부는 우리의 출국을 허락해 주는 겁니까?"

수습이 안 될 정도로 여기저기서 선생님에게 연달아 질문을 퍼부었다.

일본에서는 취직하고 싶다고 취직이 되는 것도 아니었다. 취직을 꼭 해야 되는 사람도 있겠지만, 좀 더 공부하고 싶어도 우리에게는 대학 입학의 기회가 절망적일만큼 닫혀 있었다.

우리 학교에서 체계적인 민족교육을 받는 건 좋지만, 일본의 대학에 입학 가능한 교육시스템은 아니다. 그렇지 않아도 입시난인데 일본인 고교생과 동등한 학력 따위 바랄 수도 없었다. 어떻게든 일본의 대학에 들어가고 싶은 사람은 미리 독자적으로 수험준비를 하는 방법밖에 없고, 현실적으로 그렇게 하고 있는 사람도 몇몇 있었다. 그런데 사립학교(각종학교)가 된 뒤로는 대학수험 자격조차 잃고 말았다. 어쩔 수 없이 취직을 해야 하는데 그것도 우리 형처럼 가업을 잇거나 스스로 자립하지 않으면 안된다. 태일이네 형처럼 국립대학 금속과를 졸업한들 조선인을 채용해 주는 기업은 전무에 가까웠다.

사면초가에서 조국 진학의 길이 열린다니 향학심에 불타있으면서도 공부를 포기했던 녀석들이 가장 많은 관심을 보인 건 당연하다. 나도 온 신경을 곤두세우고 선생님의 입을 주시했다.

"알았다, 기다려라, 지금부터 차근차근 대답해줄 테니까. 진학생을 받아주고 생활도 보장한다는 건 사실이다. 문제는 조국에 있는 것이 아니라 일본에 있다. 일본 출국과 일본 재입국이 어떻게 되느냐는 건데…. 분명한 것은 일본은 공화국을 국가로 인정하지 않고 국교를 맺지도 않았으니 북으로 가는 것 자체를 인정해 주지 않을 것이다. 전임 교장의 일본 출국은 특별한 예이고, 진학을 위해 집단적으로 출국하는 건 상당히 어려울지도 모른다. 남조선 당국도 분명 방해할 것이다. 설령 출국이 허락되어도 아까 말한 대로 전임 교장처럼 일본 재입국이 안 되는 걸 처음부터 인정하고 결심하길 바란다. 결국, 공화국으로 귀국하는 방법밖에는 진학의 희망은 달성되지 않는다."

조국 진학은 일본에 있는 모든 것을 포기해야 하는 영구귀국이라는 얘기다. 게다가 일본정부의 승인을 얻어야 결단을 내릴 수 있다. 조국 진학은 바로 실현되는 게 아니라 출국허가를 구하는 요청운동을 한 다음에 가능한 것이었다.

"지금 총련 교육문화부가 상세한 것을 연구 중이니까 조만간 구체적인 것도 알게 될 것이다. 너희들의 선택지 가운데 하나로 지금부터 그 가능성도 생각해 두어라. 그리고 한 가지 더 선택지가 새로 만들어지게 됐다."

선생님은 다시 또 자랑스럽게 말했다.

"내년부터 대학이 설립된다."

선생님이 지금 무슨 말을 하는지 모두들 얼른 알아듣지 못하고 의아한 표정을 지었다.

"학부는 문학부와 이수학부, 정경학부, 체육학부 4개이고 대학 이름은 조선대학교다."

"선생님, 그게 어느 나라의 대학이에요?"

"일본에 만들어지는 우리의 대학이란다."

"예에? 일본에 조선의 대학이 생긴다구요? 어디에요?"

"도쿄. 당장은 우리학교 안에 생기는 거지만."

조국 진학도 놀랄 일인데 일본에 조선대학이 내년에 설립된다는 것도 놀라웠다. 게다가 당장은 우리학교 안에 만들어진다니 그럴만한 건물이 있는지 짐작이 가질 않았다.

"앗!"

모두 일제히 소리쳤다.

10월에 막 신축된 교사는 졸업을 앞둔 우리 고3과 2학년들이 쓰고 있었다. 그 신축교사 바로 옆에 토끼장 같이 긴 목조건물 한 동이 있다. 다섯 개로 나눠진 교실은 자치회와 부서활동실로 아무렇게나 마구 써 온 볼품없는 건물이다. 이용이 가능한 건물이 여기밖에 없다는 확신이 들자 설립되는 조선대학이라는 것이 갑자기 초라하게 느껴졌다. 조국 진학이라는 꿈같은 얘기와 볼품없는 목조건물에 생길 조선대학교의 대비가 하늘과 땅차이로 느껴졌다.

도립학교 시절에 야마시타 선생님이 "민족교육의 질을 높이기 위해서도 연구기관과 대학 설립이 반드시 필요하다"고 했던 말이 떠올랐다. 이게 바로 그 얘기구나 싶었다.

"너희들도 알다시피 총련이 결성된 이후로 전국에서 조선학교 학생 수가 급격히 증가하는 경향을 보이기 시작했다. 폐교가 되었던 학교도 재건되고 새롭게 신설된 지역도 있다. 우리말 배우기 운동도 활발해져 청년학교와 어머니학교 등이 각지에 잇달아 만들어지고 있다. 교직원 수가 압도적으로 부족한 데다 현역교사의 연수도 필요하다. 지역 총련의 전임활동가도 부족하고, 없는 것 투성이인 가운데도 재일 간부양성을 위해 어떻게든 고등교육기관이 필요했다. 때문에 지금 있는 사범학교와 합병해 내년에 조선대학교를 설립하게 되었다."

일본대학 진학과 취직 이외에 조국으로 진학하거나, 신설되는 조선대학 진학이라는 네 가지 선택지가 생겼다. 그중에서도 조국으로 진학하는 것이 가장 매력적이지만 그것은 영원한 귀국이라는 상상조차 하지 못한 것을 전제하고 있었다.

우리는 선택의 기로에 서 있었다.

앞으로 갈 것인지 뒤로 갈 것인지, 왼쪽인지 오른쪽인지.

잠시 우두커니 생각에 잠겼다.

"조국 진학을 희망하는 사람도, 조선대학 입학도 내년 2월경에 시험이 있다. 취직이든 진학이든 너희들이 직접 중요한 결정을 내려야 되니 부모님과도 잘 상담해서 마음을 정리해 두도록. 질문 있나?"

남 선생님은 이렇게 말하며 우리를 천천히 둘러보았다.

2 나는 지금 십자로에 서 있다. 취직은 바라지 않는다. 어차피 직장을 구해야 하겠지만, 당장 결정하지 않아도 아버지는 아무 말 안 하실 것이다. 남은 건 대학진학이라는 길이 있다.

일본대학은 역시 버리기 어려운 선택이다. 하지만 민족학교 출신은 일본대학에 입학할 수 있는 자격이 없고, 학력도 차이가 난다. 이 길을 선택하는 사람은 조고 졸업 후다시 일본고교 3학년에 편입해 대학시험을 치러야 한다. 시험에 실패하면 재수를 해야 하는데 그럴 생각은 없었다. 몇 년씩 재수해서 입학해도 졸업 후 취직을 생각하면 맥이 빠질 뿐이다.

대학에 들어가고 싶은 이유는 무얼까? 나는 무엇을 배우고 싶은 걸까?

뚜렷한 확신은 없지만 매스컴관련 일을 하고 싶었다. 일본 언론계에 들어갈 여지 따위 없으니 그것은 당연히 동포와 그에 관련된 세계가 될 것이다. 그렇다면 선택지는 남은 두 가지로 좁혀진다.

조선대학교? 물론 나쁘지 않다. 조선대학이라면 내 실력으로는 입학 가능할 것 같다. 졸업 후 원하는 업계에 들어가지 않아도 조선학교의 교사나 민족운동을 하며 내 능력을 살릴 수 있을 것이다.

그렇지만 소학교부터 고교까지 민족교육을 받아 온 타성 때문인지 막연하게 다른 세계를 들여다보고 싶은 욕구도 있었다. 아무래도 볼품없는 대학캠퍼스에서는 앞날이 불안할 것 같았다. 언제나 제로에서 출발했던 경험을 가진 이에게는 더 이상 제로의 세계는 사양하고 싶은 거부반응과 싫증도 들었다.

그렇다면 남는 것은 한 가지, 조국으로 진학하는 것이다.

꿈은 끝없이 펼쳐졌다.

나의 뿌리인 조국—조선.

영순이가 교환노트에 썼던 재일조선인의 '존재의 괴이함'에 대한 물음에 대해 통일된 조국을 위해 '우리들의 깃발을 높이 들자'고 답했던 그곳으로 진학하는 것이야말로 내 이상의 완결로 이어지는 것이 아닐까? 가혹한 전쟁으로 국토는 폐허가 됐지만, 아무리 힘들어도 이런 경우의 제로에서 출발은 고생할만한 가치가 있는 선택이 아닐까?

한 번도 본 적이 없는 나의 뿌리인 나라!

그 조국이 같은 민족의 의무로서 희망하면 국가가 공부의 기회를 만들어주겠다고 한다. 고독하고 배제되기만 했던 '존재의 괴이함'인 우리에게 다정하게 손을 내밀고 있다.

한없이 펼쳐지는 꿈속에서 일말의 불안이 스쳤다.

조국 진학은 일본 재입국이 허락되지 않는 영원한 귀국이다.

그렇다면 일본에 미련이 남는 걸까?

미련 따위 있을 리 없다고 애써 부정했다. 하지만 돌아올 수 없다는 걸 알면서 조국 진학을 선택한다는 건 아무래도 망설여졌다.

이것이 미련이 아니고 무언가? 바보 같은!

다른 애들은 어떻게 생각할까?

정말로 나는 무엇을 망설이고 있는 것일까?

태일이는 어떻게 생각하는지 궁금했다.

"조국엔 가지 않아! 가고는 싶지만 안 간다. 재수를 해서라도 일본대학에 갈 거야."

태일이는 당연히 조국 진학을 선택할거라 생각했기에 완전히 예상 밖의 대답이었다.

"선전에 놀아나고 싶지 않다. 한동안 상황을 본 다음에 결정해도 늦지 않아."

태일이 목소리에 힘이 빠졌다.

"선전?"

"응, 그래. 더 이상 속고 싶지 않아!"

조선민보와 남 선생님이 우리를 속이기라도 한 것 같은 말투다. 뜻밖의 말에 다음 말이 나오질 않았다.

선전? 속는다고?

누가, 무엇 때문에?

이 자식은 무슨 생각을 하는 거야!

사실에 약간 차이가 있긴 해도 진실과 본질을 잘 알리기 위해 선전을 하는 것은 오히려 당연한 일 아닌가.

조방위에서의 경험이 태일이에게는 불신과 시의猜疑라는 한심한 감정만을 남겼다. 허무한 눈빛으로 조국과 정치 얘기 따위 믿지 않겠다는 불만에 가득한 모습이다.

"승옥아, 넌 어떻게 생각 하나?"

말없이 우리 둘의 대화를 듣고 있던 승옥이를 쳐다보았다.

"난 갈 거야. 조국 진학반에 들어가고 싶어."

티끌만한 망설임도 없이 단호한 대답이다.

장남도 아닌 나와 태일이가 조국 진학을 희망해도 가족들이 그다지 힘들지는 않을 것이다. 어릴 때 부모님을 잃은 승옥이는 남자로서 어떻게든 성공해야 된다고 입버릇처럼 말해왔다. 시집간 누나는 물론 오사카에서 미싱공을 하는 여동생도 있었다. 자매가 보내주는 학비로 공부를 하고 있는 승옥이가 취직이나 장사의 길을 선택하지 않고 귀국을 희망하는 것에 놀랐다.

"난 선전이라고는 생각하지 않아. 김일성 수상의 담화를 꼼꼼히 읽었는데 거기엔 진실이 있었어. 전쟁이 끝난 뒤라 힘든 상황이긴 하지만, 해외에 있는 자녀들의 교육을 위해 원조금을 보내주고, 귀국해서 공부하고 싶은 사람에게 기회를 주는 건 민족의 의무라고 했어. 솔직히 훌륭한 말 아니냐! 이토록 친부모의 정이 느껴지는 말을 나는 단 한 번도 다른 사람에게 들어본 적이 없다. 설령 그것이 신흥국 지도자의 그저 허세라 할지라도 국가의 본심이 그렇다면 난 조국을 믿는다. 거지가 되더라도 난 조선에서 거지가 될 거야. 고물상이나 누더기를 줍는다 해도 조국을 위해 조국에서 공부하고 고생하고 싶어. 그러는 게 일본에서 차별당하고 비굴하게 사는 것보다 가능성도 있고 꿈도 있어. 소학생 때부터 김일성 수상을 신뢰하고 공화국에 희망을 걸어온게 역시 틀리지 않았다는 게 난 정말 기쁘다. 따뜻함도 느껴지고 이런 나라를 가진 것이 자랑스러워."

승옥이 눈이 빛났다. 태일이는 침울해져 말이 없었다.

승옥이 말도 맞긴 하지만, 나는 여전히 꺼림칙한 느낌을 아무래도 지울 수 없었다.

갑자기 영동이 형을 만나고 싶어졌다. 빨갱이를 싫어하는 형이니 두말할 것 없이 반대할 것이다. 그건 상관없다. 하지만 공화국을 믿는 나의 조국 진학을, 고국으로 돌아가려는 내 뜻을 그가 어떻게 생각할지 직접 듣고 싶었다.

영동이 형은 그 사이에 지역동포 청년 모임에도 나가고 얼마 전에는 형 부부와 함께 우리학교 운동회도 보러왔다. 형 말에 의하면 운동회의 성대함과 열기에 깜짝 놀랐고, 재일조선인은 모두 빨갱이들이냐며 이상히 여겼다고 한다. 그러면서 빨갱이 심정도 조금은 공감이 된다고도 했단다.

일을 마치고 놀러온 영동이 형에게 커피숍에 가자고 했다. 식구들이 있는 곳에서는 얘기하고 싶지 않았다.

"난, 돈 없어 형."

"그 정도는 내가 산다, 월급도 받는다 아이가. 괜안으면 이자까야도 좋다. 참, 니, 아직 미성년자라 안 되제?"

고작 두 살 많은 영동이 형이 갑자기 어른스럽게 보였다. 볼품없었던 몇 달 전에 비하면 거짓말처럼 달라진 모습이다.

"그런데 자주 가?"

"내 혼자는 안 간다. 늘 행님이 델꼬 가준다 아이가. 보답도 할 겸 다음엔 니도 델꼬 가 줄게. 졸업도 인자 얼매 안 남았네, 졸업하믄 태일이랑 승옥이도 델꼬 온나. 내 한 잔 사주께."

"고마워, 형."

영동이 형의 밝아진 모습에 마음이 놓였다.

가는 동안에 형은 혼자서 마구 떠들었다. 일도 생활도 안정이 된 것이다. 깡말랐던 몸도 꽤 통통하게 살이 올랐다.

늦은 시간이라선지 '백조'는 그다지 붐비지 않았다. 안쪽 자리를 찾아 앉았다.

커피는 써서 싫다며 영동이 형은 탄산수를 주문했다.

"인자부터 우리 더 자주 만나자. 니한테 여러 가지 가르쳐주고 싶다 아이가. 니하고도 빨리 술 한잔 하믄 좋을낀데."

정말로 이자까야가 맘에 든 모양이다.

"있잖아, 형. 이건 형한테만 의논하는 거니까 부모님이랑 우리 형한테도 얘기하지 마. 약속할 수 있어?"

영동이 형은 자세를 바로하고 진지한 표정으로 정말 윗사람처럼 의젓하게 대답했다.

"그래, 무신 얘기고, 내한테 다 말해 봐라."

나는 아직 결론을 내린 것이 아니라 고민하는 중이라는 전제를 붙여 조국 진학에 대해 간추려서 말했다.

긴 침묵이 흐른 뒤 영동이 형이 말했다.

"북에 그리 가고 싶나?"

"응"

"꼭 가고 싶나?"

"……"

두 번 물으니 대답하지 못했다.

"북이 그렇게 좋은 곳이라꼬 내는 생각 안 하지만도 니가 가고 싶은 이유는 충분히 알았다. 그란데 제대로 수속을 밟고 가는 기가?"

"당연하지. 구체적인 방법은 아직 잘 모르지만 조직에서 방법을 연구하는 중이래."

"밀항하는 기 아이고?"

"설마!"

"도저히 안 가믄 안 되겠나?"

"으응…"

"와 그리 가고 싶은 긴데?"

"거기가 내 조국이니까."

얘기가 다람쥐 쳇바퀴처럼 돌았다.

"조국? 석철아, 내는 그 조국에서 도망쳐 왔는 기라."

"그건 남쪽이었잖아."

"남보다 북이 낫따꼬 우째 확신하노?"

"그건 지금 여기서 형이랑 논쟁해 봐야 소용없어."

"맞다, 논쟁해 봐야 니한테 몬 당한다. 내는 이치 같은 건 아무래도 상관엄따. 누구라도 북을 보고 온 사람이 니 주변에 있나?"

"……"

"울 아부지는 해방되자마자 좋타꼬 우리를 델꼬 남으로 갔다. 거기가 조국이라꼬. 그란데 결과가 이 꼴이다."

"그러니까 그건 남조선을 미국과 이승만정부가……"

"가지 마라! 내 감으로 말하는데, 절대 가지 마라!"

"……"

"돌아오지 몬하는 걸 알면서도 가는 건 바보 같은 짓이다. 니는 조국 조국 염불하듯 카는데, 니 말처럼 조국이 내한테는 그렇게 고마운 곳이 아니었다. 힘들 때 일본으로 도망간 '똥포'라 카믄서 거기서도 무시당했다. 니는 그저 남쪽 일이라꼬 했지. 그기 맞을지도 모르지만, 그라모 북에는 다정하고 특별한 인간들만 산다는 얘기가? 사회주의가 그키 좋으믄 6·25때 남쪽의 90%까지 점령했을 때 남쪽 주민도 김일성 만세를 외쳐야 맞는 말 아이가. 그란데 내는 한국에서 그런 사람 하나도 몬 봤따. 남쪽의 공포정치가 글케 만든 기라꼬 니가 말했제. 그라모 북에서는 김일성 반대라꼬 말할 수 있는 자유가 있나? 남도 북도 지금은 다 똑같은 기라. 조국을 생각하는 니 마음은 잘 알지만도 쪼매 상황을 지켜보고 행동해라. 그때 가서 해도 결코 안 늦는데이. 부모형제가 **뿔뿔이** 흩어져가 사는 게 좋은 기 아이다. 부모가 얼매나 슬프겠노."

"……"

"우리 집은 전쟁 전부터 조선이랑 일본을 목숨 걸고 몇 번씩 바다를 오갔다 아이가. 그래가 부모자식이 **뿔뿔이** 흩어져 뿌따. 내가 간신히 남쪽 조국에서 도망쳐 오니까네, 인자는 니가 북쪽 조국으로 가고 싶따꼬. 남과 북의 상황이 다르다꼬 해도 지금 우찌 돼 있노 이 나라가!"

"……"

영동이 형의 의견은 이것으로 충분히 알게 됐다.

형의 조국관은 사회발전의 법칙을 모르는 뒤틀린 거라고 나는 내게 억지를 부렸다. 소중한 자식은 여행을 보내라는 말도 있지 않은가. 부모형제의 애정을 뒤로하고 힘차고 씩씩하게 **뻗어**나가는 것이 우리 젊은이들의 특권이고 거기엔 의미도 있다고 생각했다. 형에게는 신중히 고민해 보겠다며 그 이상은 말하지 않았다.

3 쉬는 시간에 영순이가 슬쩍 내게 다가와 작은 소리로 말했다.

"석철아, 오후에 시간 있어?"

"응, 있어."

"하고 싶은 얘기가 있어. 1시에 주조 상점가 입구에 있는 분카이도 앞으로 와 줄래?"

"분카이도라면 문방구 말야?"

"맞아."

"알았어. 1시까지 갈게."

만나자는 말에 바로 대답했다. 그렇지 않아도 그녀와 꼭 이야기하고 싶었다.

토요일 수업은 4교시로 끝난다. 한숨 돌리고 나면 금방 1시다. 영순이가 학교 밖에서 만나자는 말에 내 기분은 왠지 들떴다.

토요일은 오후, 일요일은 아침부터 우리는 도립 우에노도서관에서 공부했다.

우에노동물원 뒤쪽 국립박물관 옆에 있는 우에노도서관은 쇼와 초기에 세워진 중후한 건물이다. 독서실 천정은 높았고 복도는 길고 넓었다. 대부분 대학생들이 자리를 차지했는데, 멀리서 나는 기침소리가 실내 구석구석까지 울릴 정도로 정숙한 공간이다. 수목에 둘러싸여 번화가의 소음과도 동떨어진 곳이라 공부하기에는 최고의 환경이었다.

이곳을 가르쳐준 건 김주학이다. 한 번 와본 이후로 완전히 마음에 들어 시간이 나면 평일에도 가곤 했다. 이날도 태일이, 승옥이랑 가려고 약속을 했다. 볼일이 있어 늦으니 먼저 가 있으라고 한 뒤 서둘러 영순이가 말한 분카이도로 향했다.

영순이는 평상복 차림에 보자기에 싼 작은 상자 같은 걸 겨드랑이에 끼고 나를 기다리고 있었다.

"그건 뭐야?"

"이거?"

영순이는 보자기에 싼 것을 불쑥 들어 올리며 대답했다.

"세면도구야. 이따가 목욕탕에 가려고."

"이렇게 대낮부터?"

"평소엔 다함께 저녁 때 가는데 토요일은 혼자서 오후에 젤 먼저 가. 손님도 별로 없고 여유 있게 할 수 있어서 아주 개운하거든."

"응, 알아, 그건 그렇지. 근데 우리 어디서 얘기해?"

"기숙사 여학생들과 자주 들르는 찻집이 있어. 거기로 가자, 사람들이 잘 모르는 괜찮은 곳이야."

"누가 보면 곤란하지 않겠어?"

"상관없어. 이제 우리 졸업하는데 뭐."

"대담해졌네."

"우후후후"

영순이는 장난스럽게 웃었다.

상점가 거의 중간쯤 큰 채소 가게가 있다. 거기 2층이 '담로' 라는 찻집이다. 영순이는 익숙한 발걸음으로 계단을 올라갔다.

가게 안은 여기저기에 실내용 화분으로 경계를 만들어 놓았다. 핑크색 테이블보가 찻집이라기보다 제과점을 연상케 했다.

메뉴에 간단한 식사와 달달한 디저트가 있는 걸 보니 기숙사생들이 이곳을 간식 먹는 장소로 삼는 것 같았다.

"뭘로 할래?"

"오늘은 내가 오자고 했으니까 내가 살게. 앙미쯔(삶은 완두콩 위에 팥소를 얹은 과자)를 주문할 건데, 넌?"

"헤헤헤. 그거 고마운데."

나는 머리를 긁적거리며 안심했다. 이곳에 오기 전 주머니를 뒤져보니 100엔밖에 없었다. 도서관까지 전차비에 애들과 먹을 라면 값을 계산해 보고 좀 불안했었다.

여점원에게 앙미쯔 두 개를 주문하고 영순이는 바로 내게 물었다.

"근데, 석철인 어떻게 할 거야?"

"뭘?"

되묻긴 했지만 영순이가 졸업 후 진로를 묻고 있다는 걸 이미 알고 있었다. 나도 영순이에게 묻고 싶었다.

"다음 주 토요일에 진학하는 사람들만 모아서 설명회를 연대. 나도 가 보려고 생각 중이야."

"내년 2월엔 조국 진학반과 조선대학 입학시험이 있잖아. 시험에 합격하면 조국 진학반은 바로 귀국하는 건가…."

"어쩐지 믿을 수가 없어. 갑자기 일어난 일들이 어느새 뭔가를 결정짓고, 또 그 결정이 우리들의 장래를 결정해 버리고…."

정말 그렇다고 생각했다. 조고를 졸업하는 것 자체가 기적처럼 여겨질 정도로 그 사이에 너무 많은 사건이 일어났다. 마지막 결정적 순간에 또다시 우리를 과중한 운명의 기로에 서게 했다.

"어때, 진로는 정했어?"

"아직 말 못해."

"딴청부리지 말고."

"아마도 취직할 것 같아. 근데, 아직 모르겠어. 그래서 석철인 어떻게 할 건지 물어보고 싶었어. 그걸 들어보고 설명회에도 나가볼까 하고."

"조국 진학반에 들어가고는 싶은데, 솔직히 망설여진다. 여학생들 반응은 어때?"

"대부분 취직하거나 집안일을 도울 것 같은데, 조국 진학반에 들어가고 싶다는 사람도 많아. 벌써 분위기가 달아올랐어."

"그렇구나. 나랑 친한 애들도 대부분 조국으로 진학하고 싶어 해. 승옥이, 수일이, 주학이, 상옥이, 찬홍이는 벌써 의사표시를 했으니까."

"어머, 태일이는 거기 안 들어가?"

"그 녀석은 일본대학에 가고 싶은가 봐."

"뜻밖이네, 태일이가 안 들어가 있다니. 그건 그렇고, 성적이 우수한 사람은 모두 조국 진학반이구나. 조선대학을 희망한 사람도 있긴 한데 일본대학 희망은 훨씬 적어……."

나는 영순이를 똑바로 보며 말했다.

"있잖아, 영순아. 솔직히 대답해 주면 좋겠어. 나, 조국으로 가서 공부하고 싶은데 도저히 용기가 나질 않아. 가고 싶은데, 갈 수가 없어. 두려워. 남쪽은 충분히 뉴스가 들어오니까 대략 알겠는데, 북에 다녀온 사람은 없는 데다 그다지 생생한 뉴스가 들어오는 것도 아니고…. 책을 읽거나 뉴스를 들어보면 다른 뜻 없이 북의 주장이 옳다는 생각도 해. 그러니까 공화국으로 돌아가서 나도 마음껏 꿈을 펼치고 싶은데, 왠지 불안해서 온몸을 던질 수가 없어. 부모형제와 헤어지는 것도 괴롭고, 어쩌면 한 번 출국하면 되돌아올 수 없다는 게 나를 더 불안하게 만드는 건지도 몰라. 너와 교환노트를 하면서 조국으로의 회귀야말로 중요하다고 했는데, 곰곰이 생각해 보니까 진심으로 내가 원하는 건 민족으로의 회귀라고 하는 편이 더 정확하다는 생각이 들었어. 그리고 그것은 반드시 귀국하는 것만은 아니라고……. 내가 어느 곳에 살든지 그런 생각을 갖는 것이 중요하다는 얘기지. 이렇게 생각하면 안 되는 걸까? 승옥이랑 애들이 지원하는 반에 가지 못하는 내가 역시 의지가 약한 걸까? 아니면 겁쟁이일까?"

제대로 정리도 되지 않은 내 고민을 결국 영순이에게 몽땅 털어놓았다.

챠우스산 하이킹 코스에서 "겁쟁이는 되지 마!"라고 한 영순이의 말이 내 뇌리에 깊이 새겨져 있었다. 그날 이후 무슨 일이 있어도 나는 결코 마음 약해지지 않겠다, 겁쟁이가 되진 않겠다고 스스로 다짐해 왔다고 생각했다.

"석철아, 난 기뻐. 그때 분명히 내가 그렇게 말했었지. 자살한 오빠를 생각해서라도 난 오빠 몫까지 굳세게 살려고 맘먹었어. 석철이가 소중한 사람이라고 느꼈고 무의식적으로 겁쟁이가 되지 말라고 한 것 같아. 지금 너의 얘길 듣고 카지 선생님과 헤어질 때 선생님이 말씀하신 말이 떠올랐어. 정말 마음에 들어서 기숙사에 돌아와 바로 노트에 적었거든. 들어 볼래?"

쑥스러운 듯 영순이가 내 눈을 바라본다.

"무슨 얘기였었지? 말해 봐."

"청춘이란 인생의 어느 시기를 말하는 것이 아니라, 마음의 상태를 말한다. 강한 의지, 풍부한 상상력, 타오르는 열정이다……"

영순이는 시를 읊는 표정으로 카지 선생님의 말을 다 외워 들려줬다.

나도 기억한다. 분명히 카지 선생님은 그날 그렇게 말했다.

"졸업하고 뿔뿔이 헤어져도 우리 동급생들 가슴 속은 눈에 보이지 않는 무언가로 이어져 있어. 희망과 용기를 가지고 강한 의지와 풍부한 감성, 정열을 잃지 않겠다는 마음가짐으로 있는 한, 어떤 길을 선택해도 우리는 굳은 인연으로 맺어져 있는 거야. 희망을 잃고 정신이 갉아 먹혀서 매사를 비관적으로 보는 사람은 아무리 젊어도 노인과 같아. 하지만 언제나 희망이라는 파도를 타고 있다면 노인이 되더라도 영원히 청춘이 아닐까. 그러니까 석철아, 어떤 길을 선택하든 설령 승옥이와 친구들 그룹에 들어가지 않는다고 결론을 내려도 너무 자신을 탓하지 마! 그건 그것대로 너의 길인 거야. 의지가 없는 것도 겁쟁이도 아니야. 어떤 길을 걸어가든지 우리는 모두 어디쯤엔가 반드시 이어져 있으니까."

영순이 볼이 발갛게 물들었다.

"영순아, 니 얘기를 들으니까 마음이 편해졌어. 고마워. 어떤 길을 선택할지 좀 더 신중히 생각해 볼게."

"지금은 동요되기도 하고 빨리 결정을 내려야 한다는 게 힘들지만 이것도 분명 그리움으로 추억할 때가 올 거라 생각해. 난 그걸 믿어.”

“그래. 미래를 믿어야겠지.”

“그때가 오면 석철이 곁에 나도 있었다는 걸 잊지 말아 줘.”

“응, 잊을 리가 없지!”

감격해서 나는 목소리가 커졌다.

“어머, 얘기가 너무 거창해져 버렸네.”

그때서야 영순이를 보고 웃을 수 있었다.

“만약 석철이가 귀국을 결심하면…….”

영순이가 뒷말을 머뭇거린다.

“결심하면?”

“아니야. 됐어. 말 안 할래.”

“말해봐. 신경 쓰이니까 뭐든 말해 봐.”

“귀국을 결심하면…나도…따라가 버릴까나.”

“……”

영순이가 수줍게 시선을 피했다.

대학진학에 관한 설명회는 기말시험이 끝나고 겨울방학이 시작되기 직전에 교내 음악실에서 열렸다. 듣자하니 동급생의 80%가 취직을 희망한다고 했다. 대학진학 희망자만을 위한 설명회라 기껏해야 50명 정도이겠거니 생각했다.

태평하게 조금 늦게 갔는데 입구에서 안으로 들어갈 수 없을 만큼 동급생들로 넘쳐났다. 까치발로 안을 들여다보니 책상과 의자는 창가로 밀어놓은 채 앞쪽에 있는 녀석들은 아예 바닥에 앉았고, 교단과 피아노 주변까지 가득 들어차있었다.

몇 명이나 될까. 벌써부터 예상하지 못했던 열기로 가득했다.

“입 다물고 우두커니 있으면 재미없으니까 시작할 때까지 거기, 자치위원 중 누가 연설이라도 해라.”

남학생 하나가 분위기를 띄우려고 한마디 던진다.

“자치위원 연설은 질릴 만큼 들었다. 니가 해라.”

와락 웃음이 일어났다.

"누가 만담이라도 해라."

"독창도 좋다."

"반별로 합창대항전이라도 할까?"

멋대로 지껄이며 시끌벅적하다.

"다 같이 합창하자."

자치위원이 앞으로 나와 피아노를 칠 여학생을 잡아끌었다.

어찌된 일인지 스스로 나와 지휘를 한 것은 연극부원인 춘란이다. 춘란이도 얼마 전 문화제 이후로 학생들에게 얼굴이 알려졌다.

"준비 됐습니까? '고향의 봄'을 부르겠습니다."

전주가 시작되자 춘란이가 양손을 크게 휘저었다.

> 나의 살던 고향은 꽃피는 산골
> 복숭아 꽃 살구 꽃 아기 진달래
> 울긋불긋 꽃대궐 차리인 동네
> 그 속에서 놀던 때가 그립습니다

200명이 부르는 온화한 멜로디가 교실 가득 울려 펴졌다.

노래를 부르던 모두의 시선이 출입문 쪽을 향하기 시작했다.

송지학 교장을 비롯해 교무주임과 네 명의 담임이 단정한 차림의 중년남성과 함께 들어오자 교단에 서 있던 학생들이 자리를 양보하고 선생님들의 의자가 교단으로 올라갔다.

소란이 잦아들기를 기다린 뒤 설명회를 열게 된 취지를 먼저 교장이 설명했다.

해방 후 재일조선인이 민족교육을 시작한 이후 10년의 역사밖에 안 되었기에 충분하지는 않지만 지금은 소학교부터 고등학교에 이르는 교육체계를 수립해 전국으로 실천하고 있다. 교육은 국가·민족의 백년대계인데, 식민지의 쓰라림을 맛본 경험에서 교육의 소중함을 우리는 뼛속 깊이 느끼고 있다. 임광철 전임 교장이 조국을 방문한 자리에서 김일성 수상은 재일조선인 자녀의 교육도 공민교육의 일환으로 이제부터는 교육비를 원조할 것이고, 조국 진학 희망자를 받아들이며, 일본에 설립되는 조선대학에도 협력하고 싶다는 뜻을 분명히 했다. 재일동포는 진정한 조국, 우리의 나라를 가지는 기쁨과 소중함을 지금처럼 느꼈던 적이 일찍이 없었다…….

비슷한 얘길 늘 들어 왔지만 오늘만은 더욱 진실된 말로 들리는 것이 신기했다. 조국 진학문제와 조선대학 설립의 구체적인 얘기는 총련중앙교육문화부의 이 선생님이 하시겠다며 교장은 중년남성에게 자리를 넘겼다.

"오늘 설명회에 대한 의미는 교장선생님께서 설명하셨으니 반복하지 않겠습니다. 앞으로 공부를 계속하고 싶은 열망을 가진 여러분이 매우 중요한 선택의 기로에 서 있다는 걸 잘 알고 있기에 설명을 정확히 듣고 현명하게 판단하기를 바랍니다."

통통한 체구의 이 선생님은 매우 침착하고 담담하게 말하기 시작했다. 일체 수식어를 쓰지 않고 단도직입적으로 해결해야 될 문제에 접근한 것에 호감이 갔다. 실무자로서의 성실하고 정직한 말투도 신뢰를 느끼게 했다.

조국 진학의 초점은 역시 일본을 출국하는 것에 있는 것 같았다.

일본정부는 국교를 맺지 않은 공화국으로 출국을 인정할 리 없고 남쪽도 신경이 쓰이기에 용인하지 않을 것이라 했다. 따라서 조국으로의 진학은 일본 출국과 공화국 입국 권리를 얻어내는 운동에서부터 시작해야 한다고 했다. 결국 졸업 후 즉시 귀국은 이뤄지지 않는다는 것이다. 예상대로 앞으로 다가올 시간들이 험하고 뜬구름을 잡는 것 같은 이야기였다.

하지만 이 선생님은 당장 내년 4월, 조선에 있는 일본인을 귀환시킬 선박인 코지마마루小島丸가 일본에서 출항하므로 여기에 승선할 수 있도록 현재 교섭 중이라는 새로운 뉴스를 알려주었다. 갑자기 현실감이 느껴졌고 모두에게 긴장이 감돌았다.

조선대학은 내년 4월부터 도쿄조고 부지 안에 개교하는데, 당장은 재일조선인 학자를 중심으로 교수진을 구성하지만, 일본인 지식인의 협력을 얻어 그들도 강사로 맞아들인다고 했다. 입학자격은 조고 졸업생, 일본학교는 물론, 일본대학 재학생에게도 문호를 개방해 문자 그대로 재일조선인의 최고학부로 출발한다는 설명이다. 아직 정식으로 발표할 단계는 아니나, 설립된 후에는 대학에 걸맞은 환경과 교육내용을 신중히 검토 중이라고 했다.

가장 어려운 문제는 일본대학 진학 건인데, 각종학교(학교교육법 제1조에 규정된 학교 외, 정규 학교에서 교육할 수 없는 간호, 미용, 양재, 자동차, 통신 등을 직업교육을 위주로 교육, 해당지역 교육위원회의 인가를 받아 설립, 운영)로 분류된 조선고교는 졸업을 해도 대학입학 자격 자체가 인정되지 않는 것이 현실이다. 따라서 문부성에 입학자격 허가를 요구하는 운동을 병행하지 않으면 안 된다. 더불어 일본고교 3학년에 재편입해 각자가 자격을 얻어야만 하는 부당한 현상을 해설했다.

"지금은 어느 것도 애매모호한 발표밖에 못하지만, 우리는 미래가 있는 여러분의 교육을 무엇보다 소중히 여기고, 강한 확신을 가지고 운동을 펼치고 있습니다. 안이한 생각으로 아무것도 하지 않는다면 앞날은 결코 열리지 않습니다. 과거 10년의 민족교육의 역사가 그것을 증명하고 있습니다. 조국과 함께 총련은 당연한 사명으로 전력을 다할 것이니 여러분도 신념을 가지고 함께 노력해 주기 바랍니다."

긴 설명이 끝났다. 조국 진학도, 일본에서 학업을 계속하는 것도, 우리에게는 자신과 재일조선인의 역사를 새로 여는 싸움이 될 것 같았다.

이어서 교무주임이 교단에 섰다. 조국 진학과 조선대학 입학 희망자 시험은 내년 2월 중순 일요일에 본교에서 치러진다고 발표했다. 갑자기 여기저기서 질문이 속출했다.

"기말시험은 어떻게 되는 겁니까?"

"그건 걱정하지 마라. 기말시험은 어디까지나 3학기 범위 안에서이고, 조국 진학 테스트는 그에 상당하는 실력을 검정하는 것뿐이다. 다만 이건 하룻밤 벼락치기로는 합격할 수 없을 거다."

"그에 상당하는 실력이란 게 어느 정도의 실력입니까?"

뒤에 있던 남학생의 질문이다.

"넌 힘들어!"

곧바로 뒤쪽에서 조롱이 날아들자 이내 소란해진다.

"두 가지 시험을 모두 보면 안 됩니까?"

"조국진학 시험은 결코 쉽지 않을 거다. 진정한 실력을 따지는 시험이라 생각하는 게 좋다. 일본에서 가는 것이니 부끄럽지 않은 학생을 보내고 싶은 게 당연하니까."

"조선대학 시험도 어렵습니까?"

"거기도 만만치 않을 테니 알아서들 각오해!"

어쨌든 내년 2월 시험을 기준으로 할 것이니 조국 진학 희망자는 교단 쪽으로, 조선대학 희망자는 오른쪽으로, 일본대학 희망자는 왼쪽 창가로 집합하라고 지시했다.

"야아~ 운명의 갈림길이구나~"

농담까지 해 가며 2백 명이 좁은 실내를 시끄럽게 이동하기 시작했다.

나는 잠시 망설였다. 선생님도 참 세련되지 못한 방법을 쓴다 싶었다. 어느 쪽으로 가야할지 좀처럼 결심이 서질 않았다.

승옥이, 수일이, 주학이, 상옥이가 있던 줄의 조방위 동료들은 아무 망설임도 없이 조국 진학 그룹으로 들어갔다. 백 명 정도가 여기에 집중된 것에 놀랐다. 여학생은 불과 10명도 안 되었지만 친한 친구가 있어선지 마치 함께 조국에 가자고 정한 것처럼 손을 맞잡고 즐거워했다.

조선대학 쪽은 스무 명 정도로 찬홍이와 연극부원인 창식이가 들어있다. 조국 진학 그룹에 비교하면 어쩐지 사기가 떨어진 듯 모인 애들도 계속 머리를 긁적이거나 쑥스럽게 웃고 있다.

일본대학 희망자 가운데는 태일이와 성식이가 포함되어 십여 명 정도다. 태일이가 이 그룹에 들어간 것이 뜻밖이라는 표정으로 수군대는 녀석들도 있다. 태일이는 개의치 않고 맘대로들 생각하라는 듯 무표정이다. 이 그룹은 모두 성적은 우수하지만, 지금까지 자치회나 부서활동에 아무 관심도 보이지 않았던 녀석들뿐이다. 다른 그룹으로부터 차가움과 선망이 뒤섞인 눈길을 받자 어쩐지 분위기가 껄끄러워졌다.

나는 마지막으로 천천히 조국진학 그룹 쪽으로 걸음을 옮겼다. 지금 결정하지 않고 시험 때까지 생각해도 좋다는 선생님의 말씀이 있었기에 우선 이 그룹으로 들어간 것뿐이었다.

뒤에 남은 학생들은 입구 주변에 한데 뭉쳐졌다. 아직 결정하지 못했거나 참고만 하러 온 학생들이었다.

교단 쪽에서는 이 그룹이 잘 보였다. 영순이는 어디 있는지 찾아보니 역시 거기에 있다. 말순, 영희, 효순, 정숙이 등 입구 쪽 그룹에 여학생들이 비교적 많았다.

아까부터 조선대학 쪽에 섰다가 고개를 갸우뚱하더니 다시 일본대학 쪽으로 달려가다가 또 고개를 갸웃거리고 원래 자리로 가려던 양쪽을 정신없이 오가는 녀석이 있다. 이승기다. 겨우 일본대학 쪽으로 정하고는 안심이 되었는지 가슴을 쓸어내린다.

"이젠 더 움직이지 않을 거지? 다들 지금 자리로 정한거지? 근데 넌 어느 대학으로 갈 셈이냐?"

교무주임이 물었다.

"저, 조대朝大를 희망합니다!"

승기가 당당하게 큰소리로 대답했다.

"조대라면 와세다早稲田 대학?"

일본대학 쪽에 서 있던 승기에게 주임이 확인하듯 물었다.

"아니요, 조선대학의 조대입니다!"

교실이 날아갈 정도로 폭소가 터졌다.

"그럼 넌 이쪽이야."

선생님은 조선대학 쪽을 가리켰다.

승기 덕분에 아직 설립도 되지 않은 조선대학의 위신은 더 떨어지고 말았다. 와세다대도, 조대도 조선말로는 모두 '조대'로 같은 발음이라 벌어진 해프닝이다.

하교 후 다함께 우에노 도서관으로 향했다. 오늘은 수일이와 성식이도 함께 해 여섯 명이다.

아직 확실한 진로라고는 못하지만 그래도 각자 진로를 정했다. 이제 얼마 후면 우리는 십자로에서 갈라지게 된다. 그 십자로는 이윽고 큰 간선도로로 이어지겠지만 거기에 도착하기까지 모두들 같은 길을 가는 건 아니다. 우리가 선택한 길을 그 누구도 멀리 내다볼 수 없었다. 미묘한 감정이 우리 사이에 교차했고 불안과 희망이 뒤섞여 모두의 가슴을 설레게 했다.

미로, 그리고 졸업

"석철아, 시간됐다. 나갈 준비해라, 내도 갈 끼다."

부엌에서 설거지를 하고 있던 어머니가 재촉했다.

그렇지 않아도 빨리 나가자며 유자와 히로시는 아까부터 문밖에 나가있다.

"에? 어머니도 가세요?"

유자가 부엌 쪽을 향해 묻는다.

"하모, 가야제. 토모코가 오라꼬 난리 아이가. 우리 집하고 크리스마스이브하고 무신 상관이 있는지 모르겠지만도."

어머니도 형 집에 간다고 하자 유자와 히로시가 신이 났다.

그러고 보니 크리스천도 아닌 우리 집은 크리스마스와 아무 상관도 없었다. 그런데 나흘 전, 이브에는 직접 만든 요리로 다 같이 모여 식사하자며 형 부부가 초대한 것이다.

토모코 씨가 가족의 일원으로 들어온 후 우리 집 분위기가 어쩐지 화사해졌다. 그녀가 며느리로 들어오지 않았다면 크리스마스를 함께 보내자고 아무도 생각하지 못했을 것이다. 그런데 아버지만은 이러마 저러마 분명한 대답도 없이 어디론가 사라져 버렸다. 어쩐지 아버지는 신혼부부가 초대해도 가고 싶어 하지 않았고, 어쩌다 자리를 함께 해도 편치 않은 것 같았다.

그런데 왜 갑자기 어머니가 같이 가겠다고 나선 것일까.

문득 토모코 형수님을 생각했다.

어머니와 형수님의 관계는 놀랄 만큼 양호하다. 단지 이건 '현재는' 이라는 단서가 붙는데, 어머니가 우리 앞에서 넌지시 형수님의 푸념을 할 때도 당사자인 형수님이 말없이 꾹 참는 것을 몇 번인가 본 적이 있기 때문이다.

두 사람의 관계가 양호한 것은 형수님이 역할이 크다고 생각했다. 거침없이 붙임성 좋은 형수님은 완전히 어머니 마음에 녹아들었다. 자연스럽게 조선인의 풍습과 생활 감각, 우리 집 음식 맛을 어머니한테 배웠다.

닭튀김, 소시지, 각종 샐러드, 야채 무침, 나물에 김치까지 일식, 양식, 조선식을 절충한 호화로운 요리다. 여기에 직접 만든 케이크와 와인을 곁들였다.

케이크에 작은 초를 다섯 개 꽂고 성냥으로 불을 붙였다. 전깃불을 끄자 촛불 너머로 보이는 식구들의 얼굴에 빛이 반사되어 아른아른 흔들렸다.

형수님이 작은 소리로 크리스마스 노래를 불렀다. 유자와 히로시도 따라 불렀다. 나는 부끄러워 부르지 않았다. 따라 부르지 않아도, 신자가 아니어도, 예수그리스도의 탄생을 순수하게 축하하고 싶은 기분이 들었다.

"자, 먹읍시다."

떠들썩한 식사가 시작됐다. 맛있는 저녁식사다. 와인도 몇 차례 주고받았다.

그러다 형이 문득 생각이 났는지 내게 물었다.

"석철아, 너 공화국에 가서 공부하고 싶다고 했다며?"

갑작스런 질문에 나는 마시던 와인이 목에 걸려 기침을 했다.

"누가 그런 얘길 해?"

나는 깜짝 놀라 영동이 형을 째려보았는데 형은 쓴웃음을 지으며 시선을 피했다.

자리에 있던 모두의 눈이 불안한 듯 나를 쳐다보았다.

"무슨 말이야. 정말이야?"

"니 지금 무신 생각을 하는 기고. 우째 아버지랑 내한테는 의논도 안 하노!"

어머니가 걱정스럽게 다그치셨다.

"석철아, 미안한데 니랑 한 약속 몬 지켰다. 억수로 중요한 문제라 고모랑 형님한테도 내가 말했다."

영동이 형이 다시 쓴웃음을 지으며 변명했다.

"석철 도련님, 어떤 생각을 하고 있는지 가족들에게 말씀드리는 게 어때요? 어머님도 걱정하세요. 다 같이 생각해 보는 게 좋지 않아요?"

번갈아 식구들이 나를 나무란다.

정확하게 의사표시를 한 것도 아니다. 그럴 생각이 있다고 해서 지금 바로 실현될 얘기도 아니다. 북으로 귀국한다는 것이 남쪽에서 도망쳐 온 영동이 형에게는 어떻게 비춰지는지 알고 싶어서 털어놓은 것뿐이다.

그때서야 오늘 밤 식사 모임이 이브를 가장해 내게 사태의 진의를 묻기 위해서 준비된 것이라는 걸 깨달았다.

"형, 내가 북으로 가면 안 되는 거야? 어머니 생각은 어떠세요? 조국으로 돌아가면 안 돼요?"

나는 별 것 아니라는 듯 처음으로 북에 가고 싶은 속마음을 털어놓았다.

긴 침묵이 흘렀다.

히로시 혼자만 계속 이 접시 저 접시로 젓가락을 옮겨댔다.

"석철 도련님, 도련님과 친구들의 나라를 생각하는 마음이 순수해서 나 감동했어요. 정말 훌륭해요. 듣고 있으니 나까지 힘이 솟아요."

형수님이 진심으로 감동했다는 듯 덧붙여 뭔가를 얘기하려 하자 옆에 있던 어머니가 형수님의 팔을 쿡 찌르며 가로막았다.

"거기 가면 아무도 엄떼이. 친척은 물론 아는 사람 하나 엄따 말이다. 그래도 가고 싶나? 나라를 의지한다꼬 하는데 니는 아직 열일곱 살 얼라다 아이가."

어머니 목소리가 떨렸다.

"어머니랑 아버지는 몇 살 때 일본에 왔어요? 나도 같은 십 대잖아요."

"그때는 그때고. 지금이랑 같나?"

"그럼, 일본이 그렇게 의지가 됐어요? 조센징이라고 무시당하기만 했잖아요? 내가 외국에 가겠다는 것도 아니잖아요, 우리나라에 가는 거예요."

제일 싫은 건 어머니가 속상해 하는 것이다. 설득할 자신이 있었지만 어머니가 울며 애원하면 곤혹스러울 것 같아 일부러 냉정하게 대꾸했다.

"맞아, 영자도 열세 살인데 어머니를 의지해 일본으로 밀항해 왔잖아. 오빠는 나라를 의지해서 가는 거니까 제일 확실하고 안심되는 거 아냐? 나도 가고 싶을 지경인데."

유자가 내 얘기에 가세해 거들었다.

"이 철딱서니야! 니는 입 다물고 몬 있나. 암껏도 모르면서 쓰잘 데 없는 소리 하지 마라."

어머니의 엄한 질책이 날아들었다.

"아직 공장이 어찌될지 모르지만 영동이도 왔고, 니가 같이 할 마음만 있다면 삼형제가 함께 좀 더 공장을 키워볼 생각인데."

형이 침착하게 말했다.

"……"

"함께 공장을 키워보지 않겠냐?"

"……"

"어느 쪽으로 가도 고생은 고생, 같은 고생을 할 거면 조국에서 하겠다 이거구나. 그것도 니 삶의 방식일지 모르지…가능성은 어디에든 있어. 조국 쪽이 스케일도 크니까 젊은 너한테는 꿈을 가져볼만한 얘기일 거다. 내가 고등학생이라면 똑같은 생각을 했을지도 몰라."

반대할거라 생각했던 형이 의외로 진지하게 내 뜻에 동조했다.

"행님요, 무신 소릴 하십니꺼. 행님이 말리지 않으면 우짭니꺼. 내는 반대다. 석철이는 지금 꿈을 꾸고 있는 기다. 빨갱이 선전에 속고 있는 기라예. 북쪽 얘기는 실체도 없는 그냥 꿈이라예. 북이든 남이든, 지금은 그런 듣기 좋은 말을 할 상황이 아닌 기라예."

영동이 형이 울분을 억누르며 말했다.

"영동이 형, 더는 빨갱이 빨갱이하며 무시하지 마. 그 빨갱이가 우리들 마음을 알아주고 함께 고생하자는 거야. 여기선 빨갛다 하얗다 따질 일이 아니라구. 남쪽 정부가 한 번이라도 그런 얘기한 적이 있어? 남에서는 못 살겠으니까 형이 밀항해 온 거 아니냐구."

어느 쪽을 선택해도 빨갱이 취급하며 거부반응을 드러내는 영동이 형에게 화가 났다. 그 빨갱이 나라에 2천 수백만의 인민이 있고 지금은 국가건설에 여념이 없다. 이 이상 나와 친구들, 학교, 공화국을 헐뜯는 것을 참을 수 없었다.

"영동이를 탓하진 마라. 영동이가 말하는 것도 잘 듣고 생각해 봐, 너를 걱정해서 한 말이니까. 솔직히 말해 난 니가 귀국하는 거 찬성 못한다. 하지만, 반대도 안 해. 인생의 보람과 가능성을 찾고자 하는 마음을 잘 아니까. 어느 쪽이든 니가 결정했을 땐 난 너를 응원할 거다."

형은 신중하게 말을 고르는 것 같았다.

"안 된데이, 그렇게는 몬 한다. 내는 싫다, 석철이를 혼자 보내는 건 몬 한다. 맞다, 아버지 허락이 없으니까네 이건 안 된데이. 그레 가고 싶으면 아버지 허락부터 받으레이."

어머니는 당장이라도 울 것 같은 표정이다.

"니는 와 석철이를 안 붙잡노? 니는 형 아이가! 형이 돼 가지고 동생을 혼자 보내겠다는 말이가."

어머니는 형에게 마구 화를 냈다. 형수님까지 그 눈총을 받자,

"석철 도련님, 부모님 심정도 생각해서 좀 더 생각해 보면 어때요?"

형수님은 마지못해 이렇게 말하고 시선을 떨궜다.

영동이 형과 어머니의 반대는 예상했기에 놀랍지 않았다. 어지간히 애를 먹일 것이라 생각했던 형이 그리 반대하지 않았던 것이 뜻밖이었다.

어찌되었든 남은 건 아버지의 의견을 물어보는 일만 남았다. 평소에 아버지는 내 행동에 별 말씀이 없는 방임주의였다. 언젠가 아버지의 여자문제로 대립한 이후, 아버지는 나를 가까이 하려하지 않았다. 나도 아버지에게 다가가려고 하지 않았다. 아버지의 허락을 받으라고 어머니는 말했지만, 다소 쓴소리를 하시더라도 늘 그랬듯이 아버지는 최종적으로 허락할 것이다.

귀국을 결심한 것도 아닌데 그렇게 결정된 것처럼 얘기가 전개되는 것에 오히려 당황스러웠다. 하지만 가족들의 의견을 듣게 된 것은 좋은 일이다. 형이 동조한 것은 어정쩡한 기분으로 결정하지 말라는 뜻으로, 내 마음을 다시 한 번 다잡는 효과가 있었다.

지체 없이 상의할 생각이었지만 아버지의 의중을 좀처럼 묻지 못했다. 아무 일도 없는 것처럼 아버지는 작업장에서 일했고 밤이 되면 사라지셨다.

해가 바뀌어 정월 7일이 지나 아버지가 나를 불렀다.

아버지가 나를 불러 무슨 얘길 하는 것은 처음 있는 일이다.

"어무이한테 얘긴 들었다. 니, 아직도 같은 생각이가?"

"아직 확실히 결정 안 했어요. 그럴 생각도 있다는 것뿐이에요……."

"그래? 그란데, 니 고향은 어데고?"

"예?"

뜻밖의 질문에 나는 얼른 대답이 나오지 않았다. 일본이라고 대답해야 되나 망설였다.

"어데고?"

무뚝뚝하게 나를 노려본 채 아버지는 험상궂은 표정을 풀지 않았다. 바로 대답하지 못하는 나를 아버지는 당장이라도 호통을 칠 기색이다.

"태어난 곳은 일본이지만, 본적은 남조선입니다."

"한국의 어데고?"

"경남 김해입니다."

"맞다. 김해다."

"……"

"그란데, 북으로 가고 싶다 말이가?"

"예에, 뭐."

"내는 니가 기개가 있는 자슥이라 좋다."

"……"

왠지 모르게 갑자기 뭉클한 것이 솟아올랐다.

"좋다, 가라!"

"예?"

"다만 조건이 있다. 북으로 가기 전에, 김해에 먼저 갔다 온나. 와 그라는지 알겠나?"

"……"

"거기가 우리 고향이고, 니 고향이다. 아부지가 니 쪼만할 때 한 번 델꼬 갔었다. 생각나나?"

"예, 기억합니다. 꽤 자세히요."

"그랬나."

"……"

"먼저 한 번 더 김해로 가서 거기를 출발점으로 삼아가, 북이든 아메리카든 소련이든 니 가고 싶은 데로 맘대로 가라."

"아버지, 그건."

"내 하고 싶은 말은 그기뿐이다."

아버지는 이렇게 말하고 내 얘길 들으려고도 않고 굳은 표정으로 일어나 밖으로 나가 버렸다.

2

졸업이 석 달 후로 다가왔다.

조국 진학과 조선대학 입학시험은 2월 20일에 치러진다. 그 후 곧바로 기말시험을 보고나면 졸업이다.

진학과 취직 중 어느 길을 선택할까 우리의 마음은 한껏 고양되어 다들 마지막 공부에 열중했다. 이런 식으로 좀 더 일찍부터 공부했으면 좋았을 걸 후회가 될 정도다.

나는 매일 방과 후 태일이, 승옥이와 곧장 우에노도서관으로 갔다. 때로는 주학이와 성식이도 같이 폐관시간인 9시까지 버틸 때도 있었다.

그렇다고 그저 공부만 하는 것도 아니었다. 우에노에 있는 산에서 20분쯤 걸으면 오카치마치역御徒町駅에 닿는다. 역 주변에 온종일 클래식 레코드를 들을 수 있는 찻집이 여기저기 있었다.

이런 곳도 거기 사는 주학이를 통해 알게 되었는데, 공부하다 지치면 **전원**, **로마**, **수원** 같은 이름의 가게에 자주 드나들었다. 그날그날 가게의 혼잡함과 기분에 따라 바꿔가며 들렀다.

영순이가 한 얘기라서가 아니라 이제 곧 졸업하는데다 어떤 규칙을 지켜야 한다는 딱딱한 생각은 안 들었다.

소파처럼 편안한 의자에 앉아 향긋한 커피를 마시고, 어둑한 조명이 비치는 가게에서 공기를 진동시키는 장엄한 베토벤의 심포니를 들었다.

음악실에 걸려있던 고뇌하는 베토벤의 초상화처럼 무슨 고민을 하는 건지 머리를 감싸 쥔 대학생으로 보이는 손님들이 이따금씩 황홀한 환상에 빠지는 도원의 세계. 색다른 분위기가 우리에게 적당한 긴장감과 편안함을 주어 자주 들렀다.

그러던 어느 날 **로마**에서 태일이가 뜻밖의 일을 고백했다.

"나, 너희 둘한테 말해 둘 게 있어."

태일이는 멋쩍은 듯 히죽거리며 몹시 쑥스러워했다.

"나, 일본대학에 안 가기로 했다. 너희들과 함께 귀국하는 걸 선택할 거야."

"오오, 그래! 그럴 줄 알았다. 잘됐다, 이걸로 우리 셋 모두 조국으로 간다!"

승옥이는 어떻게 된 거냐고 묻지도 않았고 태일이도 이유를 설명하지 않았다.

또 다시 태일이는 생각을 뒤집었다.

나는 혼자 남겨진 고독감에 입술을 깨물었다.

작년에 있은 설명회에서 나는 일단 조국진학 그룹으로 들어갔다. 하지만 영순이와 얘기하면서 아마도 내가 귀국하지 않게 되겠다 싶은 예감이 들었다. 결정적인 것은 역시 얼마 전 아버지의 의견을 듣고 나서였다.

아버지는 김해에 갔다 온 후에 어디든 가라고 했다. 아버지조차 가지 못하고 있는 한국의 김해에 내가 가지 못할 것을 아시고 한 충고였다. 나는 그것이 아버지의 심술이 아니라 무언가를 암시한 것이라고 받아들였다.

일본 태생인 나의 고향은 두말할 것도 없이 일본이지만, 아버지는 너의 고향은 김해라고 강변했다. 그리고 그 '고향'을 먼저 방문한 후에 어디든 가라고 했다. 아버지의 암시는 초심으로 돌아가 경솔하지 말고 발밑을 확실히 다진 다음에 앞날을 잘 살펴보라는 뜻이 아니었을까.

두 개의 '고향'과 두 개의 '조국'.

그중 하나인 북을 선택하기 전에 자신에게 망설임이 있다면 어느 쪽도 선택하지 않는 것도 내 선택지가 되진 않을까?

잔류를 결심하자 믿었던 한편의 조국에 몸을 던지지 못하는 심적 부담과 둘도 없는 친구들과의 이별이 몹시 서글퍼졌다. 나에게 조국이 있고, 학교가 있고, 친구들이 있었기에 힘든 시기를 견딜 수 있었고, 충실한 학교생활을 할 수 있었다.

문득 일본 잔류를 결정한 태일이가 있다는 것을 깨닫고 내가 얼마나 든든하게 생각했던가….

두 사람의 이야기가 귀국 후 이야기로 갑자기 달아올랐다. 당연히 내 의사도 지금 밝혀야 한다고 생각했다. 나는 더는 가만히 있을 수 없었다.

"난, 안 가기로 했어."

"뭐라고?"

태일이가 눈을 부릅떴다.

"왜!"

승옥이가 소리쳤다.

"나, 조선대학에 갈 거야."

"뭐야, 생각이 바뀐 거야?"

"석철이 너랑은 소학교 때부터 늘 함께였어. 조국에 가도 죽을 때까지 함께 할 수 있 겠다 싶어서…난…."

좀 더 일찍 왜 그 얘길 하지 않았냐며 맥이 빠진 태일이가 정말 유감이라는 듯 말했 다.

"아니, 어느 쪽을 선택해도 우린 같은 길을 걷는 거야."

승옥이가 마음을 다잡고 힘주어 말했다.

분명 그 얘기도 맞다. 걷는 길이 조국과 일본으로 갈라질 뿐이다. 그렇게 억지로 스스 로에게 다짐해도 두 녀석과 헤어진다고 생각하면 적막감이 물밀듯이 가슴으로 밀려 들었다.

드디어 2월 10일이 되자 우리는 따로따로 시험을 치렀다.

조선대학 입학시험은 교문에 큼지막한 안내판까지 붙었고 백 명 정도의 수험생이 전 국에서 모여들었다. 우리학교에서는 스무 명이 시험에 응시했는데, 그중에 성식이가 있어서 놀랐다.

"내 실력으론 역시 와세다대 노문과는 무리일 것 같아서. 그래서 이쪽을 택했다."

성식이가 멋쩍어하며 말했다.

어쩐지 조국 진학반 시험은 조대 시험장과 격리되어 운동장 옆 중학교 교사에서 은밀 하게 치러졌다. 100명이던 희망자는 80명으로 감소했다.

조대 입시 합격자는 다음날 학교 게시판에 발표되었다. 우리 동급생 가운데 다섯 명 이 떨어지고 열다섯 명이 합격했다. 그중에 나도 들어있다. 조국 진학반은 희망자의 반 이상이 떨어졌다. 발표는 게시되지 않았고 구두로 각자에게 전달되었다고 한다.

졸업 후 나와 영순이는 어떻게 될까?

졸업을 3일 앞둔 일요일에 나는 영순이에게 아스카산에 놀러 가자고 했다. 이대로 막 연히 헤어지는 건 남자로서 무책임하다고 생각했다. 그렇다고 의무감에서 함께 가자 는 것으로 받아들여도 곤란했다. 어떤 이유를 붙여서라도 나는 마지막으로 한 번 더 그녀와 단 둘이 만나고 싶었고, 만나야 한다고 생각했다.

오오지역王子駅 계단을 내려오자 나를 발견한 영순이가 개찰구 앞에서 가볍게 손을 흔 들었다. 꽃무늬가 들어간 핑크색 원피스를 입었다. 어깨까지 기른 머리에 늘 세일러 복 차림이던 영순이는 전혀 다른 사람 같았다.

아스카산으로 정한 건 학교에서 가장 가까운 벚꽃 명소였기 때문이다.

완만한 오르막 언덕을 십 분쯤 걷자 곧 아스카산 공원 입구였다.

눈부실 만큼 새파란 잔디가 깔린 광장이 눈에 들어왔다. 아이들이 뛰어다니고 공을 차는 아버지와 아들들도 보였다. 광장 가장자리 한 면에 벚나무가 길게 늘어서 있고, 따 뜻한 태양빛을 온몸에 내리쬐며 사람들은 설렌 발걸음을 옮기고 있었다. 아직 벚꽃이 피기에는 일렀다. 모여든 사람들도 그저 화창한 봄 날씨에 이끌려 나온 것 같았다.

영순이는 수다스럽게 얘기했다. 나는 오로지 듣기만 했는데, 곧 졸업이라선지 영순이 는 중학교 입학 때부터 지금까지 일들을 빠짐없이 얘기할 기세로 잘도 말하고 잘도 웃었다. 덕분에 우리는 긴 벚나무 길을 몇 번이나 왕복해야 했다.

설레는 마음으로 벚꽃 길을 오가며 나는 영순이 어깨너머로 찰랑거리는 머리칼에서 풍겨오는 비눗방울 향기를 몇 번이나 깊이 들이마셨다. 챠우스산에 갔을 때도 그랬 다. 그때 이후로 나는 유난히 비눗방울 향이 좋아졌다. 어째서 영순이 몸에서 비눗방 울 향기가 나는 것일까. 어디선가 비눗방울 향기가 나면 영순이가 근처에 있는 게 아 닌가 싶어 무심코 주위를 둘러볼 정도였다. 그리고 갑자기 영순이를 꼭 안고 싶은 충 동을 느꼈다.

"왜 그래? 아무 말도 안하고."

쑥스러워 어색하게 웃었다. 이번엔 내가 이야기할 차례다.

나는 영순이처럼 얘기하는 것이 익숙하지 않았다. 역시 귀국을 단념한 일이 겁쟁이처럼 느껴졌고, 태일이, 승옥이와 헤어지는 괴로움을 사내답지 못하다고 생각하지 말아주길 바랐다. 귀국하지 않는 이유를 얘기하면 이해해 주겠지만, 말하면 말할수록 변명으로 보이는 것도 싫었다.

"그 기분 잘 알아."

내가 귀국을 단념한 것을 아쉬워하며 영순이는 나를 위로했다.

"그래도 다행이야, 석철이가 일본에 있게 됐으니까. 마음만 먹으면 우린 언제든 만날 수 있잖아…."

김해에 먼저 가라고 한 아버지 말씀과 두 개의 '고향'과 두 개의 '조국'에 휘둘리는 우리의 심정과 태일이랑 친구들과의 이별을 설명하는 것도 귀찮았다.

"안다니까. 너만큼 그 친구들을 잘 알진 못해도 나도 그 맘 안다구…."

마음이 안 놓인 듯 영순이 목소리가 이내 작아졌다.

어느새 길에서 벗어난 곳에 와 있었다. 안쪽에도 벚꽃은 있었지만 단풍나무와 전나무가 더 많았다. 여기도 돗자리에 앉아 편안한 시간을 보내는 가족들과 남녀커플이 여기저기 눈에 띄었다. 광장과 벚나무길 아래보다 한산했다.

우리는 경사면을 내려와 적당한 장소를 찾아 앉았다.

발 아래로 오오지역이 보였고, 마침 상행 전차가 들어오고 있었다. 이윽고 발차 벨이 울리고 우리가 있는 곳까지 소리가 들려왔다.

"한가롭기만 하다, 거짓말처럼."

전차가 장난감처럼 보이고 홈에 있는 승객들도 개미처럼 작게 보였다.

"참 즐거웠어, 여기서 보낸 6년이…."

"오늘로 우리 둘도 마지막이네. 졸업식 때는 말도 못 걸 테니까."

"어머, 왜?"

"별 뜻은 없어. 많은 사람들 속에 한 사람일 뿐일걸."

"그래도 좋잖아. 즐겁게 헤어지면 좋지 않겠어…."

"이상하게 생각하진 마. 단지 영순이 너랑 어떻게 헤어지면 좋을지 잘 모르겠어…."

영순이는 토라진 것 같았지만 조금 후 큭큭 웃기 시작했다.

"너 헤어지는 것 때문에 오늘 나한테 보자고 한 거구나? 그렇지? 어쩜 이렇게 순정파일까 석철인!"

"그저 난 이대로 헤어지고 싶지 않아서…."

급소를 찌르는 말에 나는 얼굴이 빨개졌다.

"석철인 조대에 입학할 거잖아? 앞으로 다양한 사람과 만나게 되고 여러 경험을 쌓겠지. 그동안에 멋진 여자도 나타날 거고. 그러면 좋잖아."

"그럴지도 모르지…."

나는 의미 없이 고개를 끄덕였다. 조리 있게 얘기를 못하는 게 안타깝기만 했다.

"나한테도 멋진 남자가 나타날지도 모르고 말야…."

"으응, 그건 그렇지."

갑자기 질투가 났다.

"조국으로 진학하는 애들과는 언제쯤 만날 수 있을까. 5년 후일까, 10년 후일까? 일본에 있는 우리가 방문해서 그 친구들이 건설한 곳을 안내 받는 거야. 그리고 평양에서 동창회를 여는 거지!"

"그러네. 그렇게 된다면 정말 멋지겠다."

우리는 다양한 화제로 웃으며 즐거운 시간을 보냈다.

"석철아."

영순이가 먼 곳을 바라보며 갑자기 내 이름을 불렀다.

"편지 꼭 해 줘."

"응"

어쩐지 침울한 기분이 들었다.

"지금 몇 시지?"

영순이가 다가와 내 손목시계를 들여다보았다. 태양빛을 받은 그녀의 통통한 볼에 난 솜털이 드러나 보였다. 그리고 비눗방울 향기가 주위에 퍼졌다.

"영순아…."

그녀의 머리에 손을 뻗으려는 순간 갑자기 영순이가 외쳤다.

"어머나, 벌써 4시야. 큰일이다!"

당황해서 얼른 손을 내리는 것을 영순이가 보고 말았다.

"짐 꾸리는 걸 남학생들이 도와주기로 했거든. 5시 약속이야."

"그래, 그럼 이제 가야 되겠네."

영순이가 일어난 후에 나는 천천히 일어났다.

바지의 먼지를 털고 영순이에게 고개를 든 순간 그녀가 얼른 내 볼에 입을 맞추고 빙긋 웃었다.

"안녕, 석철아…."

"응, 안녕 영순아…."

우리는 이렇게 작별 인사를 나누었다.

꿈의 행방

1

아침부터 햇살이 포근했다.

드디어 그날이 왔다.

운동장에서는 중학교 졸업식이, 교정에서는 고등학교 졸업식이 각각 나뉘어 열렸다. 고교졸업생 대부분이 내일부터 사회인이 된다. 학교라는 이름이 붙은 곳과는 영원히 이별이다.

졸업식은 40분 만에 모두 끝났고 곧이어 반별로 교실에 모였다. 이 시간을 끝으로 진짜 이별이었다.

각종 표창장과 성적표, 졸업앨범 등이 한 사람 한 사람에게 나눠졌다.

담임인 남시학 선생님이 멋쩍게 웃으며 말했다.

"오늘을 위해서 시를 썼다. 이 시가 떠나는 너희들에게 보내는 인사다. 그럼, 읽겠다."

천천히 '떠나보내는 글'이라는 자작시를 낭독하셨다.

이씨 성을 가진 소년의 시점에서 입학부터 졸업까지 파란 많았던 학교에서의 사건들과 성장과정, 희망을 노래했다. 그것은 진정 우리 자신의 일이었기에 한 줄 한 줄에 깊은 감명을 느꼈다.

담담하고 낭랑하게 낭독하는 선생님의 목소리가 떠나는 우리들의 가슴에 깊은 애정으로 다가왔다.

"내 마음은 시에서 전부 얘기했다. 올해 졸업생부터는 조국으로 진학하는 것과 조선대학 진학이라는 새로운 길이 열렸다. 어떤 길을 선택하든 너희들은 지금 청춘의 한가운데 있다는 걸 잊지 말기 바란다. 그리고 지금이 인생 가운데 가장 빛나는 시기라는 것도 자각하길 바란다."

선생님의 마지막 말 가운데 강하게 인상에 남은 것이 있었다.

인도 고전 희곡에 나온 것으로, 시집가는 딸에 대한 아버지의 심경을 얘기한 대사 부분이다.

딸은 다른 이의 보물이지요. 이제야 지아비를 찾아 보내니, 내 마음이 다시 편안해지는 군요. 맡아 두었던 소중한 것을 돌려주는 것처럼.

"미래의 보물이라 할 수 있는 너희들을 사회에 내보내는데 나는 교사로서 최선을 다 했던가 돌이켜보면 아쉽기 그지없다. 내 마음이 도무지 편하지가 않다. 여러 가지 일들이 너무 많아서 충분히 지도하지 못해 오히려 책임을 느낀다."
뜻밖의 심경 토로에 우리는 바짝 긴장했다.
"하지만 민족교육을 통해 민족과 조국을 사랑하는 마음과 충분하진 못해도 인간을 소중히 여기는 신념을 열심히 전하려 했다. 청춘이란 인생이라는 깊은 샘에서 끝없이 퍼 올려도 마르지 않는 신선한 영기와 같은 것이다. 이 샘이 영원히 마르지 않게 하기 위해서 신선한 감각으로 끊임없이 자신을 연마한다면 분명 무언가를 이룩해 내리라고 믿는다. 알겠지, 고난에 굴하지 않고 노력하는 거다."
우리는 선생님의 마지막 말에 큰 박수로 답했다.
작년 졸업식 때도 카지 선생님은 우리에게 청춘을 이야기했다. 왜 이 시기에 교사들의 '떠나보내는 말'에는 청춘이라는 단어가 공통으로 들어가는 것일까.
우리가 이 학교를 '우리학교'로 부르고 애정을 갖게 된 것은 한 마디로 이곳에 '우리 친구들'이 있었기 때문이라 생각했다. 자랑할 만한 교사 건물이 있었던 것도 아니고 충실한 교과 내용과 학습열로 언제나 충만했던 것도 아니다. 오히려 외부에서는 호기심의 눈초리와 중상의 대상이 되어 혼란과 가슴 아픈 사건이 더 많았던 학창시절이었다. 하지만 그렇기에 더욱 우리는 모두 형제처럼 우정을 단단히 다져왔다. 그러는 사이에 가족 같은 소속감이 생겨났고 우정 이상의 것을 싹틔웠다. 이곳에 있는 한 마음이 편했고 몹시 즐거웠다. 슬플 때도 거리낌 없이 모두 함께 울었다. 목이 터져라 외치고 진심으로 기쁘게 웃을 수도 있었다.
교실 책상을 옮겨 원형으로 자리를 만들었다. 남녀 따로따로가 아니라 서로 섞여 앉도록 했다. 학생위원이 나눠준 주스와 과자를 먹으며 서로 마주보고 앉아 나누는 작별의 간담회가 시작되었다.
"오늘이 마지막이니까 각자 3분씩 기념 스피치를 하겠습니다. 선생님이 여기 계시지만 일체 무시해도 좋습니다. 무슨 얘길 해도 이제 성적과는 관계도 없고, 교무실에 불려갈 일도 없습니다. 스피치가 안 되는 사람은 노래도 좋습니다. 사회자는 없습니다. 그럼 오른쪽 끝에 있는 사람부터 순서대로 하겠습니다."

자치위원이 앞으로 나가 말했다. 오른쪽 끝에는 건일이가 앉아있었다.

"왜 나부터야. 저쪽부터 해."

맨 처음 지명된 건일이가 이내 투덜거린다. 왼쪽 끝에 있는 녀석들과 이쪽이다 저쪽이다 실랑이가 시작 돼 갑자기 소란스러워졌다.

"덩치는 커가지고 왜 그렇게 쩨쩨하게 굴어. 건일아, 너 그러고도 남자냐."

누군가 핀잔을 주자 건일이가 마지못해 일어섰다.

"에—, 저는 아버지 일을 돕기로 했습니다. 아버지는 토건 일을 하십니다. 어디선가 도로공사 현장을 보면 모른 척하지 말고, 내가 있는지 한번 찾아 봐 주십시오."

"찾으면 어쩔 건데?"

질문이 날아든다.

"혹시 내게 말을 걸면 동급생의 우정으로 얼음물 정도는 대접하겠습니다. 그리고 저, 선생님과 여러분에게 사과하고 싶은 것이 있습니다. 저, 실은 중학교 때부터 학교에서 담배를 피웠습니다. 마구 시비를 걸어 싸움만 했습니다."

뜻밖의 고백에 술렁거리기 시작했다.

"맞아. 넌 나쁜 새끼야. 이제부터 좀 착하게 살아라."

누군가의 핀잔이 날아들었고 다시 와락 웃음이 일었다.

"선생님, 알고 계셨습니까?"

선생님은 웃기만 할 뿐 대답하지 않았다.

"그리고, 석철이 어딨냐?"

별안간 내 이름을 불러 깜짝 놀라 여기라며 손을 흔들었다.

"중학교 때 내가 변소에서 널 협박했었지. 때리진 않았지만 아무튼 그땐 미안했다. 좀 늦었지만 그래도 사과할게."

"3년이나 지났잖아, 너무 늦었어, 임마!"

다시 날아든 야유로 교실은 웃음바다다.

"석철이가 그때 잔뜩 겁먹어서 바지에 오줌까지 쌌다니까!"

승옥이까지 분위기를 타고 빈정대니 연이은 폭소가 이어진다.

"그밖에 나한테 맞은 사람, 한꺼번에 사과할게."

맨 처음 스피치가 건일이어서 다행이었다. 단번에 딱딱했던 분위기가 부드러워져 무슨 얘길 하면 인상적인 '기념 스피치'가 될까 다들 생각하기 시작했다.

"좋아, 3분 지났다. 다음!"

다음은 가와사키에서 통학하는 만우인데, 이 녀석도 아버지가 토건 일을 하신다.

"이 안에 내가 좋아하는 여학생이 있습니다!"

끼야아하하~ 괴성과 웃음소리가 동시에 쏟아지며 단숨에 분위기가 달아올랐다.

"누군데?"

"그건 말 못합니다. 오늘은 마지막이니까 후회가 남지 않도록 고백하겠습니다."

"누군데, 기숙사생이야, 아님 통학생이야?"

"힌트 좀 줘 봐."

여기저기에서 질문이 쏟아진다. 이런 고백까지 나와도 괜찮은 건지, 자치위원이 몇 번씩 일어났다 앉았다 하며 갑자기 허둥대기 시작했다. 우리도 조마조마했다.

"언젠가 어느 역에서 조선인이라고 트집을 잡아 시비가 붙었던 사람. 어쩌다 그 자리에 있었던 내가 도와줬던 사람, 그래, 내가 사랑하는 사람, 그건 당신입니다!"

'범인은 누구냐' TV 방송처럼 '당신입니다'라고 했기에 남학생들의 눈이 일제히 여학생들에게 쏠렸다. 만우는 여학생 가운데 딱히 누구를 지목하는 것도 아니고 그저 눈을 이리저리 굴릴 뿐이다. 뚫어지게 남학생들이 쳐다보니 난 아니라는 듯 여학생들은 앞다퉈 꼬리를 빼느라 정신없이 고개를 저었다. 만우는 간들거리며 웃고만 있었기에 어디까지가 사실인지도 몰랐다.

"이제 졸업이니까 이제 와서 어쩔 수도 없지만, 아무튼 자신이란 걸 알아차린 사람은 언제든지 나한테 오십시오. 첫사랑이니까 소중하게 지켜드리겠습니다. 그리고 이 학교 학생이라면 남자든 여자든, 난 항상 앞에 나서서 지키겠습니다. 이상!"

우레와 같은 박수갈채가 쏟아졌다.

순서가 차례차례 이어졌다. 모두 위트가 넘치고 인상적이었다. 다들 너무 재미있게 말해 자신이 없다며 노래를 부르는 녀석도 있다. 큰 소리로 "도쿄조고 만세!"를 외치고 단 3초 만에 끝낸 녀석도 있다. 감정에 북받쳐 그냥 선 채로 한 마디도 못하고 그대로 앉아버린 여학생도 있었다. 그럴 땐 동정과 응원의 박수가 몇 번씩 나왔다.

신동호가 자리에서 일어났다. 한국에서 밀항해 와 사이타마에서 다닌 통학생으로 실력 있는 녀석이지만 학급회 때 의견을 말해보라고 해도 그다지 참여하려 하지 않았다.

"이 자리에서 말하기 거북한데, 사실 저는 이 학교의 교육방침에 쭉 의문을 가져왔습니다. 너무 정치적으로 편향돼 있습니다. 북을 조국이라고 찬미하는 것은 어쩔 수 없지만, 나는 선생님들 말씀처럼 북의 주장에는 동조할 수 없었습니다. 오히려 그 반대입니다. 한국계 학교가 가까이 있었다면 저는 그곳으로 전학했을 겁니다. 하지만, 이건 꼭 믿어주길 바랍니다만, 이 학교에서 공부한 것에 후회는 없습니다. 모순되는 것 같지만 이것은 진심입니다. 왜냐면, 이곳이 민족학교이고 선생님도 여러분도 반대 의견을 가진 저를 친구로서 대해 주었기 때문입니다. 북에 찬성할 순 없어도 북의 정부가 민족교육을 어떻게든 응원했고, 북을 지지하는 민족단체가 이것을 소중하게 키워왔다는 것에 나는 감사하고 훌륭하다고 생각합니다. 선생님 고맙습니다. 그리고 너희들도 고마웠어. 생각이 다소 다르더라도 선생님이 말씀하신 것처럼 나는 앞으로도 민족과 조국의 장래를 늘 생각하며 살아갈 것입니다."

잠시 침묵이 흐른 뒤, 여기저기서 박수가 나왔다. 동호와 비슷한 의견을 말한 녀석이 두 명쯤 더 있었는데, 이렇게까지 얘기하기는 좀처럼 쉽지 않을 용기를 낸 스피치였다.

옆에 있던 승옥이가 벌떡 일어났다.

"동호야, 정말 좋은 얘길 솔직하게 해 주었다. 언제 실현될지 모르지만 난 공화국으로 돌아가서 공부할 생각이야. 내 희망은 선박공학인데 나처럼 가난한 사람은 일본에서는 공부할 수 없어. 너는 남조선을 잘 아는 것 같으니까 공화국에 대한 비판을 진지하게 받아들일게. 솔직히 말해 니가 남쪽을 아는 만큼 난 북에 대해 잘 모를지도 몰라. 그런 점은 불안하긴 하다. 하지만 난 조국을 믿어. 조금 불편하고 과잉선전이 있다 해도 그곳이 내 나라라면 난 살아갈 자신이 있어. 거기엔 피를 나눈 동포가 있으니까. 난 선전에 휘둘려서 가는 게 아니야. 선전이 어떻든 조국을 믿고 내 의사로 가는 거야. 그리고 너를 포함해 언젠가 평양에서 동창회를 할 수 있었으면 좋겠어. 좀 더 욕심을 내자면, 좀 거슬리게 들릴지 모르지만 내가 설계한 배를 타고 너희들을 맞으러 가고 싶다!"

정말 멋진 스피치였다. 가슴 벅찬 흥분과 감정이 한껏 북받쳐 올랐다. 수일, 태일, 성식, 찬홍, 창식이도 많은 용기를 주는 스피치여서 감동했다.

영순이의 스피치가 기대되었다.

영순이는 이 학교에서 공부한 것이 얼마나 행복했는지 차분하게 말했다. 의외로 침착하고 허스키한 목소리가 설득력 있었다.

나는 승옥이의 의견과는 다르게 일본에 잔류하기로 결심한 의견을 말하고 싶었다. 하지만 3분으로는 잘 설명할 수 없을 것 같아 무난한 스피치로 끝냈다. 안 그러면 각자 3분씩만 하더라도 50명이나 되니 150분은 걸렸을 것이다.

모두의 스피치가 끝났는데도 여전히 헤어지기 아쉬워 이번엔 다 같이 합창을 했다. 옆에 있는 녀석과 손을 맞잡고 어깨동무를 하며 목청껏 노래를 불렀다.

이제 두 번 다시 이렇게 노래 부를 수 없겠구나 생각하니 몹시 아쉬웠다. 다른 반에서도 합창 소리가 들려왔고 늘 그랬던 것처럼 경쟁하듯 언제까지나 계속 이어졌다.

줄지어 밖으로 나가자 교정에 있던 다른 반 녀석들도 여기저기서 작별 인사를 하느라 정신없었다. 말순, 평성, 상옥, 주학, 영희, 승기, 효순, 춘란, 정숙이까지 모두 교정에 나와 있었다.

이 녀석들과는 앞으로도 만날 수 있지만 기숙사생들과는 좀처럼 만나기 힘들 것이다. 그걸 알기 때문인지 작별 인사는 대부분 기숙사생에게 집중되었다.

"얘들아, 이게 진짜 마지막이다. 다 같이 학교를 한 바퀴 돌자!"

수일이가 제안했다.

"오, 그래, 그러자!"

주위에 있던 네다섯 명이 찬성하자 눈 깜짝할 사이에 이삼십 명의 집단을 이루었다. 함께 교정을 천천히 걸으며 학생들에게 제안하자 무리는 점점 커져갔다. 부끄러워 선뜻 무리에 못 들어오는 사람을 억지로 끌어당기기도 해 어느새 백 명 정도가 모였다.

"자, 간다!"

선두 그룹이 크게 외쳤다.

"조국, 통일"

"조국, 건설"

"조고, 만세"

구령을 붙이며 걸음을 맞춰 어느새 달리기 시작했다. 구경하고 있던 중학생들도 흥미로웠는지 맨 뒤에 따라 붙었다. 빙그레 웃으며 바라보고 있던 선생님도 무리 안에 억지로 끌려와 있었다.

교정에서 운동장으로, 운동장에서 단층 교사 구석구석까지 학교 안을 빠짐없이 추억을 하나씩 곱씹어 가며 큰소리로 구령을 외치면서 우리는 계속해서 달렸다.

이렇게 우리는 중학교와 고등학교 6년 동안 공부한 이 학교와 작별했다.

2

전력질주를 마친 후 헉헉대는 거친 숨을 토해내며 그 자리에 주저앉아 숨을 고른 후에도 팔과 다리가 경직되어 한 발짝도 내딛을 수 없는 상태, 내가 지금 그렇다.

조고와 작별한 나는 심한 허탈감에 빠진 채 하릴없는 나날을 보내고 있었다. 무엇을 해야 할까, 앞으로 어떤 선택을 해야 할까. 한 발 앞으로 나갈 의욕도 생각할 힘도 나지 않았다.

자주 낮잠을 잤다. 그리고 반드시 꿈을 꾸었다. 밤에도 꿈을 꿨는데 하나같이 학교에 관한 꿈이었다.

경찰기동대의 습격, 운동장 만들기, 건일이에게 당했던 일, 서명운동, 유치장에 들어갔던 일, 태일이의 자살 미수, 아라카와 철교에서 강으로 뛰어든 일, 커닝했던 일, 축구 방송, 히비야 공회당에서 관객을 열광시킨 일, 영희, 영순이, 그리고 챠우스산에서 있었던 일까지.

꿈인지, 생시인지, 그저 막연히 떠오른 것인지, 도무지 구별되지 않을 만큼 밤낮을 가리지 않고 그 일들이 꿈에 나타났다. 잊고 있던 일까지 꿈에 보였고, 그 다음이 궁금해 다시 또 낮잠을 잤다.

태일이네 집으로 무작정 걸음을 옮기다가 녀석이 집에 없다는 걸 도중에 깨닫고 다시 집으로 돌아왔다.

4월에 조선에서 귀환하는 일본인을 태우기 위해 북조선으로 가는 코지마마루에 승선할 수 있도록 조국 진학반 학생들이 졸업식 다음날부터 행동에 들어갔다.

일본적십자사를 찾아가 아예 눌러앉아 있을지도 모른다고 했다.

혹시나 싶어 집에 돌아와 태일이에게 전화를 해 보았지만, 역시 집에 없었다. 매일 이른 아침에 나가 밤늦게 돌아온다고 형수님이 말했다.

내 친한 친구들은 모두 귀국반으로 가고 말았다. 태일, 승옥, 수일, 주학, 상옥, 찬흥이까지….

단 한 사람 성식이가 남아 나와 같은 조대 노문과 입학이 결정됐다. 미카와시마는 집에서 가까워 성식이를 찾아갈까 생각했지만 도중에 발길을 돌리고 말았다. 도무지 조대에 매력을 느끼지 못했기 때문이다. 그 바람에 성식이를 만날 의욕도 떨어졌고, 조대를 선택한 것을 후회했다.

한때는 일본 잔류를 결심했던 태일이가 막상 뚜껑을 열었을 땐 귀국반으로 마음을 바꾸었고 나는 그 반대를 선택했다. 그때부터 우리 둘은 서로 다른 길이 결정되었다.

어느 쪽을 택할지 고민하다 결국엔 귀국반으로 가지 않은 내 판단은 옳았던 것일까? 조대에 가기로 한 걸 알고 아버지도 어머니도 가슴을 쓸어내렸다. 쉬는 날에도 일을 도우려고 하지 않는 나를 아버지는 전혀 나무라지 않았다. 우에노도서관에 간다며 집을 나서고도 내키지 않아 연일 영화만 연거푸 보았다.

하루가 끝나기만 하면 그걸로 되었다. 무엇을 하고픈 건지, 무엇을 해야 하는지 목표도 세울 수 없는 허송세월의 연속이었다.

결국 나는 조대가 개강한 후에도 등교하지 않고 매일 우에노도서관으로 가 닥치는 대로 소설만 읽었다. 그러다 겨우 눈앞에 목표 비슷한 것을 세웠다. 이 기회에 그저 난독만 하지 말고 나라별로 계획을 세워 대표작을 읽어보려 했다.

처음엔 일본소설부터 시작했는데 그렇다고 하루 종일 도서관에만 있을 수는 없었다. 내친김에 클래식과도 친해보자 싶어 **로마**와 **수원** 등에서 시간을 보내기도 했다.

"역시 여기 있었네. 걱정했잖아."

로마에서 음악을 들으며 책을 읽고 있었는데 갑자기 성식이가 나타났다.

개강하고 2주가 지났는데도 학교에 나오지 않는 내가 걱정 돼 성식이는 집으로 전화를 했던 모양이다. 조대에 있을 거라는 어머니 말에 오지 않았다는 말은 못하고, 우에노도서관에 들렀다가 거기에도 내가 없자 이곳에 있을 거란 짐작이 들어 왔다고 한다.

오랜만에 보는 성식이가 반가웠다.

"왜 학교에 안 오냐?"

제대로 대답하지 못할 것 같아 그저 웃기만 했다.

"조대는 어떠냐?"

"건물은 그저 그렇지만 수업은 재밌다. 니가 좋아할 만한 수업이 많아."

노문과 강의는 문법, 작문, 강독, 회화다. 그밖에 러시아·소비에트역사, 문학사, 사상사, 작가론까지 꽤 많았다. 교수진은 대부분 일본인인데 요시무라 키치타로, 쿠보카와 쓰루지로 등 전문분야에서 어지간히 이름이 알려진 이들이라고 했다. 회화는 일주일에 2회, 러시아 여성이 담당했다.

"아직 시작한지 얼마 안됐으니까 내일부터라도 나와라. 게다가 노문과는 열다섯 명밖에 없어서 개인수업을 받는 거나 마찬가지라 적당히 게으름 따위 피울 수도 없어."

듣고 보니 수업에 다소 흥미가 일었다. 소설 읽기를 그만둘 생각은 없었지만 조대에 나가볼 마음이 조금은 생겼다.

코지마마루의 승선요청 운동은 일본적십자 본사 앞에 진을 치고 교섭을 했으나 결국 실현되지 않았다. 그러자 외국항로의 선박회사를 샅샅이 뒤져 직접 교섭에 들어간 것 같았다.

북과 국교를 맺지 않았으니 승선이 허락되어도 영국령인 홍콩에 내린 다음 중국을 횡단해 평양으로 가는 코스를 택한다고 한다.

일본과 중화인민공화국 사이에도 국교가 없으니 홍콩에서 어떻게 중국 본토로 들어가는지 모르겠으나 귀국반 학생들이 그렇게 말했기에 어떤 루트든 선택하게 될 것이다.

이런 일은 당연히 외무성의 출국 허가가 필요하다. 외무성의 허가가 또 다른 난제여서 좀처럼 호의적인 대답을 얻지 못했다. 예상대로 한국대표부에서 낌새를 알아차리고 일본정부에 맹렬히 압력을 넣었다. 국제인권조약의 정신에서 인도적 문제로 호소하자 조만간 은밀하게 출국 허가가 나올듯한 느낌을 받았다. 작년에 홍콩을 경유해 출국한 임광철 교장의 전례가 있었기 때문이다.

귀국반은 일본의 관계당국과 선박회사 양쪽을 상대로 매일같이 접촉을 시도했다. 게다가 한국대표부의 방해를 경계해 비밀리에 하느라 구체적인 것은 가족에게도 밝히지 않을 정도로 치밀했다.

5월에 들어서 우리는 다시 모이기 시작했다. 장소는 대부분 우에노도서관인데, 약간의 돈이 있고 마음이 내키면 돌아오는 길에 **로마**나 미카와시마역 옆에 있는 고깃집에 모여 놀기도 했다.

협상상대의 답변을 기다려야 하기 때문에 반드시 매일 활동을 나갈 필요는 없었기 때문이다. 그러다 갑자기 어딘가로 불려나가기도 하는 불규칙한 상황이었다. 게다가 교섭은 다 함께 행동하는 것도 아니었다. 소그룹으로 나뉘어 따로 행동했다.

연락은 총련 중앙의 수직연락이었고 동료간 연락은 없었다. 때문에 다른 그룹의 움직임을 전혀 알 수도 없다. 정보 누설로 인한 한국 측의 방해공작으로 실현을 눈앞에 둔 일정이 하나같이 좌절됐기 때문이다. 태일이에게 물으면 어느 정도 대답해 주겠지만 나는 물으려 하지 않았다. 태일이와 승옥이의 작은 움직임과 표정 변화에서 무언가를 추측할 뿐이었다.

대학 강의가 끝난 후 돌아오는 길에 나는 어김없이 도서관에 들러 소설을 읽었다. 아침부터 도서관에 있던 주학이, 태일이와는 거기서 만났다. 승옥, 수일, 찬홍이도 아르바이트가 없는 날엔 얼굴을 내밀었다.

어느 날 밤, 태일이 집에서 모이기로 했다.

테이블은 진수성찬이었고 평소에 그다지 얼굴을 마주하지 못하는 찬홍, 상옥, 수일이까지 있었다.

음식을 먹고 맥주잔을 돌리고 모두 함께 담배를 피웠다.

고등학교 시절 추억담과 좋아했던 여학생 이름을 서로 고백하며 자지러지듯 웃었다.

자연스레 나중에는 북에 관한 일들과 귀국을 앞둔 심경에 화제가 집중되었다.

상옥이와 찬홍이가 주로 얘기를 했기에 이 자리가 두 사람의 환송회라는 걸 알았다.

드디어 이 친구들이 귀국하는 것인가!

"조만동 선배가 떠났어!"

수일이가 흥분해 말했다.

"오, 그래!"

감격스런 탄성이 터진다.

"정말 간 거지?"

승옥이가 믿을 수 없다는 듯 재확인한다.

"틀림없어. 한 달 전 식사자리에 불려갔었는데 그게 송별회였어. 그 자리에 강은희도 있었다."

조만동은 1년 선배로 학교 창립 이후 수재로 평판이 난 선배다. 은희도 성적이 우수했던 우리 동급생이다. 학생 때부터 두 사람이 사귀었다는 소문을 나는 불과 얼마 전에 들었다.

"선배한테 슬쩍 물어봤거든, 뱃삯이 얼마인지."

두 사람이 떠나는 걸 알았던 태일이가 비밀을 고백하듯 말했다.

"얼마래?"

"35만 엔."

수일이가 진지한 표정으로 되물었다.

"35만 엔! 난 그런 돈 없는데. 가난뱅이는 조국에도 못 가는 거냐?"

수일이가 입을 비죽 내밀며 불만스런 표정을 짓는다.

"너희들은 얼마냐?"

태일이가 승옥이에게 캐물었다.

"15만 엔, 근데, 왜 이렇게 차이가 나는 거지?"

찬홍이가 고개를 갸우뚱거렸다. 불과 얼마 전 영동이 형의 급료가 8천 엔이라고 들었다. 30만 엔은커녕 15만 엔도 터무니없는 승선요금이다.

"그래서 둘은 언제 떠나냐?"

수일이가 찬홍이를 쳐다보았다.

"몰라. 아마 이번 주 안에 가겠지. 언제 연락이 올지 모르니까 맘대로 움직일 수도 없어."

"너희 그룹은 생각보다 빠르네. 우리 쪽은 아직 예측도 안 돼."

태일이가 조바심이 난 듯 말했다.

"상옥아, 그곳에 도착하면 편지해라. 그리고 혹시 말인데, 만약 생각지도 못한 상황이라면 검열할지 모르니까 뭔가 사인을 넣어서 말야."

태일이가 히죽 웃으며 곤란해 했다.

"멍청아, 검열은 무슨 검열, 이상한 소리 하지 마. 앞으로 가게 될 나라인데, 믿어야지."

승옥이가 태일이를 노려본다.

"우리 형이 걱정하면서 무슨 일이 생기면 편지글 속에 '귀국해서 생수를 마셨더니 배탈이 났다'고 쓰라고 하더라. 이 문장이 들어 있으면 진짜 얘기는 쓸 수 없다는 사인이겠지만."

찬홍이가 이렇게 말하고는 웃었다. 우리도 따라서 씁쓸하게 웃었다.

어지간히 취기가 돌았다. 한동안 만나지 못하는 사이에 다들 술꾼이 되어 있었다.

"야, 상옥아, 노래 좀 불러 봐라. 니 노래를 들어두고 싶다."

주학이가 어색한 분위기를 지우려는 듯 애써 밝게 말했다.

"들어두고 싶다니, 내가 무슨 지옥에라도 가는 것 같은 말투네. 너도 곧 올 거잖아."

나직이 대꾸하며 상옥이가 일어났다.

"좋아, 불러주지."

굵직한 저음에 달콤한 목소리를 가진 상옥이는 '유라쿠쵸에서 만납시다有楽町で逢いましょう'를 부르기 시작했다. 정감 있었지만 어쩐지 구슬프게 들린다.

상옥이 노래가 끝나자 곧이어 찬홍이가 일어나 '고추잠자리赤とんぼ'를 불렀다. 메마르고 갈라진 목소리에 음정도 흐트러져 있다. 수일이가 약간 높은 소리로 음정을 잡아주며 함께 부르자 어느새 합창이 되었다. 노래가 끝나도 찬홍이는 앉으려고 하지 않고 이번엔 '고향ふるさと'를 부르기 시작했다. 또다시 함께 합창이다.

정말 듣기 좋은 노래였다. 찬홍이의 음정이 점점 흐트러져서 문득 쳐다보니 눈물을 뚝뚝 흘리고 있다. 태일이는 힘없이 고개를 떨구었고, 수일이는 천정을 올려다보고, 주학이와 상옥이는 쓸쓸한 표정으로 노래를 따라 부르고 있었다. 나도 가슴이 뻐근하고 목젖까지 눈물이 차올라 목소리가 제멋대로 흔들렸다.

고개를 숙이고 있던 태일이가 갑자기 나를 보더니 쓸쓸히 물었다.

"야, 석철아, 넌 나를 잊지 않을 거지? 너희들도 우리가 여기에 있었던 걸 기억해 줄 거지? 역사는 우리를 기억해 줄까?"

"기억하지 그럼. 어떻게 잊을 수 있냐!"

나는 목이 잠겨와 일부러 힘주어 대답했다.

"나, 얼마 전부터 그런 생각이 들었어. 니가 있어서 나도 즐거웠다고. 너희들이 있어서 오늘까지 살아올 수 있었다고……."

"그래 맞다. 앞으로는 더 훌륭한 인생을 살아야지, 안 그러면 재미없잖아. 야, 너희들, 안 그래?"

승옥이가 확인이라도 하듯 우리들의 얼굴을 훑어보았다.

2주쯤 지난 어느 날 저녁이었다.

도서관 열람실에서 공부하고 있던 태일이의 어깨를 누군가 다가와 가볍게 두드렸다. 뒤를 돌아보니 찬홍이가 멋쩍게 웃으며 우뚝 서있다.

태일이가 나랑 주학이까지 불러 허둥지둥 휴게실로 뛰어가 보니 어색한 표정으로 찬홍이가 손을 흔들었다.

"부두까지 갔는데, 남쪽 새끼들의 방해로 선박회사가 승선을 거절했다. 그 새끼들, 아주 지저분하게 굴어서. 그리하야 다시 귀환하게 됐습니다."

찬홍이는 우리가 따져 묻기도 전에 먼저 억울해하며 천연덕스레 자초지종을 털어놓았다.

"친척들에게 전별금까지 받으며 울었는데, 이대로는 집에도 못 돌아간다. 그래서 야반도주하듯 도망 나와 당분간은 도쿄에서 살기로 했다. 잘들 부탁한다."

쯧쯧 혀를 차 주고 웃었다.

"상옥이는 어떻게 됐어?"

"돌아오는 열차에서 헤어졌는데, 그 녀석도 조만간 도쿄로 나오지 않을까. 이대로 가만히 있을 수 없지. 누가 뭐래도 귀국한다고 했으니까."

우리는 그 즉시 밖으로 나왔다. 곧바로 찬홍이의 '귀환 환영회'를 해야 했다.

안녕, 내 친구여

1

고교 졸업 후 1년이 지났다.

지금까지 내 친구들 가운데 조국으로 귀국한 사람은 주학이와 상옥이 둘뿐이다.

두 사람이 출항 전날 밤에 보낸 편지를 받았다. 희망과 굳은 결의에 찬 편지에 가슴이 뜨거웠다. 언젠가 오늘을 떠올릴 때가 있겠지 싶어 나는 편지를 소중히 간직하고 있다. 두 사람이 일본을 떠난 후 반년이나 지났지만, 평양에서는 아직 편지가 오지 않았다. '귀환' 하지 않은 걸 보니 무사히 평양에 도착했다는 증거이다.

바로 며칠 전, 깜짝 놀란 일이 있었다.

조선대학 도서실에서 조국에서 보내 온 **조선화보** 신년호의 페이지를 넘기던 중 낯익은 얼굴을 발견하고 그 자리에 얼어붙었다. 칼럼난에는 '일본에서 대학진학 희망자 오다' 라는 제목이 있었고, 꽃다발을 든 두 명의 여학생 사진이 실려 있었다. 누구인가 자세히 보니 강은희와 놀랍게도 영희가 데려왔던 임시 연극부원 손춘란이었다.

얘들도 귀국했구나!

여학생들을 전혀 신경 쓰지 못했던 나는 무사히 귀국했다는 기쁨보다 그녀들의 용기에 더 감복했다. 그렇다면 그동안 나의 동급생 중 네 명이나 귀국한 것이 된다.

나는 태일이에게 용기를 주려고 그 잡지를 빌렸는데, 곰곰이 생각해 보니 문득 의문이 들었다. 기사에 의하면 두 사람의 평양 도착 날짜는 빠진 채 10월이라고만 보도했다. 주학이와 상옥이의 환송회를 한 것이 10월 말이었으니까 거의 같은 시기에 일본을 떠난 것이다. 4명이 같은 배였던 걸까? 그렇다면 왜 주학이와 상옥이는 기사에 실리지 않은 걸까? 아니면 다른 길로 귀국하느라 보도되지 못한 사정이 있는 걸까?

태일이 말에 따르면 30명 정도로 엄선된 희망자가 지금은 10명 정도로 줄었다고 한다. 15만 엔이니 30만 엔이니, 그만한 승선비를 마련하지 못한다며 수일이는 귀국을 단념했다는 소문이다. 그리 단순한 친구가 아니니 뭔가 사정이 있어 방향전환을 한 것이리라 생각했다. 1년이 지나도록 귀국을 못하면 포기하는 녀석이 나오는 것도 무리는 아니다.

태일, 승옥, 찬홍이 등은 무슨 일이 있어도 귀국하겠다고 아직까지는 벼르고 있다. 불쌍해 보일 정도로 고집스럽게, 한편으론 자포자기한 것처럼도 보였다. 그들에게는 왜 기회가 오지 않은 걸까.

나는 착실하게 조대에 다녔다.

수업은 모두 재미있었다. 전국에서 모여든 유능한 남학생과 재원이 많았고, 소수인원으로 학부는 거리감 없이 자유롭게 교류할 수 있어 늘 흥미로웠다.

변함없이 도서관에 다니며 소설도 읽었다. 요즘엔 러시아 소설이 중심인데, 특히 체호프가 마음에 들었다. 러시아 소설을 읽으면 산골짜기 촌락과 애타는 고향, 광활한 대지, 황량한 설원, 우거진 삼림, 풍부한 색채를 품은 사계절의 여러 산과 강변 등 대자연의 쉴 새 없는 변화와 약동에 동경에 가까운 매력이 느껴졌다.

나는 오오야무라大谷村에 가 보기로 했다.

오오야무라는 해방 직전 가족들과 피난을 갔었던 내겐 자연 그대로의 시골이다. 여기서 나는 소학교 1학년이 되었다. 우리의 고향은 어디인지 화제가 될 때면 나는 언제나 이곳 오오야무라를 그립게 떠올리곤 했다.

"좀 곤란한데."

내 계획을 들은 태일이가 난처한 표정을 지었다.

"그 사이에 뭔가 있을 거 같아."

그 뭔가 있을 것 같다는 것 때문에 벌써 세 번이나 '환송회'를 했다. 진짜로 일이 벌어진다 해도 전화연락만 자주하면 되겠다 싶어 그다지 신경 쓸 일 아니라는 여유까지 생겼다.

"그때 말한 암호, 기억하지?"

"'여행 간다, 다녀와서 얘기하자'였지?"

"응, 맞아."

절반은 재미삼아 벌써 1년 전부터 셋이서 떠날 때의 암호를 미리 정해놓았다. 이 암호가 있으면 내가 곧바로 태일이와 승옥이 집으로 달려가 '마지막 이별'을 나눌 작정이었다. 벌써 세 번이나 이 암호를 써 먹었지만 별 효력이 없이 지나갔을 뿐이다.

"뭐, 괜찮겠지. 다녀와라."

"그래, 갈 거다. 너희들을 위해 흘릴 눈물도 이젠 없다."

우에노에서 7시 출발 완행으로 우쓰노미야까지 약 3시간. 거기서 버스를 타고 '돌의 고장石の里'으로 유명한 오야로 간 후 그 다음엔 도보로 오오야무라로 향하는 2박 3일의 일정이다.

10년 만에 찾아가는 그리운 '귀향'이었다. 10년 전의 기억이 어느 정도 남아있을까 설레었다.

우쓰노미야역 앞을 나오자마자 소학교 1학년이던 10년 전 기억 같은 건 아득한 추억 속에만 남은 것이라는 걸 깨달았다.

내 기억에 역 앞은 땡볕이 내리쬐는 소박한 광장과 맞은편에 있던 작은 판자지붕의 버스 정류장과 목탄연료 버스, 쉼 없이 지나가는 소달구지뿐인 시골냄새 물씬 풍기는 지방 도시였다. 그런데 이게 어찌된 일인가. 역 앞 광장은 몰라볼 정도로 넓어졌고, 중심거리의 상점가는 물건을 사는 손님들로 북적였다. 이제는 전후가 아니라 할 만큼 일본경제의 활기찬 변화를 이 도시에서도 느낄 수 있었다.

우쓰노미야에서 오오야무라까지 버스로 50분이나 걸렸다.

전방에는 곳곳에 암벽 표면이 드러나 있는 나지막한 산들이 보였다. 한가운데를 흐르는 스가타가와姿川를 따라 상류로 향하니 우뚝 솟은 암석과 암벽을 깎아낸 흔적들이 날카롭게 서 있는 거대한 암석 벽이 가까이 다가왔다. 사방을 둘러 싼 산괴야말로 오오야석大谷石의 고향이다.

짙은 안개에 가려 잘 보이지 않았던 기억이 희미하게 윤곽을 드러내기 시작했다. 그러고 보니 내가 다닌 학교는 쿠니모토 국민학교였다.

주민 아주머니 얘기로는 여기에서 쿠니모토 마을까지는 이와하라岩原, 사쿠라다桜田, 시바사키무라柴崎村를 지나야 하는, 남자 걸음으로 적어도 1시간은 걸어야 한다고 했다.

오늘밤 묵을 곳이 정해지자 오오야 견학은 내일로 미루고 곧바로 쿠니모토 마을을 향해 걷기 시작했다.

50분쯤 걸어 드디어 쿠니모토 마을에 도착했다.

낯익은 논과 밭, 논두렁, 초가지붕의 가옥들과 구불구불 굽은 좁은 길, 개울을 가로지른 작은 다리, 골목길 어귀의 감나무와 밤나무, 먼 곳까지 펼쳐진 뽕나무밭 등이 깊은 기억의 바닥에서 10년 전을 되살리게 해주었다.

나는 가슴이 두방망이질 치듯 몹시 두근거렸다.

두리번두리번 주위를 둘러보며 반은 뛰는 걸음으로 걸었다.

그리고 드디어 내가 살았던 집으로 이어지는 완만한 언덕에 다다랐을 때 너무 반가운 나머지 한 발짝도 앞으로 내딛지 못하고 그 자리에 우두커니 멈춰서고 말았다. 가쁜 숨이 몰아치고 고동치는 심장소리가 들리는 것 같았다.

천천히 언덕길을 올라갔다.

언덕아래 왼쪽은 매일 같이 놀던 2학년 토시오의 집이다. 넓은 부지에 소와 산양 몇 마리, 닭을 수십 마리나 길렀다. 뒤뜰에는 대나무 덤불이 있고 옆으로는 분명 개울이 흐를 것이다. 여름에는 토시오와 개울가에서 헤엄을 쳤고, 바구니 그물을 만들어 작은 물고기와 장어를 잡았다. 그밖에 두세 명 더 함께 놀던 친구들이 있었는데 토시오 이외에는 이름도 얼굴도 생각나지 않았다.

언덕 중턱 농가에서는 가을철 박고지 만들기가 장관이었다. 온가족이 총출동해도 손이 모자라 우리 부모님과 누나 형까지 도우러 갔었다. 나는 마루에 앉아서 하루 종일 그 광경을 바라보았다. 마당 앞 전면은 이제 막 씻은 가늘고 긴 끈을 널어놓은 것 같아서 바람이 불면 이리저리 흔들리는 박고지가 마치 춤을 추는 것 같았다.

언덕 위에는 10년 전과 하나도 변함이 없는 나의 집이 있었다. 달라진 것은 마당 앞에 있던 포도시렁이 없어진 것과 도로에 닿은 쪽 처마와 벽이 얼마 전 새 것으로 바뀐 것 같은 느낌뿐이다.

까맣게 잊고 있었는데 도로에 닿은 마당 입구의 밤나무가 내 기억보다 훨씬 작은 것에 묘한 위화감이 들었다.

발소리를 죽이고 마당으로 들어갔다. '계십니까'하고 사람을 불러보았지만 대답이 없었다. 손목시계를 보니 3시였다. 들일을 나간 주인이 아직 돌아오지 않은 것일까.

발소리를 죽이고 마당 안까지 들어갔다. 소리를 내면 10년 전의 기억이 한 순간에 무너지지 않을까 조마조마했다. 창고도 뒤뜰 대나무덤불도 옛날 그대로였다.

이대로 마당 끝에 서서 서성대는 것도 이상하게 여겨질까 봐 도로 쪽으로 나와 나무 그늘에서 '나의 집'을 언제까지나 바라보았다.

집안을 들여다보지 못한 것이 아쉬웠다. 안쪽으로 두 평 반 남짓한 방이 조부모님의 방이고, 옆으로 세 평 방이 두 개, 그리고 다섯 평 남짓한 토방에 화로가 있었다.

이집에서는 이상하리만큼 아버지와 누나, 형의 기억이 희미한 건 왜일까? 피난 중에 아버지가 농사를 지은 기억도 없었다. 살림을 어떻게 꾸리고 있었을까? 별안간 아버지와 형이 우리 앞에 나타나 자주 도쿄 얘기를 했던 기억이 있는 걸 보니 그곳으로 생활비를 마련하러 갔었는지도 모른다.

언덕 아래로 다시 내려왔다.

토시오가 있을리 없겠지만 가족 가운데 누구라도 만나 얘기하고 싶었다. 이상하게도 토시오의 이름은 기억하는데 얼굴이 잘 생각나지 않았다. 하물며 그의 부모님 얼굴은 전혀 기억에 없다. 여기도 빈집이었다. 역시 들일을 나간 것 같았다.

자주 놀던 작은 강으로 가보니 생각보다 작은 것에 놀랐다. 강가에 있는 통나무 다리는 옛날과 다름없이 아슬아슬 걸려있었는데, 강폭도 수심도 의외로 좁고 얕아 보였다. 그때는 물풀에 손발이 감겨 몇 번씩이나 물에 빠졌던 깊이였다. 기억의 불확실함은 그토록 즐거웠던 그 시절 내 행동반경이 집에서 고작 사방 5백 미터에도 못 미치는 좁은 범위였다는 것을 깨닫게 했다.

강 수면에 무수히 많은 고추잠자리가 활공하고 있었다.

좋구나. 정말 그리웠다. 8살의 내가, 조부모와 어머니가, 당장이라도 거기에 나타날 것만 같았다. 어린 시절, 뚜렷하게 기억 속에 남은 나의 '시골'은 영원히 마음의 잔상으로 남을 것 같았다.

결국 나는 내일 한 번 더 가 보기로 했다. 시간이 늦은데다 내일 오전 중에 오오야를 견학하고 쿠니모토 마을의 흔적이 남은 몇 곳과 쿠니모토 국민학교에도 가 보고 싶었다.

아침 6시에 집을 나서 10년 만에 쿠니모토 마을의 추억에 흠뻑 빠졌기에 흥분하기도 했고 어지간히 지치기도 했다. 일찌감치 여관 이불 속으로 들어갔지만, 낮 동안의 흥분으로 몇 번이나 잠이 깨 깊은 잠은 자지 못했다.

다음날 아침식사를 일찍 끝내고 서둘러 여관을 나서 오오야석 채굴 흔적을 찾아 나섰다. 오후 일정을 생각하면 일찌감치 견학을 하는 것이 무난할 것 같았다. 애초에 집에서 학교까지 등교하던 길이 도무지 생각나지 않은 데다, 오후에 어떤 사건이 일어날지 걱정도 되었기 때문이다.

채굴장 한 곳에 들어갔다.

관광지화 되어 벌써 견학을 온 사람들이 있었다. 지하 몇 층으로 파내서 층별로 튼튼한 계단이 만들어져 있었다. 맨 밑층은 수십 미터나 되어 그 거대한 공동에 간담이 서늘했다. 휘황찬란한 조명 때문에 대낮 같았다.

입구와는 다른 출구로 밖으로 나오자 우뚝 선 바위 표면에 직접 새긴 거대한 관음상이 서 있었다. 평화를 기원해 전후에 만들어졌다고 한다. 광장 끝에 있던 휴게실에서 한숨 돌리며 멀리 관음상을 바라보았다. 벌써 점심 때가 가까워져 있었다.

오야꼬 덮밥을 주문하고 나는 공중전화로 집에 전화를 걸었다. 어젯밤은 너무 고단해 전화하겠다는 약속을 까맣게 잊었다.

벨이 울리자마자 유자가 받았다.

"여보세요, 나야. 무슨 연락 없었냐?"

"오빠? 어디서 뭐하고 있어 지금, 어제 밤에 전화한다고 했잖아."

유자는 전화를 받자마자 안절부절못하며 나를 다그쳤다.

"미안, 너무 피곤해서."

"태일이 오빠한테 몇 번이나 이상한 전화가 왔어."

"언제, 몇 시쯤?"

"어제 아침 9시였나?"

"니가 받았어?"

"내가 어떻게 받아, 학교에 있었는데."

"그럼 누가 받았어?"

"어머니. 여행 간다느니 어쩌느니 했다는데, 오빠랑 같이 가는 줄 알고 석철이는 벌써 나갔다고 했는데, 얘기가 엉뚱해져서. 그리고 밤에 태일이 오빠한테 다시 전화가 왔어. 그때는 내가 받았는데, 마찬가지로 여행을 가니까 돌아와서 얘기하자면서, 오빠한테 어떻게든 전해달라고 말했어."

심장이 고동치기 시작했다. 나는 수화기를 꼭 쥔 채 소리쳤다.

"언제, 몇 시, 어느 기차에 탄다고 했어!"

"왜 그래, 화낼 일이 아니잖아. 잠깐만 기다려 봐. 어휴, 다들 이상한 소리만 해대고……."

메모를 찾는 것 같았다.

"저녁 18시 정각."

"언제야!"

"오늘이야. 어떻게든 오빠한테 연락해 달라고 몇 번이나 똑같은 소릴 했어."

"어느 역이야?"

"도쿄역."

"알았어."

"잠깐만 기다려. 그리고 어제 저녁부터 두 번이나 승옥이 오빠한테도 전화가 왔어. 오사카에서 건 것 같은데, 태일이 오빠랑 같은 말을 했어. 여행에서 돌아와 얘기하자고. 무슨 일이야, 두 사람 다. 돌아와서 얘기할 거면 전화할 필요 없잖아? 바보같이."

"시끄러!"

나는 수화기를 거칠게 내려놓고 밥값을 지불한 뒤 버스 정류장을 향해 맹렬한 기세로 달렸다.

2 드디어 태일이와 승옥이가 '여행을 떠난다'.

나의 오오야 여행에 곤혹스런 표정을 지은 태일이를 떠올렸다.

승옥이는 일주일 전에 급히 오사카의 누나와 동생을 만나러 갔다. 나는 그다지 마음에 두지 않았는데, 이번이야말로 확실한 예감이 들어 마지막 이별을 하러 갔던 모양이다.

가장 빠른 급행인 우에노행은 17시 30분에 도착한다. 우에노에서 도쿄역까지 30분이면 간신히 도착할 것 같은데, 열차를 찾느라 시간이 걸리면 태일이를 만날 수 있을지 불안했다. 오사카에서 전화를 걸어온 승옥이와는 어디에서 합류하는 걸까.

열차 검표 중인 차장에게 확인하니 18시 정각은 하카다행으로 서두르면 아마 출발시각에 맞출 수도 있다고 했다.

간신히 가슴을 쓸어내렸다.

낮 시간에 급행은 의외로 빈자리가 많았다.

거의 중앙 자리에 앉았다. 배가 고파 차내 도시락과 차를 사서 먹은 후 이런저런 생각을 하던 사이 나는 깜빡 졸고 말았다.

몸집은 고교생인데 소학교 1학년이 된 우리 삼총사는 쿠니모토 마을 개울가에서 헤엄을 치고 있었다. 거기에 수일이와 주학이, 상옥이가 달려오더니 갑자기 개울로 뛰어든다. 그 바람에 우리는 물보라를 제대로 뒤집어썼다. 자세히 보니 녀석들 모두 발가벗고 있었다. 우리는 물속에서 신이 나서 녀석들의 고추를 잡아당겼다. 비명을 지르며 세 녀석이 냅다 우리에게 달려들었다.

"뭐야, 너희들, 훈도시나 걸치고. 조선인은 그 딴 거 안 걸친다."

"바보, 발가벗는 것보다 낫잖아."

우리는 깔깔 웃으며 셋을 놀렸다.

덜커덩 흔들린 열차에 실눈을 떴다. 침을 흘리고 있었던 걸 알고 재빨리 입가를 손으로 닦고 고쳐 앉았다. 그리고 다시 잠이 들었다.

이번에는 중학생이 되어 있었다. 경찰기동대의 습격에 교정 안을 도망치며 뛰어다녔다. 아무리 쫓겨도 아무도 붙잡히지 않았다. 경관들은 이를 갈며 분통을 터트렸다. 운동장을 만드느라 손수레를 끌고 있던 영순이와 영희가 너희들 왜 도망치느냐며 이상한 표정으로 물었다. 경찰기동대가 습격했다고 소리치자, '괜찮아, 함께 도망치자' 며 일제히 공중으로 날아올랐다. 우리가 하늘을 날 수 있다는 걸 까맣게 잊고 있었다. 수백 명의 학생들이 각자 생각한 방법대로 하늘을 날았다. 이윽고 도착한 곳은 챠우스산 정상이었다. 깜짝 놀란 건 경찰기동대가 정상에도 대기하고 있었고, 모두 큰소리로 웃으며 다시 우리에게 몰려왔다.

영순이가 소리쳤다. 이쪽이야, 다들 이쪽으로 와!

정상에서 일제히 다시 하늘로 날아올랐다. 이윽고 크게 무리지어 하늘을 날아오른 우리는 백두산과 금강산, 지리산을 지나 포플러 가로수가 있는 어느 한적한 농촌 길에 도착했다. 우리 앞에는 치마저고리 차림의 여자와 다섯 살 쯤의 어린아이가 손을 잡고 걷고 있었다. 아이는 몇 번이나 뒤를 돌아보며 이리 오라고 손짓을 했다.

나는 낯익은 그 아이를 쫓아가며 모두에게 따라오라고 소리쳤다. 다함께 농촌 길을 가득 메우며 아이의 뒤를 따라갔다. 그런데 어찌된 일인가. 별안간 중학교 3학년 때 한국으로 강제송환 된 김남식이 나타나 우리 앞을 거칠게 막아섰다. 옆에는 영동이 형이 있고, 또 갑자기 아버지와 어머니가 나타나 더 이상 가면 안 된다고 했다. 여자와 어린아이가 멀어지는 것이 두려워 우리는 거세게 달려들었다.

열차가 오오미야역에 도착하려는 참이었다.

지리멸렬, 기상천외한 꿈이다. 잠시 차장 밖 풍경으로 눈을 돌려 한참을 바라보았다. 도쿄역 플랫폼에 도착한 시각은 열차 출발 10분 전이었다.

울고 싶을 만큼 초조했다. 홈에 있던 역무원에게 18시 출발 하카타행이 몇 번 홈인지 물었다. 역무원이 주머니에서 시간표를 꺼내들고 보기 시작했는데, 얼른 대답을 못하는 것이 답답해 대답을 듣지도 않은 채 지하도로 뛰어 내려갔다.

플랫폼마다 출발시각과 행선지를 기록한 안내판이 걸려있었다.

나는 4년 전 남식이 때를 떠올리고 10번 홈을 찾았다. 정확히 맞았다. 남으로 송환되던 이와 지금 북으로 떠나는 사람이 타는 열차는 같은 홈에서 출발했다.

계단을 두 칸씩 뛰어 올라가자 홈에서 아래를 내려다보던 태일이 형수님이 "여기, 여기요"하며 연신 나를 손짓해 부르고 있었다. 내가 반드시 오리라 믿고 형수님이 대기하고 있던 것이다.

태일이와 형님이 나를 발견하고 마구 손을 흔드는 것이 보였다.

나는 숨이 차서 가슴에 손을 얹고 헉헉 거친 숨을 토해내며 물었다.

"승옥이는?"

"그 녀석은 오사카에서 탈 거야."

태일이는 씩씩한 목소리로 대답했다.

"때맞춰 도착해 다행이다. 이젠 틀렸구나 싶었다."

태일이가 빙긋 웃었다.

"응, 정말 다행이다."

이렇게 대답한 뒤 태일이도 나도 아무 말 없이 서로의 눈을 바라보았다. 이별의 말은 지난 1년간 몇 번이나 나눴다. 이제 와서 더 무슨 말을 하겠나.

요란하게 발차 종이 울렸다.

그런데도 우리는 입을 꾹 다물고 있었다.

"배가 뜨기 전에 편지해라."

"응"

"그곳에 도착하면 곧바로 편지 써야 해. 건강히 지내고."

"응"

씩씩하게 대답은 했지만 태일이는 눈시울을 붉히며 다음 말을 좀처럼 잇지 못했다.

"형님, 고마워요. 형수님도 고마워요. 어머니를 잘 부탁합니다."

태일이는 형과 형수님의 손을 맞잡고 깊숙이 머리를 숙였다.

"태일 도련님!"

형수님이 감정에 북받쳐 울먹이며 말했다.

두 번째 발차 종이 울렸다.

태일이가 나에게 다가왔다. 녀석의 손을 잡으려고 했는데 태일이가 나를 힘껏 안았다. 나도 태일이를 꼭 끌어안았다.

"안녕 태일아, 잘 가라."

왈칵 눈물이 쏟아졌다.

"석철아, 석철아!"

태일이는 몇 번이나 내 이름을 불렀다.

"니가 있어서 행복했다. 니가 있으니까 난 앞으로도 열심히 살 거야. 그러니까 너도…"

흐르는 눈물을 닦지도 않은 채 나는 그저 고개만 끄덕였다.

"앞으로 10년이면 조국도 통일이 될 테니까 그땐 평양에서 만나자."

태일이가 목이 메어 이렇게 말했다.

"조선의 수도는 서울이야. 다시 만날 땐 서울에서다!"

"그래, 어디든 좋다. 조선에서 만나자!"

우리는 서로의 팔과 어깨를 두드리며 애써 웃었다.

승강구 발판으로 올라간 태일이가 다시 나를 불렀다. 내가 가까이 다가가자 태일이가 비밀얘기라도 하듯 귓속말로 말했다.

"영순이, 아주 좋은 애야. 잘 지내라고 전해 줘."

드디어 열차가 움직이기 시작했다.

우리는 열차가 움직이는 쪽으로 천천히 이동했다. 그리고 이내 따라갈 수 없게 되었다.

"태일아!"

형님이 들릴 듯 말 듯 작은 소리로 동생의 이름을 불렀다.(끝)

에필로그

작가의 말

태일이와 승옥이를 포함한 친구들이 귀국한 뒤 나는 심한 허탈감과 상실감에
서 좀처럼 빠져나올 수 없었다. 간신히 의욕을 되찾은 건 도요하시로 영순이
를 만나러 간 이후다.

졸업 후 다구치에서 도요하시로 나온 영순이에게서 낮에는 일을 하고 밤에는
지역동포 청년조직에서 활동하고 있다는 편지를 받았다. 챠우스 산에서 '겁쟁
이는 되지 마'라고 했던 그녀가 '행복은 자신이 만드는 것. 스스로 개척하는
것'이라며 또다시 내 마음을 압박했다. 허세를 부린 답장을 보내긴 했지만 그
녀가 얼마나 눈부시게 보였는지 모른다.

조고생 시절 영순이와는 풋사랑을 품은 채 결국 이어지지 못했다. 도요하시에
있는 동안에는 계속 연락을 했지만, 이후 어떤 사건이 계기가 되어 한동안 소
식이 끊어지고 말았다….

그 후의 나와 그녀의 이야기는 또 다른 이야기가 되겠다.

태일이와 친구들이 귀국한 뒤 3년 후인 1960년대 초부터 본격적인 귀국운동이
실현되어 찬홍이와 성식이도 북으로 떠났다. 60만 재일동포 가운데 6분의 1인
10만여 명이 이때 귀국했다. 아마도 동급생 250명 중 약 100명 정도가 이 시
기에 귀국했을 것이다. 재일조선인의 '민족 대이동'이었다. 이들 가운데는
'빨갱이'가 싫다며 나의 귀국의사에 맹렬히 반대했던 사촌 형제 영동이 형과
영자, 그리고 내 동생 히로시도 포함되어있다. 사촌 형제와 동생에 대해서는
아무것도 쓰지 못했다. 기회가 또 있을 것이다.

조선대학교 졸업 후 나는 원하던 민족단체의 보도기관에서 15년 정도 근무하
다 사정이 있어 퇴직했다. 애매한 설명은 그만두자. 그 시절 맹위를 떨친 조
직 내 '사상투쟁'에 휘말렸고, 숨이 막히는 생활을 견딜 수 없어 직장을 포기

해야 했다. 퇴직 후 10여 년은 좌절감 때문에 한동안 삶의 의욕조차 잃고 말았다. 그럴 듯한 정치이론의 강요와 냉혹한 조직논리를 질릴 만큼 맛본 나에게는 뒤돌아보고 싶지도 않은 시기였다고 하겠다. 세월이 약인지 이럭저럭 정상적인 자신으로 되돌아오기까지 그로부터 10년의 세월이 필요했다.

쫓기듯 민족단체를 퇴직했을 당시 일자리가 없던 나는 장인(야끼니꾸 가게를 운영)의 성화에 못 이겨 가르침을 받고, 점포 이름을 빌려 지점을 열었다. 4,5년간 고생은 했지만 어느덧 경영이 궤도에 올랐다. 사업이 안정되자 한곳에 전념하지 못하는 내 병이 도져 해외에 흩어진 코리안들에게 관심을 갖게 되었다.
현재 세계 각지에 7백만이 넘는 재외동포들이 있다. 가장 수가 많은 중국을 필두로 미국, 일본, 러시아 순인데, 만 단위로 따지면 캐나다와 유럽 여러 나라에도 살고 있다. 살 길을 잃고 눈물로 고향을 떠나야 했던 사람들….
사정은 시대에 따라 다르지만, 대다수는 역시 36년 동안의 식민지 시대와 해방 후 70여 년에 이르는 조국의 분단이 큰 영향을 미쳤다. 식민지시대부터 따지면 조선반도는 100년 이상이나 외세의 영향을 받은 불행한 역사에 농락당한 것이다.
해외에 흩어져 있는 동포 연구를 라이프 워크로 삼아도 좋을 것 같았다. 일개 야끼니꾸집 사장으로는 얼토당토않은 일이겠지만, 아내도 흔쾌히 이해해 주었기에 지금까지 몇 편의 서적과 논문도 발표했다. 나의 사장직은 이름뿐으로 실질적인 경영은 아내가 맡고 있다.

정신적으로 재기한 후 가장 먼저 한 일은 아내와 함께 히로시와 사촌 영동이 형제를 만나러 이북을 방문한 것이다. 고교시절 친구들을 만나고 싶은 심정이야 오죽하겠는가. 그들이 귀국한 후 15년이 지난 80년대 초였다.
우리들의 재회는 '통일된 조선, 서울에서의 만남' 이 되지는 못했지만, 평양의 호텔에서 태일이와 승옥이 등 약 스무 명의 동급생과 드디어 감동적인 재회를 이루었다. 태일이는 대규모 섬유공장의 부소장이 되어있었다. 승옥이는 선박 설계 기술자, 찬홍이는 신문기자, 성식이는 출판사 간부, 축구부 선수였던 동연이는 체육단 간부, 주학이와 상옥이는 대학에서 교편을 잡고 있었다. 그녀에게는 언제나 깜짝 놀란다. 바로 춘란인데, 영화배우가 되어 있었다. 조국에서 공부하고 싶은 이들을 국가가 돌보아주겠다고 했던 당시의 이북 정부성명은 본인들의 노력과 고생도 있었겠지만 성실하게 실행된 듯했다.

이북을 처음 방문한 80년대 초로부터 20년이 지난 1998년에야 나는 아버지의 고향인 한국의 김해를 방문했다. 남북의 조국을 방문하며 쌍방의 일장일단, 시대와 사회 환경의 차이를 절실히 느꼈다. 다만 이것은 그곳에 머물며 차분히 관찰할 수 없는 여행자로서의 제약성을 가진 해석일 것이다. 갈라진 조국에 대한 애착은 20회 이상의 한국 방문과 그 이상의 빈도로 이북에 다녀오게 했다.

남북을 오가는 나를 지조 없는 인간, 색을 분명히 하지 않는 정체불명의 사내라 비난하는 옛 동료나 지역 동포들이 있다. 그들이 믿는 사상적 근거에서 비롯된 해석이겠지만, 나는 개의치 않았다. 주의·주장에 신념을 갖고 타인에게 공감을 줄 수 있는 식견과 의견에는 귀를 기울이겠다. 그러나 왕왕 부화뇌동할 뿐 자신의 머리와 눈으로 현실을 보지 않고 고뇌하지 않는 맹목적인 주의·주장에 추종하거나 영합이 내게는 불가능하다. 부모의 고향, 뿌리인 한국을 방문하는 것에 주제넘은 이유를 붙일 필요가 있을까. 북으로 돌아간 동생과 사촌, 친구들을 만나러 가는 것이 어떤 주의에 반한다는 것인가. 남북분단을 강요하는 색깔론보다 같은 민족으로서 동질성과 연대만을 나는 믿는다. 거기가 내 어머니의 땅이고, 피를 이은 사람들이 살고 있는 한 나의 뿌리인 나라를 아무런 속박 없이 언제까지나 더없이 사랑하고 싶은 마음뿐이다. 그곳이 남이든 북이든.

처음 이북을 방문한 80년대 초, 태일이를 밖으로 데리고 나와 이렇게 물었다.
"조국으로 귀국해서 다행이라 생각하나?"
일본과는 전혀 다른 생활환경과 사고방식의 차이로 일부 귀국한 동포 중에 후회스럽다는 소리가 일본에도 들려오기 시작했었다. 태일이의 진심을 듣고 싶은 나머지 내내 목구멍에 걸려있던 질문을 참지 못했던 어리석음을 이내 후회하면서….

태일이는 바로 대답하지 않았다. 여러 가지 생각이 뒤섞여 쉬이 답하지 못하는 것 같았다. 한동안 생각에 잠겼던 그는 '내 인생에 후회는 없다'고 단호하게 말했다. 승옥이에게는 일부러 묻지 않았다. 묻지 않았기에 대답도 듣지 못했다.

늦은 밤 그를 택시로 배웅했는데, 집에서 한참 떨어진 곳에서 내려 살며시 나를 끌어안았다.

"석철아, 정말 잘 왔다."

"내년에 다시 올 테니까 또 만나자."

나도 그를 꼭 끌어안았다.

그가 연신 고개를 끄덕이며 다박수염을 볼에 비벼대어 무심코 그를 밀쳐냈을 정도다.

'우리들의 깃발'도 어지간히 지쳐 빛이 바랜 것일까?

고교 졸업 후 수십 년 세월을 이길 수 없는 것이 있다 해도 이북으로 귀국한 친구와 내 마음 속에는 지금도 그 깃발이 펄럭펄럭 나부끼고 있는 걸 느낀다. 우리의 뒤를 잇는 아이들은 과연 앞으로 어떤 깃발을 높이 들게 될까?

아들과 딸이 유학했던 나라에서 현지 코리안들에게 큰 신세를 졌다. 현지에 사는 동급생은 물론이거니와 출장길에 일부러 자식들을 찾아 와 애정 어린 조언을 아끼지 않았던 친구들에게 감동했다. 고교시절에는 이런 날이 오리라 상상조차 하지 못했다.

'아버지가 늘 하시던 얘기를 귀에 딱지가 앉을 정도로 들었어요.'

딸은 편지에 이렇게 썼다.

'도쿄 고교시절 맘속에 간직했던 우리들의 깃발은 지금도 내 마음 속에 살아 있어. 내 친구 아들은 내 아들이나 마찬가지지.'

LA에 있는 대학에 유학 중이던 아들을 뉴욕에서 찾아와 준 친구가 바로 첫

사랑 그녀다.

영순이는 미국 시민권을 취득해 뉴욕에 살고 있다. 그곳에서 아시아 전문TV 뉴스 캐스터로 일하고 있다. 기회가 있을 때마다 남과 북의 조국을 오가며 경제·문화 교류의 중개역할도 하고 있다. 여전히 '우리들의 깃발'을 가슴에 품고.

태일이가 죽었다. 90년대 초다. 그 후 찬홍이가 그리고 최근 몇 년 동안에 사촌 영동이 형과 일본에 있는 동급생 수일이가 병으로 죽었다.

오랫동안 나는 우리들의 중·고교시대를 기록해 두고 싶었다. 하지만 도무지 쓸 수 없었다. 당시를 어떻게 볼 것인가, 내 생애에 무엇을 남긴 것일까. 높은 벽에 부딪혀 쓴 것을 몇 번이나 폐기하고 또다시 쓰기를 반복할 뿐이었다. 반세기 가까이 지난 지금 나름대로 다듬어진 나의 청소년기인 이 얘기는 태일이의 죽음이 강한 계기가 되었다.

얼어붙은 남북 조선에 과연 봄은 찾아올까?

'조국으로 회귀하고 싶다'며 높이 들어 올렸던 '보쿠라노 하타(우리들의 깃발)'는 이룰 수 없는 꿈이었던가?

본국의 독자들에게 간절히 묻고 싶다.

2017년 9월, 요코하마에서

박기석朴基碩

1937년 도쿄에서 태어남. 해방 이듬해인 소학교 2학년 때 만들어졌던 '국어강습소 (1946년, 도쿄 아라카와구)', 후에 개명된 조련아라카와초등학교, 도쿄조선제1초급학교(50년), 도쿄도립조선중급학교(50~53년), 동교 고급학교(53~56년 현도쿄조선중고급학교), 조선대학 (문학부 56~58년 당시엔 2년제. 60년도부터 4년제)을 졸업.

59년부터 재일조선청년민족단체의 출판부문에 종사하며 주로 '조국을 보다 잘 알기 위한' 재일청소년 대상의 월간잡지, 서적 등을 편집, 출판하였다.(일본어판)

70년대 중반 퇴직 후 한때 자영업, 2000년도부터 현재까지 주로 일본인을 위한 어학당 '요코하마 한국어교실'을 운영. 현재까지 일본인 수강생을 인솔해 한국으로 매년 연수여행을 하고 있다.(총 200여명)

저서로 「41년 만에 찾아온 편지41年ぶりの手紙」「안녕, 오지상アンニョン、おじさん」「우리를 위한 에튀드ウリのためのエチュード」 등이 있다.

옮긴이의 말

해방 후 재일동포의 역사를 큰 틀에서 아우르고 있는 조선학교는 현재 일본에 64개가 남아있다. 전성기에는 500여 곳을 웃도는 민족학교에서 동포 자녀들이 우리말과 글을 배웠다.

패전 직후 혼란스러운 일본사회에서 독립된 민족의 정체성을 되찾는 일은 이들에게 목숨과도 같았을 것이다. 이 소설의 주인공들이 보낸 학창시절은 70여 년의 조선학교 역사 가운데 극히 일부에 지나지 않는다. 일본의 공교육 안으로 구겨 넣어진 도쿄조선중고급학교(당시) '도립' 시절의 주인공들에게서 현재와 같은 조선학교가 유지될 수 있었던 저항의 시간들을 엿볼 수 있는 소설이다. 학교폐쇄와 같은 극단적인 조치로 민족교육 말살을 꾀했던 당시 일본 정부의 행태는 불행하게도 70년 동안 진화 중이다. 소설 속 주인공들의 '선택'과 '현실'을 동시에 이해하기엔 우리의 지난 시간이 몹시도 부끄럽다.

근현대사를 관통하는 지점마다 재일동포의 역사가 슬프게 자리하고 있음에도 정치적 외면과 무관심으로 일관해 왔던 우리에게 던지는 물음들에 무엇 하나 속 시원히 답할 수 없는 현실이다. 갈라진 조국 땅의 극렬한 이념 대립은 십대의 주인공들에게 가혹한 선택을 강요했고, 식민지 종주국에 내동댕이 쳐진 동포들의 삶을 완전히 둘로 갈라놓고 말았다. 반드시 되짚어 봐야하는 '역사'가 되어 버린 시간들을 외면해 온 우리는 자유로운가.

그럼에도 이제야 바라볼 수 있는 용기를 갖게 된 것이 저자의 소설을 옮기며 그나마 위로가 되었다.

끝으로 길었던 작업에 디딤돌을 만들어 주신 히가키 미츠오桧垣光雄씨께 특별한 감사를 드린다.

2017년 해넘이를 앞두고

정미영

한국외국어대학교 일본어학부 졸업.

도서출판 품 대표.

이해를 돕기 위해

이 소설에 등장하는 석철의 중학교 1학년 담임인 카지 마사오(실명, 카지 노보루梶井陟) 선생은 실제 인물이다. 1927년 도쿄에서 태어나 도쿄 부립제1사범학교 본과(생물과)를 졸업하고, 1950년 4월부터 1955년 3월까지 도쿄 도립조선중학교에서 근무했다.

1978년부터 후쿠야마 대학 인문학부 조선어 조선문학 코스 주임교수가 된 카지 선생은 조선인중학교 교사에서 일본대학 교수로 발탁된 말 그대로 파격적인 영입이었다.

저자 박기석의 「보쿠라노 하타」가 도립 조선인학교 학생의 입장에서 쓴 글이라면, 카지 노보루 선생의 「조선인학교의 일본인 교사朝鮮人学校の日本人教師, 1974년 아키서방」는 일본인 교사의 입장에서 쓴 글이다. 배경이 된 시기의 일본교사의 경험을 들여다 볼 수 있는 자료이나 아쉽게도 국내에 번역서가 없는 관계로 '해설' 부분을 발췌 번역해 조선학교 역사의 이해를 돕기 위해 인용함을 밝혀둔다.

이와바 현대문고편집부岩場現代文庫編集部
1974년 1월 아키서방亜紀書房에서 「조선인학교의 일본인교사朝鮮人学校の日本人教師」로 출간되었다. 초판은 1966년 11월 일본조선연구소에서 같은 이름으로 간행되었고, 아키서방 판은 개정판에 해당한다.
이와바 현대문고판(2014. 3. 14)에는 '도립都立'이라는 제목이 새롭게 붙어 「도립조선인학교의 일본인교사 1950~1955都立朝鮮人学校の日本人教師 1950~1955」다.

현대문고판에 다나카 히로시田中宏 히토츠바시대학 명예교수의 해설이 아래와
같이 들어있다.

개정 현대문고판을 빌려_왜 지금 재출간하는가
내가 이 책(1974년 출간된 아키서방亜紀書房 「조선인학교의 일본인 교사朝鮮人学校の日本人教師」)을
처음 읽었을 때 인상에 남은 것은 다음의 고백 부분이었다.

"나는 문득 한번 가 볼까 하는 심정이었다. 이유는 두 가지였다.
첫 번째는 급여에 매력이 있다는 것. 2호봉 인상이라면 1천5백 엔이나 늘
어난다. 그대로 퇴직 때까지 25년 정도 근무한다고 해도 퇴직금까지 합치
면 꽤 많은 금액이 될 것이다.
두 번째는 자세히는 모르겠지만 일본에 있는 조선인은 대부분 가난으로 고
생하고 있다는 것. 나 자신도 늘 가난한 생활이었기 때문에 그 점에서는
위화감이 없지 않을까. 게다가 조선인이라고는 하나 사람들 얘기를 들으니
모두 일본어가 능숙하다고 한다.(「도립 조선인학교의 일본인 교사都立朝鮮人学校の日本人教
師」 pp.15~16)"

결국 도쿄도에서 내려온 통달에 응해 카지 노보루 씨는 도립 조선중학교로 전
근을 하고, 그곳에서 5년간의 기록을 정리한 것이 「도립 조선인학교의 일본인
교사都立朝鮮人学校の日本人教師」이다.
이 책이 출판된 후 1978년 4월, 카지 씨는 후쿠야마대학 인문학부 조선어 · 조
선문학 코스 교수로 영입된다. 이 대학에서 교수생활은 10년 정도로 끝난다.
1988년 9월 9일 카지 씨는 병으로 61세에 타계했다. 후쿠야마대학의 후지모토
선생의 추도문에는 다음과 같은 글이 있다.

선생은 중학교 교사에서 일약 대학교수가 되었던 일로 신문의 기삿거리가
된 적도 있다. 여기서 선생이 조선어 교육에 종사하기에 이른 계기를 말하
고자 한다. 1950년 도쿄 도립조선인중학교에 부임했을 때 한 학생에게

'조선말을 모르면서 조선인의 교육이 가능합니까?' 라는 질문을 받았고, 그것이 조선어 학습의 발단이 되었다. 선생은 그때 조선인중학교에서 조선인 교사, 학생들과 섞여 공부했다고 했는데, 사전조차 변변치 못했던 당시, 현재와는 심한 격차의 곤란이 뒤따랐음이 분명하다.(후지모토 유키오藤本幸夫 「카지 선생을 애도梶井先生を悼む」 「朝鮮学報」 129호, 1988년)

이 책을 지금 재출간(아키서방)하는 이유도 이 책 속에 그 힌트가 들어있다. 카지 씨는 「도립 조선인학교의 일본인 교사都立朝鮮人学校の日本人教師」의 '후기' 에 이렇게 썼다.

"내가 이 원고를 쓰기 시작한 동기는 해방 후 20여 년을 지나 다양한 곤란을 타개하며 착실하게 전진을 계속하고 있는 재일조선인 교육의 눈앞에 학교교육법의 일부 개정이라는 이름으로 또다시 거센 폭풍이 덮쳐 오는 기운이 농후해졌기 때문이다.(p.299)"

외국인학교법안은 당초 '학교교육법의 일부 개정' 으로 등장했다. 1966년부터 68년에 걸쳐 몇 번인가 국회에 제출되었는데, 결국 성립에는 이르지 않았다. 카지 씨는 '후기' 에서 다시 다음과 같이 썼다.

(법안)을 제안한 사람은 그 이유로 다음과 같은 것을 말했다.
"아무리 자주성을 인정해 달라고 한들 일본 국내에서 '반일교육' 이 이루어지는 것을 묵과하고 지나칠 수 없다."
조선인이 올바른 조선인으로 자라는 일, 그것이 어째서 반일교육이 되는 것인가. 교육내용에 의문을 가졌다면 정면에서 당당하게 논쟁을 펼칠 일이다.
과연 현재 일본과 조선민주주의인민공화국은 정상적인 국교관계가 수립되어 있지 않은 것은 사실이다. 그렇다고 해서 조선민주주의인민공화국을 자신들의 또 하나의 조국으로 여기고, 언젠가는 통일될 조국 조선을 이끄는 일꾼이 되려는 조선인을 키우고자 하는 현재의 민족교육이 어째서 '반일교육'과 연결되는 것인가.(p. 302)

더불어, 지금 조선학교를 둘러싼 상황은 다시 '얼어붙은 시대'를 맞고 있다. 일본은 교육에 대해 공적비용 지출이 적어 OECD 31개국 가운데서도 최하위다. 2010년 4월에 시작한 '고교무상화제도'는 그 개선에 이바지한 획기적인 법안으로 각종학교인 외국인학교 39개교도 무상화제도에 적용되었다. 하지만 조선고교 10개교만 보류가 이어지다 아베 내각이 등장하자 신속하게 2013년 2월 최종적으로 조선고교가 제외되었다. 이런 가운데 도쿄, 오사카, 가나가와 등에서는 조선학교만 보조금을 삭감하는 움직임이 진행되고 있다. 조선학교 때리기가 확산되고 있는 것이다.

오래 전 도립조선학교 시절과 마찬가지로 지금의 고교무상화 제외, 보조금 삭감 등과 공통되는 부분은 '반일교육' 비판이라는 주장이며, 혹은 계속되는 식민지주의라 해도 좋을지 모른다.

2014년 1월
다나카 히로시

작품 해설

일본 하늘에 휘날리는 재일조선인의 깃발

윤송아(재일조선인문학 연구자,
경희대학교 후마니타스칼리지 강사)

박기석의 장편소설 『보쿠라노 하타ぼくらのはた, 우리들의 깃발』는 1950년대 일본의 '도쿄 도립 조선인 중고등학교東京都立朝鮮人中高等學校'를 배경으로, '김석철'이라는 한 재일조선인[1] 청소년의 사랑과 우정, 방황과 성장의 과정을 맛깔스런 필치로 진솔하게 그려내고 있는 작품이다. 여느 중고등학교 교실에나 있을 법한, 공부도 운동도 언변도 그리 뛰어나지는 않지만 친구들과의 만남과 약속을 소중히 여기고, 가족들의 일상사를 성심껏 돌보며, 민족과 조국에 대한 열정과 사랑으로 가슴이 뜨거워지는, 평범하지만 반짝반짝 빛나는 청춘의 불꽃을 간직한 석철이를 비롯하여 그의 가족들과 친구들, 선생님들, 지역 주민들의 이야기는 한국사회가 오랫동안 외면해 온 재일조선인의 역사와 운명, 삶과 투쟁, 고난과 영광의 순간들을 우리 눈앞에 생생하게 되살려낸다.

36년 간의 일제강점 시기에 지독한 가난에 쫓겨, 혹은 강제징용과 징병 등으로 일본 각지에 끌려간 후 1945년 해방 이후에도 고국으로 돌아오지 못하고 구식민지 종주국인 일본에서 70여 년의 핍진한 세월을 살아온 재일조선인들은 그들의 몸과 정신에 아로새겨진 차별과 고난의 역사를 적극적으

---

1. 이 글에서는 재일조선인의 역사와 언어에 근거하여 '한국', '한국인', '한국어'라는 용어 대신 '조선', '조선인', '조선어'라는 용어를 사용할 것이다. 이때의 '조선'이란 해방 이전의 한반도 조국을 의미한다. '한국', '한국어' 등으로 표기할 경우에는 '대한민국(남한)'이라는 국가명을 지시하는 맥락에서 사용한다.

로 타파하면서 현재 일본사회의 비중 있는 견인차로서 사회, 문화, 경제, 학문 분야에서 활발하게 활동하고 있다. 민족교육을 중심으로 한마음으로 힘을 모아 군건하게 재일조선인 사회를 일으켜나갔던 1950년대 재일在日의 원原풍경을, 『보쿠라노 하타』는 작가의 실제 경험을 바탕으로 동시대의 주요 사건들과 재일조선인 청소년들의 좌충우돌 성장기를 씨줄날줄로 엮어 하나의 근사한 이야기로 탄생시킨다.

580여 쪽에 달하는 부피 큰 장편소설이지만 『보쿠라노 하타』는 발랄한 청소년의 몸짓만큼이나 경쾌하고 재미나게 읽힌다. 한국에서도 잘 알려진 재일조선인 작가 가네시로 가즈키金城一紀의 대표소설 『GO』의 50년대 판이라고나 할까.[2] 저자가 환갑을 넘긴 나이에 탈고한 작품이라고는 믿기지 않을 정도로 신선한 풍미와 생생한 힘을 뿜어내는 작품이다. 소설은 석철이를 중심으로 그의 가족, 학교, 친구들을 둘러싸고 벌어지는 재일조선인의 역사, 민족교육 투쟁, 청소년들의 꿈과 성장기를 세심하고 풍부하게 보여준다. 그럼 이제 석철이와 발걸음을 맞추어 소설 속 여러 갈래 길을 따라가 보자.

1. 석철이와 친구들, 그 가족사에 담긴 재일조선인의 역사

『보쿠라노 하타』는 재일조선인의 역사를 육성 그대로 들려주는 생생한 현장 교과서이다. 해방 이전 생활상의 고난을 타개하고자 일본으로 건너갔거나 일제의 강압적인 징병과 징용 정책으로 전쟁터나 탄광으로 끌려간 후 일본땅에 정착한 조선인들, 그리고 해방 이후 혼란한 정치 현실의 파고 속에서 일본으로 밀항해온 조선인들이 재일조선인 사회의 원류를 이룬다. 일제 강점기 일본사회에서 최하위층 노동자로 일정한 거주지와 일자리 없이 근근

---

2. 가네시로 가즈키의 『GO』는 2000년도 나오키상 수상작이다. 『GO』는 중학교까지 도내 민족학교에 통학하던 주인공이 일본 고등학교에 입학한 후 맞닥뜨린 정체성 갈등을 중요한 테마로 하고 있다. 흥미롭게도 『보쿠라노 하타』의 주요 무대는 『GO』와 같은 도쿄의 조선중학교이다. 실제로 『보쿠라노 하타』의 저자 박기석은 『GO』의 저자 가네시로 가즈키의 중학교 30년 대선배이다. 80년대 조선학교 출신과 30년 전 같은 학교의 학생들이 주인공이 된 셈이다.

이 삶을 영위해왔던 대부분의 재일조선인들은 해방 이후에도 막걸리 암거래나 양돈(돼지치기), 폐품 회수업(넝마장사, 고철수집 등), 토목노동 등으로 생활을 유지해 왔다. 또한 취업이나 생활에서의 여러 가지 차별적 제약과 외국인등록법, 출입국관리제도, 참정권의 부재 등으로 대표되는 열악한 법적 지위는 재일조선인들에게 수많은 좌절과 분노의 경험을 안겨주었다. 일본사회 안에서 재일조선인들은 차별받는 존재, 낙오자, 잠재적 '범죄자'[3] 라는 부정적 이미지로 표상되었다.

도쿄를 배경으로 1950년에서 1957년까지 석철이의 중고등학교 시절을 중심으로 펼쳐지는 『보쿠라노 하타』는 석철이와 그 친구들의 가족사를 통해 재일조선인의 당시 생활상을 가감 없이 보여준다.

먼저 주인공 석철이의 가족부터 살펴보자. 석철이의 아버지는 10대에 일본에 건너와 규슈에 있는 탄광을 비롯해 일본 각지의 깊은 산속에서 합숙 노동을 하며 잔뼈가 굵은 재일조선인 1세대로, 막노동, 암 거래상, 양돈, 밀주, 노점상, 자전거 타이어 제조, 엿장수 등등 손을 대지 않은 일이 없을 정도로 열악한 노동현장을 누비며 가족들을 위해 성실하게 살아온 인물이다. 현재는 잡철을 모아 되파는 고철상을 운영하며 점점 사업을 확장시켜가고 있다. 아버지를 도와 부지런히 가족을 돌보는 어머니와 자수성가한 매형에게 시집간 순남 누님, 그리고 대학생인 기호 형, 초등학생인 동생 유자와 히로시가, 아라카와荒川 조선소학교를 마치고 1950년에 도쿄 도립 조선인중학교에 입학한 석철이의 가족구성원이다.

해방 전후로 일본에 건너와 일본땅에서 경제적 생활기반을 마련하고 살아가면서 재일조선인들은 조선 고유의 문화와 정서를 적극적으로 표출하고 대대로 이어가며 조선인으로서의 정체성과 민족공동체의 면모를 유지해 나간다. 석철이의 집에서 이웃주민들과 어울려 벌어지는 술자리 장면에서는 한국의 가요와 판소리가 흥겹게 울려 퍼지고 새콤한 막걸리 향기가 넘실거리는데

---

3. 강상중, 『재일 강상중』, 고정애 역, 삶과 꿈, 2004, 77-78쪽 참조.

이는 당시 한국의 여느 시골마을 사랑방을 연상시킨다. 가난하고 차별 받는 재일조선인들끼리 서로의 애환을 나누고 고유의 문화를 누리며 세대를 이어가는 과정은 구식민지 일본 땅에서 재일조선인 사회가 어떤 간곡한 마음과 자세로 뿌리 내려가는지를 새삼 느끼게 한다.

석철이가 고등학교에 진학하면서 새로 만나게 된 친구 주학이('원폭' 선생의 조카이며 러시아어 반 친구, 조방위 동지)의 거주지는 이러한 재일조선인 공동체 마을의 생생한 풍경을 잘 보여준다. 다음은 우에노역 근처의 조선부락에서 봉제업을 하는 부모님과 함께 살고 있는 주학이의 마을 풍경이다.

> 전후좌우로 초라한 함석지붕이 길게 이어진 집들이 빽빽하게 처마를 잇대고 늘어서 있다. (중략) '우리 동네' 다운, 역 앞의 풍경과는 사뭇 다른 활기와 숨결이 느껴졌다. 삼베 치마저고리를 입은 할머니들이 지붕 아래 평상에서 담소를 나누는 모습 (중략), 때문은 나와노렌이 내걸린 호르몬야끼 가게, 원색의 옷감을 진열대에 내놓은 조선의류 가게와 조선 건어물가게 (중략) 고추, 마늘, 참깨, 상추, 조선의 떡 종류, 각종 반찬, 생선과 육류의 내장들, 명태, 족발, 돼지 귀, 각종 김치가 세숫대야 같은 곳에 수북이 담긴 채 도로까지 자리를 차지하고 있었다.
>
> (1권, 221쪽)

열악한 노동환경 아래서 일가를 이뤄낸 재일조선인 1세들은 무엇보다 자식들의 교육에 힘을 쏟았다. 학교 문턱에도 가보지 못한 부모 세대의 한과 열성이, 그리고 일제강점기에 빼앗겼던 민족의 말과 혼을 회복하려는 부단한 노력들이 자식들을 민족교육에로, 고등교육에 대한 열망으로 이끌었다. 하지만 해방 이후에도 여전히 일본의 차별과 탄압 정책은 강고했으며, 고등교육을 받은 재일 2세들이 자신의 능력과 열정을 펼칠 사회적 장場은 부재했다. 1970년 '히타치 취업차별 재판'으로 공론화된 재일조선인들에 대한 취업차별, 법적·사회적 차별은 노골적으로 혹은 암묵적으로 자행되어 왔으며 소설 안에서도 이런 흔적들이 곳곳에 보인다. 다음은 소학교 시절부터 석철이의 절친한 친구인 태일이 가족에 대한 설명이다.

> 동포들이 많이 살고 있는 평화장이라는 몹시 낡은 아파트의 세 평 남
> 짓한 다다미방에서 태일이는 예순의 어머니, 고3 누나 이렇게 세 식구
> 가 산다. 태일이에게는 교토에 살고 있는 국립대학에서 금속공학을 전
> 공한 형이 있다. 태일이 어머니는 똑똑한 장남만 믿고 살아왔는데, 대
> 학원까지 나온 그 형은 취직자리를 구할 수 없었다. 울며 겨자 먹기로
> 지금은 한창 유행하는 파친코 가게에서 허드렛일을 하고 있다. 얼마 후
> 처갓집의 도움으로 드디어 파친코 가게를 시작하려고 준비하는 것 같았
> 다.(1권, 99쪽)

태일이의 형과 같이 일본에서 대학원까지 나온 수재임에도 불구하고 일본의 기업이나 관공서, 학교 등의 취업은 생각할 수도 없는 현실에서 재일조선인이 선택할 수 있는 것은 고철상, 파친코점, 선술집 등의 부모의 가업을 물려받거나 허드레 노동일을 하며 연명하는 방법뿐이다. 대학을 졸업한 석철이의 형 기호 또한 일찌감치 아버지의 고철상과 연계하여 프레스 공장을 차릴 계획을 짠다. 이처럼 재일조선인의 역사는 일본의 민족적 차별과 가난 속에서 스스로의 힘과 동포들의 연대로 힘겹게 쌓아올린 치열한 생존과 고난 극복의 여정이었다.

『보쿠라노 하타』에서 중요하게 다루고 있는 재일조선인의 역사적 배경 중 하나는 '밀항'이다. 중학교에 들어간 석철이의 급우들 중 "반 급우들보다 터무니없이 나이가 많거나, 일상적인 대화의 소소한 부분까지 유창한 조선말이 가능한 한국에서 온 녀석들(1권, 50쪽)"은 대부분 밀항자이다. 자연스럽고 우아한 한국어를 사용하여 친구들에게 인기가 많았던 반장 김남식은 일본에 있는 아버지와 살기 위해 5년 전 한국에서 밀입국한 밀항자로, 외국인등록증을 소지하지 않았다는 이유로 길에서 체포되어, 한국으로의 강제송

환을 담당하는 오무라 수용소에 끌려가게 된다. 또한 소설 후반에는 한국전쟁 이후 가난에 못 이겨 어렵사리 일본의 석철이네로 밀항한 외사촌 남매 영동, 영자의 이야기가 등장한다. 해방 이후 새롭게 가속화된 일본의 차별적 조선인 정책과 한국의 불안정한 사회현실, 한국전쟁, 남북분단 등과 얽혀 어디에도 안주하지 못하고 떠돌 수밖에 없었던 이산자離散者의 안타까운 모습을 우리는 『보쿠라노 하타』를 통해 절실하게 마주하게 된다.

2. 조선학교는 우리의 미래, 재일조선인 민족교육투쟁의 현장

해방 이후 재일조선인들이 가장 중요하게 여겼던 민족사업은 단연 민족의 동질성과 정체성을 회복하고 민족통합의 밑거름이 되는 민족교육 사업이었다. 일본정부의 강압적인 동화교육과 탄압 속에서도 조선말과 글, 조선의 역사와 문화를 가르치는 민족학교, 민족학급을 끝까지 지켜내는 것은 조련, 민전, 총련 등 해방 이후 결성된 재일조선인 조직에게 가장 선차적인 과업 중 하나였다. 재일조선인들은 그들의 자녀들에게 조선인으로서의 얼과 자부심, 민족의 언어와 문화를 전수하기 위해 민족학교를 세우고 물심양면으로 많은 노력을 기울였다.[4]

해방 직후 일본 전역에는 6~ 700여 개의 '국어강습소', '조련학원' 등이 세워졌으며 이는 후에 조선 초·중·고급학교로 발전한다. 하지만 일본의 점령기 통치기관인 GHQ(연합군 총사령부)와 일본정부는 민족학교를 탄압하고 폐쇄 조치를 내린다. 재일조선인들은 '한신阪神교육투쟁' 등을 위시한 전

---

4. 1955년 총련의 결성 후 1957년부터 시작되어 최근까지 이어진 북한의 교육원조비 송금은 재일조선인 사회가 북한지향적인 입장을 강화하고 총련을 중심으로 단합하는 데 큰 기폭제 역할을 했다. 해방 이후부터 끊임없이 요구되어 온 민족교육에의 열망이 북한의 교육원조금으로 상당부분 해소되면서 재일조선인 사회에서 북한은 폭넓은 공감대와 영향력을 행사하게 된다. 이러한 배경 아래 북한으로의 귀국운동(북송사업)과 북한 해외공민으로서의 자각에 근거한 민족교육이 활성화된다. 『보쿠라노 하타』에 나타난 민족교육(조선인 학교)의 전개과정은 이러한 사회역사적 배경 아래 이해되어야 한다. 최근에 이르러 다변화된 세계정세 및 재일조선인 사회의 세대교체 등과 맞물려 민족교육의 내용과 형식도 상당히 변화되고 있는 추세이다.

국적인 교육투쟁으로 민족교육을 지켜내고자 하였으나 결국 1949년 민족학교 폐쇄 명령으로 전국의 많은 조선인 학교가 강제 폐교되었다. 1949년 12월 도쿄교육위원회는 도내 15개 조선인 학교를 도립학교로 이관하고 민족교육의 억압과 부정을 시도한다. 그후 지속적인 일본 동화교육의 전면 실시와 민족학교 탄압이 이루어지다가 결국 1955년 3월 도쿄의 15개 도립 조선인 학교는 강제 폐교된다.[5] 이후 총련 결성 및 북한의 원조 등과 맞물려 조선인 학교는 사립학교(각종학교)로서 현재까지 다양한 변화와 모색 속에서 면면히 유지되고 있다.

『보쿠라노 하타』는 이러한 민족교육과 조선인 학교의 역사적 전개과정을 생생하게 조망하면서 그 긴박한 순간들을 당사자의 목소리와 실천들을 통해 세밀하게 고증해낸다. 조선인 학교가 도립학교로 이관된 후 첫 학기인 1950년 봄부터 시작하여 1955년 이후 총련 중심의 사립학교로 개편되고 조선대학교가 설립되기까지의 민족교육의 치열한 현장들이 소설의 큰 줄거리를 이룬다. '도쿄 도립 조선인 중고등학교'를 배경으로 한 민족교육 이야기는 크게 두 가지 흐름으로 전개된다.

하나는 일본정부, 혹은 일부 일본교사와의 투쟁과정이다. 도립학교로 지정된 후 일본인 교장과 일본인 담임교사를 맞게 된 조선인 학생들은 이들에게 조선어로 수업할 것을 요구하며 수업거부 투쟁을 벌인다. 조선인 교사와 학부모회PTA에서도 일본인 교사들과의 적극적인 교섭과 절충을 통해 조선인 학교를 자주적 민족교육의 장으로 세워나가고자 한다. 이러한 학생들과 조선인 교사들, 그리고 의식 있는 일본인 교사들의 노력으로 학교는 조금씩 활기를 찾아간다. 하지만 일본정부와 도교육청의 민족교육 탄압과 말살 정책은 무자비하게 진행된다. 한국전쟁의 후방기지가 된 일본에서 반전운동과 서명운동을 펼쳐온 조선인 학교를 눈엣가시로 여긴 일본정부의 개입으로 1951년 2월 28일 경찰기동대 수백 명이 학교를 불법으로 무장 습격하는 일

---

5. 윤건차, 『자이니치의 정신사』, 박진우 외 역, 한겨레출판, 2016, 196-209쪽 참조.

이 벌어진다. 또한 학교 수색 사태의 진상을 듣기 위해 3월 7일 개최된 PTA 임시총회를 무단집회로 규정지어 경찰기동대 3천 명을 출동시키며, 중학생만 남은 학교로 진입해 학생과 교사들에 대한 무자비한 유혈사태를 일으킨다. 이 과정에서 석철이를 비롯한 많은 학생과 교사들이 부상을 입게 된다. 또한 1954년에는 도교육위에서 예산집행 중단을 명목으로 민족교육을 방해하는 서약서를 강압적으로 요구하고 마침내 1955년, 폐교를 결정한다. 이러한 일련의 일본정부와 도교육위의 탄압에 맞서 단호하고 견결하게 싸워나가는 조선인 중고등학교 학생들과 교사, 학부모의 모습이 때론 호탕하게, 때론 긴장감 넘치게 그려진다.

그러나 이러한 차별과 부당한 탄압에 맞선 학교 풍경이 어둡고 비장하기보다는 희망차고 쾌활한 기운을 내뿜는 것은 어떤 어려움 속에서도 서로를 아끼고 북돋우며 올바른 민족교육을 향해 나아가는 교사들과 학생들, 부모들의 열정적인 의지와 공동체 의식이 자리하기 때문이다. 특히 『보쿠라노 하타』에서 그려지는 카지 마사오 선생님을 비롯한 일본인 교사들의 헌신적인 노력과 교육자로서의 면모는 고립된 민족교육이 아닌 참된 인간을 양성하는 보편적 교육으로서 민족교육의 의미와 미래상을 세워나가는 감동적인 연대의 표본을 보여준다. 새 학기 첫 수업에서 "조선말을 모르는데 조선인을 가르칠 수 있다고 생각하세요?"라는 승옥의 매서운 일침에 그날로 조선어 학습에 매진하여 몇 년 후에는 일본인 교사를 위한 조선어입문 책까지 저술한 1학년 때 담임 카지 마사오 선생님을 비롯하여, '조선통신사와 일본'이라는 주제로 마지막 세계사 수업을 진행하며 조선과 일본의 선린우호를 강조하고 조선인 학교 학생들에게 양국의 가교 역할을 해줄 것을 당부한 야마시타 사부로 선생님까지, 오로지 교육자의 마음으로 학생들을 사랑하고 가르쳤던 교사들의 헌신과 노력이 감동적으로 그려진다. 또한 '클래식 레코드 감상회'를 통해 학생들에게 아름다운 음악을 통한 정서적 감흥과 민족애를 일깨워준 채용득 담임선생님, 그리고 고등학교 국어와 러시아어를 담당하며 조선의 아름다운 시를 소개하고 학생들 스스로 낭독하도록 북돋운 재일조선인 서정시인 남시학 선생님 등은 노골적인 민족차별과 정체성 혼란에 직면한 재일조선인 학생들에게 용기와 꿈, 열정과 따뜻한 심성을 심어준다. 이처럼 민족적 정체성과 조국애, 희망찬 미래를 향한 가능성 등을 부단히 키워낸 '조선인 학교'와, 교사들의 헌신적 가르침을 순수하게 받아들이면서 스스로의 운명을 개척해나가는 학생들의 모습이 완성된 퍼즐처럼 소설의 여백을 꼼꼼히 메워나간다.

이밖에도 한국전쟁을 반대하는 서명운동에 적극적으로 동참하고, 국어 상용운동을 활성화하기 위해 고군분투하는 모습, 당시 학내 비밀조직인 조방위(조국방위위원회)를 중심으로 이루어졌던 학생들의 정치 토론과 학습, 결성후 처음 출전한 고교축구대회에서 전국 3위를 차지한 축구팀의 위용 등 『보쿠라노 하타』에는 '조선인 학교'를 둘러싼 살아 숨쉬는 이야기들이 무지갯빛 파노라마처럼 펼쳐진다.

3. 조국과 청춘, 우리의 빛나는 깃발

1950년대 재일조선인 사회와 '조선인 학교'라는 낯선 풍경을 그리고 있음에도 불구하고 우리가 『보쿠라노 하타』를 읽은 후 잔잔한 감동에 빠질 수 있는 것은 무엇보다 소설에 등장하는 소년소녀들의 순수하고 풋풋한 열정과 꿈들이 우리의 가슴을 정화시켜주기 때문이다. "인생, 청춘, 신, 사랑, 미래, 죽음, 조국, 민족, 투쟁" 등의 주제는 식민지기를 막 빠져나와 새로운 사회 건설의 문턱에 선 재일조선인 청소년들에게 삶과 존재의 의미를 일깨우는 중요한 질문들이다. 그러나 무엇보다 이들에게 절박하게 다가오는 특별한 물음은 재일조선인으로서 자신의 정체성에 관한 것이다. 석철이가 남식이 전해준 윤동주 시인의 「서시」를 읽으면서 "있는 그대로의 내 모습이 누군가에 의해 긍정과 승인과 축복을 받지 못하고 있다는 불안감과 소외감(1권, 144쪽)"을 느끼며 실감나지 않는 조국에 대한 마음을 토로하는 장면은, 조선을 고향으로 두면서도 몸은 일본에서 나고 자란 '반쪽바리'의 경계적 정체성을 은연중 포착했기 때문이다. 이러한 자아에 대한 실존적 물음은 영순이와 나눈 교환일기를 통해 구체적으로 촉발된다.

> 왜 너는 조선인인가, 조선인인 네가 왜 일본에 있는가, 왜 조선인으로 계속 살려고 하는 것인가. 이런 질문은 조선과 일본의 불행한 역사관계를 빼놓고는 생각할 수 없는 것들이다. 일본에서 태어난 조선인인 우리의 필터를 통해 반드시 한 번은 소박한 의문을 던지게 된다. 필터에 여과되는 것과 여과되지 않은 채 침전하는 것의 차이가 당사자의 명암을 가르는 것처럼 여겨졌다. 때문에 조선인 이전에 우리의 '존재의 괴이함(이라고 영순이는 교환노트에 제목을 붙였다)'을 질문한 그녀의 자극적인 문제제기는 또 한 번 나를 긴장하게 만들었다.(2권, 10쪽)

'존재의 불우성' 혹은 '존재의 괴이함'은 구식민지 종주국인 일본에서 태어나 일본에서의 삶을 본격적으로 영위해나가야 하는 재일조선인 2세들에게는 일차적으로 통과해야할 자기 규명의 화두였다. 구체적으로 느껴지는 정서적 감응이나 물리적 접촉이 부재한 '상상 속의 조국'을 자신의 근거로 삼고 조선인에 적대적인 일본사회에서 살아간다는 것은 무슨 의미이며, 어떠한 방법으로 이 괴이함과 맞설 수 있는가 하는 실존적, 실천적 과제가 석철이를 비롯한 당대의 청소년, 청년들에게 부과된 중요한 문제였던 것이다. 석철이는 이러한 자기 안의 질문에 대해 다음과 같은 문장으로 답한다.

> 사전의 해석이 어떠한들 '존재의 괴이함'을 인정해야만 한다. 그 다음에 조국으로 회귀하는 것이야말로 우리가 살아갈 방법도 찾아지는 것이 아닐까? 역사가 낳은 사생아들. 우리들 자신의 깃발을 힘차게 휘날려야만 하지 않을까?(2권, 12쪽)

" '존재의 괴이함'을 극복하고 조국으로 회귀하는 것이 '우리 자신의 존엄'으로 이어진다"는 석철이의 주장은 '조선인 학교'의 학생들에게 하나의 길잡이 역할을 한다. 즉 일본과 조국의 경계에서 '존재의 괴이함'을 지니고 태어났지만 그 '괴이함'을 있는 그대로 수용하고 인정하며, 그 존재적 가능성을 받침대로 삼아 조국에 이바지하는 일꾼으로 거듭난다면, 긍정적인 자아의 발견, 자기존엄성이 구현될 것이라는 사실이다. 더불어 우리들 자신의 깃발이 만국기처럼 힘차게 휘날리는 해방조국, 희망의 미래를 이뤄나갈 수 있으리라는 꿈과 열정이 석철이를 비롯한 '조선인 학교' 구성원들의 가슴을 설레고 벅차게 만드는 하나의 다짐이 된다.

이러한 '존재의 깃발'을 높이 들고 나가는 기수旗手가 청춘의 시절을 지나가는 사춘기 청소년들이므로 그 빛나는 존재감은 더욱 두드러진다. 사무엘 울만의 시「청춘」을 인용하며 카지 선생님이 들려준 "청춘이란 강한 의지, 풍부한 상상력, 타오르는 열정이다. 펑펑 솟아나는 신선한 감각, 연약함을 떨쳐낼 수 있는 용기, 안이함을 뛰어넘는 모험심이다.(2권, 187쪽)"라는 구절은 『보쿠라노 하타』를 관통하는 소설의 모티프이다. 이러한 청춘의 꿈을 안고 석철이를 비롯한 '조고' 졸업생들은 조국으로, 대학으로, 지역으로, 일터로 힘차게 달려 나간다. 이들은 '조선인 학교'에서 소중한 우정을 나누고 첫사랑을 키웠으며, 고난과 역경 속에서도 희망과 웃음을 잃지 않는 법을 배웠다. 조국의 언어와 시, 문화와 역사를 배우고 도전과 모험의 희열과 노력으로 얻어지는 값진 지식의 열매들을 얻었다.

> 우리가 이 학교를 '우리학교'로 부르고 애정을 갖게 된 것은 한 마디로 이곳에 '우리 친구들'이 있었기 때문이라 생각했다. 자랑할 만한 교사 건물이 있었던 것도 아니고 충실한 교과 내용과 학습열로 언제나 충만했던 것도 아니다. 오히려 외부에서는 호기심의 눈초리와 중상의 대상이 되어 혼란과 가슴 아픈 사건이 더 많았던 학창시절이었다. 하지만 그렇기에 더욱 우리는 모두 형제처럼 우정을 단단히 다져왔다. 그러는 사이에 가족 같은 소속감이 생겨났고 우정 이상의 것을 싹틔웠다.

이곳에 있는 한 마음이 편했고 몹시 즐거웠다. 슬플 때도 거리낌 없이 모두 함께 울었다. 목이 터져라 외치고 진심으로 기쁘게 웃을 수도 있었다.(2권, 239쪽)

이처럼 '우리들의 깃발'은 외로운 고지에 홀로 나부끼는 깃발이 아니라 무리를 이루어 저마다의 색깔로 세상을 수놓는 청춘과 성장의 깃발, '재일조선인의 깃발'이자 우정과 환대의 공동체를 꿈꾸는 우리 모두의 빛나는 깃발로 확장된다.

광복 70년이 훌쩍 지났음에도 한국과 일본을 둘러싼 국제정세와 친일청산의 과제는 여전히 풀리지 않는 매듭으로 남아있다. 일본의 폐교 조치와 동화정책에도 불구하고 동포들의 힘과 노력으로 소중히 가꿔온 조선학교는 2018년 현재에도 일본정부의 차별에 맞서 '고교 무상화 실현'을 위한 투쟁을 이어가고 있다. 중학교 1학년 시절 짝꿍인 영순이에게 성심껏 조선말을 가르쳐주던 석철이-박기석 작가는 소중한 친구 태일이의 주문처럼 여러 권의 소설을 상재한 작가가 되었고, 여든을 넘긴 나이에도 일본인들에게 한국어를 가르치며 자유로이 조국을 왕래하고, 실감으로 느낀 조국의 풍경을 일본인들에게 소개한다. 1950년대의 『보쿠라노 하타』는 현재도 여전히 진행형이다. 청춘의 열정으로 무장한 '우리들의 깃발'은 백두에서 한라까지 하나로 이어져 힘차게 휘날리는 그날까지 부단히 부대끼며 흔들릴 것이다.